CMZ

CMZ. Wir machen die guten Bücher. Seit 1979.

Foto: Udo Giesen

Alexa Thiesmeyer, Jahrgang 1949, Jura-Studium in Bonn, seitdem freie Journalistin und Schriftstellerin. Verfasserin von zahlreichen Theatertexten (Komödien, Sketche und Satiren), Kriminalromanen und Kurzkrimis. Mitglied der »Mörderischen Schwestern« und im »Syndikat«.

Alexa Thiesmeyer

Sonnenblumen zum Selberschneiden

Rheinland-Krimi

Vollständig überarbeitete Neuausgabe

Bibliografische Information der Deutschen Nationalbibliothek

Die Deutsche Nationalbibliothek verzeichnet diese Publikation
in der Deutschen Nationalbibliografie; detaillierte bibliografische Daten
sind im Internet über http://dnb.d-nb.de abrufbar.

© 2016 by CMZ-Verlag Winrich C.-W. Clasen
An der Glasfachschule 48, 53359 Rheinbach
Tel. 02226-9126-26, Fax 02226-9126-27, info@cmz.de

Satz
(Aldine 401 BT 11 auf 14,5 Punkt)
mit Adobe InDesign CS 5.5:
Winrich C.-W. Clasen, Rheinbach

Papier (Alster 90 g mit 1,5f. Vol.):
Salzer Papier GmbH, St. Pölten / Österreich

Umschlagfoto:
Gartenseite des Poppelsdorfer Schlosses

Trotz intensiver Nachforschungen konnte der Rechteinhaber dieses Fotos
nicht ausfindig gemacht werden; er wird eine Vergütung im üblichen Rahmen
erhalten, wenn er sich mit dem Verlag in Verbindung setzt.

Umschlaggestaltung:
Lina C. Schwerin, Hamburg

Gesamtherstellung:
Majuskel Medienproduktion GmbH, Wetzlar

ISBN 978-3-87062-179-7

20160927

www.cmz.de
www.alexa-thiesmeyer.com

Inhaltsverzeichnis

7 Erster Teil
Eine nicht erwerbstätige Witwe

1. Königshof, Donnerstagabend................9
2. Die Bitte 18
3. Private Post 31
4. Schweißtropfen.........................43
5. Im Garagenhof 56
6. Das gefürchtete Wort 68
7. Wenn sie ihm glaubten ... .74
8. Die Ledertasche.........................81
9. Der Onkel 88
10. Schlagzeilen...........................96
11. Die drei vom städtischen Beet..........106
12. Schaf oder Wölfin? 112
13. Die Flamme............................123
14. Der Entschluss 130
15. Die Beichte 140
16. Der Brief 150
17. Der Weg zur Mordkaule.................157
18. Dumpfe Stimme........................168
19. Noch ein Tag..........................183
20. Das Zeichen 199

207 Zweiter Teil
Patience

1. Der Fächer.............................209
2. Der kleine Napoleon 214
3. Die launischen Damen..................219
4. Die Gefangene 224

5. Die Harfe 229
6. Der Teppich 236
7. Das Versteckspiel 239
8. Die Vermählung 245
9. Der Zopf 256
10. Der Eisbrecher 262
11. Das Matriarchat 268
12. Der Abendstern 274
13. Der große Napoleon 280
14. Die Schlange 286
15. Der Rangierbahnhof 293
16. Das Spielkasino 296
17. Die Räuber kommen 304
18. Die Schikanös 310
19. Das Windrad 318
20. Die Surprise 322
21. Die letzte Patience 325

329 **Dritter Teil**
Das Schweigen

1. Dringende Familienangelegenheit 331
2. Schritte auf dem Plattenweg 339
3. Asche zu Asche 352

Nachwort 363

Erster Teil

Eine nicht erwerbstätige Witwe

1. Königshof, Donnerstagabend

Der Heulton einer Sirene fuhr in die Versammlung. Alle blickten ihn an. Hitze schoss ihm ins Gesicht.

»Nichts für ungut, Herr Kröger«, sagte jemand, »aber …« Der Rest ging in dem Alarm unter, der nichts Gutes verhieß.

Unter seinen Händen fühlte Björn glattes Leder. War das nicht … Natürlich, sein Sofa. Von seinen Knien rutschte die Zeitung zu Boden. Der Wirtschaftsteil, darüber war er eingenickt. Er stand nicht im Gobelinsaal des Alten Rathauses; er saß zu Hause und hatte geträumt. Was da sirenengleich heulte, war das Telefon.

»Gehst du dran, Björn?«, hörte er Elena neben sich.

Die Gestalten seines Traumes wollten nicht weichen. Der Oberbürgermeister, der Landgerichtspräsident und die Kollegen blieben hartnäckig vor dem Wandteppich stehen, auf dem Hunde über einen Hirsch herfielen. Auch das Gefühl von Peinlichkeit war noch da.

Menschen, die sagen können, ihr Traum verrate ihnen dieses oder jenes, sind zu beneiden, dachte Björn. Seine eigenen Träume offenbarten ihm nur das Chaos in seinem übervollen Kopf. In letzter Zeit hatte er zu viel gearbeitet und zu wenig geschlafen, er war alles andere als fit.

Die Sirene gab keine Ruhe. Der alte Apparat nervte. Björn hatte Elena versprochen, sich um melodischere Töne zu kümmern, sie wünschte sich Vogelstimmen. Das fiel ihm aber immer erst ein, wenn der Alarm wieder losging.

»Björn, ich muss weitermachen, solange die Farbe nass ist.«

Er schlug die Augen auf. Seine Frau saß über ein Aquarell gebeugt, das auf dem Couchtisch lag. In der einen Hand hielt sie einen Pinsel, mit der anderen schob sie eine Strähne ihres glatten braunen Haars hinters Ohr.

»Ist sicher deine Mutter«, murmelte er.

Ihn traf ein frostiger Blick. »Meine Mutter hatte eine Kieferoperation und kann nicht sprechen.«

Björn streckte den Arm nach dem Telefon aus, die Augen wieder halb geschlossen, er fühlte sich so kaputt.

»Vorsicht!«, rief Elena.

Ihr Wasserglas kippte. Sie bremste es mit der Hand, ein paar Spritzer landeten auf dem Bild. Björn setzte zu einer Entschuldigung an, hatte aber schon den Hörer am Ohr und vernahm eine vertraute Stimme, die immer so klang, als ob was im Mundwinkel klemmte, Zigarre oder Kugelschreiber.

»'n Abend, mein lieber Kröger.«

Schlagartig war Björn hellwach. »Guten Abend, Chef.«

»Prima, dass ich Sie erreiche«, quetschte der Chef heraus. »Wir sind ja ein tolles Team, muss ich sagen. Kranksein kennen wir kaum. Wenn es uns erwischt, arbeiten wir trotzdem.«

»Hm, ja«, sagte Björn leicht verwundert.

Immerhin klangen die Worte nach Anerkennung, und das tat gut. Die halbe Nacht hatte ihn der Hustenreiz gepiesackt und am Schlafen gehindert. Dennoch war er pünktlich in der Redaktion erschienen, ohne sich was anmerken zu lassen. Und jetzt, wo er demonstrieren wollte, wie furchtbar erkältet er war, kam kaum mehr als ein dünnes Hüsteln aus seiner Kehle.

»Bei Fieber gehört man selbstredend ins Bett. Können sich sonst Komplikationen ergeben.«

»Ja, wirklich.« Auf die Idee, mal Fieber zu messen, war Björn noch nicht gekommen. So heiß, wie sein Kopf sich anfühlte, konnten neununddreißig Grad erreicht sein.

»Und deshalb muss einer für die Kollegin Brause einspringen«, fuhr der Chef fort.

»Ach so …« Aber nicht ich, dachte Björn, nicht ich!

»Hat schlapp gemacht, was soll man machen«, nuschelte der Chef. »Ist ja nicht mehr die Jüngste.«

Es entstand eine Pause. Sie wurde länger und länger. Björn musste etwas sagen. Völlig klar, was der Chef erwartete.

»Ist es – heute Abend?«, presste Björn rau aus dem Rachen, damit man sein Halsweh auch hören konnte. Einen halbkranken Mitarbeiter jagte man doch an einem nassen Winterabend nicht hinaus. Nicht mal in der Redaktion der *Bonner Nachrichten* mit dem tollen Teamgeist.

»Prima, dass Sie übernehmen«, sagte der Chef.

Es war das erste Mal in dieser Woche, dass Björn am frühen Abend zu Hause war. Er war arg angeschlagen und hatte sich darauf gefreut, mit Elena in Ruhe zu Abend zu essen. Und nun das.

»Wäre Müller nicht dran?«, fragte Björn vorsichtig.

»Hat sich den Fuß verknackst. Sitzt beim Röntgen im Malteser-Krankenhaus, fünf Leute vor ihm.«

»Und die freien Mitarbeiter, was ist mit denen?«

»Kröger! Das ist kein Taubenzüchtertreffen! Da kommen Koryphäen aus ganz Deutschland.«

Björn biss sich auf die Lippe. Nicht sehr schlau, den Chef zu verärgern. Und schließlich – die Koryphäen machten die Sache interessant. Auf so einen Termin konnte der Chef nicht jeden schicken.

»Wann ist das?«

»In einer Dreiviertelstunde. Zwanzig Uhr.«

»Wo?«

»Hotel ›Königshof‹.«

»Gut«, sagte Björn und nieste.

»Was ist gut daran?«, zischte Elena. Ihr Pinsel plätscherte heftig im rosa gefärbten Wasser.

»Gesundheit«, sagte der Chef.

»Kein Drama«, schniefte Björn.

»Warum wieder du?«, fauchte Elena, als er aufgelegt hatte. »Es gibt noch andere Leute, die hingehen können!« Die Spritzer auf ihrem Bild hatten sich zu Flecken vergrößert. Sie riss das Blatt vom Block, zerknüllte es und warf es in die Sofaecke. »Lass dich nicht immer breit schlagen! Sag endlich mal Nein!«

»Nein«, sagte Björn zwanzig Minuten später.

Elena hatte einen bunten Salat aus Tomaten, Oliven, Paprika und allerlei Grünem zubereitet. Sie saß am Tisch und deutete auf seinen Platz.

»Unmöglich, keine Zeit.« Er schnitt sich im Stehen eine Scheibe Brot und ein Stück Käse ab; das musste reichen. »Hoffentlich gibt es eine Pause«, erklärte er zwischen zwei Bissen. »Dann könnte ich Tante Marie anrufen.«

»Ist die so wichtig?«, fragte Elena in gereiztem Ton. Sie klatschte die Butter auf ihr Vollkornbrötchen, als wollte sie es verhauen.

Die Tante hätte er jetzt besser nicht erwähnt, das war ungeschickt und lag nur daran, dass der Chef von Frau Brause gesprochen hatte, die gestern noch munter auf dem Weg zu ihrer Nichte gewesen war und ihn gefragt hatte: *Wie geht es denn Ihrer Tante?* Worauf er geantwortet hatte: *Ausgezeichnet.* Obwohl er keine Ahnung hatte. Seit Wochen – oder Monaten? – hatte er Marie völlig vergessen, er musste sich endlich bei ihr melden. *Morgen rufe ich sie wieder an*, versicherte er Frau Brause, die ihm daraufhin ein herzliches Lächeln schenkte, das ihn innerlich erwärmte. Er mochte ältere Damen wie Frau Brause und schätzte ihre Liebenswürdigkeit und Anteilnahme, obgleich sie damit manchmal übertrieb.

»Mach's gut, Schatz.« Björn setzte Elena einen Kuss auf die gerunzelte Stirn unter den Ponyfransen.

»Das Brot lässt du angebissen auf dem Teller liegen? Den Salat hast du nicht einmal probiert!«

Langwieriges Kauen, grüne Fasern zwischen seinen eng stehenden Zähnen, Zahnpasta und Mundspülung, weiße Spritzer auf der Krawatte – das ging jetzt wirklich nicht. Beinahe hätte er *den esse ich später* gesagt, schluckte den Satz aber hinunter, damit Elena nicht über Frische und Vitamine dozierte, was immer etwas länger dauerte. Deshalb meinte er nur: »Hübsch siehst du aus.«

Das sprach er schon halb zur Haustür, während er die Hand nach der Klinke ausstreckte. Draußen in der Dunkelheit, wo es in Strömen regnete, flogen verärgerte Ausrufe hinter ihm her. Hatte er versehentlich die Tür offen gelassen? Elenas Stimme ging im Rauschen des Sauwetters unter. Mit gesenktem Kopf rannte er den Fußweg entlang zum Wagen, der am Straßenrand stand. Dicke Tropfen trafen sein Gesicht, Wasser spritzte von allen Seiten. Er übersah eine Pfütze, als er den Schlüssel aus der Tasche zog. Die rechte Socke wurde nass und eisig kalt.

Mal wieder zu hektisch, dachte er, als er am Lenkrad saß. Aus seinem Haar tropfte Wasser, im Nacken lief es in den Kragen. Die Anzughose war voller Flecken. Sein Schirm stand drinnen im Flur, der Regenmantel hing am Kleiderständer. Es hätte keine fünf Sekunden gekostet, um beides mitzunehmen. Und kaum mehr als zwei Minuten, um Elena zu besänftigen. Heute machte er alles falsch.

Björn drehte den Zündschlüssel. Die Frontscheibe bedeckte ein Vorhang aus Wasser, das unablässig vom Dach strömte, als säße er im Innern eines Wasserfalls. Hätte er denn Nein sagen können zum Chef? Nicht in Zeiten, wo auf eine solche Stelle hundert andere scharf waren und man überall Leute entließ! Leider häuften sich die Termine in letzter Zeit. Die Arbeit schien immer mehr zu werden. Oder lag es an ihm selbst? War er langsamer geworden? Umständlicher?

Er drehte den Schlüssel zum dritten Mal. Und wieder stotterte der Motor und verstummte. Elena fehlten natürlich die abendlichen Kino- und Theaterbesuche, das gemeinsame Kochen, Stadtbummel und Ausflüge zu zweit. All das war selten geworden. Er wollte nicht ständig erklären, wie wichtig der Job für ihn war. Die Zeit, als er ohne feste Stelle für magere Honorare gearbeitet und jeden Tag befürchtet hatte, die Quellen seiner Aufträge könnten versiegen, war noch nicht lange her. Der Posten bei den *Bonner Nachrichten* war ein guter Fang, und um ihn festzuhalten, bedurfte es mehr als einer flotten Schreibe. Man erwartete Engagement und Belastbarkeit, besonders wenn Not am Mann war. Das musste Elena doch verstehen! Endlich sah es auch der alte Motor ein. Die Scheibenwischer nahmen quengelnd ihre Arbeit auf.

Vor ihm lag die Fahrbahn, glänzend vor Nässe wie die Haut eines Wals. Björn lenkte den Wagen aus der Wohnstraße im Stadtteil Endenich und fuhr in Richtung Zentrum. Die Tiefgarage des »Königshof« war möglicherweise voll, aber am Rheinufer fand sich meistens eine Parklücke. Die paar Schritte musste er dann eben zu Fuß gehen. Der Regen würde sicher bald nachlassen. Und Elena würde sich beruhigen, wie immer. Natürlich würde sie das.

»Hallo, Marie.«

»Björn!« Am Telefon wirkte ihre Stimme immer überraschend jugendlich, obwohl sie bestimmt im Rentenalter war.

»Wie geht es meiner Lieblingstante?«

»Mach keine Witze, Junge, ich bin deine einzige Tante. Aber wo bist du? Es ist so laut im Hintergrund.«

»Ich bin auf einer Veranstaltung im ›Königshof‹. Wir haben gerade Pause.«

»Das ist das Hotel in der Adenauerallee mit der schönen Terrasse und dem herrlichen Blick auf den Rhein, nicht wahr?«

»Im Moment sieht man nur Dunkelheit und Sauwetter. Und jede Menge Menschen. Der Goldene Saal ist rappelvoll, und jeder will was trinken.«

»Und du stehst mittendrin und telefonierst zwischen all den Leuten?«

»Ich steh mit einem Bier in der Nähe des Eingangs. Hier geht es.«

»Was für eine Veranstaltung ist das?«

»Vorträge und Podiumsdiskussion mit bekannten Rheumatologen.«

»Bist du von Anfang bis Ende dort?«

»Sonst könnte ich keinen ausführlichen Bericht schreiben.«

»Sind da auch normale Leute oder nur solche vom Fach, Ärzte und so?«

»Die meisten dürften Patienten und ihre Angehörigen sein.«

»Sind es viele?«

»Hier stehen rund dreihundert Stühle, und alle sind besetzt.«

Dass sie das alles interessierte! So viele Fragen hatte seine Tante ihm noch nie gestellt. Das war wunderbar und zeigte sie von einer ganz neuen Seite.

»Kannst du mich am Sonntag besuchen, Björn? Ich habe eine Bitte.«

Bisher hatte er für Marie kaum mehr getan, als eine Glühbirne auf dem Dachboden auszuwechseln. Es war nicht so, dass er nichts für sie tun wollte, aber er vergaß immer, seine Hilfe anzubieten. Genauso wie er ständig vergaß, sie anzurufen. Und Marie war so zurückhaltend! Ihre Bitte war ihm hoch willkommen. Er stimmte zu, am Sonntag um vier zu kommen.

Ein Gong teilte das Ende der Pause mit. Björn tippte rasch noch eine Nummer an.

»Elena«, sprach er ins Handy. »Ich habe mich mit Marie für Sonntagnachmittag verabredet. Kommst du mit?«

Sie schien zu überlegen. Das war ein gutes Zeichen. Björn stellte sein leeres Glas auf einen Stehtisch und nickte jemandem zu, den er flüchtig kannte. Ob Elena diesmal …

»Nein.«

Natürlich, das hätte er sich ja denken können.

»Besuch sie bitte allein.«

»Kein Drama«, behauptete Björn und schloss sich den Menschen an, die wieder in den Saal strömten.

Es war ärgerlich, dass Elena die Tante mied. Vor Jahren hatte er mal gehofft, die beiden würden sich anfreunden. Aber Elena behauptete, Marie sei seltsam, sie wirke wie eine Laienschauspielerin in einer ungeliebten Rolle, also nicht ganz echt. Björn hatte eingewandt, Marie lebe schon seit Jahrzehnten allein und hadere vielleicht mit ihrem Status als Witwe ohne Beruf. Alles vergebens. Elena lehnte Marie ab.

Vorne im Saal begannen die Mediziner sich um den Rednertisch zu versammeln. An der Tür stand breitbeinig ein Mann wie ein Turm mit gelbgoldener Kuppel. Das ist ein Elend in meiner

Zunft, dachte Björn, wo man hingeht, trifft man auf Kollegen. Er hatte bereits Mitarbeiter von Radio Bonn/Rhein-Sieg, vom WDR, der Deutschen Welle, den Blättern der Bonner Umgebung und von überregionalen Zeitungen begrüßt, und die Begegnung mit dem da, Klaus Wilhelm vom *Rheinblick*, hätte er sich gern erspart. Dieser Mensch pflegte alle anzugrinsen, als ob er sich über sie lustig machte. Ist eben seine Macke, hieß es allgemein, und niemanden schien es ernstlich zu stören. Doch Björn befiel jedes Mal ein Unbehagen, als hätte Wilhelm bei ihm Tomatenflecken auf dem Hemd oder Rasiercreme auf der Nase entdeckt.

Wilhelms Grinsen kam Björn heute besonders breit vor. Die Kiefer bewegten sich mahlend unter der gelben Pilzfrisur, die vermutlich gefärbt war, schließlich war er Ende Fünfzig. Als sich ihre Blicke kreuzten, blitzten die blauen Augen diabolisch auf – falls es nicht nur Lichtreflexe der Lampen waren, die von den Wänden und der Decke herabstrahlten.

»Sie hat es also auch getroffen«, schmatzte Wilhelm ihm entgegen. Pfefferminzaroma umgab ihn wie Parfum. »Bei uns hat fast jeder die Grippe oder tut zumindest so. Der standhafte Rest darf alle Abendtermine wahrnehmen.«

Er hielt Björn einen silbrig verpackten Streifen entgegen. »Möchten Sie auch? Sie können das gebrauchen, so schlaff, wie Sie aussehen.«

»Nein, danke«, sagte Björn, bemüht, nicht beleidigt zu wirken.

»Los, probieren Sie! Fabelhafte Sorte. Energie pur.«

Björn wollte nicht unfreundlich sein und nahm den angebotenen Streifen. Sogleich bereute er es. Er hätte beim Nein bleiben sollen. Die Bemerkung über sein Aussehen war auch nicht die pure Höflichkeit.

»Das Papier können Sie mir geben.«

Björn wickelte den Kaugummi aus und schob ihn in den Mund. Wilhelm beobachtete ihn. Ich kann den Kerl nicht leiden und lasse mir von ihm so ein Zeug aufschwatzen, ärgerte sich Björn. Im Moment konnte er sich selbst nicht leiden.

»Na?«

»Fabelhaft. Wie Sie sagten.«

Als Björn auf seinem Platz saß, schaute er sich um und sah den gelben Schopf weit entfernt in einer der hinteren Reihen leuchten. Das Gesicht war von anderen Leuten verdeckt. Björns Hand fuhr zum Mund und zog das Kaugummiknäuel von seinen Backenzähnen. Widerlich, dachte er, ich hätte es ihm an die Nase kleben sollen. Er ließ die Hand unter den Sitz gleiten und drückte die weißgraue Masse an die Innenseite des Stuhlbeins. Ein Kaugummi wird man ja leicht wieder los.

2. Die Bitte

Kaum zu glauben, dass diese Woche wie alle anderen aus sieben Tagen bestand! Sie kam Björn vor wie ein einziger vollgepackter Arbeitstag. Er war nicht in Form, der andauernde Schnupfen machte ihn fertig, der zunehmende Husten unterbrach jeden Gedankengang und jedes Gespräch.

Bis Montag musste seine Reportage über die Schrebergärten fertig werden. Immerhin: Seinen Informationen zufolge gab es im Stadtgebiet zwanzig Kleingartenvereine und 885 Kleingärten. Umfangreiche Themen wie dieses brachte die Lokalredaktion neuerdings jede Woche, die kamen gut an, bedeuteten aber einiges an Mehrarbeit. Björn hatte das Thema unterschätzt und geglaubt, bis zum Wochenende damit durch zu sein. Jede Menge aktuelle Berichte und Meldungen waren dazwischen gekommen, die Recherchen hatten sich verzögert, und eine Gesprächspartnerin hatte kurzfristig abgesagt. Das Fax mit den Lageplänen hatte er erst am Freitagabend erhalten, es war versehentlich in der Sportredaktion gelandet. Und nun war der Sonntag da, und die Verabredung mit seiner Tante passte ihm nicht mehr. Für den Besuch in ihrem Haus würden zwei bis drei Stunden drauf gehen.

Björn wollte schnell noch ein paar Absätze korrigieren und holte sich eine Tasse Kaffee aus der Küche. Im Flur stieß er auf Elena. Sie öffnete die Haustür und erklärte, sie gehe mit Gaby und deren Mops auf den Kreuzberg. Helles Sonnenlicht ließ ihr braunes Haar rötlich aufleuchten. Ein frischer Lufthauch, der an Sekt erinnerte, zog über die Schwelle. Irgendwo hoch oben meinte Björn die Rufe der ersten Kraniche zu hören. Er schnupperte durch die verstopfte Nase. Roch es schon nach Blüten? Ein Spaziergang mit Elena täte ihm gut und gäbe ihm Schwung für die restliche Arbeit. Dafür würde er sogar diese Gaby und ihren Mops in Kauf nehmen. Er müsste nur schnell Marie anrufen und ihr absagen. Seine Erkältung und die Ansteckungsgefahr wären Grund genug. Worauf sie ihm bestimmt versichern würde, das mache ihr nichts aus, zurzeit sei sowieso jeder erkältet. Oder er könnte seine Arbeitsbelastung anführen. Dann hätte er zwar ein schlechtes Gewissen, könnte ihr aber ersatzweise den Sonntag in drei Wochen anbieten.

Wenig später fuhr Björn mit dem Wagen los. Auf ihn war Verlass, darauf war er auch ein bisschen stolz. Er konnte Marie nicht enttäuschen – nicht wegen eines Berichts über Kleingärten, erst recht nicht wegen eines Spaziergangs. Sie hatten sich so lange nicht gesehen! Wie hatte er es fertig gebracht, ein ganzes Jahr verstreichen zu lassen, ohne eine einzige Stunde für sie zu erübrigen? Und das, obwohl es bis zu ihrem Haus am Poppelsdorfer Weiher per Auto oder Fahrrad nur ein paar Minuten waren.

Er erreichte die Meckenheimer Allee, fuhr am Schloss Clemensruhe vorbei und gelangte zum Kopf der Poppelsdorfer Allee, die den früheren kurfürstlichen Landsitz mit dem Stadtschloss, dem heutigen Hauptgebäude der Universität, verband. Wie gewohnt warf er einen kurzen Blick auf das andere Ende der Sichtachse mit der Grünfläche in der Mitte, die von zwei Doppelreihen Kastanien mit noch winterkahlen Kronen gesäumt wurde. Die dortigen Sandwege waren Fußgängern und Radfahrern vorbehalten, während der Autoverkehr einspurig an den äußeren Rändern floss. Björn bog in die bescheidenere Königstraße ein und fand rechts im Venusbergweg eine Parklücke am Zaun des botanischen Gartens, dem ehemaligen Schlosspark.

Wie schäbig das kleine Auto wirkt, dachte Björn, als er ausstieg und die Fahrertür abschloss. Vor zehn oder elf Jahren war er so stolz darauf gewesen: Sein erstes Auto! Endlich genug Geld! Doch in letzter Zeit schien es zu schrumpfen wie ein alter Apfel. Was in der begehrten Wohnlage zwischen dem Barockschloss und den Bürgerhäusern aus der Gründerzeit besonders auffiel.

Als er den Fußweg am Weiher betrat, stand seine Tante bereits vor dem Tor ihres Vorgartens und winkte ihm zu. Vielleicht hatte seine alte Mühle so laut geknattert, dass Marie ihn trotz geschlossener Fenster und kochenden Teewassers schon von weitem gehört hatte. Beim Anblick ihrer rundlichen Gestalt wurde ihm ganz warm vor – ja, vor Freude. Diese liebe Cousine seiner Mutter wiederzusehen, war gut und richtig. Er war froh, es nicht aufgeschoben zu haben.

Marie begrüßte ihn herzlich und hakte sich bei ihm ein. Unter ihren eulenartigen Brillengläsern saß ein schiefes Lächeln, das er an ihr nicht kannte. Vielleicht trug sie jetzt eine Zahnprothese, die irgendwo drückte.

Über die Stufen zur Haustür und den braun-weiß gefliesten Flur gingen sie in das mit antiken Möbeln bestückte Wohnzimmer. Der Duft von Bohnerwachs und Möbelpolitur sowie das Ticken der hohen Standuhr begleiteten sie über das Eichenparkett und die Orientbrücken, während die dunklen Augen einer hageren Urahne im vergoldeten Rahmen ihnen von der Wand aus Schritt für Schritt zu folgen schienen. Durch die Tüllgardine an den Fenstern, die auf den Garten blickten, schimmerten rosa Alpenveilchen. Auf dem ovalen Tisch stand das silberne Stövchen mit der bauchigen Kanne, beides so makellos blank geputzt wie das Milchkännchen, die Zuckerdose und die Plätzchenschale daneben. Kein Buch, keine Zeitung, kein einziges Papier, nichts lag auf den polierten alten Möbeln herum. Eine Welt von Ordnung und Unschuld und – *Spießigkeit*, hätte seine Mutter gesagt. Björn selbst benutzte den Begriff nicht, weil er unsicher war, was genau darunter fiel und was nicht.

Bald dampfte der Tee in den Tassen. Marie, die Björn gegenüber saß, betrachtete ihn liebevoll.

»Wie geht es dir, Björn?«

Er nickte vage. »Du hast eine Bitte.«

»Hm … Es fällt mir schwer«, sagte sie und zupfte an der Rüsche ihres Blusenärmels.

»Nur zu!«, ermunterte Björn sie und dachte: Zögere es nicht hinaus, liebe Tante, mach bitte flott. Bei der Aktion mit der Glühbirne war sie erst nach anderthalb Stunden damit herausgerückt, was sie von ihm wollte.

Die kleinen Augen hinter den großen Gläsern richteten sich auf das Bild der Urahne an der Wand. Sie schienen dort den Falten des weinroten Kleides vom Hals bis zum Schoß zu folgen und wanderten zurück zum Tisch. Die mollige Hand nahm ein Plätzchen, der kleine Mund knabberte daran, als dächte Marie längst an etwas anderes und hätte ihren Wunsch vergessen. Björn klopfte sachte mit den Fingern aufs Tischtuch.

»Sag, Björn – wie geht es Lars?«

Björns Ellenbogen zuckte zur Seite, sein Ring stieß gegen ein Glas, das einen hellen Glockenton von sich gab. Was sollte die Frage?

»Deinem Bruder Lars.«

Björn langte nach der weißen Papierserviette vor ihm und faltete sie kleiner. Warum fragte Marie nach Lars? Das passte ihm nicht, er wollte nicht an ihn erinnert werden. Lars und er … Die Band, die Handball-Mannschaft, ach, was nicht alles! Björn drückte die Serviette zu einem Päckchen zusammen. Irgendwann hatte nichts mehr geklappt. Konnte er was dafür? Wäre sonst nichts passiert? Lars mit seinen neuen Freunden, diesen Dummköpfen. Hätte nicht jeder sich abgewandt? Nach vorn schauen, hatte Vater gesagt, hatte seinen Laden verkauft und war nach Island abgehauen. Mutter wollte im Nachhinein alles anders gemacht haben, telefonisch von New York aus.

»Ich habe nichts mehr von ihm gehört«, sagte Marie.

Niemand hatte von Lars gehört. Seine Abneigung gegen Menschen aus seinem alten Leben war allzu deutlich. Trotzdem hätte man mehr tun müssen. Björn presste das Serviettenpäckchen zusammen, bis die Finger schmerzten.

»Björn?«

Marie schaute ihn an. Wie eine Forscherin, die ein Experiment macht. Quatsch, seine Nerven foppten ihn, er musste endlich mit der Sache klarkommen, es war lang genug her. Warum sollte Marie nicht nach Lars fragen? Sie hatten ewig nicht mehr über ihn gesprochen.

»Keine Ahnung, was er so macht«, erwiderte Björn in leichtem Ton, als wäre von einem langweiligen Vetter dritten Grades die Rede. Er glättete die verknitterte Serviette, legte sie unter die Keksschale und schaute zur Standuhr, was weniger auffällig war als der Blick zum Handgelenk. Um sechs Uhr wollte er zu Hause sein. Er war unruhig, weil er den Bericht noch mal kritisch durchsehen und hier und da straffen musste. Der Chef hatte Müller am Freitag zum Vertreter der stellvertretenden Chefredakteurin bestimmt. Müller, nicht Björn, ein klarer Hinweis darauf, dass er sich mehr anstrengen musste.

»Die Bitte, Marie«, sagte Björn, ohne seine Gereiztheit verbergen zu können. »Von der du am Telefon gesprochen hast. Um was geht es?«

»Die Sache ist … delikat.«

»Wie spannend! Schieß los!«

Keine Spur war er gespannt, sie sollte sich nur beeilen, seine Zeit war kostbar.

Die Standuhr aus dunkel gebeizter Eiche gab einen tiefen Ton von sich, als ob hundert Jahre Vergangenheit sich zu Wort meldeten. Björn nahm einen großen Schluck aus der Tasse. Er betrachtete die Kekse in der Schale und nahm einen dreieckigen heraus. Er sog den zarten Zimtduft ein, während er innerlich vibrierte. In dem Bewusstsein, sich entspannen zu müssen, streckte er die Beine unter dem Tisch aus. Die Hacken seiner Schuhe schlugen auf den Boden.

»Jemand aus der Gemeinde«, erklärte Marie schließlich und sah auf seine Beine. »Ein Freund. Er ist in Schwierigkeiten.«

»Geld?«

»Geld doch nicht.«

»Eheprobleme?«

»Du bist seine einzige Hoffnung.«

»Wieso?«

»Der Gute hat dich neulich im ›Königshof‹ gesehen.«

»Ja, und?«

»Du sollst nur sagen, dass du ihn auch gesehen hast, weiter nichts.«

»Wann soll ich das sagen?«

»Wenn es so weit ist.«

»Und wo?«

»Vor Gericht.«

Björns angebissener Keks fiel auf den Teppich. Seit der Sache mit Lars hatte er das Gebäude des Amts- und Landgerichts nicht mehr betreten.

»Der Arme hat so ein Pech!«, sagte Marie. »Niemand will ihn bemerkt haben.«

»In dem Hotel waren doch genug Leute.«

»Björn, er steht mir so nahe. Es geht um unser Glück.«

Wie eine Taube kam das Wort geflogen. *Glück.* Aus dem Mund der Tante war es ungewohnt und fremd. Es machte Björn verlegen.

»Du hast einen festen Freund?«

Sie blickte wieder zu Boden. Er zog die Füße unter den Stuhl und traf mit der Schuhspitze den Keks, der knirschend zerbrach. Marie und ein Liebhaber, das war ja eine Neuigkeit!

»Stell ihn mir bald mal vor.«

»Gerne!« Sie legte den Kopf in den Nacken und drehte das Gesicht der Zimmerdecke zu. »Alfred?«

Björn erschrak. »Ist er da?«

Das ging ihm ein bisschen zu schnell. Ihr Freund hatte oben im Schlafzimmer darauf gewartet, dass sie ihn rief! Schon waren Schritte auf der Holztreppe zur hören, dann auf den Steinfliesen. Ein Fingerknöchel berührte die andere Seite der Wohnzimmertür. Sie öffnete sich mit langgezogenem Knarren. Wie im Film, wenn der unheimliche Teil begann.

Björn wischte die Kekskrümel von seiner Hose und erhob sich. Herein trat ein Mann im braunen Sakko, das an den Schultern spannte. Alles an ihm wirkte stumpf und braun – das breite

Gesicht, das bürstenartige Haar, die kurzen Finger und sogar die Zähne, die zwischen den Lippen auftauchten. In einem Haufen alter Blätter wäre er kaum aufgefallen.

»Wir haben uns am Donnerstagabend gesehen, Herr Kröger«, sagte der Mann in leicht rheinischem Tonfall. »Die Rheumatologen. Wissen Sie noch?«

Björn erinnerte der Mann an den unbeholfenen Verkäufer von Grußkarten für irgendeinen guten Zweck, dem er vor Weihnachten widerwillig ein Päckchen abgekauft hatte, ein wenig auch an den Fürsprecher eines kleinen Zirkus, der mit der Sammelbüchse vor der Tür stand und ihn überredete, für Tierfutter zu spenden. Aber »Königshof«? Hatte er ihn dort gesehen? Irgendwo im Gedränge? Er überlegte.

Sein Blick begegnete Maries Eulenaugen, die um eine zustimmende Antwort flehten.

»Du erinnerst dich, Björn?«

»So ungefähr«, sagte er.

Ein klares Nein erschien ihm zu unhöflich. Es war ja möglich, dass er den Mann gesehen, aber sein Äußeres sogleich wieder vergessen hatte. Solche Gesichtszüge sah man allzu oft. Als hätte es sie irgendwo als preiswerte Mängelware gegeben.

»Aber nicht genau«, beeilte er sich hinzuzufügen.

Wie an vielen Orten, die Björn für die Zeitung aufsuchte, hatte er auch am Donnerstagabend in Hunderte von Gesichtern geschaut, von denen ihn die wenigsten interessierten.

»Ich war dort für meine Mutter. Ihr selbst war die Veranstaltung zu anstrengend«, sagte der Mann und wischte sich mit dem Handrücken über die Augen. »Während der Vorträge und der Diskussion saß ich schräg hinter Ihnen, Herr Kröger. Sie drehten sich mehrmals um, als hielten Sie nach Bekannten Ausschau. In der Pause stand ich in Ihrer Nähe an der Eingangstür. Deshalb bemerkte ich, dass Sie mit jemandem namens Marie telefonierten. Meiner Marie, wie sich später herausgestellt hat. Gibt es nicht glückliche Zufälle?«

Björn beugte sich zum Teppich hinunter und hob die zerbrochenen Keksstücke auf. Bildete er sich das ein oder klangen die Sätze tatsächlich auswendig gelernt? Vielleicht war der Mann nur bemüht, einwandfrei zu sprechen und ihm den rheinischen Dialekt zu ersparen.

»Du hilfst meinem Alfred, Björn?«

»Ihre Tante wird Sie großzügig belohnen, Herr Kröger.«

»Du kannst es gebrauchen, nicht wahr?«, flüsterte sie.

»Es geht um unser Glück«, sagte der Mann steif.

Arm in Arm standen die beiden da und schauten ihn hoffnungsvoll lächelnd an. Das ist ja unglaublich peinlich, dachte Björn. Er bemerkte den sozialen Unterschied zwischen ihnen, obwohl er nicht hätte sagen können, woran. Lag es am Sakko? Den Fingernägeln? Den Zähnen? Der Art zu sprechen? Seine Mutter hätte ihm zugeflüstert: *Das ist ein ganz einfacher Mann. Was will sie mit dem?* Björn verabscheute solche Vorurteile. Das Einzige, was zählte, war, dass Marie einen Menschen gefunden hatte, der sie mochte. Er war mindestens zehn Jahre jünger als sie – warum auch nicht?

Aber vor Gericht aussagen … Björn spürte, wie die Sache mit Lars ihm wie ein spitzer Keil zwischen Kopf und Bauch steckte. Wegen Totschlags zu sechseinhalb Jahren Freiheitsstrafe verurteilt. Verurteilt! Gab es etwas, das demütigender war? Nicht nur für den Bruder, sondern auch für ihn selbst war es ein Schlag ins Gesicht gewesen. Nie wieder hatte Björn ein Gericht betreten wollen. Warum mutete Marie ihm das zu? Ihre Liebe zu diesem Alfred musste stärker sein als ihr Feingefühl.

Es könnte allerdings, ging ihm plötzlich durch den Kopf, auch seinen Reiz haben, den Richtern mal nicht als Bruder des Angeklagten gegenüberzustehen, sondern als unbeteiligter Zeuge, der oft die wichtigste Figur ist. So ein Zeuge war aufgetaucht, als Lars schon anderthalb Jahre im Gefängnis saß, und hatte dem ahnungslosen Gericht erklärt, was auf der Kirmes am Beueler Rheinufer wirklich geschehen war: Das Messer hatte natürlich ein anderer geführt.

»Woher wussten Sie, wie ich heiße?«, fragte Björn den Mann, der gerade die rundliche Hand der Tante tätschelte.

»Ich stand am Getränkeausschank hinter Ihnen. Sie drehten sich um und reichten mir mein Kölsch. Ich stellte mich vor. Daraufhin sagten Sie Ihren Namen. Leider waren Sie nicht an einem Gespräch interessiert.«

Björn versuchte, sich an das Gewühl vor dem Saal zu erinnern. Laut war es gewesen. Viele bekannte Gesichter, häufiges Grüßen, Satzfetzen hier und da, immer wieder Namen, die meisten verstand man nicht oder vergaß sie auf der Stelle. Ein paar Biere wurden nach hinten durchgereicht.

»Möglich«, sagte Björn. »Ich kann mich nicht daran erinnern.«

Dieser Mensch ahnte natürlich nicht, wie oft Björn jeden Tag angesprochen wurde und was es hieß, in dieser Stadt Lokalredakteur zu sein; noch weniger konnte er sich vermutlich vorstellen, dass ein Journalist, der sich Notizen machte, nicht auf die Reihe hinter ihm achtete. Zu Beginn der Pause hatte Björn einige Worte mit dem beeindruckenden Professor K. gewechselt und sich mit Leuten vom WDR und der Deutschen Welle unterhalten. Wie sollte er sich an einen unbedeutenden Mann und sein Kölsch erinnern?

»Du hast mir erzählt, jemand hat Björn mit Namen angeredet«, wandte sich Marie an ihren Freund.

»Ach ja. So ein Großer.« Alfred schaute Björn erwartungsvoll an.

»Blond?«

»Ja, blond.«

»Meinen Sie Wilhelm vom *Rheinblick*?«

»Genau der. Sie haben ein paar Worte mit ihm gewechselt.«

»Ja, stimmt.«

»Wirst du es tun, Björn?« Maries Stimme zitterte leicht.

Kann ich ihr das abschlagen?, dachte Björn. Er ist ihr Ein und Alles. Ihr Glück. Außerdem war Alfred tatsächlich im »Königshof« gewesen, er hatte Wilhelm gesehen. Dass er selbst sich nicht genau an Alfred erinnerte, war nur ein erneuter Beweis dafür, dass er die Menschen nicht richtig wahrnahm. *Björn schaut an allen vorbei* – hatte Elena das nicht kürzlich beklagt? *Björn sieht nur die Berühmten und die Wichtigen.* Machten sich nicht unzählige Leute darüber lustig?

»Was hast du gesagt?« Die Frage ähnelte einem Wimmern. Marie hielt den Kopf vorgestreckt wie eine Schildkröte. Die Szene hatte etwas Unwürdiges an sich.

»Es ist doch ganz einfach«, sagte Björn zu ihrem Freund. »Wenn Wilhelm Sie gesehen hat, kann er für Sie aussagen.«

Der Mann blicke Marie an.

»Es war anders, Björn«, sagte sie. »Alfred hat ihn gesehen, aber nicht umgekehrt.«

Maries Freund nickte. »Der Blonde hat zu Ihnen geschaut, als ich vorbeigegangen bin.«

Björn entfuhr ein Seufzer. »Was für ein Gerichtsverfahren ist es?«

»Ein Strafprozess«, erwiderte Marie. »Aber das tut nichts zur Sache. Du hast ihn also gesehen, Björn.«

»Eine Strafsache!«, rief Björn. Ohne sich genaue Vorstellungen gemacht zu haben, hatte er auf etwas Harmloseres gehofft. »Trunkenheit am Steuer? Fahrerflucht?«

»Dass Sie gerade das erwähnen!«, stöhnte Alfred und ließ Maries Hand fallen. Er schluchzte auf, stürzte hinaus und schlug die Tür hinter sich zu. Die weiteren Geräusche seiner Flucht verschluckten die Schläge der Standuhr.

»Seine Mutter«, flüsterte Marie. »Seine geliebte alte Mutter. Ausgerechnet an dem Rheumatologenabend. Jemand ist mit Alfreds Auto gefahren, und die Mutter saß mit drin, im Dunkeln, bei strömendem Regen auf der Landstraße, irgendwo in der Nordeifel. Der Wagen kam von der Fahrbahn ab, stürzte eine steile Böschung hinunter und prallte gegen eine Eiche. Die arme Frau war sofort tot. Man hat sie erst am nächsten Morgen gefunden. Der Fahrer ist getürmt, und niemand weiß, wer es war. Ist das nicht furchtbar für den Sohn?«

»Alfred muss doch wissen, wer den Autoschlüssel hatte.«

»Es gab bei ihm zu Hause einen Zweitschlüssel. Der hing dort am Schlüsselbrett. Jeder konnte ihn wegnehmen.«

»Wie – jeder?«

»Alfreds Schwester, ihr Lebensgefährte und ihr Sohn, Alfreds Frau und ihr Liebhaber, sein Stiefbruder und dessen Freundin sowie die Schwiegermutter und ihr Freund.«

»So viele?«

»Sie wohnen alle zusammen, eigentlich ganz liebe Leute, aber sie decken sich gegenseitig, sie gönnen ihm die Erbschaft nicht. Einer von ihnen behauptet, die Mutter habe sich um halb acht mit Alfred in der Stadt getroffen. Weil die anderen angeblich in der Wohnung waren, verdächtigt die Polizei natürlich ihn, der Unglücksfahrer zu sein. Aber Alfred war im ›Königshof‹. Er hatte den Bus genommen. Das Parken in der Stadt wird ja immer schwieriger.«

»Hat er den Fahrschein noch?«

»Ich glaube nicht. Woher sollte er wissen, dass er ihn noch brauchen würde?«

»Irgendwer muss sich doch an ihn erinnern! Der Busfahrer? Das Hotelpersonal? Jemand, der neben ihm saß?«

Marie schüttelte den Kopf.

»Die Polizei glaubt ihm nicht, weil er keine Zeugen hat. Es ist tragisch. Alfred ist ein so lieber Kerl. Und nun fehlt ihm ein Alibi. So nennt man das wohl?«

»Mir scheint, du bist dir keineswegs sicher, dass du ihn gesehen hast«, sagte Elena, als Björn beim Abendessen von dem Gespräch berichtete.

»Nicht ganz sicher, aber ziemlich sicher.«

»Was sind das für Abstufungen? Dreiviertelwahrheit? Vierfünftel? Neunzehntel? Vor Gericht musst du die volle Wahrheit sagen. Alles andere wird bestraft. Und wenn du auch noch einen Eid darauf…«

»Was kann Maries Freund dafür, dass ich so ein schlechtes Gedächtnis habe?«, unterbrach er sie. Wie bei den Vitaminen, immer wollte sie ihn belehren! »In letzter Zeit geht es mir oft so – ich sehe jemanden und achte nicht drauf. Das weißt du doch.«

»Dann sag es so. Die volle Wahrheit ist, dass du dir nicht sicher bist.«

»Elena! Wenn ich als unzuverlässige Persönlichkeit dastehe, wenn ich ein wackeliger Zeuge bin, nützt das Alfred überhaupt nichts.«

»Du musst es ablehnen, Björn. So eine Gefälligkeit kann dir alles kaputt machen. Und das für einen völlig Fremden!«

»Elena, begreifst du nicht, um was es hier geht?«

»Um lebenslange Freiheitsstrafe vermutlich.«

»Doch nicht bei Anklage wegen Fahrerflucht.«

»Es gibt eine Tote!«

»Ist dir klar, was du da sagst? Du bezichtigst Maries Freund der Lüge!«

»Bekommst du eine Belohnung dafür?«

»Es geht hier um das Glück meiner Tante! Ich bin froh, dass ich etwas für sie tun kann.«

»Kann sie sich nicht selbst um ihr Glück kümmern und dich in Ruhe lassen? Wie kommt sie an diesen Alfred?«

»Sie kennen sich aus der Kirche.«

»Kirchlich geprüft – ist das ein Gütesiegel?«

»Warum bist du immer so pedantisch?«

»In diesen Dingen muss man genau sein. Du kannst dich nicht wegen irgendeiner dösigen Tante …«

»Das ist es – du magst sie nicht!«, fuhr er sie an. »Dabei kennst du Marie kaum!«

»Und wie gut kennst du sie?«

Er biss in sein Käsebrot und antwortete nicht, erschrocken, weil sein Ton so scharf ausgefallen war. Aber *dösig* hätte sie nicht sagen dürfen!

Elena schaute ihn nicht an, sondern blickte auf ihre Tomatenscheiben, die sie sorgfältig mit Mayonnaise bestrich. Sein Bergkäse schmeckte wie Pappe, er schob den Teller weg und schielte zur ihr hinüber. Sie knabberte an dem Tomatenbrot herum wie eine Maus.

Er fühlte sich unwohl in dem kalten Schweigen. Ihm fiel ein, dass sie sich beim Frühstück vorgenommen hatten, abends über die gemietete Garage zu reden, weil sie teuer war und nicht unbedingt notwendig. So kam es, dass sie nach einigen Minuten wieder miteinander sprachen – über die Garage.

3. Private Post

Björn war nicht bereit, länger über die Angelegenheit Alfred nachzudenken. Später. Nicht jetzt.

Es war unglaublich viel los in der Stadt. Björn war beruflich so eingespannt, dass er sein Privatleben fast vergaß. Eine liebevolle halbe Stunde mit Elena am Abend war ab und zu noch drin, den Rest verlor er aus den Augen.

Erst auf einem Empfang für englische Wissenschaftler im Gobelinsaal des Alten Rathauses fiel ihm Marie wieder ein und das, woran ihn Elena erinnert hatte: Falschaussagen vor Gericht standen unter Strafe. Aber das setzte eine unwahre Aussage voraus! Es sprach indessen alles dafür, dass Alfred sich im »Königshof« aufgehalten hatte und dies die Wahrheit war. Björn hatte einfach nur gepennt, eine Wahrheit, die nicht gerade löblich war. Und wie sollten die Richter darauf kommen, dass er sich nicht richtig an Alfred erinnerte, sondern nur glaubte, sich an ihn zu erinnern zu müssen, wenn er besser aufgepasst hätte? Wenn sie hellsichtig wären, bräuchten sie keine Zeugen! Dann gäbe es keine Fehlurteile wie bei Lars, in dessen Fall die Wahrheit so spät ans Licht gekommen war. *Wenn* es die Wahrheit war, und *wenn* sich überhaupt noch jemand richtig erinnern konnte. Die Sache mit der Wahrheit war immer vertrackt.

Ein junges Mädchen reichte Björn ein Glas Weißwein, schritt mit ihrem Tablett weiter und gab den Blick auf den großflächigen Gobelin mit einer Szene aus der griechischen Mythologie frei, die einer Jagdszene glich, weil dort Hunde einen Hirsch erlegten. Es war einer der historischen Wandteppiche aus dem 18. Jahrhundert, an denen Könige, Staatspräsidenten, Regierungschefs, Nobelpreisträger und andere Berühmtheiten aus aller Welt vorbeigegangen waren, um sich ins Goldene Buch der damaligen Bundeshauptstadt einzutragen, derselbe Wandteppich, von dem Björn geträumt hatte, als der Chef anrief und ihn bat, die erkrankte Frau Brause zu vertreten. Ein blöder Zufall! Wenn seine Kollegin gesund geblieben wäre und ihren Termin im »Königshof« selbst wahrgenommen hätte, müsste Björn sich jetzt nicht den Kopf zerbrechen.

Er stellte sein Glas auf einen der Stehtische, trat ans Buffet und lud sich Brokkoli und Kartoffelgratin auf einen Teller. Vielleicht erledigt sich die Sache mit der Aussage von selbst, ging es ihm durch den Kopf. Manche Verfahren wurden eingestellt. Vor Jahren hatte ihn jemand gebeten, in einer Verkehrsstrafsache auszusagen, von der er später nie wieder gehört hatte.

Björn wandte sich der Fleischplatte zu und nahm ein Kalbsschnitzel herunter. Aber vielleicht wäre es doch besser, Marie zu erklären, dass ihm Bedenken gekommen seien, überlegte er und griff in den Brotkorb. Das ließe sich mit der Bitte um Verständnis knapp und freundlich per Telefon erledigen. Er müsste nicht sehen, wie ihre Eulenaugen sich mit Tränen füllten. Vermutlich erwartete Alfred ohnehin nur eine Geldstrafe, bei der Marie wahrscheinlich aushelfen konnte. Warum regte sie sich so auf? Sie würde es überwinden. Ja, er musste hart bleiben.

Mit dem gefüllten Teller kehrte Björn zu seinem Weinglas zurück. Für Hartherzigkeit gab es natürlich keine Belohnung. Weshalb kam ihm das in den Sinn? Zahlen mit mehreren Nullen wanderten ungebeten durch seinen Kopf, während sich sein kümmerlicher Kontostand, die Kolonne der Abbuchungen zugunsten der Bausparkasse und das Bild seines in die Jahre gekommenen Kleinwagens dazwischen schoben. Nein, an Belohnung zu denken, war völlig daneben, das durfte keine Rolle spielen. Von der Großzügigkeit seiner Tante hatte er bereits profitiert, als sie ihn von dem Berg seiner Studentenschulden befreit hatte. So gesehen schuldete er ihr die Erfüllung eines Wunsches ohne jede Belohnung.

Schluss mit der Grübelei. Er musste Gespräche führen, Informationen einholen, deshalb war er hier.

Björn war oft zu eilig oder zu müde, um seine Post zu lesen und hatte sich daher angewöhnt, sie erst mal auf dem Schreibtisch im

Arbeitszimmer aufzuschichten. So verstrichen jeweils einige Tage, bis er sich dazu aufraffte, die Briefe zu öffnen und zu überprüfen, ob etwas Wichtiges dabei war.

An dem Morgen, als er den Stapel wieder mal flüchtig durchsah, weil er allzu hoch geworden war, fiel sein Blick auf einen Umschlag, der als Absender eine Rechtsanwaltspraxis auswies. Das passte ihm jetzt überhaupt nicht, schon beim Aufwachen hatte er sich wie nach einer Narkose gefühlt hatte und war schwer von der Matratze hoch gekommen, was vielleicht die Schuld des Retsina war, den er am vergangenen Abend mit Elena getrunken hatte. Gestern war sie mit zwei Flaschen des geharzten griechischen Weins nach Hause gekommen, dem Geschenk eines Orthopädie-Professors. Sie hatte eine ärztliche Diagnose zum Knie eines Triathleten in Frage gestellt, was ihr als Physiotherapeutin eigentlich nicht zustand, und später hatte sich herausgestellt, dass sie Recht hatte – Kompliment vom Professor und zwei Fläschchen Wein.

Björn riss den Briefumschlag auf und überflog die obersten Zeilen.

Sehr geehrter Herr Kröger, wie wir von unserem Mandanten Alfred Watt erfahren haben …

Verdammter Optimismus! Die Sache hatte sich nicht erledigt. Aber sich jetzt auf die Schnelle damit zu befassen, kam nicht in Frage, es war höchste Zeit, in die Redaktion aufzubrechen. Er stopfte den Brief in die Jackentasche. Er würde ihn später während einer ruhigen Phase bei einem Becher Kaffee zu Ende lesen.

Kaum hatte Björn die Etage der Lokalredaktion betreten, schlug ihm die Stimme der Redaktionssekretärin entgegen. Sie habe ihm ein paar dringende Meldungen weitergeleitet. »Schau bitte sofort nach, Björn!«, rief Hella.

Beim Anblick der in frisches Weiß gekleideten Kollegin wurden ihm die Knitterfalten seines als bügelfrei gekauften Hemdes und seine ausgelatschten Slipper unangenehm bewusst; da war bald was Neues fällig. Er ging eine Tür weiter zu seinem Arbeitsplatz.

Seine Kollegin Brause saß in einer lilafarbenen Bluse, die in starkem Kontrast zu ihrem weißblonden Haar stand, vor dem Bildschirm am Schreibtisch gegenüber und nippte an einer Tasse Kräutertee. Sie schien schon ewig als freie Mitarbeitern bei der Zeitung beschäftigt zu sein, man munkelte, sie sei mal die Freundin des Chefs gewesen, deshalb verfüge sie hier über einen eigenen Schreibtisch wie eine angestellte Redakteurin.

»Morgen«, begrüßte Björn sie. Noch im Stehen schaltete er seinen Bildschirm an und überflog zugleich die Eintragungen auf seinem Tischkalender.

»Ihnen rutscht da gleich was aus der Tasche«, sagte Frau Brause und glitt um die Schreibtischecken herum auf ihn zu. »Nicht, dass Sie das verlieren.«

Seine rechte Hand flog zur Jackentasche und stieß mit einem breiten Armreif zusammen. Die Hand der Kollegin war schneller gewesen und hielt ihm das Schreiben hin. Der fettgedruckte Briefkopf der *Rechtsanwälte Dr. A. Becker und C. Becker* war unübersehbar.

»Haben Sie Probleme?« Frau Brause drückte mütterlich seinen Arm.

»Nur eine Handwerkersache«, antwortete Björn und faltete das Papier, so dass es in die Innentasche seines Sakkos passte.

»Ärger mit den Handwerkern ist normal, wenn man eine eigene Hütte hat!«, rief der lange Müller aus der Kaffeeecke, wo er sich aus der gemeinsamen Kanne bediente. »Ich bevorzuge Mietwohnungen mit höchstens zwei Zimmern.« Er kniff ein Auge zusammen. »Probleme macht vor allem deine Karre, Björn. Gönn dir mal was Schickeres. Ich hätte da einen Tipp.«

»Er wird sich kein neues Auto leisten können, wenn es Probleme mit dem Haus gibt«, bemerkte die Brause, halb übertönt vom Stakkato näher kommender Stöckelschuhe.

»Hat jemand Probleme?«, rief Hilde Greul, die Gerichtsreporterin, vom Flur her durch die offene Tür. »Solang sie nicht vor Gericht kommen …« Ein Pfeifton ertönte. »Sorry, mein Handy.«

Es war wie immer: Jeder gab einen Kommentar ab, ohne eine Ahnung zu haben.

»Echte Probleme gibt's nur mit Kindern«, meinte die füllige Gisa, die mit einer Tüte duftender Plätzchen hereinkam. »Stärkt euch, ihr Lieben.«

Björn fragte sich, wie Gisa ihre Sprösslinge zwischendurch *schnell mal* abholen oder wegbringen und dennoch gemütlich bleiben konnte. Der Chef schob ihr Kinder- und Schulthemen und Goldhochzeiten zu, die machte sie ganz ordentlich.

Frau Brause rückte ihre himbeerfarbene Brille zurecht und trat dicht an Björn heran.

»Mir können Sie es ruhig sagen.«

»Mir auch!«, rief Müller und hinkte hinter Gisa aus dem Raum. Der Knöchel war wieder in Ordnung, nun litt er unter Schmerzen an der Wade, über die gestern bereits heftig diskutiert worden war.

»Hm?«, summte Frau Brause mit einem Lächeln. »Sie haben mir auch schon manchen guten Rat gegeben.

Björn trat einen Schritt zurück. Diese liebe aufgetakelte alte Schachtel mit ihrem aufdringlichen Parfum! Der alleinstehenden Frau, die dann und wann zu einer größeren Geldsumme gekommen war, beim Erwerb eines Autos, eines Hauses und ihres Zahnersatzes einen Tipp zu geben, war etwas anderes als sich von ihr einen Rat zu holen. Dass er die Rechtsanwälte verständigen musste, weil er Alfreds Anwesenheit im »Königshof« nicht hundertprozentig bestätigen konnte, wusste er selbst. Außerdem musste er Marie anrufen, am besten zuerst. Sobald er dazu Zeit fand. Ärgerlich, dass immer die halbe Redaktion mithörte. *Probleme!* Das Wort war wie eine Flamme.

Frau Brause kehrte mit einem Achselzucken an ihren Schreibtisch zurück, und Gisa trat neben ihn, diesmal mit Notizblock.

»Gib mir bitte ein paar Infos über die Ansprechpartner im Haus der Geschichte, ja?«

Björn starrte sie an. Gisa und das Haus der Geschichte? Das war ein starkes Stück; es gehörte zu seinem Bereich! Hielt der

Chef ihn für überfordert? War das ein Alarmzeichen? Vor ein paar Monaten hatte er einen viel beachteten Artikel über dieses Museum geschrieben – alle bisherigen Ausstellungen im Vergleich, alle! Hatte der Chef das vergessen?

»Was ist los, Björn?«

»Ach, nichts.« Er konnte ihr die Freude über die neue Aufgabe doch nicht verderben.

Die Doctores Becker hatten es in ihrem Schreiben angekündigt: Björn hatte bald darauf im Polizeipräsidium zu erscheinen. Wieso meldete sich die Polizei so schnell? Sein Gespräch mit Marie hatte er noch nicht geführt, die Rechtsanwälte nicht angerufen, und jetzt schien es ihm zu spät dafür. Den Termin im Präsidium konnte er nicht vermeiden, so viel war klar. Den musste er hinter sich bringen. Aber er lag höchst unpassend – zwischen einem Interview mit dem Bonner Bundestagsabgeordneten und einer Sondersitzung der Lokalredaktion, für die brisante Punkte auf der Tagesordnung standen. Daneben wirkten Alfred und Marie wie Figuren aus einem alten Film, an dessen Handlung man sich kaum erinnerte.

Björn traf mit zwölf Minuten Verspätung vor dem Polizeipräsidium in der Königswinterer Straße ein. Da ihm diese Rheinseite nicht so vertraut war, hatte er sich prompt zwischen den Neubauten verfahren. Er parkte am Straßenrand und war sich, als er auf das Gebäude zueilte, nicht sicher, ob der Wagen an einer erlaubten Stelle stand. Es war ja nur für einige Minuten und weit genug von den blau-silbernen Polizeiautos entfernt, aber nah genug, um keine Zeit zu verlieren. In Gedanken formulierte er bereits den Anfang eines umfassenden Berichts, den er dem Chef am Abend vorlegen musste und der ausgerechnet Versäumnisse der Polizei in zurückliegenden Kriminalfällen zum Gegenstand hatte, wobei in einem Fall – Namen wurden nicht genannt – pikanterweise der Freund von Frau Brauses Nichte beteiligt war, weil er einem Hinweis nicht nachgegangen war.

Und nun saß Björn wegen der dummen Alfred-Sache in diesem Vernehmungsraum herum, und sie beeilten sich nicht einmal! Die Zeit rann ihm wie Sand durch die Finger. Seit Tagen hatte er die Redaktion nicht vor neun Uhr abends verlassen. Streng genommen hatte er nicht mal Zeit fürs Wochenende. Er hatte Elena allerdings versprochen, mit ihr einkaufen zu fahren, sie brauchten noch dies und das für die Einrichtung, Elena hatte eine Liste gemacht. Es war ihm alles zu viel, und der umständliche, nach Lavendel duftende Kriminalbeamte ging ihm auf die Nerven.

»Geschätzte Unfallzeit 20 Uhr 30, Dunkelheit, starker Regen, draußen auf der L …«

Björn winkte ab. »Ich weiß.« Er hatte keine Lust, sich eine ausführliche Beschreibung des Ortes samt Straßennummer und Kilometerstein anzuhören, das war Zeitverschwendung. »Ich sah ihn im ›Königshof‹.«

Moment! Hatte er nicht was anderes sagen wollen? Er hatte sich doch fest vorgenommen … Na ja, nicht richtig fest. Natürlich war es so am einfachsten. Keine Vorwürfe, keine weinende Marie, keine Komplikationen, die ihn jetzt überfordert hätten, denn er fürchtete, dass er im Begriff war, eine Grippe zu bekommen. Schnupfen und Husten hatte er überwunden, aber nun kratzte es wieder im Hals, der Kopf und der Rücken schmerzten. Das Konzentrieren fiel ihm schwer, er beantwortete die Fragen wie in Trance. Bloß nicht krank werden, das konnte er nicht gebrauchen. Er beschloss, auf dem Rückweg eine Apotheke anzusteuern und alle Tabletten zu schlucken, die es zur Vorbeugung gab. Gott sei Dank, endlich schwieg dieser Kommissar oder was er war. Sein Kollege zog ein Blatt aus dem Drucker.

»Soll ich unterschreiben?«

»Bitte, hier.«

Björn überflog den Text, der angeblich aus seinem Munde stammte. Doch, doch, so klang es ganz gut. Aber als er unterschreiben wollte, brachte der Kugelschreiber nur ein halbes *B* aufs Papier, der Rest blieb unsichtbar. Björn wartete darauf, dass sie ihm einen anderen Stift reichten. *Stopp*, hätte Elena jetzt gesagt, *überleg es dir noch mal. Du kannst deine Aussage ändern.*

Er sah auf seine Armbanduhr. Eine Änderung würde Verwunderung hervorrufen, Fragen nach sich ziehen, und auf jeden Fall eine weitere Verzögerung bedeuten, so dass er mindestens eine Dreiviertelstunde zu spät zur Sitzung käme. Zwar hatte er dem Chef gesagt, er müsse zum Polizeipräsidium, hatte ihm aber hoch und heilig versprochen, die Sache so schnell wie möglich hinter sich zu bringen. Es war zu spät für irgendwelche Bedenken, von denen er nicht einmal wusste, ob er sie haben musste. Das Ganze hatte viel länger gedauert, als er eingeplant hatte. Der Chef würde die Augenbrauen hochziehen und sich fragen, ob Björn Kröger am richtigen Platz war.

»Hier, bitte, der schreibt.«

Björn vollendete die begonnene Unterschrift in zwei schnellen Zügen, setzte die Ö-Striche wie im Flug und sprang auf. Händeschütteln und hinaus.

Während er auf sein Auto zu rannte, sah er unter dem Scheibenwischer etwas Gelbes leuchten. Auch das noch. Ein Knöllchen. Die Kollegen hätten ihren Spaß daran: Am Polizeipräsidium im Parkverbot parken – wie blöd war das denn? Björn knickte den Zettel in der Mitte und ließ ihn in der Hosentasche verschwinden.

Als er im Verlagshaus aus dem Aufzug sprang, den Flur entlang spurtete und mit Tempo um die Ecke zum Sitzungsraum bog, prallte er gegen Müller.

»Mensch, pass doch auf! Mein Kaffee ist übergeschwappt!«

»Seid ihr schon fertig?«, keuchte Björn.

»So fertig, wie man ist, wenn der Chef halb am Weinen ist«, sagte Müller und wischte die Kaffeetropfen mit einem Taschentuch von seinem Pulli.

»Was ist los?«

»Sein Beagle hat Blut gepinkelt. Jetzt hockt er mit dem Hund beim Tierarzt.«

»Hat er früher Schluss gemacht? Ist die Sitzung vorbei?« So ein Mist, Björns Polizeireportage war wichtigster Tagesordnungspunkt gewesen!

»Reg dich ab, Björn. Du hättest dich nicht abhetzen müssen. Der Chef macht keine Sitzung, wenn sein Hund krank ist. Die ist verschoben.«

Einige Wochen darauf fand Björn unter seiner aufgeschichteten Post ein weißes Fenster-Couvert mit dem Absenderaufdruck:

Amtsgericht Landgericht 53105 Bonn.

Während er zwischen Duschen und Abendtermin eilig seine Emails am Laptop durchging, öffnete er fahrig den Umschlag und nahm die darin liegenden Blätter heraus. Seine Augen wanderten zwischen den Mitteilungen am Bildschirm und den hervorspringenden Worten des Papiers hin und her. Der Sportladen bot ihm Laufschuhe zum Vorzugspreis an. Wann hatte er zuletzt Sport getrieben? Es musste Jahre her sein.

Landgericht. Ladung. Sehr geehrter Herr Kröger …

Sein Freund Jens schickte eine Mail mit der Frage, wann man sich mal wieder treffen könnte.

… in der Strafsache gegen Alfred Watt …

Alfred. Das war zu erwarten, dachte Björn. Wer A sagt, muss auch B sagen, hätte seine Mutter erklärt.

… wegen Mordes …

Wie? Nein! Unmöglich. Er schaute genauer hin und las laut, Gänsehaut an den Armen: »Wegen Mordes.«

Er sprang auf und brüllte durchs Zimmer: »Wegen Mordes!«

Ein Glück, dass Elena ihn jetzt nicht sah. Sie war auf einer Fortbildung für irgendwelche Besonderheiten der manuellen Therapie.

»Wegen Mordes!«

Wieso Mord? Vorher war niemals von Mord die Rede gewesen! Es ging um Fahrerflucht. Das hier musste ein Irrtum sein! Seine Augen flatterten über die nächste Zeile *…werden Sie auf Anordnung des Gerichts als Zeuge geladen.* Er blickte auf das zweite Blatt. *Zeugen* *helfen dem Gericht, die richtige Entscheidung zu treffen. Sie erfüllen mit Ihrer Aussage eine wichtige staatsbürgerliche Pflicht.* Seine Augen hetzten wieder zum ersten Blatt, zu Datum, Uhrzeit und dem Raum, in dem der Termin stattfinden sollte. *0.11.*

Björn starrte auf die Zahl, die vor seinen Augen verschwamm. War das der Raum, in dem man Lars verurteilt hatte? Er war sich nicht sicher, erinnerte sich aber, dass es einer der Sitzungssäle im Neubau des Gerichts gewesen war. Und da war er wieder, sein Hass auf die ganze Institution und ihr Personal im schwarzen Gewand. Macht. Strenge. Überlegenheit. Man war ihnen ausgeliefert. Ohnmacht. Schwäche. Demütigung. Alfred, das arme Schwein, war auf ihn angewiesen.

Andererseits war Mord etwas anderes als Fahrerflucht. Warum hatten sie im Präsidium nicht gesagt, dass Alfred unter Mordverdacht stand? Hatten sie das angedeutet? Hatte er es nicht gehört? Jedenfalls war er von falschen Voraussetzungen ausgegangen. Mit Sicherheit war es kein Irrtum von Seiten des Gerichts. Nein, mit Mord wollte er nichts zu tun haben! Wenn er das gewusst hätte! Er hätte sich ganz anders verhalten.

Letztlich aber zählte nur die Aussage vor Gericht, war das nicht so? Die vor der Polizei war nicht ganz so wichtig, er konnte noch einen Rückzieher machen, etwa in der Art, dass ihm Zweifel gekommen seien, ob es wirklich dieser Mann war, den er im »Königshof« gesehen hatte. Bestimmt kam es öfter vor, dass Zweifel sich erst später regten, das war doch menschlich.

Ja, er musste Marie den Wunsch endgültig abschlagen. Er musste sie anrufen oder es ihr sagen, wenn er sie am Gerichtstermin vor dem Saal traf. Alles andere war indiskutabel, auch wenn völlig klar war, dass Alfred kein Mörder war, und es furchtbar sein mochte, als solcher verdächtigt zu werden. Jedenfalls stand für ihn, Björn, zu viel auf dem Spiel: seine Karriere, seine Zukunft, seine Ehe. Elena würde ihm das niemals verzeihen.

Die Tante musste es einsehen. Sie war so lieb und immer um sein Wohl besorgt. Zum Ausgleich würde er ihr versprechen, sie von nun an öfter zu besuchen. So lange seine Klapperkiste es noch tat, könnten sie zusammen ins Grüne fahren, in die Eifel oder ins Siebengebirge, am Rhein spazierengehen oder eine Burg besichtigen, die Marksburg zum Beispiel, die wäre etwas für sie. Sie könnten das nächste Weihnachtsfest gemeinsam feiern, das hatten sie seit Jahren nicht getan. Kerzenschein, Lametta, Tannengrün und ein stimmungsvolles Fondue. Sie würde es zu schätzen wissen. Er erinnerte sich daran, dass sie das letzte Mal Weihnachtslieder angestimmt hatte. Obwohl er sie kitschig fand, gefielen ihm die Melodien. Elena sang die zweite Stimme, und er selbst brachte ein Summen zustande, erfüllt von einer sonderbaren Sehnsucht.

Ein paar Tage darauf rief seine Tante bei ihm an. Gut so, dachte er, während sie ihm umständlich einen guten Morgen wünschte. Nun packe ich es an. Jetzt bringe ich es hinter mich. Viel besser, als sie auf dem Flur des Gerichts damit zu konfrontieren. Er war gerade dabei, den Frühstückstisch abzuräumen. Elena hatte das Haus schon verlassen.

Als Marie mit der Begrüßung fertig war, fragte sie, wie es ihm gehe und ob – mitten im Satz brach ihre Stimme so jämmerlich in sich zusammen, dass Björn erschrocken inne hielt, das Honigglas in der einen, das Telefon in der anderen Hand. Was er vernahm, war dünnes Flüstern:

»Alfred ist seit ein paar Wochen …«

»Sprich bitte lauter, Marie.«

»… in Untersuchungshaft, Björn.«

Sein Innerstes zog sich schmerzhaft zusammen. Da saß sie nun an ihrem polierten Teetisch und trauerte den zerplatzten Träumen vom Alter in Zweisamkeit nach, ihrer letzten Chance. Es kam ihm so vor, als hinge ihr Lebensglück an einem feinen Faden und er allein trüge die Verantwortung dafür, dass der Faden hielt. Wie konnte er wiedergutmachen, dass er sie so enttäuschen musste? Das vage Versprechen häufigerer Besuche war lächerlich. Er musste sich Besseres ausdenken, etwas ganz Liebes. Sicherlich hatte auch sie nicht geahnt, dass so etwas Grässliches wie eine Mordanklage auf ihren Alfred zukam. Und wenn man bedachte, wie häufig es zu Fehlurteilen kam, wie lückenhaft die Ermittlungen der Polizei oft waren, wie nachlässig sie zuweilen arbeitete und welchen Irrtümern sie erlag …

»Geht alles in Ordnung, mein guter Junge?«, wisperte Marie so schwach, dass er befürchtete, sie breche im nächsten Augenblick zusammen. Im Hintergrund hörte er die Standuhr schlagen, warm und verlässlich.

»Björn? Bist du noch dran?«

»Ja.«

»Du hilfst ihm doch, mein Lieber?«

»Marie …«

»Auf dich ist doch Verlass, nicht wahr? Du lässt uns nicht im Stich?«

»Nein, Marie …«

»Wie meinst du das?«, zitterte es an seinem Ohr.

»Es – es geht in Ordnung.«

Sie seufzte und murmelte einen Dank.

Björn legte langsam auf. Er hätte es nicht sagen dürfen, aber in dem Moment hatte er nicht anders gekonnt. Und es war merkwürdig: Er fühlte sich gut und schlecht zugleich. Jedenfalls war er nicht herzlos. Das war das Gute daran.

4. Schweißtropfen

Der Morgen der Gerichtsverhandlung. Björn musste sich dazu zwingen, sein Frühstück einzunehmen wie sonst auch. Sein Versprechen machte ihm mehr Bauchschmerzen, als er für möglich gehalten hätte. Natürlich würde alles gut gehen, warum nicht, was sollte denn schief laufen, aber dennoch … Mit Elena nicht darüber reden zu können, brachte ihm einen galligen Geschmack auf die Zunge. Er hatte den Verlauf eines solchen Gesprächs mehrmals im Kopf durchgespielt und war immer zum selben Ergebnis gekommen: Es ging nicht, sie würde es nicht verstehen. Gleichwohl hätte er es versuchen können, aber er fürchtete die Diskussion, ihren Einfluss auf ihn und das Problem mit Marie, wenn er seinen Entschluss änderte.

Elena litt unter Kopfweh und schien nicht auf ihn zu achten. Zweimal fiel sein Messer zu Boden und kurz darauf seine Brotscheibe, die Marmeladenseite nach unten, Elena schaute nicht einmal hin und nahm keine Notiz von seiner Wischerei am Boden. Sie suchte ihre Schmerztabletten. Als sie die Schachtel hinter den zehn oder zwölf Präparaten gegen Husten, Schnupfen und Halsweh im Küchenschrank gefunden hatte, schluckte sie zwei Pillen mit einem Rest Tee und verließ eilig das Haus.

»Mach's gut, Björn.«

»Gute Besserung.«

Kurz vor halb zehn trat Björn zwischen die Säulen des Portikus, der dem Eingang des Bonner Landgerichts eine antike Würde verlieh. Unmittelbar hinter der Glastür musste Björn stehen bleiben, denn die Schlangen vor den beiden Sicherheitsschleusen reichten bis zur untersten Treppenstufe. Die Einlasskontrolle ging zügig voran, und die Wachtmeister in den blauen Hemden mit dem Landeswappen auf den Ärmeln wirkten ruhig und freundlich. Der Hauptansturm sei um diese Zeit vorbei, informierte ihn der ältere

Mann, der vor ihm stand. Strafprozess sei sein Hobby, er habe noch das goldene Zeitalter miterlebt.

»Wie?«

»Als hier jeder einfach reinmarschiert ist wie in ein Warenhaus, und man nicht drüber nachgedacht hat, was sich in Handtaschen und Aktenkoffern, unter Gürteln und Jacken verbergen könnte. So weit hat die Fantasie nicht gereicht. Erst als was passiert ist, haben sie Maßnahmen ergriffen. Hinter jedem harmlosen Gesicht kann ein Terrorist stecken.«

Nach Raum 0.11, dem Schwurgerichtssaal im Erdgeschoss des neuen Saalbaus, brauchte Björn nicht zu suchen, er wusste noch, dass es zunächst geradeaus ging und dann quer durch die helle geräumige Halle. Er erinnerte sich an den Tag, als man Lars hier für schuldig befunden hatte, einen Menschen getötet zu haben.

Die Tür des Saals war geschlossen. Auf den Stühlen aus Stahl und Kunststoff saßen einige Leute, die wohl genau wie er darauf warteten, ihrer staatsbürgerlichen Pflicht nachzukommen. Alfreds Familie? Leute aus dem »Königshof«? Ob sich alle ganz sicher waren? Hundertprozentig sicher? Da alle Sitzplätze längs der gläsernen Wand besetzt waren, lehnte Björn sich an die gegenüberliegende Wand. Zeugen mussten warten, bis sie aufgerufen wurden, das war ihm bekannt.

Eine halbe Stunde später schlenderte er hin und her.

Am Ende einer Stuhlreihe entdeckte er nun einen freien Platz. Von der Sitzfläche war allerdings nicht viel übrig, weil sich der ausladende Hüftspeck der Frau vom Nachbarstuhl darüber wölbte. Nach einigem Zögern setzte Björn sich trotzdem auf die verbliebene Hälfte, um endlich von den Füßen zu kommen. War die Dicke, die einen kräftigen Schweißgeruch ausströmte, Alfreds Frau? Seine Schwester? Schwägerin? Sie redete in rheinischer Mundart auf ihren dürren Freund ein, der neben ihr saß und ihre feiste Hand hielt. Ein paar von den anderen Leuten schüttelten den Kopf und widersprachen ihr. Björn verstand so gut wie nichts. Seine familiären Wurzeln lagen in Hannover.

»Jenau su wor dat an däm Tach!«, sagte die Frau neben ihm bereits zum zweiten Mal. Im Augenwinkel sah er ihr Dreifachkinn wabbeln. Ihre pinkfarbene Handtasche stieß derb gegen sein Knie.

»Verzäll nix! Esu wor et net«, zischte eine ältere Frau in der Mitte der Stuhlreihe und wackelte zur Bekräftigung mit dem dünn behaarten Kopf.

»Nää, es et jetz jot?«, regte sich am anderen Ende ein untersetzter Mann mit missmutigem Gesicht auf.

Waren sie sich nicht einig, wie es an jenem Donnerstag zugegangen war? Jedenfalls sagten sie nichts mehr.

Nach einer Stunde wurde Björn wütend. So viel vergeudete Zeit! Gestalten in schwarzen Roben, Richter oder Anwälte, wehten geschäftig durch die Halle und treppauf und treppab, manche mit Akten unterm Arm – Krähenvögel, die vom Unrat der Menschheit lebten. Hätte er wenigstens seinen Laptop mitgenommen, um arbeiten zu können! Auch an einem freien Tag wie diesem gab es hundert unerledigte Sachen. Was machte das sogenannte hohe Gericht da drinnen? Wenn man bei der Zeitung dieses Tempo hätte, käme die Montagsausgabe am Freitag heraus. Drei Wochen später könnten sie den Vertrieb einstellen.

Gegen elf Uhr öffnete sich die Tür. Aller Augen wanderten dorthin. Heraus kam ein Wachtmeister und hielt die Saaltür für einige Zuschauer auf. Weiter rechts öffnete sich eine zweite Tür. Dort traten Frauen und Männer in den Flur, die so wirkten, als trügen sie Verantwortung. Sie gingen zusammen in die Halle und verschwanden in einem Gang. Der Wachtmeister nickte Björn zu.

»Die Kammer geht Kaffee trinken.«

Na, super, dachte Björn grimmig. Er verließ seinen halben Stuhl, verzog sich in eine ruhige Ecke und rief Elena an, die er in einer Arbeitspause antraf. In der Redaktion sei der Teufel los, erklärte er. Nicht, dass sie womöglich anriefe, es wäre sinnlos, die meiste Zeit sei er nicht erreichbar. Sie erwiderte, dass sie befürchte, er übernehme sich mit all dem Stress und werde noch krank.

»Du musst kürzer treten. Bitte, Björn, versprich mir das!«

Björn verteidigte seinen Stress, als säße er umgeben von Kollegen im Büro; hier hätten alle viel zu tun, er arbeite nicht mehr als notwendig. Er beendete das Gespräch mit einem gezwitscherten Kuss. Er fühlte sich mies. Elena wusste nicht, dass er Post vom Landgericht bekommen hatte. Sie wusste noch nicht einmal, dass er zur Zeugenvernehmung im Polizeipräsidium gewesen war. Zwar hatte sie das Knöllchen entdeckt, weil es mitsamt der Hose in die Dreckwäsche geraten war, hatte es aber mit dem Termin für seine Reportage in Verbindung gebracht. Selbstverständlich musste er ihr bald alles erzählen. Bisher hatte es nie gepasst, oder es war etwas dazwischen gekommen. Das Thema war ja immer schwieriger geworden – erst die Ladung zum Mordprozess, dann Maries verzweifelter Anruf und schließlich seine Zusage, für die er doch wohl gute Gründe hatte. Er wusste, dass Elena alles in Bausch und Bogen verurteilen würde. Ihm stand eine furchtbare Diskussion bevor, auf die er nicht die geringste Lust hatte. Die richtige Stimmung und einen günstigen Zeitpunkt war das Mindeste, das er dazu brauchte, und auf ein paar Tage kam es bestimmt nicht an.

Nach zwanzig Minuten kehrte die Gruppe der Richter und Schöffen in gemächlichem Tempo zurück. Björn ließ sich auf dem Stuhl neben der Dicken nieder, die jetzt noch strenger nach Schweiß roch. Der Wachtmeister an der Tür nickte ihm aufs Neue zu.

»Nun geht's weiter.«

Björn schaute zum wiederholten Mal auf die Uhr. »Mir wächst hier ein Magengeschwür«, sagte er und kassierte einen strafenden Blick des Blauen.

Durch einen Lautsprecher wurde der erste Zeuge in den Saal gerufen. Die Zurückgebliebenen maßen einander mit Blicken. Die Dicke wandte sich zu Björn um und stöhnte ihm ins Gesicht:

»Jott, datt duurt ävver lang! Heh wisse beklopp', oder?«

Björn wich ihrem heißen Atem aus und rutschte beinahe vom Stuhl. Es blieb ihm nichts anderes übrig als aufzustehen. Der Hintern der Frau schien sich zu verbreitern wie reifer weicher Käse.

Was Björn wunderte, war, dass er nirgends Marie entdeckte. Er hatte erwartet, sie hier anzutreffen. Warum war sie nicht gekommen? Er schaute sich noch einmal um. Auf der Treppe nach oben, sah er einen Kopf wie einen gelben Lampion aufleuchten – Wilhelms blonder Schopf! War auch er als Zeuge geladen, hatte er Alfred vielleicht doch gesehen? Nein, er kam nicht näher, er entfernte sich in höhere Stockwerke. In diesem Moment meldete sich der Lautsprecher:

»Herr Kröger, bitte.«

Björn betrat den Saal und erschrak ein wenig über die Menge der Zuschauer; jede Reihe schien besetzt. Auf graublauem Teppichboden näherte er sich der erhöhten Richterbank und hätte fast den kleinen Tisch und den rot gepolsterten Stuhl übersehen, die davor standen. Auf eine Handbewegung des Richters in der Mitte setzte er sich dorthin. Der Mann kam ihm bekannt vor. Vielleicht auch nicht, dachte er im nächsten Moment. Aber in den schwarzen Gewändern mit den übertriebenen Samtkragen ähnelten sie sich alle. Siehst du, beruhigte er sich im Stillen, es ist Zufall, ob eine Person im Gedächtnis bleibt oder daraus entschwindet, ja, sogar, ob man sie wahrgenommen hat oder nicht. Infolge solcher Zufälle sperren sie Menschen für Jahrzehnte hinter Gitter. Was sagte der Samtkragen?

»… dass Sie hier die Wahrheit sagen müssen und …«

Die Worte des Richters surrten an Björn vorüber, er konnte kaum folgen; zu viel irritierte ihn. In seinem Rücken spürte er die geballte Aufmerksamkeit des Publikums, zu seiner Linken erblickte er das Stadthaus durch die Fensterfront, vor der eine einzelne ältere Frau in schwarzer Robe saß, die Staatsanwältin wahrscheinlich. Auf der rechten Seite sah er Alfred vor sich hinstarren, neben ihm saß sein Verteidiger. Mit der bräunlichen Haut, den struppigen braunen Haaren und dem fast gleichfarbigem Sakko ähnelte Alfred einem Baumstumpf, und auf seinen Schultern lagen wie Reste von Sägemehl unzählige Schuppen. Björn hätte Marie einen anderen Typ Mann gewünscht. So ein gepflegter Pummel wie der vorsitzende Richter hätte besser gepasst. Oder der milde dreinschauende Schöffe im karierten Sakko, der im wirklichen Leben Lehrer sein mochte, Geschichte und Religion.

»Wenn Sie eine unrichtige oder unvollständige Aussage machen und darauf einen …«

Das hat er schon hundertmal abgespult, dachte Björn, deshalb spricht er so schnell. Die Richterin links vom Vorsitzenden sah aus, als hätte sie schlecht geschlafen und keine Zeit zum Kämmen gefunden; der hünenhafte Richter auf der rechten Seite beugte sich über ein Blatt Papier und kritzelte darauf herum, als langweilte er sich. Die Schöffin daneben saß aufrecht wie eine eifrige Schülerin.

»… Freiheitsstrafe nicht unter einem Jahr.«

Sein Auftritt vor Gericht erinnerte Björn an die Theateraufführung in seiner Schulzeit. Als er zwölf Jahre alt war, hatte er einen Butler gespielt und gesagt: *Es ist angerichtet, Herr Graf*, und später: *Den Hund habe ich im Park gesehen, Frau Gräfin.* Man durfte nichts durcheinanderbringen, hier wie dort. Beinahe hätte er dann doch »Hund« gesagt, als er behauptete, Alfred an jenem Donnerstagabend im »Königshof« gesehen zu haben. Er war unkonzentriert. Er musste aufpassen.

»Ist eine Verwechslung möglich?«, fragte der Vorsitzende und blickte über den dünnen Goldrand seiner Brille.

Björn war so bemüht, einen guten Eindruck zu machen, dass er die aufgehaltene Hintertür erst wahrnahm, als die Antwort schon heraus war.

»Nein.«

Das könnte ich schnell korrigieren, dachte Björn. *Ich meine, ja, eine Verwechslung wäre nicht ausgeschlossen, wenn auch nicht wahrscheinlich* – irgendwas in der Richtung. Das wäre ein guter Kompromiss.

Aber er sagte nichts dergleichen. Der Vorsitzende zog die Augenbrauen hoch.

»Sie hatten Herrn Watt bis zu jenem Abend noch nie gesehen und erinnern sich jetzt noch so gut an ihn?«

Die Zweifel kann man hören, dachte Björn beunruhigt. Er hätte schnell die Hand heben können, wie er es beim Zahnarzt tat, um das Bohren zu unterbrechen.

»In der Pause stand er mehrmals in meiner Nähe. Wir tranken beide ein Kölsch an der Eingangstür«, sagte er stattdessen.

»Können Sie sich noch an die Uhrzeit erinnern?«

»Nach dem ersten Schluck war es viertel nach neun.«

»Schauten Sie rein zufällig auf Ihre Armbanduhr?«

Dieser seltsame Unterton! Björn ärgerte sich. Er hatte sich die Sache einfacher vorgestellt.

»Ich sah es auf dem Handy. Ich wollte telefonieren«, sagte er.

»Mit wem?«

»Meiner Frau.«

»Sie meinten eben, Sie hätten Herrn Watt auch im Saal gesehen.«

»Er saß schräg hinter mir. Ich drehte mich ein paar Mal um, weil ich nach Bekannten Ausschau hielt.«

»Nach der Pause?«

»Auch vor der Pause.«

»Saß er dort von Anfang an? Oder kam er später?«

»Ich sah ihn gegen acht, als es losging.«

»Sie lernten Herrn Watt während der Pause kennen, Herr Kröger. Nun meinen Sie aber, er sei Ihnen schon vorher aufgefallen?«

Ein Schweißtropfen kitzelte Björn über der linken Augenbraue. Auf der anderen Seite würde es auch gleich tropfen. In seiner Vorstellung saß Maries Freund mit dem Bürstenhaar und dem braunem Sakko deutlich wie auf einem Bildschirm in der Reihe hinter ihm und wartete auf die Ausführungen der Rheumaprofessoren. Es konnte gut so gewesen sein.

»Wie erklären Sie uns das, Herr Kröger?«

»Er war so – braun«, sagte Björn.

Verstohlenes Lachen erklang in seinem Rücken, wo die Zuschauer saßen. Ursprünglich wollte er etwas anderes sagen, aber es war ihm entfallen.

Der Richter raunte seiner zerzausten Nachbarin etwas zu. Björn tupfte einen Schweißtropfen mit dem Finger auf. In einer der vorderen Zuschauerreihen ertönte der Pfeifton eines Handys. Den kannte er doch! Ohne nachzudenken, drehte er sich um. Und wandte sich schnell wieder ab. Wie konnte er das vergessen! Hilde Greul! Wie jeden Vormittag am Puls der Rechtsprechung. Die Nachricht, dass er in einem Mordprozess als Zeuge saß, würde noch heute Nachmittag unter den Kollegen die Runde machen. Hildes glutvollen Bericht auf Seite 3 des Lokalteils würde Müller morgen vor versammelter Redaktion zum Besten geben.

»Merkwürdig ist«, fuhr der Vorsitzende fort, »dass sich offenbar niemand an Herrn Watt erinnern kann – außer Ihnen.«

»Na, und?«, entgegnete Björn. »Die meisten Leute haben ein Gedächtnis wie ein Sieb.«

Hoffentlich bekam man für freche Antworten keine Ordnungsstrafe. Das war ja furchtbar – sie sahen ihm an, dass er sich nicht sicher war! Unvorstellbar, was die gierige Hilde unter reißender Schlagzeile schriebe, wenn er jetzt einen Rückzieher machte! Und selbstverständlich würde er zum Gespött der ganzen Redaktion: *Wankel-Kröger.* Das Schlimmste wäre, wenn jemand ausspräche, dass man ihn für einen Lügner hielte. *Lügen-Kröger.* Ein neuer Schweißtropfen setzte sich in Bewegung, trippelte wie ein Insekt seitlich der Nase entlang und fiel auf seine Oberlippe.

»Ich bitte darum, den Zeugen zu vereidigen«, sagte eine Stimme zu seiner Linken. Der Antrag kam von der Staatsanwältin. Keinen Moment hatte die hagere Frau mit der Hakennase ihn aus den Augen gelassen. Sie hatte den Lauf des Schweißtropfens gesehen und starrte auf die feuchte Spur.

Das Wort *Meineid* fuhr Björn in den Kopf, als hätte es jemand hineingeschossen. Es sackte hinab in die Kehle, machte das Atmen schwer und hinterließ an den Schläfen einen drückenden Schmerz. *Freiheitsstrafe nicht unter einem Jahr.* Björn war noch nie vereidigt worden, wusste nicht mal genau, wie es vor sich ging. Damals, als Zeugen in dem Prozess seines Bruders vereidigt wurden, hatte er nicht darauf geachtet und nur registriert, dass man auf die Formel *so wahr mir Gott helfe* verzichten konnte.

»Sie schwören, dass Sie nach bestem Wissen die reine Wahrheit gesagt und nichts verschwiegen haben«, sagte der Richter und sah Björn an.

Das Heben der rechten Hand war das Unangenehmste. Es hatte etwas Mystisches, als stünde man in Stonehenge mit Druiden in der Mittsommernacht. Die Schwurhand würde abgehackt, wenn sich herausstellte, dass er gelogen hatte.

»Ich schwöre es«, sagte Björn.

Als er die Hand sinken ließ, spürte er einen Schmerz im Handgelenk. Danach verließ er den Saal. Er ging bedächtig, damit es nicht nach Flucht aussah.

Das Licht auf der Straße schien nicht mehr dasselbe wie vorher zu sein, so hart und grell. *Ich schwöre es.* Der ganze Vorgang kam ihm plötzlich absurd vor. Die Aussage wurde durch den Schwur nicht richtiger; und der Zeitpunkt für einen Rückzieher verstrich in dem Moment, als die Staatsanwältin den Eid verlangte. Der Wahrheitsfindung hatten die Richter sich verschrieben und konnten doch nicht mehr tun, als im Nebel nach dunklen Stellen zu stochern.

Den Raubvogelblick der Staatsanwältin aber spürte Björn noch wie einen Biss im Nacken. Sie schien alles zu wissen, auch, dass er nicht nur mit Elena telefoniert hatte. Seine Tante hatte ihn gebeten, sie selbst mit keiner Silbe zu erwähnen, denn Alfred sei nicht frei, die Gemahlin sitze sicherlich im Publikum und dürfe nichts von ihr erfahren. Was für eine Geschichte! Björn, ganz Gentleman-Neffe, hatte Marie versprochen, kein Wort über das Telefongespräch und Alfreds Anwesenheit in ihrem Haus zu verlieren. *Ich schwöre es* – das hatten vor ihm gewiss schon jede Menge Leute aus sehr viel niedrigeren Beweggründen beteuert.

Gegen Abend wurde Björn unruhig. Er konnte unmöglich warten, bis Hildes Bericht auf der Website der *Bonner Nachrichten* auftauchte oder die Print-Ausgabe der Zeitung in seinem Briefkasten steckte. Warum auch? Am Redaktionscomputer konnte er den Ausgang des Prozesses schon jetzt erfahren. Im Nachhinein hatte er das ungute Gefühl, gekünstelt gewirkt zu haben. Was würde passieren, wenn die fünf auf der Richterbank ihm nicht geglaubt hatten?

Die meisten Kollegen waren schon verschwunden, als Björn die Redaktionsräume betrat. Weber von der Wirtschaftsredaktion rannte mit einer Wasserflasche den Flur entlang und schimpfte auf eine Agentur wegen Fehlinformationen, die ihn den ganzen Abend kosteten. »Wenn man nicht alles selbst überprüft!«, rief er und schloss seine Tür hinter sich.

Björn betrat das Zimmer, das er sich mit Frau Brause und zwei weiteren freien Mitarbeitern teilte. Gut, dort war niemand mehr.

Die Tür schräg gegenüber stand offen. Es war Müllers, Gisas und Hildes Raum.

»He, Björn, kannst du nachts nicht schlafen, wenn du nicht wenigstens einmal am Tag in der Redaktion warst?« Müller war also noch da.

»Ich war zufällig in der Nähe«, rief Björn über den Flur. Er setzte sich an seinen Schreibtisch und schaltete den Monitor an. In seinem Rücken hörte er ein Paar weiche Turnschuhe über den Kunststoffboden näher kommen. Ganz ruhig, sagte er sich. Ich bin ihm keine Rechenschaft schuldig.

Schon erschien Hildes Bericht mit der Überschrift: *Mord oder nicht Mord?* auf dem Bildschirm. Björn überflog die ersten Zeilen, in denen ausgeführt wurde, dass die Anklage der Bonner Staatsanwaltschaft auf tönernen Füßen gestanden habe. Er wandte seinen Blick auf den Absatz darunter: *Die Schwurgerichtskammer des Landgerichts hat den Angeklagten –* Björn hielt die Luft an *– im Namen des Volkes freigesprochen.*

Freigesprochen! Die Worte sprangen ihn an wie Trommelwirbel, mit denen verkündet wurde, er habe eine schwere Prüfung bestanden. Er stieß den Atem aus. Fantastisch. Nun konnten Marie und ihr Alfred zusammenziehen! Im Namen des Volkes, wie schön.

Müller stand hinter Björn und schaute ihm über die Schulter
»Was liest du da? Hildes Mordgeschichten? Seit wann interessieren die dich?«

Björn drückte den Text weg. Müllers Schwester war Staatsanwältin in Köln, fiel ihm ein. Wie passend.

»War Zufall, Gregor. Ich hatte was anderes nachgeschaut.«

»Was ist wichtig genug, um an einem freien Tag aufzukreuzen?«

Björn wollte sich nichts ausdenken und gähnte stattdessen.

Müller setzte sich auf die Schreibtischecke und schüttelte den Kopf. »Du wirkst so fertig. Dagegen gibt's ein Mittel. Du musst Sport treiben.«

»Unsinn.«

»Fang an zu laufen. Wenn du konsequent bist, haben wir dich im Herbst so weit, dass wir zusammen starten.«

»Damit ich mir ständig was verzerre.«

»Blöde Anspielung. Ich bin topfit.«

»Ich auch.«

Björn verließ die Redaktion mit federndem Schritt. Alles war bestens gelaufen. Seine Sorgen waren umsonst gewesen. Sogar den Fahrschein hatte Alfred gefunden, hieß es in dem Bericht. Na, also! Doch hätte Björn zu gern gewusst, ob das Gericht auch seinen Kollegen vom *Rheinblick* als Zeuge vernommen hatte. Als er den Saal verlassen hatte, war er schnurstracks zum Ausgang gegangen und hatte vergessen, nach Wilhelm Ausschau zu halten.

Am nächsten Morgen traf Björn die Gerichtsreporterin vor dem Aufzug im Parterre des Verlagshauses.

»Als Zeuge hat man es nicht leicht, Björn, oder?«

Um ein Haar wäre er zusammengezuckt.

Sobald sie nebeneinander im Lift standen, der sich nach oben in Bewegung setzte, sagte Björn: »Bitte, Hilde, tritt die Geschichte nicht vor den anderen breit.«

Ihre Augen forschten in seinem Gesicht. Klare blaue Augen, die verwundert wirkten. »Was ist denn dabei? Im Gericht sehe ich dauernd Leute, die ich kenne. Freunde, Kollegen, Nachbarn – jeder ist irgendwann mal Zeuge, das ist völlig normal.«

Björn nickte. »Man kann schließlich nichts dafür.«

»Müller war neulich auch als Zeuge geladen, und der Chef musste im vorigen Jahr sogar zweimal hin«, sagte Hilde. »Was ich gemeint habe, ist, wie sie einen dort behandeln. Dass sie immer so misstrauisch sind! Als ob die halbe Menschheit aus Lügnern bestünde.«

»Könnte doch sein.«

Wieder blickte Hilde ihn mit Verwunderung an. Die Lifttür, die sich vor der Lokalredaktion geöffnet hatte, schloss sich wieder. Sie hatten vergessen auszusteigen und glitten die vier Stockwerke zurück ins Erdgeschoss.

»Donnerwetter«, entfuhr es Björn einige Tage später bei der Überprüfung seines Kontostands.

»Was hast du gesagt?«, rief Elena vom Sofa aus. Sie hatte zwei Gläser mit Wasser vor sich stehen und malte etwas Braunes mit gelben Stacheln. »Was ist?«

»Ach, nichts«, antwortete Björn.

Die Verwirrung machte ihn sprachlos. Nein, er konnte jetzt nicht mit Elena darüber reden, nicht jetzt.

Es war eine größere Summe, die seine Tante ihm überwiesen hatte. Damit hatte er nicht gerechnet. Marie konnte es sich leisten und machte ihm gern eine Freude, aber in diesem Fall ... Sie belohnte ihn nicht für eine Gefälligkeit, sie bezahlte ihn für einen Meineid! *Freiheitsstrafe nicht unter einem Jahr.* Sollte er das Geld sofort zurück überweisen? Oder das neue Auto kaufen, was jetzt möglich wäre, ohne sich durch langfristige Kredite und allzu hohe Raten knechten zu lassen? Zu dem Kauf hätte Marie ihm ohnehin etwas dazugegeben, wenn er es nur über sich gebracht hätte, sie danach zu fragen. Und wo das Geld nun mal da war ... Er würde bei Empfängen und Veranstaltungen nicht länger mit der alten Kiste anrollen. Am peinlichsten war es, als der Auspufftopf kaputt war und die Leute vor dem Hotel Bristol zu Dutzenden die Hälse drehten, während er mit Höllenlärm der Einfahrt der Tiefgarage entgegen knatterte und sich ärgerte, dass er keine Zeit für die Werkstatt gefunden hatte. Am Eingang war der Präsident des Bundesrechnungshofs seinem glänzenden Dienstwagen entstiegen und hatte ihm einen fragenden Blick zugeworfen.

»Natürlich ist was.« Elena schaute von ihrem Aquarell auf.

»Mein Konto hat sich erholt«, erklärte Björn. »Das ist alles.«

»Wie kommt es?«

»Die neuen Reportagen. Vor allem die Polizeireportage war ein ganz schöner Aufwand. Der Chef war hellauf begeistert. Wollen wir einen Sekt darauf trinken?«

Bei seiner Zeitung zahlte man keine Extrahonorare, das konnte sie nicht wissen, und Begeisterungsausrufe des Chefs gab es nur, wenn sein Beagle *Männchen* oder *toter Hund* schaffte.

Elena blickte wieder aufs Papier, wo ihr Pinsel weich dahin glitt. Björn starrte auf den Bildschirm seines Laptops. Als Verwendungszweck hatte Marie *Auslagen für Gartenbedarf* angegeben. Für die Summe bekäme man einen vergoldeten Rasenmäher.

Mit einem Klick beendete Björn das Bankingprogramm, klappte den Laptop zu und erhob sich, um ihn ins Arbeitszimmer zu bringen.

»Björn …« Elena warf ihm einen langen Blick zu. »Hast du nichts mehr von der Fahrerfluchtsache gehört? Von deiner Tante? Oder vom Gericht? Von der Polizei?«

Jetzt also. Jetzt musste er Farbe bekennen.

»Es ist schon so lange her«, sagte sie. »Die Zeit rast dahin, und ich hab immer vergessen, dich danach zu fragen. Was ist aus der Angelegenheit geworden, Björn? Hat sie sich erledigt? Oder was ist damit?«

»Tja«, sagte er. »Das frage ich mich auch.«

5. Im Garagenhof

Björn versuchte mehrmals, seine Tante telefonisch zu erreichen. Vergebens. Also sandte er ihr eine Postkarte mit ein paar Worten des Dankes und der Bitte um einen Anruf.

Marie meldete sich nicht. Trotz des stattlichen Geldgeschenks war er darüber verstimmt. Sie erkundigte sich nicht einmal, wie er sich im Gericht gefühlt hatte! Das hätte sie doch interessieren müssen, sie wusste ja, wie schwer es ihm gefallen war. Er musste ihr wohl zugute halten, dass sie nun anderes im Kopf hatte. Ob Marie und Alfred schon zusammengezogen waren? Oder irgendwo einen gemeinsamen Urlaub verbrachten? Marie in ihren breiten Faltenröcken und bauschigen Blusen, die Brille groß und rund, als legte sie Wert darauf, einem Waldkauz zu gleichen, und ihr brauner Begleiter, der erst einmal etwas Kernseife und eine Nagelbürste brauchte – was für ein Paar!

Okay, okay, er achtete zu sehr auf Äußerlichkeiten. Elena hatte das schon oft bemängelt und ihn darauf hingewiesen, dass soziale Unterschiede nicht dieselbe Rolle spielten wie zu Zeiten seiner Großmutter. Auch konnte er sich nie so richtig vorstellen, was für Gefühle zwischen Menschen möglich waren – eine Kritik, die früher oft von seinem Bruder Lars kam.

Eines Abends fuhr Björn mit seinem blitzenden neuen Auto zum Poppelsdorfer Weiher, neben sich einen Strauß gelber und roter Rosen. Das Fahrzeug war nicht nagelneu, ein Jahreswagen, aber das Modell, auf das er seit langem scharf war: ein Jaguar XF in Silbergrau und seit ein paar Tagen seins. Ohne Marie hätte er sich den Wagen nicht so bald leisten können. Das Interieur war ein Traum an Eleganz, das Leder der Sitze handschuhweich, das Fahrverhalten ließ keine Wünsche offen. Dass er irgendwo gelesen hatte, diese Marke bevorzugten Individualisten und markante Persönlichkeiten, erhöhte den Spaß daran nicht unbeträchtlich.

Elenas Spötteleien allerdings ärgerten ihn. Wenn sie sein Auto ebenso reizlos fand wie er ihr neustes Aquarell, hätte sie wenigstens schweigen können. Außerdem fand er es nicht zu viel erwartet, dass sie sich ein bisschen mit ihm freute. Musste sie sich auch noch darüber lustig machen, dass er sich drei schicke Sakkos und zwei Paar englische Lederschuhe gekauft hatte? Was für ein Schwachsinn zu glauben, er wolle optisch zum Auto passen!

Mit Schwung fuhr Björn in eine freie Parklücke am Zaun des Botanischen Gartens. Er betrat den Weg entlang des Weihers, wich einem Radfahrer aus, ließ eine korpulente Dame mit Rollator vorbei und öffnete das Gittertor zum Vorgarten seiner Tante. Er stieg die Stufen zur Haustür empor und klingelte. Drinnen rührte sich nichts. Er klingelte noch einmal. Als immer noch nichts geschah, öffnete er das niedrige Tor zum Hintergarten, ging den Plattenweg an der Seite des Hauses entlang und klimperte vorsorglich mit dem Schlüsselbund, um sich anzukündigen, falls Marie und Alfred in inniger Umarmung auf der Terrasse saßen.

An der Hausecke machte Björn Halt. Im rotgoldenen Schein der Abendsonne stand eine rundliche Gestalt vor dem Beet am Gartenteich, schwang eine Hacke und fluchte vor sich hin – eine Rächerin im Faltenrock. Geradezu unheimlich fremd.

»Ihr widerlichen Biester! Gemein! Maßlos!«

Die Hacke sauste nieder. Alles darunter musste platt und mausetot sein. Björn konnte es kaum ertragen und bewegte noch einmal die Schlüssel.

»Marie.«

Sie fuhr zusammen und drehte ihm ihren hochroten Kopf zu. Das graubraune Haar fiel ihr wirr in die Stirn. Aber was ihm am meisten auffiel, war, dass sie verlegen wirkte wie ein unsicheres junges Mädchen.

»Oh, Björn …«

»Wen meintest du eben?«

»Die – diese Nacktschnecken«, keuchte sie. »Sie machen alles kaputt, was mir wichtig ist.«

»Soll ich dir Schneckenkorn besorgen?«

»Das geht nicht. Der Igel. Dem würde es schaden. Ich bin ungeduldig. Das ist das Problem.«

»Es gibt ja auch …« Er hatte sagen wollen, dass es Stauden und Sommerblumen gab, die die Schnecken nicht mochten. Aber er ließ es sein. Seine Tante schaute weder ihn noch das Beet an, ihre Augen schienen einen weit entfernten Punkt hinter der Gartenmauer zu fixieren. Allem Anschein nach war sie mit den Gedanken nicht bei den Blumen, sondern ganz woanders.

Sie gingen zusammen ins Haus. Marie streifte die Gartenhandschuhe ab, und Björn überreichte den Rosenstrauß. Wenig später saßen sie beide im Auto. Er kutschierte sie durch die Straßen der Südstadt, um ihr die Qualitäten des Wagens vorzuführen, dessen Eleganz sie zu verwirren schien. Sie sagte kein Wort. Auf dem matt schimmernden Leder des Beifahrersitzes wirkte sie wie eine keimende Kartoffel in einer Silberschüssel.

»Ist Alfred nicht da?«, erkundigte sich Björn.

Marie blickte aus dem Fenster und betrachtete interessiert die vorbeigleitenden Gründerzeithäuser.

»Alfred«, wiederholte Björn. »Ist er heute nicht da?«

Sie wandte sich ihm zu und runzelte die Stirn. »Alfred?«

»Dein Alfred. Der mit der verunglückten Mutter. Wie geht es ihm?«

»Ach, der«, sagte sie. »Er ist umgezogen. Wohnt nicht mehr hier.« Es klang nicht nach Bedauern. Keine Tränen, so weit er von der Seite sehen konnte, keine verzogenen Mundwinkel.

»Wo wohnt er denn?«

»Ich weiß es nicht.«

»Hast du nichts mehr von ihm gehört?«

»Nein.«

»Marie!«

»Vorsicht, die Ampel«, sagte sie.

Björn bremste ab. »Ich dachte, du und er …«

»Nein, nein.«

»Aber ich hatte den Eindruck …«

»Es ist grün, Björn.«

Er gab Gas. »Ich hatte den Eindruck, dass du und er ein Paar …«

»Hör mal«, schnitt sie ihm den Satz ab. »Das war ein ganz einfacher Mann.«

Björn trat das Bremspedal durch, mitten auf dem verkehrsreichen Bonner Talweg. Noch vor ein paar Wochen hatte sie gesagt: Mein Alfred. Unser Glück.

»Warum hältst du an?«

Während Björns Blick von den Furchen ihres käsigen Gesichts, über die schlaffe Brust, die klaffenden Rockfalten und die blau geäderten Beinen hinunter zu den breiten Schnürschuhen wanderte, wurde ihm klar, was passiert war.

Hinter ihm ertönte ein Hupkonzert. Im Rückspiegel sah er mehrere Wagen, dahinter tauchte die Straßenbahn auf. Er gab wieder Gas.

Die arme Marie wollte es natürlich nicht zuzugeben: Der Freund hatte sie sitzen gelassen! Damit hatte Björn nicht gerechnet. Weil sie sich gedemütigt fühlte, tat sie jetzt so, als hätte Alfred ihr niemals etwas bedeutet. Womöglich war alles noch schlimmer: Alfred konnte ihre Zuneigung mit Absicht benutzt haben, um mit ihrer Hilfe an einen Zeugen zu kommen. Oh, verdammt.

»Ist dir nicht gut, Björn?«

»Marie! Für deinen Alfred habe ich vor Gericht ausgesagt!«, keuchte Björn. Er sprach es lieber nicht aus. Für einen gänzlich Fremden, der nicht sein zukünftiger Onkel wurde, war seine Aussage ein bisschen zu falsch.

»Du hast doch nichts Falsches gesagt!«, rief die Tante in einem schrillen Ton, den er noch nie von ihr gehört hatte. »Du hattest ihn doch gesehen!«

»Ich konnte mich nicht genau erinnern. Du hast mich gedrängt.«

»Das ist nicht meine Art, Björn, das musst du dir eingebildet haben.«

»Ich habe es deinetwegen getan, Marie. Für dein Glück.«

»Oder hast du … Hast du dabei an deinen Bruder gedacht? Du hast damals so auf die Justiz geschimpft, jetzt hast du es ihr gegeben – falls es wirklich falsch war. Aber das glaube ich nicht.«

Björns Magen krampfte. Wie eine Stichflamme schoss die Wut in ihm hoch. Er hatte es zunächst übersehen, nun war der Zusammenhang klar.

»Du hattest mit Absicht nach Lars gefragt! Du wolltest mich beeinflussen.«

»Björn!«, rief sie aus und wirkte dabei ein bisschen hilflos. »Dass ich ihn erwähnt habe, lag daran, dass ich nicht anders kann, als ständig an ihn zu denken!« Es klang verzweifelt. Sie berührte seinen Arm. »Verstehst du das nicht? Das Vergangene ist niemals so richtig vergangen.«

Die Stichflamme erlosch. Doch, er verstand es. Ihm ging es ja genauso. Aber trotzdem …

Sie waren an dem Fußweg, der zu Maries Haus führte, angekommen. Marie öffnete die Beifahrertür. Als sie ihre Beine aus dem Auto hob, vernahm er ein Seufzen.

»Warte, ich helfe dir«, sagte er lahm.

»Bleib sitzen! So alt bin ich noch nicht«, erklärte sie, während sie ausstieg. »Du unterschätzt mich.« Begleitet von einem zarten Quietschen, als säßen Mäuse in ihren Schuhen, entfernte sie sich und eilte auf ihr Haus zu.

Irritiert blieb Björn am Lenkrad zurück. Stimmte was nicht mit ihm? Er versuchte, sich die Szene in Maries Wohnzimmer ins Gedächtnis zu rufen, und begann an seinen eigenen Wahrnehmungen zu zweifeln. Aber egal, ob wegen Bruder oder Tante, ob gedrängt oder eingebildet – sinnlose Gefühle hatten seine Vernunft wie Unkraut überwuchert und ihn den rechten Weg verfehlen lassen. Er war immer weiter gegangen ohne umzukehren. Was für ein Leichtsinn.

Nun ja, versuchte er sich zu beruhigen, so dramatisch war das nicht. Wer konnte davon wissen? Niemand, sehr richtig.

Björn ließ den Motor an. Neben ihm pochte es an der Fensterscheibe. Ein kariertes Hemd, darüber ein glatt rasiertes Gesicht unter ein paar dünnen, ordentlich zur Seite gekämmten Haarsträhnen. Er ließ die Scheibe herunter.

»Trifft sich gut, dass ich Sie sehe, Herr Neffe.«

Es war Herr Schmitz, ein Rentner von sicher achtzig Jahren, Maries Nachbar zur Linken, ein strenger Gärtner, dem, wie sie oft betonte, nicht der winzigste Schädling entging. Die Nachbarn auf der anderen Seite sah man fast nie, da sie häufig in ihrem Haus auf Teneriffa weilten. Doch Herr Schmitz schien immer da zu sein, jederzeit bereit, gegen Läuse, Raupen und Unkraut zu Felde zu ziehen.

»Nicht, dass ich was gegen Ihre Tante hätte«, begann Schmitz. »Damit wir uns nicht falsch verstehen. Aber machen Sie erst den Motor aus.«

»Bitte, kommen Sie zur Sache.«

»Ich kenne Sie ja«, sagte der Nachbar gemütlich und legte einen Arm auf dem heruntergelassenen Fenster ab. »Sie sind eilig, Sie haben einen Termin. Wahrscheinlich haut Ihre Frau ab, verwildert Ihr Garten und verlottern Ihre Kinder, nur weil Sie unentwegt Termine haben.«

Björn blickte geradeaus auf die Fahrbahn. Er schätzte, dass der Mann früher Buchhalter im Büro einer langweiligen Firma gewesen war, jeden Tag pünktlich um zwölf seine Wurststullen verzehrt hatte und Stress für eine Erfindung von Wichtigtuern hielt.

»Fassen Sie sich kurz, bitte.«

Schmitz neigte den Kopf und betrachtete die Armaturen. »Es sind manchmal Männer bei Ihrer Tante.« Er streckte die Hand aus und strich über das Seitenpolster des Ledersitzes. »Nicht schlecht. Kostet sicher was.«

»Weiter«, sagte Björn, bemüht, nicht tief einzuatmen, denn der Leberwurstatem des Nachbarn strich dicht an seiner Nase vorbei.

»Hab gar nicht gewusst, dass man bei der Zeitung so gut verdient«, fuhr Schmitz fort.

»Also, was für Männer?«

»Meistens kommen sie zu zweit oder zu dritt. Sie tragen einen Hut, eine Sonnenbrille oder einen Regenmantel mit hoch gestelltem Kragen. Wie russische Spione zur Zeit des kalten Krieges.«

»Meine Tante hat einen großen Bekanntenkreis.«

»Bei den vielen Ausländern in der Stadt fallen solche Leute kaum auf. Gerade deshalb bin ich wachsam.«

»Weiter!«

»Und da hab ich neulich einen Disput von drüben gehört. Es klang, als ob Ihre Tante in Nöten wäre. Sie hat laut aufgeschrien.«

»Vielleicht ist ihr eine Wespe zu nah gekommen.«

»Kurz darauf wurde im Haus ein Fenster geschlossen.«

»Klar – wegen der anderen Wespen.«

»Spötteln Sie nicht, Herr Neffe. Als langjähriger Nachbar spürt man, wenn was nicht stimmt.«

»Sie hätten hinüber gehen und fragen sollen, ob alles in Ordnung ist.«

»Genau das hatte ich vor.« Der Nachbar schaute zum säuberlichen Vorgarten seines Hauses. »Aber meine Frau war dagegen. Während wir noch herumstritten, kamen die zwei heraus.«

»Und meine Tante lebt noch!« Björn drehte den Zündschlüssel. »Man irrt sich leicht in solchen Dingen, Herr Schmitz. Schönen Abend noch.«

»Verwandte!«, knurrte Schmitz und trat zurück. »Aber einen großkotzigen Flitzer fahren! Bald können sich die Leute keine Zeitung mehr leisten, Herr Journalist, dann fahren Sie nur noch Fahrrad!«

Björn drückte das Gaspedal und rauschte davon. Eine Nachbarschaft, die einem nichts gönnte, war ein Alptraum. Marie war in allen möglichen Verbänden zum Schutze von Mensch, Tier und Pflanze und engagierte sich in der Kirche. Warum sollte sie nicht Besuch haben? Im Gegenteil: Es wäre seltsam, wenn sie keinen hätte.

Der Wagen glitt weich um Kurven und Ecken. Björns Brust entfuhr ein Seufzer des Behagens. Jetzt erst einmal genießen! Diese Harmonie zwischen ihm und dem Fahrzeug! Verglichen mit der ollen Kiste war es ein Gefühl wie im Flieger. Business Class.

Die Sonne war längst untergegangen, die Dämmerung schritt rasch voran. Es herrschte nicht viel Verkehr. Dennoch war, seit er den Nachbarn stehen gelassen hatte, ein grauer Van hinter ihm. Da hatte jemand genau denselben Weg wie er. Wenn Björn links abbog, fuhr auch der Van nach links. Bog Björn rechts ab, tat es auch der Van. Es war immer dasselbe Fahrzeug. Die Scheinwerfer blendeten, die Marke war nicht zu erkennen.

Björn blickte so angestrengt in den Rückspiegel, dass er beinahe die nächste Abbiegung verpasste. Er riss das Steuer herum, preschte in weitem Bogen um die Ecke und geriet auf die Gegenfahrbahn, die zum Glück frei war. Hinter sich hörte er Reifen quietschen – der Van hatte das Manöver nachgemacht.

Das ist kein Zufall, durchfuhr es Björn, der ist ganz gezielt hinter mir her. Aber warum? Hatte er in der Zeitung etwas Heikles veröffentlicht? Wollte man ihn abfangen, um ihn zur Rede zu stellen oder gar zu verprügeln? Letzte Woche hatte er etwas über gewisse Sekten geschrieben; die Redaktion hatte daraufhin einen bitterbösen Brief erhalten, den sie alle nicht ernst genommen hatten, weil die Angriffe gegen den *ignoranten Redakteur* völlig überzogen wirkten. Auch wenn es hin und wieder solche Schreiben gab, bewegte man sich in der deutschen Lokalpresse normalerweise auf gefahrlosem Terrain. War der Eindruck falsch? Auch hier konnte es Fanatiker geben, die zu allem fähig waren.

Jedenfalls schien es ratsam, sich nicht direkt nach Hause zu begeben. Besser, diese Leute erfuhren nicht, wo er wohnte. Da auf dem Beifahrersitz auch jemand saß, waren sie mindestens zu zweit. Björn entschloss sich zu einem Umweg über Ippendorf und den Venusberg. Den Blick immer wieder zum Rückspiegel gerichtet, hatte er den Höhenrücken bald überquert. Nun ging es bergab. Der graue Van war noch da. Vielleicht wartete der Mann am Steuer auf eine einsame Ampel ohne Zeugen. Auf so eine Ampel rollte Björn geradewegs zu. Kein Mensch zu sehen. Auch kein anderes Auto. Er glitt noch knapp bei Gelb über die Kreuzung. Der Van fuhr bei Rot hinüber.

Björn war in Kessenich am Fuß des Venusbergs angekommen, gelangte über eine weitere Ampel auf die Hausdorffstraße und fuhr eine Weile hinter der Straßenbahn her. In der verkehrsreicheren Reuterstraße trennten sich die Schienen von der Fahrbahn, Björn gab Gas. Der Van hielt mit. Björn schoss über die nächste grüne Ampel und näherte sich der Auffahrt zur Autobahn, um einen größeren Umweg zu fahren.

Die Kurve. Zu schnell, jetzt haut's mich raus. Puh, gerade noch gut gegangen. Dahinter alles frei. Er trat das Gaspedal durch. Sehr gut! Spitze! Der Zeiger am Tacho marschierte flott nach rechts. Fantastisch! Wahnsinn! Weit jenseits alles Erlaubten. Im Rückspiegel war kein Van zu sehen. Er war ihn los.

Verfolgungswahn – das war alles. Ein Streich der Fantasie. Reine Hysterie. Björn kam sich lächerlich vor mit seinem Herzklopfen, auch wenn die Sache wirklich sonderbar gewesen war. Vielleicht hatte der Fahrer ihn mit einem Bekannten verwechselt, den er unbedingt sprechen wollte. Das war, nüchtern betrachtet, wahrscheinlicher als eine Verfolgung durch Fanatiker.

Björn nahm die Ausfahrt Bonn-Hardtberg und fuhr von dort aus Richtung Endenich. Der Anblick der vertrauten Vorstadtstraßen beruhigte ihn, auch wenn er den Rückspiegel nicht aus den Augen ließ. Kein grauer Van hinter ihm. Auch kein anderer Wagen. Nur ein flacheres dunkles Auto kam ohne Eile aus einer Seitenstraße, bevor Björn in seine Wohnstraße einbog.

Hinter einer Kurve und den letzten Häusern lag die Einfahrt zu seinem Garagenhof, der am Ende durch einen hohen Zaun und eine Böschung begrenzt wurde. Dahinter befand sich die Autobahn. Den Mietvertrag über die Garage hatte Björn noch nicht gekündigt, und mit Rücksicht auf den neuen Wagen wollte er sie nun behalten.

Das Garagentor stand offen. Er konnte direkt hineinfahren. Langsam, denn der Jaguar war größer als die alte Mühle. An die Maße hatte Björn sich noch nicht gewöhnt.

Aussteigen und abschließen. Zwischen Wand und Wagen hindurchzwängen. Er fühlte sich erschöpft. Die siebzig oder achtzig Meter, die ihn von seiner Haustür trennten, waren ihm fast zu viel. Das alte Garagentor nervte ihn. Es quietschte erbämlich und rastete erst beim zweiten Versuch ein.

Wie auf einen Startschuss löste sich aus der Finsternis am Zaun eine Person. Ein großer, breitschultriger Mann mit Hut, dessen Gesicht im Dunkeln lag. Es war nicht ungewöhnlich, dass jemand die düstere Stelle zum Pinkeln benutzte. Björn schob seinen Schlüsselbund in die Hosentasche. Der Mann kam auf ihn zu. Vielleicht suchte er ein bestimmtes Haus. Bei Dunkelheit war es schwierig, die Nummern zu lesen. Kein Grund zur Beunruhigung. Zu dumm nur, dass die Straßenlaterne so weit entfernt war.

Ein Geräusch ließ Björn herumfahren. In der Einfahrt stand ein dunkler Wagen. Vielleicht der aus der Seitenstraße. Eine Gestalt warf die Fahrertür zu und schaute herüber. Der Mann mit dem Hut schien ein Zeichen zu geben.

Björn drehte sich wieder um. Verdammt! Sie mussten mit dem Van zu tun haben. Im Handy-Zeitalter war Verfolgung ein Kinderspiel. Womöglich kannten sie längst seine Adresse und amüsierten sich über seine Umwege, die ihnen einen Vorsprung verschafft hatten. Aber wer? Und warum?

Der mit dem Hut trat vor ihn hin. Knoblauchatem wehte auf Björn herunter, der Mann war fast einen Kopf größer. Die Hutkrempe verdeckte seine Augen, von denen nicht mal ein Schimmer zu sehen war.

Hinter sich hörte Björn die Schritte des zweiten Mannes. Dicht an seinem Rücken blieb er stehen.

»Herr Kröger?«, sagte der Hut vor ihm.

»Was wollen Sie?«

»Nicht so laut«, grollte der hinter ihm. »Das schadet Ihnen nur.«

Björn fühlte sich wie in einer Zange, obwohl keiner von beiden ihn berührte.

»Wir sollen Sie darauf hinweisen, dass Sie einen Meineid geschworen haben«, sagte der vor ihm.

»Ein Verbrechen«, tönte es in seinem Rücken.

»Darauf steht Freiheitsstrafe nicht unter …«

»Lassen Sie mich vorbei!«

»Nicht aufregen«, zischte es hinter ihm.

»Der Angeklagte war«, sagte der Hut, »nicht auf der Veranstaltung im ›Königshof‹.«

»Und genauso wenig im Bus. Der Fahrschein stammt aus einem Papierkorb«, sagte der Mann hinter ihm.

»Er befand sich mit seinem Auto auf der Landstraße. Die alte Mutter saß ohne Gurt auf dem Beifahrersitz. Er steuerte den Wagen auf einen Steilhang mit Bäumen zu und warf sich rechtzeitig ins Gras. Schwierig, aber er hatte auf dem Bolzplatz geübt. Die Mutter starb auf der Stelle. Genau, wie er es geplant hatte.«

Hitze stieg in Björns Kopf; sein rechtes Bein zitterte vom Knie abwärts, es ließ sich nicht abstellen. Dieses Zittern hatte ihn zum ersten Mal mit elf Jahren befallen, als drei schrankförmige Burschen sich grinsend vor ihm aufbauten. Seitdem kam es immer, sobald ihm eine Situation entglitt. Er stemmte die Ferse gegen den Boden und sagte so arrogant wie möglich: »Wenn er der Fahrer gewesen wäre, hätte die Polizei es festgestellt: Schürfwunden, Erde an den Schuhen, Grasflecken auf der Hose.«

»Für wie blöd halten Sie ihn?«, wies der Hut ihn zurecht. »Er hat den Kram sofort vernichtet. Für die blauen Flecken machte er den Liebhaber seiner Frau verantwortlich.«

»Er hätte Fußabdrücke am Boden hinterlassen.«

»Fußspuren!«, höhnte es unter der Krempe. »Es war der Abend, an dem der Regen alle Bäche überlaufen ließ.«

»Wir werden Sie anzeigen müssen«, sagte der andere.

»Die Polizei wird Ihnen was husten«, behauptete Björn. »Falls Ihre Angaben zutreffen sollten, habe ich mich eben geirrt.«

»Ts, ts, ts«, gab der Mann hinter ihm von sich.

Der Mann vor ihm bewegte den Kopf hin und her. »Sie haben das Gericht bewusst belogen. Im Wohnzimmer Ihrer Tante befand sich ein kleines Aufnahmegerät, das beweist, dass Sie überredet worden sind. Das könnte die Polizei interessieren.«

»Schweinehund!« Da war nun doch etwas Schwankendes in Björns Stimme.

»Aber so böse will ja niemand sein. Man erwartet von Ihnen nichts weiter, als dass Sie noch einmal aussagen. In einer anderen Sache. In einer anderen Stadt«, erklärte der mit dem Hut.

Was war ich für ein Dummkopf, ärgerte sich Björn. Ebenso wie seine dämliche alte Tante war er auf den Leim gegangen und hatte einem kaltblütigen Mörder zu lebenslanger Freiheit verholfen. Irgendwer hatte Wind davon bekommen und forderte nun das Gleiche.

Der zweite Mann ging im Bogen um Björn herum. Ein schwacher Lichtschein fiel auf sein Gesicht, ließ Brillengläser aufglänzen und ein spitzes Kinn erkennen. Die Furchen neben dem Mund kamen Björn sehr tief vor, der Mann musste die Fünfzig schon lange überschritten haben. Oberhalb der Brille verschwand alles unter dem Schirm einer Kappe.

»Achten Sie darauf, dass Sie täglich den Briefkasten leeren, bevor Ihre Frau es tut. Jede Panne geht zu Ihren Lasten«, sagte der Hut. »Jede.«

Der mit der Brille hielt etwas in der Hand, das metallisch schimmerte. Björn konnte nicht erkennen, was es war.

»Ist doch eine schöne Sache, anderen zu helfen«, meinte der Hutträger und zeigte das Weiß seiner Zähne.

»Gehen Sie jetzt. Warten Sie auf Nachricht«, sagte der andere.

Björn wagte kaum zu atmen, als er sich entfernte. Quatsch, sie würden nicht mit dem Messer werfen, sie brauchten ihn ja. Dennoch war ihm, als spüre er im Rücken die Spitze einer Klinge. Als schöbe sie ihn vorwärts, bis er die Kurve und den Weg zu den Reihenhäusern erreichte.

6. Das gefürchtete Wort

Das Haus war dunkel und still. Kein gemütlicher Lampenschein, wie Björn gehofft hatte, keine Klänge von Jazz oder Blues. Auf dem Küchentisch lag ein Zettel mit Elenas Handschrift: *Bin bei Gaby.* Ausgerechnet jetzt! Er meinte platzen zu müssen, wenn er Elena nicht sofort alles erzählen konnte. Wahrscheinlich litt diese Gaby wieder unter einem Mann oder darunter, dass sie keinen hatte. Elena war eine gefragte Beraterin, das hatten schon viele gesagt.

Björn stellte den Fernseher an und schaute in verschiedene Sendungen hinein. Alles ätzend. Er schlug ein Buch auf, das er seit langem lesen wollte, weil alle davon redeten. Todlangweilig. Er nahm eine Bierflasche aus dem Kühlschrank und stieg die Treppe hinauf. Im Arbeitszimmer fuhr er den Laptop hoch, wusste dann aber nicht mehr, warum er ihn eingeschaltet hatte, und stellte ihn wieder aus. Alles war so sinnlos.

Im Schlafzimmer trat er ans Fenster, um den Vorhang zuzuziehen. Er lehnte die Stirn gegen die Scheibe und blickte in den Garten. Bis auf das helle Rechteck unter ihm war es rundherum dunkel. Die Nachbarn waren entweder nicht zu Hause, hatten Rollläden, durch die kein Licht nach draußen fiel, oder schliefen schon. Hinter dem Gartenzaun, wo ein Weg entlang führte, sah er undeutlich zwei Baumstämme, die ihm bisher nicht aufgefallen waren. Sie schienen sich voneinander zu entfernen und wurden kürzer. Als hätten sie sich geduckt. Mit einem schnellen Ruck zog Björn den Vorhang zu.

Er stellte die halbvolle Flasche auf den Nachttisch und legte sich angezogen aufs Bett. Noch einmal aussagen! Und nicht nur ein bisschen falsch, sondern hundertprozentig falsch. Nicht für das Glück einer lieben Verwandten, sondern für einen unbekannten Fremden. Das musste ja schiefgehen. Nein, das konnte er nicht. Unmöglich. Er musste sich wehren. Aber wie?

Nicht nervös werden. Meistens fand sich für alles eine Lösung. In diesem Fall war es vor allem eine Frage der richtigen Reaktion. Im Dunkel des Garagenhofs war es schwierig gewesen. Aber sie mussten sich noch einmal der Einzelheiten wegen melden, dann konnte er verhandeln. Was würden sie tun, wenn er sich weigerte? Mit einer Anzeige gegen ihn würden sie auch Alfred schaden, das konnten sie nicht wollen. Falls sie überhaupt etwas mit Alfred zu tun hatten! Sie waren gepflegter, strahlten eine andere Herkunft und mehr Bildung aus. Waren sie Zuschauer aus dem Gerichtssaal, die Spaß daran hatten, ihn fertig zu machen? Es konnten aber ebenso Leser sein, die sich über ihn geärgert hatten, weil ihr Verein in der Zeitung schlecht weggekommen war. Die beiden wollten ihm einen Denkzettel verpassen und freuten sich, dass es ihnen gelungen war, ihn mit ihrer abstrusen Geschichte einzuschüchtern. Furchtbar peinlich, aber irgendwie beruhigend.

Er knipste das Licht aus und schlief sofort ein. Und war kurz darauf wieder wach. Wieso wussten sie von Marie? Von dem Gespräch in ihrem Wohnzimmer? Im Gericht hatte er nichts davon erwähnt! Also keine Zuschauer. Keine Leser. Kein Scherz.

Björn trat ans Fenster, ohne Licht zu machen, und spähte durch den Spalt zwischen den Vorhanghälften. Die Baumstämme hinterm Zaun waren verschwunden.

Was die weiteren Anweisungen betraf, so meldete sich einige Tage später eine fremde Männerstimme an seinem Telefon in der Redaktion. Björn saß am Bildschirm und verfasste gerade einen Bericht über aktuelle Straßenbaumaßnahmen. Die Stimme wirkte jünger als die der Männer im Garagenhof. Björn reagierte schnell und unterbrach den Anrufer mit einem scharfen Nein. Der Mann aber sprach weiter, als hätte Björn nur gehustet. Er machte keine Pause und schien es kaum nötig zu haben, Luft zu holen. Björn brauchte eine Lücke, um die Worte, die er sich zurechtgelegt hatte, in aller Schärfe anzubringen.

Vorsicht … In der Kaffeeecke rührte Müller in seiner Tasse herum und schien sich zu bemühen, kein Geräusch zu verursachen, um nichts von Björns Worten zu verpassen. Am Schreibtisch gegenüber saß Frau Brause und tat hinter ihrer himbeerfarbenen Brille so, als sei sie an ihrem Bildschirm ins Korrekturlesen vertieft und achte nicht im Geringsten auf sein Telefonat. Doch Björn hatte den Eindruck, dass auch sie sich anstrengte, seinen kargen Sätzen einen Sinn zu entnehmen. Und der Freund ihrer Nichte, die sie jede Woche traf, arbeitete im Polizeipräsidium! Björn durfte nicht lospoltern, musste den sachlichen Journalistenton durchhalten und darauf bedacht sein, sich nicht zu verraten. Müller legte den Kaffeelöffel beiseite und schaute herüber.

Der Anrufer schien seiner Sache sicher zu sein. Er wies Björn auf die Aufnahme des Gesprächs in Maries Wohnzimmer hin und instruierte ihn detailliert, was er vor Gericht zu sagen und worauf er zu achten habe. Björns Protest hörte sich an wie das Abwimmeln einer wohltätigen Aufgabe.

»Nun lassen Sie das mal«, sagte die Stimme. »Es ist in Ihrem eigenen Interesse, glaubwürdig zu sein.«

Kein Drama, dann würde er eben später Klartext reden. Er würde gleich mit dem Handy hinunter auf die Straße gehen, weit weg von allen Kollegen, und sich in deutlichen Worten weigern, diesen Leuten zu Willen zu sein. Er schaute auf das Display vor sich. Unterdrückte Nummer. Natürlich. Er hatte es mit Profis zu tun.

»Geben Sie mir Ihre Telefonnummer. Ich rufe Sie zurück, wenn ich noch Fragen habe«, erklärte er.

Die Antwort war ein Klicken in der Leitung.

»Scheißdreck!«

Frau Brause zog ein schockiertes Gesicht. »Aber, Herr Kröger!«

»Du solltest dich mal sehen, Björn«, sagte Müller und schüttelte den Kopf. »Total verkrampft! Da muss was geschehen.«

Wenige Minuten später stand Björn mit dem Kollegen neben dem Schreibtisch und rollte die Schultern. Zehnmal vor, ausschütteln, zehnmal zurück. Anschließend schwangen sie die Arme im Kreis, zehnmal vor, ausschütteln, zehnmal zurück, alles im flotten Takt der Popmusik, für die Hella in aller Eile vom Nebenraum aus gesorgt hatte.

»Schon besser!«, rief Müller. »Jetzt fünf Mal zur Decke strecken und runter zum Boden, das Gleiche seitwärts und das ganze Programm von vorn. Mach das täglich, und dein Problem ist gelöst.«

Frau Brause klatschte Beifall, und in der Tür stand Gisa und schwang mit begeisterter Miene ihre Arme.

»Echt super«, grummelte Björn, dem jede Art von Gymnastik zuwider war.

Auf die restlichen Verrenkungen verzichtete er, während Müller, Gisa und Hilde Greul, die hinzugekommen war, mit weiteren Übungen eine Geschmeidigkeit bewiesen, die Björn völlig fremd war.

Björn fuhr nun jeden Tag in der Mittagspause nach Hause, um die Post durchzusehen, bevor Elena zurückkehrte und ihr Blick womöglich auf den Brief eines Gerichts fiele. Es durfte nicht so kommen, dass sie, wenn er abends müde aus der Redaktion kam, ihn mit der Ladung in der Hand empfing und mit Fragen und Vorwürfen überschüttete. Selbstverständlich würde er ihr die ganze Sache bald beichten, das hatte er sich fest vorgenommen. Das Wichtigste daran war, den geeigneten Moment zu finden, davon hing viel ab.

Für den Ausflug nach Hause opferte er täglich dreißig bis vierzig Minuten. Nach dem dritten Mal fragte man ihn in der Redaktion, wo er mittags hinfahre. Ob er eine Geliebte treffe? (Hella) Neuerdings einen Hund habe? (Chef) Ein heimliches Hobby? (Brause) Eine tägliche Trainingseinheit absolviere? (Müller) Für eine zweite Zeitung unterwegs sei? (Hilde). Nur Gisa schimpfte, hier seien alle chronisch neugierig – grauenhaft.

Björn erklärte, er müsse mittags nach den Handwerkern sehen.

»Sind die immer noch nicht fertig?«, wunderte sich Müller.

»Es handelt sich um eine Nachbesserung. Am Parkett.«

Müller sah ihn kopfschüttelnd an.

»Das wölbt sich bedenklich«, fügte Björn hinzu.

Damit Elena nicht merkte, dass er zwischendurch zu Hause war, stopfte er jeden Mittag die Post zurück in den Briefkasten. Der richtige Zeitpunkt, mit ihr zu reden, hatte sich noch nicht ergeben, und die ständigen Mittagsfahrten wie auch die ganze Heimlichtuerei machten Björn fertig. Wenn die verdammte Ladung doch endlich mal im Kasten wäre! Hielten ihn diese Leute zum Narren? War ihr ganzes Getue nur ein Bluff? Womöglich beobachteten sie ihn an irgendeiner Stelle seiner Strecke und lachten sich schlapp, wenn er aufs Neue um die Ecke bog.

Mitte der zweiten Woche stellte er die Fahrten ein. Am Samstag darauf klingelte es morgens an der Haustür. Durchs Küchenfenster erblickte Björn das Fahrrad des Postboten.

»Machst du auf, Björn?«, rief Elena aus dem Keller, wo sie die Waschmaschine füllte.

Björn stürzte zur Tür.

Der Postbote ließ sich viel Zeit, den Umschlag zu überreichen, auf dem links oben *Landgericht Düsseldorf* stand. Ebenso umständlich wünschte er ein schönes Wochenende, der Wetterbericht sei ja vielversprechend, er wolle mit seiner Frau zum Wandern in die Eifel, um den Michelsberg herum, das könne er nur empfehlen.

»Wer ist es, Björn?«

»Nur der Briefträger!«

Björn drückte die Haustür zu, warf die übrige Post auf die Kommode und verschwand mit dem Brief in der Gästetoilette. Drinnen schloss er die Tür ab und drehte den Wasserhahn auf, um ungehört den Umschlag zu öffnen und das Blatt zu entnehmen.

Die zweite Falschaussage, so ging ihm durch den Kopf, konnte er vermeiden. Einfach sagen: Keine Ahnung, ich kenne den Angeklagten nicht. Nie gesehen.

Es lag in seiner Hand. Natürlich nur, wenn er die Folgen nicht scheute. Lange konnte es nicht dauern, bis die Staatsanwältin mit dem Raubvogelblick im Besitz des kompromittierenden Tonträgers wäre und ihn wegen Meineids anklagen würde. Öffentlicher Strafprozess im Landgericht. Manch einer im Publikum würde ihn kennen: *Hey, das ist ja Kröger von den Bonner Nachrichten.* Hilde Greul säße mit ihren klaren blauen Augen in der ersten Reihe, erstaunt, dass er so tief sinken konnte. Björn fiel eine Bemerkung ein, die Weber kürzlich von sich gegeben hatte: *Kröger macht noch Karriere.* Damit wäre für immer Feierabend. Und Alfred? Falls sie mit ihm zusammenhingen, hatten diese Leute sicherlich für ihn gesorgt. Im Bedarfsfall würden sie glaubwürdige Ersatzzeugen aus dem Hut zaubern.

Es klopfte gegen die Tür. Björn stellte das Wasser ab.

»Björn, bist du noch lange da drin?«

»Nein. Wieso?«

»Ich will die frischen Gästehandtücher reinlegen.«

»Moment.«

Er drückte die Wasserspülung. Im Schutze des Rauschens entfaltete er das Formular. Sein Blick erfasste die Begriffe *Ladung, Strafsache, Zeuge, Termin.*

Was er am meisten fürchtete, stand auch dabei: *wegen Mordes.*

7. Wenn sie ihm glaubten ...

Es gab kein Zurück. Vor dem Richtertisch des Schwurgerichts-saals im Landgericht Düsseldorf erklärte Björn, er habe mit dem Angeklagten Udo Knecht im Bonner Kottenforst einen Wald-spaziergang unternommen. Sie beide seien im vorigen Herbst an einer Autobahnraststätte miteinander ins Gespräch gekommen und hätten ihre Telefonnummern ausgetauscht. Anfang des Jahres habe Knecht ihn kontaktiert und gefragt, ob er mit ihm über Jobs im Zeitungswesen reden könne, das würde ihn reizen, er wolle sich verändern. Sie hätten einen Termin ausgemacht, den letzten Sonntag im Januar um 14 Uhr.

An jenem Sonntag hatte sich Knechts Leben tatsächlich grund-legend verändert, wie Björn nun erfuhr: Ein Unbekannter war unbemerkt über die Kellertreppe in sein Wohnzimmer eingedrun-gen, hatte der vor dem Fernseher dösenden Ehefrau mit einer gusseisernen Bratpfanne hinterrücks den Schädel eingeschlagen und Udo Knecht zum Witwer gemacht. Die Staatsanwaltschaft aber hatte nicht gegen Unbekannt ermittelt. Sie hielt Knecht für den Täter und klagte ihn wegen Mordes an.

Die vorsitzende Richterin kam Björn erstaunlich jung vor. Ihre Augen waren so blau wie die von Hilde. Sie ließ sie lange auf Björns Gesicht ruhen. Er hielt ihrem Blick stand.

»Wie kommt es, dass Herr Knecht Sie so spät als Zeugen be-nannt hat, Herr Kröger?«

»Ich hatte mich vorher geweigert. Ich kannte ihn doch kaum.«

»Warum haben Sie Ihre Meinung geändert?«

»Ich hatte erfahren, dass man zur Aussage verpflichtet ist.«

»Wie lange dauerte Ihr Spaziergang?«

»Fast zwei Stunden. Am Parkplatz unterhielten wir uns noch eine Weile und leerten zwei Dosen Cola aus meiner Kühltasche.«

»Trafen Sie unterwegs jemanden, der Sie kannte?«

»Nein.«

»Kann es sein, dass Ihr Spaziergang an einem anderen Tag stattfand? Dass Sie die Sonntage verwechseln?«

»Nein. Es war der letzte im Januar. Ich hatte starke Zahnschmerzen und erst am übernächsten Morgen einen Termin für die Weiterführung meiner Wurzelbehandlung, deshalb habe ich mir den Tag gemerkt.«

Dem Gericht Erinnerungsstützen nennen, um die Aussage glaubhaft zu machen, das hatte man ihm am Telefon eingeschärft.

»Hier ist das Terminkärtchen«, sagte er und zog den kleinen Zettel aus seiner Tasche. »2. Februar 9 Uhr 15.«

Wieder blickte die Richterin ihn lange an. Ihre Augen zogen sich zusammen, die kleine Nase wurde kraus. Als ob sie einen Kanaldeckel gehoben hätte und in der dunklen Tiefe etwas zu erkennen glaubte, das leicht stank. Gleich würde sie kühl und höflich sagen: *Herr Kröger, Sie lügen wie gedruckt.* Er würde zweifellos auf der Stelle zusammenbrechen. Das durfte auf keinen Fall passieren. Was hatten die Kerle gesagt? *Jede Panne geht zu Ihren Lasten. Jede.* Zum Glück war das Kärtchen seiner Zahnarztpraxis echt.

»Noch Fragen an den Zeugen?«, war alles, was die Richterin von sich gab.

Es gab noch Fragen. Sie kamen von dem griesgrämig aussehenden Staatsanwalt. Er wollte die Strecke des Waldspaziergangs exakt beschrieben haben. Er hatte ein Blatt Papier vor sich liegen und einen Stift in der Hand. Es sah so aus, als hätte er den Parkplatz schon eingezeichnet. »Exakt, bitte«, wiederholte er.

Verdammt. Björn hatte nicht genug Anweisungen, um eine Zweistundenwanderung zu füllen. *Kottenforst* hatte die Telefonstimme gesagt und den Parkplatz am Waldrand des Stadtteils Brüser Berg genannt. Neben den Tafeln zur Information über Wildtiere begann dort ein leicht geschlängelter Waldweg, der später die breite Witterschlicker Allee mitsamt dem parallelen Reitweg kreuzte. Und wie weiter? Möglich, dass der Mann am Telefon noch weitere Angaben gemacht hatte. Björn hatte so krampfhaft auf eine Gelegenheit zum Widersprechen gewartet, dass er den

Ausführungen nicht mit voller Aufmerksamkeit gefolgt war. Wenn ihm doch nur klar gewesen wäre, dass es auf die genaue Strecke ankam! Er kannte den Kottenforst einigermaßen, ging aber selten dort spazieren und fand, dass die Wege mehr oder weniger ähnlich aussahen: lang, breit, von hohem Baumbestand gesäumt und zum Teil schnurgerade, wie Kurfürst Clemens August sie im 18. Jahrhundert für seine Jagdgesellschaften brauchte.

»Wissen Sie es nicht mehr?«, fragte der Staatsanwalt.

Björn sah das Risiko wie einen Atompilz vor sich aufwachsen. Sein rechtes Bein begann zu zittern. Müller, fiel ihm ein. Müller wohnte auf dem Brüser Berg, und seine sonntägliche Waldrunde begann meistens an diesem Parkplatz. Björn wünschte, er hätte an den letzten Montagen besser zugehört.

Der Staatsanwalt schaute zur Richterbank. Die Vorsitzende blätterte in den Akten.

Müller hatte das St. Hubertuskreuz erwähnt, wo er mit einem Fahrrad kollidiert, und die Einmündung des Wolfswegs, wo er einem Wildschwein begegnet war. Zudem war von Gräben, in denen morastiges Wasser stand, die Rede gewesen, von Stellen mit Bänken, die Müller für eine überflüssige Einladung zum Faulenzen hielt, und von dem Gasthof »Zur Linde«, in dem Björn als Volontär eine Hundertjährige interviewt hatte. *Elf Kilometer,* hörte er den Kollegen sagen.

»Sie wissen es nicht mehr«, stellte der Staatsanwalt fest und schrieb etwas nieder.

Elf Kilometer, das könnte hinkommen, Müller sei Dank. Björn räusperte sich. Der Staatsanwalt zog die Augenbrauen hoch, schaute auf und rückte seine Brille zurecht. Björn erzählte den Montagsbericht des Kollegen ohne auffällige Stockungen in groben Zügen nach, erwähnte die markanten Punkte und hoffte, dass die Reihenfolge stimmte. Bei einer Wegkreuzung zeigte er Unsicherheit, was jedoch bei der Länge der Runde höchst natürlich wirkte. Wenn der Angeklagte nur nichts anderes beschrieben hatte …

Es gab keine weiteren Fragen.

Den Eid sprach Björn mit der klaren Stimme eines geübten Lügners. Diesmal fügte er die religiöse Beteuerung hinzu. Das erste Mal hatte er davor zurückgescheut, nun glich die Formel einem Stoßgebet.

»So wahr mir Gott helfe.«

Er fühlte sich schauderhaft. Das hier war so knüppeldick gelogen, dass ihm seine Aussage für Alfred wie die blanke Ehrlichkeit erschien. Obwohl er von der Unschuld des Angeklagten beinahe überzeugt war. Der schlanke Udo Knecht wirkte mit seinem gebügelten weißen Hemd und dem glänzenden kinnlangen Haar weder proletenhaft noch brutal. So sah doch kein Mörder aus.

Björn blieb noch bis zu den Plädoyers am Schluss der Verhandlung und erfuhr auf diese Weise, was andere Zeugen ausgesagt hatten: Eine Nachbarin war überzeugt davon, Knecht müsse am frühen Nachmittag zu Hause gewesen sein, sie habe seine Stimme gehört. Die Frau aus dem Haus gegenüber meinte, sein Kopf sei mehrmals am Küchenfenster aufgetaucht, und ihr Mann behauptete, Knechts dunkelroten Ford zwei Straßen weiter auf einem Parkplatz bemerkt zu haben. Für Knechts Abwesenheit vom Tatort gab es nur einen einzigen Zeugen.

Der Staatsanwalt verkündete mit gleichmütiger Miene, dass er dem Zeugen Kröger nicht misstrauen wolle, aber davon überzeugt sei, der Zeuge müsse sich im Datum vertan haben. Die Staatsanwaltschaft halte den Angeklagten für den Täter, und beantrage lebenslange Freiheitsstrafe gemäß § 211 des Strafgesetzbuches, denn das Mordmerkmal der Heimtücke sei erfüllt. Der Verteidiger empörte sich darüber, dass der Staatsanwalt den Antrag auf die unsicheren Angaben der anderen Zeugen gründe, bei denen ein Irrtum viel wahrscheinlicher sei. Der Angeklagte sei zur Tatzeit nicht am Tatort gewesen, die Verteidigung beantrage Freispruch. Das letzte Wort, sagte die vorsitzende Richterin, stehe dem Angeklagten zu.

»Wäre ich doch bloß an dem Tag zu Hause geblieben!«, schluchzte Knecht. An diesem Kummer konnte Björn nichts Falsches entdecken.

Als sich die drei Berufsrichter mit den beiden Schöffen zur Beratung zurückzogen und die Zuschauer auf den Flur strömten, hielt Björn es nicht länger aus. Das war ja wie ein Glücksspiel mit dem Titel *Wer glaubt wem?*! Und wenn er das Spiel verlöre, erhöbe sich im Publikum ein Getuschel, das er fast schon hören konnte: *Meineid, Meineid.* Ob man ihn sofort festnähme? Er hatte keine Ahnung, wie die Justiz in solchen Fällen vorging.

Björn verließ den Gerichtssaal. Auf dem Flur wurde er zusehends schneller. Das war unsinnig, aber seine Beine schienen ihm davonzulaufen. Erst auf der Straße, wo alles im Sonnenlicht leuchtete, zwang er sich zur Langsamkeit. Er spürte seine verspannten Gesichtsmuskeln und die schmerzenden Kiefergelenke. Doch unter dem hellen Himmel, in der warmen Luft und dem Duft der Blumenbeete, an denen er auf dem Weg zu seinem Wagen vorbeikam, lockerte sich alles. Wenn sie ihm glaubten – und warum sollten sie es nicht? – war jetzt alles vorbei. Er hatte es geschafft!

Als er ins Auto stieg, gelang ihm sogar ein Lächeln.

In der folgenden Nacht träumte Björn, er liege in warmem Badewasser. Von irgendwoher kam Musik, er lauschte und schloss die Augen. Plötzlich war das Wasser kalt. Von einer Sekunde zur anderen gefror alles zu Eis. Es war zu spät, um herauszukommen. Seine Beine und Arme, sein Bauch und seine Brust wurden steif und hart wie Tiefkühlfleisch. Bewegen ließ sich nur noch der Hals. Jemand trat an den Rand der Wanne. Er schwang eine Axt und sagte: »Ich hau das jetzt auf.«

Björn fuhr hoch. Das war ja grauenhaft! Sein Schlafanzug war schweißnass, sein Haar klebte an der Stirn. Er knipste die Lampe an und sah zum Wecker. Viertel nach drei. Wenn er jetzt nicht mehr einschliefe, könnte er am nächsten Tag keine brauchbare Zeile schreiben. An seiner Seite vernahm er Elenas gleichmäßige Atemzüge, roch den leichten Vanilleduft ihrer Haut, spürte die Wärme ihres Körpers durch den dünnen Stoff seines Schlafanzugs. Dennoch fühlte er sich, als stünde er allein in einem Tunnel und sähe am Ende kein Licht. Elena war unerreichbar auf der anderen Seite des Berges. Er hatte ihr noch kein Wort von alledem gesagt. Als er von Düsseldorf nach Hause kam, sah sie sich einen Thriller im Fernsehen an, bei dem er sie nicht stören wollte. Danach gähnte sie unentwegt, sagte: »Ich weiß nicht, wovon ich so müde bin.« und verschwand im Badezimmer, während er am Computer ein paar Rechnungen bezahlte. Später im Bett, als er nach längeren Überlegungen zu der Ansicht neigte, der richtige Moment sei gekommen, stellte er fest, dass sie eingeschlafen war.

Natürlich konnte er sie jetzt wecken und ihr sagen, wie alles gelaufen war, jetzt sofort. Aber sie schlief so schön und wäre sicher verstört, wenn er sie aufwecken würde, vielleicht sogar verärgert, weil auch sie darauf angewiesen war, ausgeruht in ihren Arbeitstag zu starten. In letzter Zeit war viel Harmonie zwischen ihnen. Er würde alles mit dem einen Satz zerstören: *Elena, ich habe ...* Er mochte ihn nicht mal zu Ende denken. Dieser Satz konnte seine Ehe in Stücke schlagen.

Der zweite Meineid hatte seine Lage erheblich verschlimmert, nicht nur Elena gegenüber. *Alles vorbei* – wie hatte er das nur eine Sekunde glauben können? Bald würden Männer aus dem Dunkel auftauchen und sagen: *Herr Kröger, nun haben Sie zwei auf dem Kerbholz. Wir geben der Staatsanwaltschaft ein paar Hinweise. Es sei denn, Sie tun noch was für uns.* So ginge es weiter, bis er unter der Lawine der Meineide zusammenbräche und an seinen Lügen erstickte. Ob sie ihn, wenn er sich weigerte, wirklich verrieten und damit Alfred und Udo in Schieflage brachten, war ja noch die Frage, aber testen wollte er das lieber nicht. Die beiden konnten so perfekt untergetaucht sein, dass sie die Justiz nicht mehr zu fürchten brauchten. Oder man hatte, wenn Björn sich nicht fügte, ganz andere Pläne mit ihm – Folter, Mord, jede Grausamkeit war möglich. Vor Wut und Ärger biss Björn sich in die Faust. Er schmeckte Blut. Statt sich zu zerfleischen, sollte er mit jemanden darüber reden.

Während die Nacht allmählich an Schwärze verlor, zerbrach er sich den Kopf. Wenn er Elena zunächst ausklammerte, wer kam

dann in Frage? Seine alten Freunde hatte er in letzter Zeit vernachlässigt.

Lars …

Ein Bruder wie Lars wäre geeignet. Wenn er ihn fände. Und
wenn er so wäre wie früher. Der heutige Lars würde vermutlich
sagen: *Lass mich in Ruhe, Björn.*

Marie.

Möglicherweise ahnte sie, dass Alfred ein Schurke war. Das
wäre eine Erklärung dafür, dass sie ihm nicht nachtrauerte. Vielleicht wusste sie mehr. Vielleicht wusste sie alles. Er würde einfach
locker beginnen: *Hör mal, Marie, dieser Alfred, kann es sein, dass …* Er
musste es versuchen. Er musste!

8. Die Ledertasche

Das Erwachen am nächsten Morgen war schlimm. Aber kaum weniger litt Björn im Laufe des Vormittags, als er in den Rückspiegel schaute, eine Tiefgarage durchquerte und aus dem Auto stieg. Überall konnten sie mit einem neuen Auftrag lauern. In der Redaktion fuhr er beim Läuten des Telefons zusammen wie unter Stromschlägen. Frau Brause am Schreibtisch gegenüber hob den Kopf und beäugte ihn prüfend über die himbeerfarbene Brille hinweg.

Ich muss mich zusammenreißen, dachte Björn, sie macht sich Gedanken, sie weiß, dass mein Bruder im Knast war, meine Mutter ein halbes Dutzend Ehemänner sitzen ließ und mein Vater in die Einsamkeit der isländischen Westfjorde floh. So was bliebe nicht ohne Folgen, würde sie dem Chef erklären. *Wir sollten uns kümmern.* Björns Familiengeschichte war seit dem letzten Betriebsausflug auch dem Chef und den übrigen Kollegen bekannt. Bis der Morgen graute hatte damals einer nach dem anderen von sich selbst erzählt: Hilde von ihrer gescheiterten Ehe, Müller von seiner Jugend mit der kränkelnden Mutter, Björn von seinen verkorksten Angehörigen, der Chef vom dramatischen Bruch mit seinem Vater, und zuletzt hatte Frau Brause zugegeben, auch sie habe sich mal in einer Krise befunden, über die sie lieber nicht reden wolle. Aber der lange Blick, den die Kollegin nun über den Schreibtisch schickte, erinnerte ihn daran, dass es wichtig war, den Anschein zu erwecken, alles im Griff zu haben. Nichts wäre fataler, als wenn herauskäme, was ihn umtrieb.

So bewältigte Björn den ersten Tag nach dem zweiten Meineid doch noch mit Disziplin. Als es am Abend in der Redaktion leer wurde, schaltete er ins Internet. Er fand bald, was er suchte: Den *Bratpfannenmord.* Das Landgericht Düsseldorf hatte den Angeklagten … freigesprochen.

Na, also! Alles glatt gegangen!

Warm durchströmte ihn das Gefühl der Erleichterung. Ein Gespräch mit Marie zu führen, war jetzt nicht mehr so dringend. Er konnte es verschieben. Im Moment hätte es schlecht gepasst, er hatte zu viel zu tun. Möglicherweise war ja wirklich alles vorbei. So viele Mörder, die einen Zeugen in Bonn suchten, konnte es gar nicht geben.

Sicherheitshalber parkte er das Auto spätabends so nah wie möglich am Haus, um mit ein paar Sprüngen in den Schutz der eigenen vier Wände einzutauchen. In der Nacht schlief er sogar einigermaßen. Im Traum hörte er sich lässig sagen: »Alles halb so schlimm. Kein Drama.«

»Oh, Verzeihung.«

Jemand rempelte ihn an, mitten in der Einkaufsstraße mit den schmalen Häusern aus dem 17. und 18. Jahrhundert, der Sternstraße, die den dreieckigen Bonner Marktplatz mit dem Friedensplatz verband.

Erschrocken legte Björn die Hand auf die Hosentasche mit dem Portemonnaie. In letzter Zeit wurde verstärkt vor Taschendieben gewarnt. Er hatte einen Termin im Stadtmuseum wahrgenommen und war unterwegs zur Garage des Stadthauses, wo sein Wagen stand. Die Menschen, um die er sich herumschlängeln musste, weil sie zu langsam gingen, die aufgespannten Schirme, die ihn an Kopf und Schultern trafen, die Rufe der Händler an den Marktständen, das Grölen einer Jugendgruppe – ihm war alles zu viel. Dazu der Regen, der ihm schräg ins Gesicht peitschte, und der Wind, der unangenehm durch Kragen und Ärmel drang. Er fühlte sich erschöpft und brauchte einen Kaffee.

Der weißhaarige Mann, der gegen ihn gestoßen war, hinderte ihn am Weitergehen. Unter einem schwarzen Regenschirm lächelte er aus unzähligen Falten.

»Ich war unachtsam, tut mir leid.«

»Kein Drama.«

»Sind Sie so gut und halten die Tasche für mich?«

Björn schüttelte den Kopf. »Ich hab's eilig.«

»Sie sind doch Herr Kröger?«

Nein. Nicht schon wieder.

»Ich soll Sie an Ihren falschen Eid erinnern. Gefängnis nicht unter einem Jahr.«

Björn erstarrte. Die Menschen liefen so dicht vorbei, es konnte jemand gehört haben.

»Und nun haben wir wieder einem Bösewicht geholfen! Da ist es wohl eine Selbstverständlichkeit, dass Sie die Tasche zum Bottlerplatz bringen. Bitte unauffällig im Chinarestaurant unters Aquarium stellen. Nicht aufmachen. Niemand davon erzählen. Die Tasche wird in Kürze abgeholt. Jede Panne geht zu Ihren Lasten. Besten Dank. Vergessen Sie nicht, den Mund zu schließen.«

Schon tauchte der Mann in den Strom der dahineilenden Körper Richtung Markt und war nicht mehr zu sehen. Björn stand wie gelähmt, in den Händen die speckigen Henkel einer schweren braunen Ledertasche, deren Inhalt durch einen Reißverschluss, Schnallen und ein Vorhängeschloss gesichert war. Ihm war nicht klar, wieso sich seine Finger überhaupt darum geschlossen hatten.

»Können Sie nicht aufpassen?«, schimpfte jemand, der gegen die Tasche stieß.

»Sie stehen mitten im Weg.«

»Mensch, gehen Sie weiter!«

»Hier ist kein Bahnsteig!«

Björn ließ sich von der Menge vorwärts treiben. Das Gewicht der prall gefüllten Tasche schmerzte im Arm. Drogen? Waffen? Diebesgut? Geheime Akten? Hoffentlich keine Bombe. Björn hatte das Gefühl, sie keine zehn Meter mehr tragen zu können, ohne einen Anfall zu bekommen. Und wenn er sie einfach hinter die Imbissbude stellte?

Er war zu keiner Entscheidung fähig. Sein Körper bewegte sich wie eines jener alten Blechtiere, die man mit einem Schlüssel in Bewegung setzte, so dass sie über den Boden ratterten, bis eine Teppichkante sie stoppte.

Meineid, Verurteilung, Gefängnis. Die Worte rotierten in seinem Kopf. Wie hatte er hoffen können, der Spuk sei vorbei? Wie aufgezogen bog er in die Vivatsgasse ein, vorbei am mittelalterlich anmutenden Sterntor, das nicht echter war als ein falscher Zeuge, weil es nicht das war, was es schien: ein historisches Stadttor.

»Kann ich Ihnen helfen?«, fragte eine Frau, die aus einem Lokal trat.

Björn schaute auf. Ein goldener Drache über der Tür, rote Troddeln, Schriftzeichen. Das Ziel war erreicht. Er ging rasch hinein. Zwei Chinesen begrüßten ihn lächelnd, als wüssten sie um seine Not. Das konnte wohl nicht sein? Das hätte der Fremde doch erwähnt? Jedenfalls sah Björn keine Chance, die Tasche unbemerkt am Aquarium abzustellen. Das exotisch schimmernde Becken stand zu nah am Tresen, wo sie Getränke abfüllten.

Er setzte sich an einen Tisch, schob die Tasche darunter und bestellte ein Wasser und zwei Frühlingsrollen. In der Tasche kann was völlig Harmloses sein, versuchte er sich zu beruhigen, Wertvolle alte Bücher für ein Antiquariat, Lebensmittel für jemanden, der sich versteckt hielt. Oder ein kostbarer Orientteppich aus einem Kellerlager, daher der leicht moderige Geruch. Es gab Hunderte von Möglichkeiten.

Während er die Frühlingsrollen verzehrte, leerte sich das Lokal; die Mittagszeit war vorbei. Die beiden Kellner lächelten ihm zu. Einer von ihnen erkundigte sich, ob er noch einen Wunsch habe. Björns einziger Wunsch aber war, die Tasche unauffällig loszuwerden. Er wollte das auf dem Weg zur Toilette versuchen, aber wenn sie ihn die ganze Zeit beobachteten, ging es nicht. Er ließ sich noch ein Wasser bringen und bezahlte die Rechnung.

Der eine Kellner trocknete Gläser ab, der andere verschwand durch eine Schwingtür in die Küche. Hinter dem Tresen meldete sich ein Telefon. Der Kellner wandte sich um, warf das Geschirrhandtuch über die Schulter und hob ab. Jetzt!

Björn nahm die Tasche auf, richtete den Blick fest auf das Schild mit der Aufschrift *WC* und schritt mit dem Gesicht eines Menschen voran, den es zur Toilette treibt. Sein Weg führte dicht an dem sanft gurgelnden Aquarium vorbei. Mit einer knappen Bewegung bugsierte er das schwere Ding darunter. Das Geräusch war am Tresen sicher kaum wahrzunehmen.

Als Björn von der Toilette zurückkehrte, stand die Tasche unverändert da. Der telefonierende Chinese drehte sich um. Björn nickte ihm zu und eilte dem Ausgang entgegen, unendlich erleichtert, es geschafft zu haben.

»Halt!«, rief der Kellner ihm nach. »Sie haben gerade was vergessen!«

Björn setzte dazu an, aus dem Lokal zu stürmen. Der Kellner sprang hinter dem Tresen hervor und trat ihm in den Weg. Mit einem Lächeln hielt er ihm die Schale mit den Glückskeksen entgegen. Björn stieß die angehaltene Luft aus. Er nahm einen der verpackten Kekse, bedankte sich und gelangte auf die Straße. Der Typ hatte nichts gemerkt! Der Auftrag war erledigt. Ein paar Meter weiter warf er den Glückskeks in ein struppiges Beet.

»Einen Moment!«, drang die Stimme des Kellners erneut an sein Ohr.

Ein Lieferwagen polterte vorbei. Björn konnte so tun, als habe er nichts gehört. Egal ob man ihm jetzt Reiswein oder Pflaumenlikör anbieten wollte, er musste verschwinden! Nur rennen durfte er nicht, das war zu auffällig. Er ging schneller. Der Kellner holte ihn ein und hielt ihn am Ärmel fest. Was er in Brusthöhe hoch stemmte, war die braune Ledertasche.

»Bitte schön.«

Björn blieb nichts anderes übrig, als umzudrehen und sie mit überschwänglichem Dank entgegenzunehmen. »Ich glaube, ich esse noch was«, fügte er hinzu. »Eine Wan-Tan-Suppe.«

»Aber gern«, meinte der Kellner mit einer einladenden Geste.

Am liebsten hätte Björn ihm die Tasche vor die Füße geknallt und wäre getürmt. *Jede Panne geht zu Ihren Lasten*, gongte es durch seinen Kopf. Selbstbeherrschung war Trumpf. Vermutlich jedenfalls.

Als er durch die aufgehaltene Tür schritt, sah er zu seiner Überraschung ein zweites Aquarium, weitab vom Tresen. Er musste sich mit seinem Gepäck nur in die abgelegene Ecke begeben und die Fische oder die darüber hängenden Tuschzeichnungen so lange bewundern, bis niemand mehr herüber schaute.

Björn wählte einen Tisch in der Nähe. Während er die Suppe auslöffelte, sah er ein Grüppchen neuer Gäste hereinkommen. Er zahlte, nahm die Tasche und tat so, als hätte er gerade erst die Bilder über dem Aquarium entdeckt und sei scharf darauf, sie aus der Nähe zu betrachten. Als er davor stand, blickte er sich um. Das Grüppchen entschied sich für einen weit entfernten Tisch. Der eine Kellner notierte die gewünschten Getränke, der andere verteilte die Speisekarten.

Mit dem Fuß drückte Björn die Tasche weit unter das Becken, bis sie an die Wand stieß. Der Keller mit den Karten, derselbe, der ihm auf die Straße nachgelaufen war, hob den Kopf, als habe er das Scharren gehört. Björn glitt zum Ausgang und über die Schwelle. Draußen ging eine Schülergruppe mit Lehrern vorüber, unter die er sich mischte, als gehöre er dazu. In ihrer Mitte überquerte er den Platz mit den Bäumen und drehte sich kurz vor der nächsten Ecke um.

Niemand war gefolgt.

Ich werde immer kaltblütiger, dachte Björn, während er Richtung Stadthaus eilte. Ich erledige den fragwürdigsten Auftrag perfekt. Möglich, dass ich sogar zum Killer tauge.

So durfte es nicht weitergehen! Was hatte man mit ihm vor? Wer steckte dahinter? Wo sollte das enden? Wenn es jemals ein Ende gäbe … Das alles war absurd. Er war nicht mehr er selbst. Was hätten andere in seiner Lage getan? Nein gesagt? Felsenfest? Von Anfang an? Wer außer ihm hätte sich so weit verstrickt? Wegen einer ältlichen Tante und ihres angeblichen Lovers … Es war fast lächerlich. Das konnte man niemandem erzählen.

Ihn packte der Zorn. Diese Leute glaubten, ihn fest im Griff zu haben. Sie waren der Überzeugung, er würde auf keinen Fall eine

Verurteilung wegen Meineids riskieren und damit seinen Job und seine Ehe, seine Gegenwart und seine Zukunft aufs Spiel setzen. Aber es gab etwas, womit sie nicht rechneten. Er konnte ihnen einen dicken Strich durch ihre Pläne machen, er müsste es nur wagen: einfach zur Polizei gehen, alles gestehen. Dann wäre Schluss. Mit allem. Seine Zukunft sähe düsterer aus, als wenn er ein paar Millionen erschwindelt hätte. Niemand würde mehr glauben, was aus seinem Mund und seiner Feder käme. *Lügen-Kröger.*

9. Der Onkel

Am nächsten Nachmittag absolvierte Björn im Stadthaus einen Termin mit wichtigen Leuten der Lokalpolitik, die wie üblich erwarteten, dass er sie gut herausbrachte. Kein Problem, auf ihn war Verlass. Doch die Politiker hatten sich verspätet und ihre Verdienste allzu ausführlich dargestellt, was insgesamt eine zusätzliche Stunde gekostet hatte. Nun stürmte er im Laufschritt über den Friedensplatz, weil er Elena versprochen hatte, ihr im Englisch Shop etwas Tee zu besorgen. Mit der Packung unterm Arm trat er im gleichen Tempo den Rückweg an und stieß mit einem Mann zusammen, der ihn heftig anfuhr.

»Passen Sie doch auf!«

Björn zog den Kopf ein und rannte los. Entschuldigte sich nicht, spürte die Flüche des anderen wie Feuerbälle im Rücken und lief weiter, bis ihm klar wurde, dass nichts geschehen war und nichts geschehen sollte. Er war ein Nervenbündel! Was für ein unwürdiger Zustand. Wenn ihn jemand beobachtet hatte! *Haben Sie Kröger gesehen? Was ist mit dem los? Rennt davon wie ein aufgescheuchtes Huhn.* Die ganze Redaktion würde es interessant finden, der Chef würde an der Unterlippe nagen und darüber nachdenken, ob es ratsam war, so viel Nervosität in seinem Team zu dulden. Müller mit seiner unerschütterlichen Ruhe würde als erfreulicher Kontrast wirken und trotz Zerrungen oder Kniebeschwerden jede Menge Pluspunkte sammeln.

Plötzlich war Björn klar, was sofort zu tun war und keinen Aufschub duldete. Er war wahnsinnig gewesen, es einfach vor sich her zu schieben! Zwar sollte er in anderthalb Stunden auf einem Pressetermin des kunsthistorischen Instituts erscheinen, aber das war zu reparieren, wenn er das Wesentliche telefonisch erfragte.

»Was für eine Überraschung!«, rief seine Tante, als sie ihm die Tür öffnete.

Ihr rundes Gesicht war ganz rot geworden. Vor Freude, nahm er an. Zudem schien sein Eintreffen sie zu verwirren. Björn kam sonst nie ohne vorherige Ankündigung, sie wunderte sich vermutlich. Es tat ihm weh, dass es kein gemütlicher Plausch werden sollte, sondern ein herbes Gespräch ohne Umschweife.

»Möchtest du eine Tasse Tee? Der ist schnell gemacht. Ich habe auch Plätzchen im Haus.«

Björn winkte ab. »Bist du allein, Marie?«

»Warum fragst du? Ich bin fast immer allein«, erwiderte sie, während sie zusammen ins Wohnzimmer gingen.

»Es ist nicht gut, wenn man so viel allein ist.«

Sie setzten sich an den Tisch unter dem Bildnis der Urahne. Björn hatte vor, Marie auf den Besuch anzusprechen, der dem Nachbarn aufgefallen war. Das schien ihm ein geeigneter Anfang zu sein.

»Ich habe den Spielkreis und den Kirchenchor. Das genügt einer ollen Witwe.«

»Hast du manchmal auch Besuch?«

Sie nickte. »Hin und wieder trifft sich der Spielkreis bei mir.«

»Als Onkel Randulf gestorben war, hättest du noch arbeiten gehen können, Marie.«

Wie kam er jetzt auf diesen Onkel? Er war hier, um die Sache mit Alfred und den nachfolgenden Vorkommnissen zu klären, dafür versäumte er einen Termin! Und ausgerechnet jetzt geriet er auf die falsche Fahrspur, indem er einen längst begrabenen Onkel ins Spiel brachte. In letzter Zeit hatte Björn oft über seine Tante nachgedacht und sich eingestanden, wie wenig er über sie wusste. Er hatte keine Ahnung, womit sie sich den ganzen Tag beschäftigte. Das war es wohl, was ihn von der Richtung abgebracht hatte. Obwohl man verstorbene Ehemänner lieber nicht erwähnte – womöglich würde sie jetzt reden und reden wie alle Witwen, denen er bisher begegnet war, und er käme kaum vor sieben in die Redaktion, wo man sich schon fragen würde, was er so lange bei den Kunsthistorikern trieb.

»Warum hätte ich arbeiten sollen, Björn? Ich hatte dank des lieben Randulfs immer mein Auskommen.«

Es wäre ein Leichtes gewesen, zum Thema Alfred hinüberzuschwenken. Ich drücke mich, dachte Björn; ich habe Hemmungen, das Thema anzupacken. Die anderen Worte, die nicht geplanten, glitten über seine Zunge, als lägen sie in seinem Kopf schon wochenlang für diesen Augenblick bereit.

»Ich weiß fast nichts über Onkel Randulf.«

Björn hatte eine vage Erinnerung an einen düsteren Mann. Ein verschwommenes Bild aus seiner Kindheit. Er wusste nicht einmal, ob er ihn selbst gesehen oder seine Fantasie ihm den Onkel geformt hatte, weil ab und zu von ihm gesprochen wurde. In seiner Vorstellung glich Randulf der hölzernen Figur des heiligen Nikolaus, der mit erhobenem Zeigefinger auf der Truhe der Großmutter stand, neben sich ein Fass, aus dem zwei nackte Kinder mit elendem Gesichtsausdruck herausschauten, wobei Björn nie erfahren hatte, ob der Nikolaus sie hineingesteckt oder daraus befreit hatte.

»Mein Randulf war ein herzensguter Mensch.« Marie seufzte tief.

»Es war sicher schrecklich für dich, ihn so früh zu verlieren«, sagte Björn und blickte zu der Dame auf dem Ölbild an der Wand, deren Lächeln ihm heute spöttisch vorkam. Er hörte, wie Marie schluckte.

»Woran ist er gestorben, Marie?«

War das nötig? Er hätte sich treten können! Zugleich fragte er sich, warum er sich nicht schon früher danach erkundigt hatte. War es Gedankenlosigkeit? Oder die Befürchtung, eine lange Leidensgeschichte mit ekligen Details geschildert zu bekommen?

»Weißt du es nicht, Björn?«

Er schüttelte den Kopf. »Ich war damals drei oder vier Jahre alt.«

»Der liebe Randulf …« Sie brach ab, zerrte ein Taschentuch aus dem Rockbund, der ihren sackförmigen Körper in zwei Hälften teilte, und presste es an Augen und Nase.

Aus dem Tüchlein schwebte zarter Blumenduft zu Björn herüber. Die Schläge der Standuhr dröhnten durchs Zimmer, so dass er nicht hören konnte, ob sie hinter dem Taschentuch weinte. Der weiße Stoff zeigte keine tränenfeuchten Flecken, aber der blaue Spitzenrand zitterte. Björn durfte sie jetzt nicht drängen. Doch spürte er kaum noch die Unbequemlichkeit des Stuhles, dachte nicht an Artikel und Termine, nicht an Alfred und Gerichte, sondern nur, dass er es wissen wollte.

Marie schnäuzte sich umständlich. Was mochte sie erlebt haben? Björn erinnerte sich plötzlich dunkel daran, dass seine Mutter einst irgendeine Widerwärtigkeit erwähnte, was er nicht beachtet hatte, weil sie immer so viel von verschiedenen Leuten erzählte, dass man alles durcheinanderbrachte.

»Er ist …«, flüsterte Marie, »ermordet worden.«

»Nein!«, entfuhr es ihm.

Das konnte nicht sein. Mord gehörte nicht in seine Familie, wie zerrissen sie auch sein mochte. Vielleicht war es ein ungeklärter Unfall, und Marie hatte das Bedürfnis, den Tod ihres Mannes zu dramatisieren.

Sie tupfte sich die Augen ab. »Jetzt willst du natürlich wissen, wie es geschah.«

»Hm – ja«, murmelte Björn, bemüht, nicht allzu neugierig zu wirken. »Wenn es dir nichts ausmacht.«

»Es macht mir viel aus, Björn.« Sie schluckte noch einmal.

»Ja, dann …« sagte er. »Es muss nicht sein.«

»Ich erzähl es dir trotzdem.« Sie rieb sich die Augen. »Wir kamen spätabends von einer Einladung, Randulf und ich. Seitdem mag ich keine Sommerabende mehr, diese lauen, an denen man nach einem heißen Tag bis Mitternacht draußen sitzt. So ein Abend war das. Wir fuhren mit dem Auto an einem Feld vorbei, auf dem riesige Sonnenblumen wuchsen. Wir hatten sie schon auf dem Hinweg gesehen, als es noch hell war. Sie standen dicht und hoch, mit schmalen Schneisen dazwischen. Ich kann diese Pflanzen nicht mehr ausstehen.«

»Da ist es passiert?«

Sie drückte das Taschentuch fest auf die Augen. »Das Schrecklichste ist, dass ich selbst Schuld daran habe, Björn.«

»Das kann ich mir nicht vorstellen!«

»Ich habe zu Randulf gesagt: Sieh mal, das Schild, die sind zum Selberschneiden. Ich hätte so gern ein paar für unsere Bodenvase. Was für ein Irrsinn – mitten in der Nacht wünschte ich verwöhntes Ding mir Sonnenblumen! Ich begreife es nicht. Der herzensgute Randulf, der mir nie etwas abschlug, ist sofort auf den Parkplatz gefahren. Er hat sein Taschenmesser zur Hand genommen und das Auto verlassen. ›Bleib hier, es ist so dunkel‹, hat der stets um mich besorgte Mann gesagt, ›du könntest stolpern mit deinen spitzen Schuhen. Ich gehe ein Stück hinein, dort sind sie schöner als am Rand.‹ Und was tat ich dumme Pute? Statt ihn zurückzuhalten, wie es vernünftig gewesen wäre, hab ich ihm begeistert zugestimmt. Konnte ich denn ahnen, was ihn inmitten der Riesenblumen erwartete?«

»Randulf kam nicht zurück?«

»Erst dachte ich: Er macht es eben sorgfältig, so ist er. Doch als immer mehr Zeit verstrich, hab ich mir Sorgen gemacht. Ich bin ausgestiegen und habe seinen Namen gerufen, erst leise, dann lauter. Zwischen den mannshohen Pflanzen war es stockfinster. Ich bin in eine der Schneisen getreten und hab versucht, etwas zu erkennen. Rundherum hörte ich nur gruseliges Rascheln und Schaben. Die kühlen großen Blätter strichen wie Geisterhände über meine Schultern. Obwohl ich mir denken konnte, dass es am Wind lag, bekam ich Angst. Alles Schreckliche, wovon ich je gehört hatte, schien plötzlich möglich zu sein. Ich war mir sicher, dass Randulf etwas zugestoßen war. Es war nicht seine Art, sich im Dunkeln aus dem Staub zu machen.«

Sie stöhnte und versenkte die Nase ins Taschentuch.

»Björn, du wirst mich für schäbig halten«, kam es nasal aus dem Tüchlein. »Aber ich bin nach Hause gerannt, statt ihn zu suchen. Dort bin ich kopflos hin und her gerast, bis ich es geschafft habe, die Polizei zu alarmieren. Ich hab mich vor dem Spott der Polizisten gefürchtet, denn viele Frauen werden auf solche Weise sitzengelassen. Doch die Beamten sind ernst geblieben und haben mir nicht einmal vorgeworfen, dass ich keinen Versuch unternommen hatte, meinen Mann zu finden.«

Marie schob das Taschentuch in den Rockbund.

»Sie sind zum Sonnenblumenfeld gefahren und haben den armen Randulf am Boden gefunden. Ich hätte nichts mehr ausrichten können.«

»Was war passiert?«

»In seiner Brust steckte … Ich kann es mir immer noch nicht vorstellen. Das schöne weiße Hemd, das ich selbst gebügelt hatte …«

»Was steckte dort?«

»Ein Messer. Jemand hatte ihn erstochen. Und keiner wusste, warum.«

»Hattest du niemanden in Verdacht?«

»Ich wollte nicht darüber nachdenken, Björn, so seltsam es klingt.«

Marie lächelte schwach, als bäte sie um Verständnis für so viel Selbstsucht. Ihre Augen waren gerötet, aber – was für eine Erleichterung – trocken.

»Wolltest du nicht herauskriegen, wer es war?«

»Wie denn? Die Polizei hat den Fall bald zu den Akten gelegt. Der Mörder blieb unbekannt. Nicht einmal brauchbare Fußspuren haben sie entdeckt, weil der Boden hart und trocken war wie altes Brot.«

»Gut, dass du weggelaufen bist, Marie! Möglicherweise hielt sich der Mörder noch in der Nähe auf und hätte nicht gezögert, dich als unerwünschte Zeugin zu beseitigen.«

»Das haben damals viele gesagt.«

Wäre es geschmacklos, nun sein eigenes Problem zur Sprache zu bringen? Unmöglich, ließ seine gute Erziehung ihn wissen. Bring's hinter dich, empfahl seine Vernunft. Dazwischen machte sich sein Gedächtnis undeutlich mit etwas anderem bemerkbar: Hatte Mama diesen Randulf nicht als fiesen Kerl bezeichnet? Weshalb? Es war ewig her und musste nichts bedeuten. Mama wählte immer starke Worte. Nun hieß sie schon lange Taylor, davor Hunter und davor Smith und hatte vor kurzem verkündet, die Familie in Europa sei lästig, man solle sie nicht mehr anrufen.

»Marie«, begann Björn, noch im Unklaren darüber, mit welchen Worten er es anpacken sollte, »Marie …«

»Du brauchst mich nicht zu bemitleiden, Björn.«

»Marie, neulich …«

»Nein, wirklich nicht«, unterbrach sie ihn. »Die Zeit heilt alle Wunden.«

»Ich meine etwas anderes, Marie.«

Der Schlag der Standuhr ließ die Tante herumfahren. Ihre Augen richteten sich auf die verschnörkelten Zeiger.

»So spät schon!«, rief sie und erhob sich eilig vom Stuhl.

»Aber ich muss dich dringend was …«

»Ich singe im Kirchenchor, ich muss los!«, fiel Marie ihm ins Wort.

»Alt oder Sopran?«, entfuhr es Björn. Er war aus dem Konzept geraten.

Sie stand bereits im Flur, hakte den Haustürschlüssel von seinem Platz am Schlüsselbrett, schaute prüfend in den Spiegel und rückte den Kragen ihrer Bluse zurecht.

Björn folgte ihr und setzte neu an: »Marie, warte …«

»Ach, die Noten!«, rief sie aus.

Auf quietschenden Sohlen eilte sie an ihm vorbei zurück ins Wohnzimmer, zur Anrichte. Eine Schublade knarrte. Sie nahm ein Heft heraus, schloss die Lade mit einem Knall und quietschte zur Garderobe zurück. Es hatte schon immer das Ende seiner Konzentration bedeutet, wenn dieses Geräusch unterwegs war, kurz innehielt und wieder loslegte. Er riss sich zusammen.

»Sekunde, Marie! Kennst du einen Mann mit einem grauen Van? So einer hat mich neulich verfolgt.«

Sie lachte. In der Tat, sie lachte sogar laut, als sie den braunen Blazer vom Bügel nahm. Björn hatte sie selten lachen hören und war geradezu froh, sie aufgeheitert zu haben.

»Björn, ich kann mir doch keine Automarken merken! Der Vikar unserer Gemeinde fährt irgendwas Graues, aber warum sollte er dich verfolgen?«

»Ein Van ist keine Marke, sondern …«

»Wenn ich den Führerschein gemacht hätte, fiele es mir leichter, alles auseinanderzuhalten, aber so …«

»Kennst du denn jemanden mit einem flacheren dunklen Wagen?«, versuchte Björn es noch einmal und half ihr in den Blazer.

»Oh ja.« Sie griff nach der abgetragenen Handtasche. »Unsere Kantorin hat einen dunkelblauen. Verfolgt sie dich auch? Ich fürchte, Björn, du bist schrecklich überarbeitet!«

»Marie, im Ernst …«

»Isst du auch genug? Vor allem Vitamine? Frischen Salat, Obst? Und Milchprodukte, die sind auch wichtig.«

Björn biss sich auf die Lippe. Unfassbar! Obwohl er jeden Tag mit unzähligen Leuten über alles Mögliche sprach, fand er nicht den richtigen Dreh, ein einziges klärendes Gespräch mit seiner Tante zu führen. Sie entwand sich seinen Bemühungen wie ein glitschiger Fisch in der Hand.

Er verließ sie, während sie die Haustür abschloss. Es war zu bitter. Sie ging fromme Lieder singen, und er saß so tief in der Tinte.

10. Schlagzeilen

Björn startete das Auto und fuhr ziellos durch die benachbarten Straßen, um darüber nachzudenken, wieso er keinen Schritt weitergekommen war. Er hätte seiner Tante wenigstens vorschlagen sollen, das Gespräch nach der Chorprobe fortzusetzen.

Hinter ihm hupte jemand. Der Schreck durchfuhr ihn wie ein zackiger Blitz. Er lenkte den Wagen zum Straßenrand. Bloß nicht wieder kopflos werden! Das hupende Auto rauschte vorbei. Der Fahrer blickte zu ihm herüber und schüttelte den Kopf. Björn atmete tief durch. War er bereits hysterisch?

Er sah, dass er nicht weit von einem Lädchen gehalten hatte, in dem es außer Erfrischungen auch Zigaretten gab. Es wäre nicht übel, mal wieder eine zu rauchen. Auch eine Zeitung könnte er mitnehmen. Warum nicht mal eines von diesen Blättern mit den fetten Horrorschlagzeilen? *OPA STIRBT AN ÜBERDOSIS HUNDEFUTTER* oder *ENKEL TRITT OMA IN DIE TONNE* – etwas in der Art wäre ihm jetzt recht, zumindest, um wieder vor Augen zu haben, wie glücklich er sich schätzen durfte, bei den seriösen *Bonner Nachrichten* gelandet zu sein.

Mit einer Dose Cola, den Zigaretten und der zusammengerollten Zeitung wollte Björn gerade ins Auto steigen, als er hinter sich ein Hüsteln hörte. Schnell auf den Fahrersitz sinken und die Tür zuschlagen!

»Nee, nee, Moment.«

Der Mann hatte den Fuß gehoben und der Wagentür entgegen gestemmt. Kein Hut, kein Spitzbart, keine Falten unter weißem Haar, sondern ordentlich zur Seite gekämmte, dünne graue Strähnen über einer birnenförmigen Nase. Herr Schmitz! Diesmal mit einer Einkaufstasche. In seiner Erleichterung lächelte Björn den Nachbarn nahezu beglückt an.

»Ich muss Ihnen was sagen, Herr Neffe.«

»Aber flott, bitte.«

»Ja, ja, ich weiß, Sie haben einen Termin. Wie immer.«

»Zufällig nicht«, sagte Björn. »Aber ich möchte manchmal einen Abend mit meiner Frau verbringen.«

»Verstehe ich. Das arme Frauchen.«

»Hören Sie auf!«

»Ich wollte Sie nur davon informieren, dass sie schon wieder da waren. Diesmal im Garten Ihrer Tante. Mit Hut, Sonnenbrille, Halstuch. Sie haben die Köpfe zusammengesteckt. Konspirativ. Ich kenne so was.«

»Machen Sie um Himmels Willen nicht diese Kunstpausen!«

»Was für Kunst…«

»Weiter!«

»Ich war 1968 Hausmeister in der Uni. Sie ahnen nicht, was damals los war.«

»Kommen Sie zur Sache, Mensch!«

»Nun explodieren Sie nicht gleich! Sie sind ja total überreizt. Wovon denn nur?«

»Weiter.«

Der Nachbar strich sich übers tadellos rasierte Kinn. Seine Augen wurden zu Schlitzen. »Es ist ein Wort gefallen, Herr Neffe.« Er kratzte sich mit dem Daumen an der Nase, erst auf der einen, dann auf der anderen Seite.

Björn trommelte mit den Fingern aufs Lenkrad.

»Ein Wort, bei dem es mir eiskalt über den Rücken lief.« Schmitz knibbelte an seinem Nasenloch herum und zupfte an den Haaren, die dort wuchsen.

Björn stöhnte. »Sagen Sie es.«

»Das Wort war *Opfer*. Wie finden Sie das? *Opfer*.«

»Das kann alles Mögliche bedeuten: Man opfert Zeit, man bringt ein Opfer …«

»*Opfer*. Sie wäre nicht die erste alleinstehende Frau, die mit Satanismus liebäugelt.« Schmitz sah auf seine Fingerspitzen, an denen etwas hängen geblieben war und schnipste es weg.

»Sie könnten über Fernsehkrimis geredet haben.«

»Das Feixen vergeht Ihnen noch, Herr Neffe. Diesmal kamen sie übrigens zu dritt.«

»Darunter die zwei vom letzten Mal?«

»Jetzt ist Ihr Interesse geweckt, wie?«

»Der Ordnung halber sollten Sie mir das auch noch sagen.«

»Es könnten dieselben dabei gewesen sein.«

»Wie sahen sie aus?«

»Hab ich doch gesagt: Hut, Sonnenbrille …«

»Ich meine ihre Gesichter. Größe und Figur.«

»Ganz normal, nehme ich an.«

»Groß, schlank, dick, dünn, faltig?«

Schmitz pulte in seinem Ohr und schüttelte dabei langsam den Kopf. »Auf so was achte ich nicht. Ich sehe mehr das Atmosphärische.« Er betrachtete das, was an seinem Finger klebte. »Aber denken Sie daran: *Opfer.*«

Björn lehnte sich zurück und nahm einen Schluck Cola. Er stierte durch die Windschutzscheibe auf den grauen Bürgersteig. Maries Nachbar entfernte sich mit langen Schritten. *Hut*, hatte er gesagt. Aber was hieß das schon? In letzter Zeit sah man wieder öfter Hüte in der Stadt.

Er könnte Marie abholen, fiel Björn ein, vorher eine halbe Stunde bei den Kunsthistorikern verbringen und sie danach am Gemeindehaus in der Kurfürstenstraße abfangen. Sie würden ein gemütliches Lokal aufsuchen und einen Tisch in einer Nische auswählen. Der erste Schluck würde die Zungen in Bewegung setzen: *Hör mal, dein Nachbar hat gemeint … Sag mal, dieser Alfred* … Schließlich gehörte es zu seinem Beruf, unbequeme Fragen zu stellen und befriedigende Antworten zu erhalten. Früher oder später würde Marie bekennen: *Pass auf, Björn, es verhält sich folgendermaßen …*

Er hatte noch ein paar Minuten Zeit, um die Cola auszutrinken. Die Zigarette käme später dran. Er nahm einen großen Schluck und breitete die Zeitung auf dem Lenkrad aus. Diese Überschriften! Er begriff nicht mehr, warum er das Blatt gekauft hatte. Ein primitives Bedürfnis hatte ihn übermannt.

Ein rhythmisches Quietschen auf dem Bürgersteig ließ ihn aufschauen. Ein brauner Faltenrock und ein brauner Blazer schoben einen graubraunen Lockenkopf vorbei. Die Tante auf dem Weg zum Kirchenchor. Nein, sie hatte keinen Blick für Autos. Nicht einmal dieses fiel ihr auf. Aber das Gemeindehaus der Lutherkirche lag in der entgegengesetzten Richtung! Warum war sie hier, im unteren Teil der Königstraße, unterwegs?

Als sie die Fahrbahn überquerte, sah er ihr Gesicht. Es wirkte beunruhigt, als zerbräche sie sich über irgendwas den Kopf. Sie hat sich vorhin geirrt, vermutete Björn. Heute ist nicht ihr Kirchenchortag, sie hat einen Arzttermin. Oder sie trifft jemanden, mit dem es Unangenehmes zu besprechen gibt. Oder … Egal, was es ist, ich kann hier auf ihre Rückkehr warten. Besser nicht zu den Kunsthistorikern fahren, ich könnte sie verpassen.

Er sah wieder auf die Zeitung und ließ den Blick über die Schlagzeilen wandern. *RENTNER KNALLT SKATBRUDER AB – LIEBESKRIEG IN DER SCHEUNE – TASCHE MIT LEICHENTEILEN.* Haarsträubende Geschichten. Als hätte ein Kriminalschriftsteller sie erfunden. Kein Wunder, dass das Blatt so viel Erfolg hatte, jedenfalls bei Menschen, die nach Sensationen gierten und … Björn hielt inne. Tasche? Er starrte auf die zuletzt gelesene Überschrift.

In Chinarestaurant gefunden. Gast wurde durch Geruch aufmerksam. Neben dem Bericht befand sich die farbige Abbildung einer rehbraunen Reisetasche, die ihm zulächelte wie eine alte Bekannte.

Es war die Tasche. Ganz sicher. Die schwere Tasche mit den speckigen Henkeln. Nur das Vorhängeschloss fehlte. Die Tasche, die er unter das chinesische Aquarium gestellt hatte. *Prall gefüllt mit Leichenteilen* stand unter dem Foto. Björn spürte vor allem eins: Ihm wurde speiübel.

»Schönen Abend noch!«, hörte er Maries Nachbarn auf dem Bürgersteig rufen. Er trug ein Sechserpack Bier und winkte mit einer zusammengeklappten Zeitung. Schwarze und rote Riesenlettern schaukelten an der Beifahrertür vorbei – die gleichen Schlagzeilen wie die, die gerade auf Björns Knie gesunken waren.

Björn überwand sich und las den ganzen Artikel. Die Kriminalpolizei bat die Bevölkerung um sachdienliche Hinweise. Bislang gab es keine Anhaltspunkte, zu welcher Person die Füße und Unterschenkel – er schloss die Augen. Der Inhalt seines Magens geriet in Bewegung. Wenn er bloß nicht auf den makellosen Sitz … Er riss die Tür auf. Atmete frische Luft und fühlte, wie der Magen sich entspannte, schlug die Augen auf und suchte die letzten Zeilen. *Bottlerplatz, Sterntor und angrenzende Fußgängerzonen … Wer hat jemanden mit der Tasche gesehen?* Mindestens fünfzig Leute! Und meine Fingerabdrücke sind drauf. Er konnte an nichts anderes mehr denken. Meine Fingerabdrücke sind drauf, sind drauf, sind drauf. Meine Fingerabdrücke. Die chinesischen Kellner würden sich daran erinnern, dass sie ihm eine knappe Stunde zugelächelt hatten, und ihn haargenau beschreiben können. Ihre Angaben würden sich mit denen der Passanten aus der Fußgängerzone decken. Falls in dem Lokal eine Videokamera installiert war, gab es sowieso keine Rettung.

Was für ein Irrsinn. Wer war das, der ihn mit voller Absicht der Justiz in den Rachen schmeißen wollte? Warum und wozu?

Schlagartig fühlte Björn sich krank. Er faltete das Blatt und warf es aus dem Fenster. Er war nicht mehr in der Lage, mit Marie zu reden. Allerdings musste er es schaffen, die Kunsthistoriker anzurufen und den Artikel zu schreiben, der für die morgige Ausgabe bestimmt war. Das hieß, trotz des Brechreizes sofort in die Redaktion.

Auf seinem Schreibtisch fand Björn die gedruckte Ausgabe der *Bonner Nachrichten* vor und schlug sie auf. Da war er – der Bericht, auf den er am Morgen nicht geachtet hatte, neben einem Foto vom Eingang des Chinarestaurants. Den Text überflog er in der Hoffnung, etwas anderes zu lesen. Doch der Artikel, der von Hilde stammte, enthielt nichts anderes als denselben Alptraum.

Vor dem Bildschirm formulierte Björn fahrig und löschte immer wieder ganze Absätze, um sie anschließend neu zu schreiben, was der Kollegin Brause am Schreibtisch gegenüber nicht entging. Sie schaute aufmerksam in sein Gesicht, von dem er annahm, dass es einen grünlichen Farbton hatte. Als ihm ein Fluch entfuhr, öffnete sie die schmalen Lippen und sagte etwas, das ihm die Luft abschnürte:

»Meinen Sie, das nimmt ein gutes Ende?«

Sie weiß alles!, durchfuhr es ihn. Zuerst war es weibliche Intuition, dann hat sie sich ein bisschen umgehört und mit Hilde darüber geredet, und so ergab eins das andere. Steif vor Entsetzen blickte er Frau Brause an. Zugleich glimmte ein Fünkchen Hoffnung auf. Falls sie Bescheid wusste, bot sich die Chance, mit jemandem offen zu reden.

»Sie dürfen nicht so weitermachen.« Frau Brause rückte die himbeerfarbene Brille zurecht und schüttelte den Kopf.

War es möglich? Er wich ihrem Blick aus und schaute auf die Tastatur. QWERTZUIOPÜ …

»Sie müssen sich in Gelassenheit üben. Sonst werden Sie krank.«

Ach, so war das! Björn lachte auf. Frau Brause übte sich täglich, das hatte sie mal erzählt, in etwas Fernöstlichem, von dem er immer wieder den Namen vergaß. Daher kam ihre ruhige Überlegenheit. Das sollte er auch mal probieren. Wenn er sich überwinden könnte, mit einer Riege schrulliger Frauen in einem Stuhlkreis oder auf geblümten Gummimatten zu sitzen, um die eigene Körpermitte zu finden … Vermutlich würde die Brause hundert Jahre alt werden und er selbst bald so enden wie Onkel Randulf. Was jedenfalls angenehmer wäre als die Schmach, lebend vor einem Strafgericht zu stehen.

Björn verließ die Redaktion früher als gewöhnlich. »Starkes Unwohlsein«, gab er an. Daran zeigte die gesamte Lokalredaktion so viel Interesse, dass sein Abgang einer Flucht glich.

»Magen-Darm?«, fragte der Chef und wich einen Schritt zurück.

»Das geht jetzt um«, meinte Max, der Volontär.

»Kotz nicht ins neue Auto«, sagte Müller.

»Hast du auch Durchfall?«, fragte Gisa.

»Haferschleimsuppe«, empfahl Hilde Greul.

»Zuerst Kamillentee in kleinen Schlucken«, sagte Frau Brause.

»Und mit Wärmflasche ins Bett«, riet Hella.

Den Wagen lenkte Björn wie durch Nebelschwaden und sah nur eines mit Klarheit vor sich: Die Tasche, wie sie an seinem rechten Arm hing, der sich wie vergiftet anfühlte. Wahrscheinlich stand die Polizei schon vor der Tür. *Herr Kröger? Wir müssen Sie leider verhaften. Sie dürfen noch Ihre Frau benachrichtigen und ein paar persönliche Dinge holen. Wenn Sie erbrechen müssen, erledigen Sie das bitte vorher.*

Wie war er in diese Horrorgeschichte geraten? Er hatte seiner Tante einen Gefallen getan, und dann und dann – schwierig, es zu packen, er musste auf den Verkehr achten. Man hatte ihn hereingelegt. Hatte er damit rechnen müssen? War er ein naiver Blödian? Und wer war *man*? Alfred etwa? Der war wohl eher ein kleines Würstchen in dem verdammten Räderwerk.

Nein, vor seiner Tür standen die Bullen nicht, stellte Björn fest, als er seinen Wagen am Straßenrand parkte. Vielleicht hatten sie ihr Fahrzeug hinter der Kurve abgestellt, am Garagenhof. Sie ließen ihn erst ins Haus gehen, um ihm die Flucht zu erschweren. Zwei würden an der Türe klingeln, zwei weitere sich auf der Terrasse postieren.

Björn schloss auf und betrat den Flur. Alles wirkte still. Er spähte durchs Wohnzimmer hindurch zur Terrasse. Keine Polizisten. So schnell waren sie nicht. Sie mussten erst die Leute vernehmen, die sich gemeldet hatten. Die fünfzig oder hundert, die ihn gesehen hatten.

»Elena!«, rief Björn. Es klang erbärmlich. Als hätte er Hals- und Zahnschmerzen und Magenprobleme zugleich.

Sie war nicht da, obwohl sie längst hätte zu Hause sein müssen. Hatte er auf der anderen Straßenseite nicht ihr Auto gesehen? Vielleicht doch nicht. Rote Kleinwagen gab es viele, er hatte nicht genau hingeschaut. Vermutlich hockte sie ausgerechnet jetzt, wo er sie brauchte wie nie zuvor, bei der nervigen Gaby mit dem chronischen Liebeskummer.

Bevor er das Haus betrat, hatte er sich noch nicht fest entschlossen, Elena die Sache sofort zu erzählen. Aber jetzt glaubte er keine Minute länger warten zu können, um ihr alles anzuvertrauen. Das würde ihre Liebe verkraften. Es gab ja Schlimmeres. Wenn sie nur da wäre! Vor Ärger und Ungeduld wollte er schreien. Doch ein Rascheln ließ ihn den Atem anhalten. Es kam aus dem ersten Stock. Das dünne Quietschen einer Schranktür folgte. Jemand war im Haus! Da dachte einer, er sei allein!

Björn stand still und horchte.

Ein leichtes Knistern wie von einer Tüte. Ein Klicken, das sich wiederholte. Ein dumpfer Aufprall. Es wurde etwas über den Boden geschleift. Ein Körper? Elena, die man umgelegt hatte. Wenn man in solche Geschichten geriet, war alles möglich.

Schritte. Vor dem Schlafzimmer. Auf der Treppe. Näher kommend. Der Körper stieß unregelmäßig gegen die Stufen. Björn packte eine ungeheure Wut. Er langte nach dem Stockschirm im Ständer, entschlossen, den Täter zu durchbohren, hob die Metallspitze dem auftauchenden Schatten entgegen, den eleganten Schuhen, den schlanken Beinen – ach, so.

Hastig ließ er den Schirm zu Boden sinken und hinter seinem Rücken verschwinden. Er suchte nach Worten. Auf diese bescheuerte Situation passte einfach nichts.

Elenas Gesicht hatte rote Flecken, ihr Haar war zerzaust. In jeder Hand trug sie einen Koffer. Während sie die letzten Stufen hinab stieg, schien sie sich zu bemühen, an ihm vorbeizuschauen, obwohl er mitten im Flur stand. Sie ging im Bogen um ihn herum. Die Ecke eines Koffers traf ihn am Schienbein. Er griff nach ihrem Arm.

»Was ist los?«

Sie befreite sich. »Lass mich.« Ihre Stimme war nicht ihre Stimme, sie war das Zischen eines Ventils.

»Wohin willst du?«

»Weg.«

»Warum?«

»Erklär ich später.«

»Elena …«

Die Haustür knallte ins Schloss. Wie war sie mit den Koffern so schnell hindurchgekommen? Obwohl sie so dünn war, ging eine ungeheure Kraft von ihr aus. Ein schwacher Duft von Vanille war alles, was zurückblieb.

Sie fährt natürlich zu Gaby, dachte Björn. Die kannte er immer noch nicht, sie hatte ihn nie sonderlich interessiert. Sie war eine Gestalt aus Elenas Berichten und eine Nummer im blauen Büchlein, wo sie hinter Gluck und Geier stand. Elena hatte sie bei einer Kollegin kennengelernt, auf einem Physiotherapeutenabend. Sie hatten ihre gemeinsame Wellenlänge entdeckt und sich mehrmals getroffen. Oft. Zu oft. Oh, verdammt – wieso war er nicht eher darauf gekommen? Gaby konnte das Pseudonym für einen anderen Mann sein. Das war das Letzte, was er jetzt gebrauchen konnte. Mit seinen Sünden hatte er gegen einen Nebenbuhler keine Chance. Er konnte sich denken, was für ein Bursche der war: ehrlich und mitteilsam, klare blaue Augen, germanisch groß, mit breiten Schultern zum Anlehnen. *Gabriel.* Um 16 Uhr hatte er Feierabend und kam mit einem Blumenstrauß nach Hause. Er las ihr jeden Wunsch von den Augen ab. Sonntags kochte er ein Fünf-Gänge-Menü, für das er die ausnahmslos frischen Zutaten selbst besorgte. Nach dem Kochen räumte er die Küche auf, alles picobello, und bügelte noch ein paar Tischdecken, weil ihm danach war. Selbstverständlich liebte er ihre Aquarelle über alles. Und abends massierte er sie nach Physiotherapeutenart, dagegen kam man nicht an.

Björn stützte sich aufs Treppengeländer mit dem Gefühl, ein alter Mann zu sein. Warum lief plötzlich alles so schief nach 35 Jahren eines glatten, überwiegend erfolgreichen Lebens? Er schlurfte in die Küche und blickte durchs Fenster auf die Straße. Ein roter Kleinwagen brauste davon. Elena gab übertrieben viel Gas. Auf dem Bürgersteig gegenüber drehten sich zwei Köpfe mit knatschgelben Schirmkappen, auf denen vermutlich *Mallorca* oder *FDP* stand, nach dem Fahrzeug um. Irgendwas an den Männern kam Björn bekannt vor. Haltung? Gang? Silhouette? Nicht die Gesichter, die dunkle Bärte trugen. Wahrscheinlich irrte er sich, wie es bei alten Leuten eben vorkam. Seine Großmutter hatte früher auf jedem Spaziergang mehrmals gesagt: *Die kenne ich irgendwie!* und sich nach allen möglichen Personen umgedreht, die sie nicht irgendwie, sondern überhaupt nicht kannte.

11. Die drei vom städtischen Beet

In der Nacht wurde Björn wach. Es war nicht ganz dunkel im Zimmer, er konnte die Zeiger des Weckers erkennen. Kurz nach halb vier. Er streckte den Arm aus und fühlte über die Bettdecke neben sich. Sie war kühl und glatt. Elena war nicht zurückgekommen. Natürlich nicht. Sie lag in Gabriels Junggesellenbett. In den letzten Monaten war Björn viel zu beschäftigt gewesen, um zu merken, dass sich da was anbahnte. Warum hatte sie nichts gesagt? Eine Frage, die sich schnell beantworten ließ: Was hatte sie ihm, der so verbissen schwieg, noch mitzuteilen? Sie hatte seine ausweichenden Antworten, seine Notlügen und Heimlichkeiten bemerkt und falsch gedeutet. Sicherlich vermutete sie dahinter eine andere Frau.

Björn grübelte, was er alles gesagt oder nicht gesagt hatte, und vernahm die ersten klaren Töne der Vögel. Das Fensterrechteck wurde grau. Hellgrau. Die Wand über dem Schrank färbte sich rosa. Er schloss die Augen und versuchte, noch einmal einzuschlafen. Er hätte den Kippflügel schließen sollen. Das Flöten, Trillern und Keckern, der ganze gemischte Chor der Vögel war so laut, als läge er im Wald.

Chor. Marie. Gabriel. Tasche ... An Schlaf war nicht zu denken. Björn stand auf und wankte zum Badezimmer. Als er an der Treppe vorbeikam, hörte er von draußen ein Klappern. Der Briefkasten. So wie er war, in den geblümten Boxershorts mit dem ausgeleierten Gummi, raste er hinunter und öffnete die Haustür. Mit der einen Hand hielt er die Hose fest, mit der anderen zerrte er die *Bonner Nachrichten* unter der Klappe hervor. Er rannte in die Küche und warf die Zeitung auf den Tisch. Blätterte an Katastrophen, Präsidenten und Parteien vorbei bis zum Lokalteil.

Der Artikel über die Projektreihe der Kunsthistoriker war zu knapp, wirkte lahm und kein bisschen zündend. Der Fünfspalter über die städtischen Garagen, den er vorgestern geschrieben hatte, kam dagegen hervorragend zur Geltung. Auch das Foto war in Ordnung. Seit die Bilder bunt waren, schien jeder Bericht den Leser locken zu wollen. Björn aber suchte eine bestimmte Meldung. Vielleicht sollte er lieber im Internet nachschauen, das Blättern machte einen ja wahnsinnig, und die Schrift war für müde Augen zu klein. Trotzdem war es jetzt das Einfachste, die Seiten ein zweites Mal durchzugehen.

Und da war sie, die Meldung: *Ein brünetter, schlanker, nicht besonders großer Mann, geschätztes Alter Anfang/Mitte vierzig,* erschrocken hielt er inne – wirkte er so alt? *... ist vorgestern um die Mittagszeit mit einer ledernen Reisetasche, die Leichenteile enthielt, auf der Sternstraße Richtung Friedensplatz gesehen worden. Wer kann den Mann näher beschreiben? Die Polizei bittet um Mithilfe.*

Er ließ die Zeitung sinken. Sie würden ein Phantombild erstellen. Irgendein Witzbold würde es in der Redaktion an die Wand hängen, und der Erste, der hereinkäme, würde ausrufen: *Donnerwetter, das ist ja Kröger!* Wahrscheinlich wäre es Müller, der statt Kaffee neuerdings Buttermilch mit Orangensaft trank und seitdem unschlagbar wirkte.

Björn fühlte sich elend. Gegen neun rief er in der Redaktion an und sagte zu Hella, er sei jetzt richtig krank.

»Gute Besserung.«

»Danke, wenig Aussicht.«

Sie waren schon dabei, die Zehn-Uhr-Konferenz vorzubereiten. Der Chef zog vermutlich die Augenbrauen hoch und suchte Blickkontakt zu den Kollegen, die sich längst auf alles einen Reim machten. Es konnten Gerüchte in Umlauf sein, und nun, wo Björn abwesend war, würden sie offen darüber reden.

Ein Gefühl der Ohnmacht überkam ihn. Er trank eine Tasse Kaffee nach der anderen, um dagegen anzukämpfen. Kognak wäre wirkungsvoller gewesen, aber mit Alkohol wollte er lieber nicht anfangen. Hoffentlich waren seine verdammten Auftraggeber schlau genug, der Polizei zu melden, einen großen Blonden Ende Fünfzig mit der Tasche gesehen zu haben, damit jeder gleich an

Wilhelm dachte. Oder noch besser: einen dunkelhaarigen sportlichen Langen Mitte vierzig, damit auch Müller beschäftigt war.

Was für ein Wahnsinn, ihn mit dem Ding durch die Stadt zu schicken! Fürchteten sie nicht, dass er, einmal geschnappt, aus purer Verzweiflung alles ausplaudern würde, was er bisher verbrochen hatte? Oder hielten sie ein sicheres Alibi bereit, um ihn, nachdem sie ihn heraus gepaukt hätten, umso fester am Wickel zu haben? War die Sache mit der Tasche Teil eines raffinierten Plans oder ein schlichter Irrtum, eine Verwechslung ähnlicher Reisetaschen? Schließlich passte der liebenswürdige alte Herr in der Fußgängerzone überhaupt nicht zu einer zerstückelten Leiche, sondern eher zu einer Ladung antiquarischer Bücher.

Björn brühte eine zweite Kanne Kaffee auf, altmodisch mit dem Porzellanfilter seiner Großmutter, einer Filtertüte und einer Kaffeekanne aus blau getüpfeltem Steinzeug, die viel älter war als er selbst. Man musste ein paar Mal heißes Wasser nachschütten, aber er mochte das braune Schäumen und hielt gern die Nase in den aufsteigenden Kaffeeduft.

Von draußen hörte er ein Geräusch, das sich wiederholte, eine Art rhythmisches Schlagen. Er blickte durchs Küchenfenster. Ein paar Meter weiter links, an dem städtischen Beet, das kaum größer als ein Strandlaken war, bemerkte er drei Männer in grauer Arbeitskleidung. Ein Braungebrannter mit nackten Armen hackte mit dem Spaten in die vergilbten Bodendecker, ein zweiter, viel älterer, dessen Gesicht die Krempe eines Strohhutes verbarg, schien Ratschläge zu erteilen, und ein ziemlich großer Mann mit dunkler Brille, dessen Glatze in der Sonne glänzte, stand mit einem Aktenordner daneben und fuchtelte mit dem Arm, als gäbe er Anweisungen. Der Sinn des Vorgangs war nicht erkennbar.

So werden Steuergelder verschwendet, dachte Björn. Das war ja nichts Neues, man sollte mal was über städtische Beete schreiben. Nun kam sogar einer herüber, geradewegs auf die Haustür zu. Es war der Braungebrannte mit den nackten Armen. Und da klingelte es auch schon. Wie lästig.

Björn konnte schlecht so tun, als wäre er nicht zu Hause, sie hatten ihn sicher am Fenster gesehen. Möglich, dass sie einen Eimer Wasser brauchten. Es war seit Tagen sehr warm und hatte lange nicht geregnet. Der Boden musste steinhart sein. Vielleicht wollten sie einen Baum pflanzen. Dass es die falsche Jahreszeit war, lag durchaus im Rahmen dessen, was man von der Stadtverwaltung gewohnt war. Er öffnete die Tür.

»Kann ich bei Ihnen mal für kleine Jungs?«, fragte der Mann an der Schwelle und wischte sich mit der Hand den Schweiß von der Stirn. Aus dem schwarzen Bart lösten sich milchige Tropfen und fielen auf sein schmuddeliges Achselhemd.

»Zehn Meter weiter steht ein dicker Baum«, erklärte Björn.

»Ich muss aber richtig – äh – groß.«

»Ach, so«, sagte Björn. Bah, war das peinlich.

»Kann mal passieren, oder?«

»Kommen Sie herein.«

Der Arbeiter ging an ihm vorbei zur Gästetoilette. Björn hatte das unangenehme Gefühl, dass der Mann verstohlen grinste, bevor er die Toilettentüre schloss. Als er dahinter herummurkste, kehrte Björn zurück in die Küche. Er blickte wieder durchs Fenster. Die beiden anderen standen vor dem Beet und schauten herüber. Björn erschrak. Da stimmte was nicht.

Quatsch, beruhigte er sich sofort, die warten darauf, dass ihr Kumpel herauskommt, was sollen sie sonst tun? Die graben nicht selbst, die gehen bald in Rente. Björn wandte sich vom Fenster ab und füllte den Kaffee in die Thermoskanne. Die Toilettentür öffnete sich. Es klingelte erneut. Durch das kleine Fenster der Haustür sah er die pechschwarze Sonnenbrille und die Glatze. Er zögerte. Und wenn da wirklich was faul war?

»Machen Sie auf!«, rief der Braungebrannte und näherte sich, während er noch an der Hose herumfummelte. »Der Boss muss auch mal.«

»Jetzt reicht es. Verschwinden Sie, sonst rufe ich beim Gartenamt an!«

»Gartenamt!«

Der Mann warf lachend den Kopf zurück. Ein Schweißtropfen traf Björn salzig auf der Unterlippe. Der Arbeiter streckte den schwarz behaarten Arm aus, drängte Björn mit der Schulter an die Wand und öffnete seinem Boss die Tür.

Jetzt schlagen sie mich zusammen, dachte Björn. Eigene Blödheit, wenn man Fremde ins Haus lässt. Sie rauben mich aus, fesseln mich und zünden die Bude an. Oder sie sind Sadisten, denen noch Schlimmeres einfällt.

Der Mann mit der Sonnenbrille trat ein. Er neigte den Kopf und lächelte. »Ich möchte Sie höflich darauf hinweisen, dass Sie zwei Meineide begangen haben und …«

»Was wollen Sie?«, schnauzte Björn ihn an. Er war barfüßig und kam sich klein vor. Wenn ihm der Braungebrannte mit seinen Springerstiefeln auf die Zehen trat, konnte das reichen, um ihn außer Gefecht zu setzen.

»Nur eine Kleinigkeit, Herr Kröger. Sie haben«, der Boss deutete auf den feuchten Kollegen im Unterhemd, »Alfonso beim Kauf von Laufkleidung während des Bonn-Marathons kennengelernt.«

Der Braungebrannte grinste und nickte. Der scharfe Geruch des Schweißes füllte den schmalen Flur.

»Sie haben sich mit ihm zu einer Trainingsrunde verabredet. Ein paar Tage später sind Sie beide rund anderthalb Stunden zusammen durchs Siebengebirge gelaufen und haben sich am Parkplatz gedehnt.«

»Äh – was?«

»Für die Entspannung und Regeneration der Muskulatur.«

»Wie?«

»Mann, Sie haben ja keine Ahnung.«

»Ich jogge nie.«

»Fangen Sie sofort damit an, damit Sie sportlicher wirken. Denken Sie ans Dehnen. Alfonso kam mit einem alten weißen Fiesta zum Parkplatz.«

»Schmutzig weiß«, sagte Alfonso. »Viel Rost.«

»Notieren Sie sich die Zeit. Sie dürfen keinen Fehler machen. Keinen einzigen.« Der Boss nannte Björn Datum und Uhrzeit, den Parkplatz und den Verlauf der Runde. »Alfonso ist aus Köln«, fuhr er fort. »Er ist unverheiratet und arbeitet in einer Bar.«

Björn schrieb sich alle Einzelheiten auf, nahezu froh, dass nichts anderes von ihm verlangt wurde als ein weiteres Alibi. Was er mehr fürchtete, war, dass sie irgendwann Geld wollten, Geld ohne Ende, Geld, das er nicht hatte, für das er sein Haus und sein Auto verkaufen müsste. Oder dass sie Schlimmeres von ihm verlangten. Grausamkeiten. Mord. Mit telefonischer Anweisung und der Warnung, dass jede Panne zu seinen Lasten gehe.

»Ach, noch was«, sagte der Boss im Hinausgehen.

Jetzt kommt es, dachte Björn.

»Keine Sorge wegen der Tasche.« Der Mund unter der schwarzen Brille lächelte. »Die Polizei sucht inzwischen einen kleinen Dicken Ende Zwanzig. Den haben ein paar Leute ganz genau gesehen.«

Die Tür schloss sich hinter den beiden. So einfach war das. Man bestellte einfach ein paar Leute, die einen kleinen Dicken gesehen hatten.

Björn ging langsam zum Küchenfenster und schaute zum städtischen Beet. Die drei Männer waren verschwunden.

Sie dürfen keinen Fehler machen. Keinen einzigen. Die Stimme!, durchfuhr es Björn. Er hatte sie schon einmal gehört. *Jede Panne geht zu Ihren Lasten. Jede.* In seiner Aufregung hatte er nicht darauf geachtet: Der Boss war der Mann aus dem Garagenhof, der große mit dem Hut. Der nun seine Glatze zeigte.

12. Schaf oder Wölfin?

Die achte Tasse Kaffee. Oder die neunte, es war egal. Die Verzweiflung trieb Björn Runde um Runde in Küche, Flur und Wohnzimmer umher. Er hatte doch gewusst, dass noch was auf ihn zukäme! Und hatte es dennoch nicht geschafft, das Ansinnen abzuwehren. Was für Leute waren das, wie funktionierte das Ganze? Wie sie Mitarbeiter bekamen, hatte er am eigenen Leibe erfahren, aber wie gelangten sie an Kunden? Fanden sich irgendwo diskret aufgemachte Annoncen?

Vielleicht so: *Sorgen vor Gericht? Biete hieb- und stichfeste Alibis zu fairen Preisen.* Oder so: *Wollen Sie sitzen? Nicht mit uns – wir pauken Sie raus! Besuchen Sie uns unter www.meineid-sei-deineid.de.*

War das möglich? Eine Agentur für Gesetzesbrecher? So deutlich würde es niemand ausdrücken, aber gab es nicht jede Menge Möglichkeiten, die Sache zu umschreiben? Wie auch immer es genannt wurde, er saß mittendrin wie die Fliege im Spinnennetz, hoffnungslos verfangen, ohne Chance zu entkommen. Nur weil er damals, als er die ersten Fäden noch zerreißen konnte, ein bisschen nett sein wollte. Entweder hatte seine Tante nicht die geringste Ahnung, oder sie wusste alles so sicher, wie sie am Tag zuvor nicht im Kirchenchor war.

Björn stand am Küchentisch, den Anzeigenteil der Zeitung bereits aufgeschlagen. Gebrauchte Traumküchen, Verwöhnmassage, Beteiligung an einem Schrebergarten, Partystripperinnen, Bibeltelefon und Suaheli-Unterricht – die unglaublichsten Angebote. Doch mit Alibis wartete niemand auf. Falls sie sich nicht als »Entrümpelung Ihres Kellers« oder »Zauberei der besonderen Art« tarnten und Eingeweihte irgendwie Bescheid wussten.

Internet, natürlich! Björn klappte seinen Laptop auf und startete die Suche. Er tippte das Wort *Alibi* ein. Die Ergebnisse kamen in Sekundenschnelle: Eine Krimibuchhandlung, ein Buchtitel, ein Film, eine Erklärung des Begriffs: *Nachweis der Abwesenheit eines*

Verdächtigen vom Tatort des Verbrechens zur Tatzeit. Ja, darin war er Spezialist. Er überflog die nächsten Einträge. Ihm wurde fiebrig heiß. Unfassbar – da stand was von Alibivermittlung! Man konnte sogar zwischen drei Adressen wählen.

Björn entschied sich für die erste, klickte sich durch die Seiten und konnte es kaum glauben. Für einen erträglichen Preis bot der Service alles, was als Beweis dafür taugte, dass man sich anderswo aufhielt, als eine misstrauische Gattin oder ein argwöhnischer Chef vermuteten: fingierte Einladungen, Hotelbuchungen, Bestätigung der Teilnahme an Fortbildungen, Seminaren und Konferenzen, Postkartenversendung aus aller Welt. Etwas teurer kamen Strohmänner und Daueralibis für ein perfektes Doppelleben.

Den grandiosen Erfolg der Lügen-Dienste bestätigten Pressestimmen über die gesteigerte Nachfrage und etliche dankbare Kundenworte. *Sie haben meine Ehe gerettet*, schrieb ein Klaus aus Wanne-Eickel, der so manches Wochenende bei seiner Freundin verbrachte, während die Ehefrau daheim dank der Alibi-Profis seinen stetigen Willen zur Weiterbildung in einem Münchner Institut bewunderte.

Elenas Seminare zur manuellen Therapie … Lieber nicht daran denken, sagte sich Björn, während er noch einmal seine Tasse füllte, ohne den Blick nicht vom Bildschirm zu wenden.

Was zum Teufel verbarg sich hinter dem Hinweis: *Alibis für jede Situation, weitere Angebote auf Anfrage?* Gab es hier Alibis für Angelegenheiten, die man nicht offen ansprechen durfte? Die ganz geheim bleiben mussten – wie zum Beispiel Mord und Totschlag? Waren das seine Leute? Sollte er sie anschreiben? Unter einem Decknamen ein Alibi buchen? Vielleicht bekam er sich selbst vermittelt!

Blödsinn, sagte er sich im nächsten Moment, während er die Tasse zum Mund führte und dabei seinen Magen spürte, dem die Kaffeezufuhr allmählich zu viel wurde. Jede dieser Vermittlungen betonte ihre Seriosität und konnte eine Latte Referenzen aufweisen, darunter das Lob eines bekannten Herrenmagazins. Björn erinnerte sich daran, dass vor Jahren ein entsprechender Bericht, den er für einen Scherz gehalten hatte, über dpa hereinkam. *Was für eine clevere Idee!*, hatte Müller damals ausgerufen. *Ich glaube, jetzt heirate ich doch!*

Nein, solche Firmen würden sich ihr Geschäft nicht für kriminelle Kundschaft kaputtmachen und nicht riskieren, wegen Strafvereitelung belangt zu werden. Die Leute, die Björn suchte, mieden das Licht der Öffentlichkeit. Wer ihrer bedurfte, beschritt Wege, die normalen Bürgern verborgen blieben, über Mittelsmänner oder wie auch immer. Da musste es Kanäle geben, die Björn sich nicht vorstellen konnte. Diese Leute saßen im Dunkel des Untergrunds, namenlos, ohne erkennbare Internetpräsenz, ohne auffindbare Telefonnummer, ohne sichtbare Adresse. Nicht zu entdecken, für niemanden. Es sei denn … Björn trank einen weiteren Schluck des inzwischen lauwarmen Kaffees. Es sei denn, die eigene Tante steckte dahinter! Marie, die eiskalte Ganovin im Senioren-Look. Meisterin der Verstellung. Wölfin im Schafspelz. Gerissen und schonungslos. Herrscherin über ein Alibi-Imperium zwischen Mord und Totschlag. Kalaschnikows in den Schubladen ihrer Anrichte, Wanzen unterm Orientteppich, Munition in der Speisekammer zwischen Reis und Suppennudeln.

Was für ein Quatsch! Marie war eher ein echtes Schaf. Das aber durch und durch. Und wenn es so war, musste hinter ihr im Verborgenen ein Wolf stehen. Oder mehrere Wölfe. Wahrscheinlich hatte sie einen gewichtigen Grund, den Wolf zu decken und konsequent das brave Schaf zu mimen.

So oder so – es galt, sie zum Reden zu bringen. Jetzt sofort und vor allem richtig! Kühle Schauer huschten über Björns Rücken. Lieber doch noch ein bisschen warten, bis sich alles von selbst klärte?

Nein, keinen Rückzieher! Er schüttete den restlichen Kaffee in den Ausguss. Braune Spritzer sprangen über den Beckenrand. Minuten später saß er im Auto.

»Mein Junge! Nett, dass du in letzter Zeit öfter kommst. Das habe ich mir immer gewünscht.«

Mit Mühe unterdrückte Björn das Bedürfnis, ihr Lächeln zu erwidern. »Es ist dringend, Marie.«

»Hoffentlich nichts Ernstes?«

»Doch.«

»Großer Gott, dann muss ich mich erst setzen.«

»Marie, seit ich …«

»Bitte, nicht im Stehen.«

Björn setzte sich, weil sie es so wollte, auf den mit roter Seide bezogenen Stuhl, einem Einzelstück, auf dem er sich immer unwohl fühlte, weil sein Rücken dort regelmäßig nach kurzer Zeit schmerzte. Er wusste, dass es Randulfs Platz gewesen war, und wollte Marie nicht verletzen, indem er ihn verschmähte. Der Mann musste ein Rückgrat aus Eisen besessen haben.

»Einen kleinen Kognak, Björn?«

Er schüttelte den Kopf und brachte nicht mal ein *Nein, danke* zustande, so sehr konzentrierte er sich auf den Einstieg in die Unterredung. Heute musste etwas dabei herauskommen, das ihm weiterhalf. Auch in der Rolle des Schafs konnte es in ihrer Macht stehen, ihn von der Sache zu befreien.

»Aber ich könnte einen Kognak gebrauchen«, sagte Marie. Auf quietschenden Sohlen ging sie zur Anrichte. Mit einer Flasche und einem bauchigen Glas kehrte sie auf quietschenden Sohlen zurück. »Es ist spanischer. Ein Geschenk der Chorgemeinschaft zu meinem Geburtstag.«

Oh je, ihr Geburtstag! Wann war der gewesen?

Sie drehte am Verschluss.

»Marie, seit ich diesen Alfred kennengelernt …«

»Wen?«, unterbrach sie ihn.

»Alfred. Deinen Freund«, sagte Björn.

»Du hast einen Freund, der Alfred heißt?«

Zum Kuckuck, war sie neuerdings schwerhörig?

Die bernsteinfarbene Flüssigkeit plätscherte ins Glas. Harziger

Duft stieg auf und mit ihm die Vorstellung alter Eichenfässer und Erinnerungen an längst Vergangenes, so fern, als gehörte es in ein fremdes Leben: Entspannte Urlaubsabende, gemütliche Mahlzeiten, Gespräche mit Elena im Kerzenschein, gemeinsame Pläne.

»Es war hier in deinem Wohnzimmer. Du musst dich doch daran erinnern, Marie!«

»Woran?«

»Dass du mich mit Alfred bekannt gemacht hast.«

»Ich kenne keinen Alfred.« Sie schraubte die Flasche wieder zu.

»Im Februar war das, erinnere dich, bitte. Wir haben später noch von ihm gesprochen. Es ging um sein Alibi. Was weißt du über ihn und seine Leute?«

»Ich begreife nicht, wovon du redest. Prösterchen.«

»Marie!«, schrie Björn. Es sollte messerscharf klingen, fiel aber wie das Maunzen eines kranken Katers aus. Er war zu überrascht.

Die grauen Augen blickten aus ihren runden Rahmen, wie es ehrlicher nicht denkbar war. Wenn sie nicht log, musste sie senil sein.

»Björn, es schmerzt mich zu sehen, wie durcheinander du bist.«

»Ich? Durcheinander?«

»Mach bitte so eine Anti-Stress-Kur, wie sie überall angeboten wird. Ich sorge mich um dich.«

Ich mich auch, hätte Björn beinahe ausgerufen, wären nicht die Schläge der Standuhr dazwischen gepoltert. Hatte er stundenlang hin und her überlegt, wie er beginnen sollte, um nun eine Kur empfohlen zu bekommen? Besser gleich in die Klapsmühle. Er sprang auf und stampfte über die Orientbrücken zur Tür.

Die Tante flatterte hinter ihm her. »Ich könnte dir ein geeignetes Kurhotel nennen. Es ist für solche Fälle einzigartig und hat ein wunderbares Frühstücksbüfett!«

»Solche Fälle?«, donnerte er, brachte es aber nicht fertig zu sagen, was für ein Fall er mittlerweile war.

Marie wich zurück. Ihr Gesicht glich einem verängstigten Stallhasen. Björn wusste, dass sein Ton unmöglich war. Er musste sich auf der Stelle entschuldigen. In seinem erhitzten Kopf aber drängelten sich die Worte des Nachbarn vor.

»Marie«, sagte er und versuchte, sein Gesicht zu entspannen.

»Ja, Björn?«, piepste sie und lächelte schief.

Er ging zum roten Stuhl zurück, setzte sich und wartete, bis auch sie wieder saß. Ganz ruhig, sagte er sich, wir kriegen das noch in den Griff. »Dein Nachbar macht sich Gedanken.«

»Mein Nachbar«, entgegnete sie und hielt die kurze Nase über den Kognak, »lungert den halben Tag mit der Heckenschere am Zaun herum, weil drinnen seine Frau feucht wischt. Wenn sie im Haus fertig ist, putzt sie draußen mit Allzweckreiniger die Blätter. Was den beiden fehlt, sind Interessen. Im Grunde sind sie bedauernswerte Leute.«

»Er meint, du wärst neulich in Nöten gewesen, als du zwei oder drei Herren zu Besuch hattest.«

»Der passt aber gut auf! Ich kann mir denken, was er meint: Ich wollte den Herren aus dem Kirchenchor mein Staudenbeet zeigen. Und was sehe ich mittendrin zwischen Dahlien und Rittersporn? Ich habe laut aufgeschrien – diese hinterlistige gestreifte Mieze, wie sie sich im Kreis dreht und alles niederdrückt! Das dreiste Tier hat sich nicht stören lassen bei seinem Geschäft! Ich möchte den Gartenbesitzer sehen, der da nicht in Nöten wäre.«

»Vorgestern hat er das Wort *Opfer* ganz deutlich gehört«, sagte Björn, nun schon leicht belustigt.

»Ja, du solltest mal sehen, wie das Miststück den Mäusen auflauert! Zwei Opfer pro Woche allein auf meiner Wiese! Was hat er denn gedacht?«

Björn erschien es nun allzu abenteuerlich, was der Nachbar sich einbildete. Seine eigenen Überlegungen kamen ihm nicht weniger absurd vor. Lieb wie eine ergraute Amselhenne saß die Tante vor dem Kognakglas. Sie wirkte abgenutzt und außer Form geraten, aber nicht eiskalt und gerissen.

»Mag sein, dass du dich nicht mehr an Alfred erinnerst, jedenfalls passiert mir seitdem Merkwürdiges.«

»Ach? Erzähle.«

»Ich werde von Leuten angesprochen, die mich unter Druck setzen, damit ich vor Gericht als Zeuge aussage.«

»Oh, wie lästig!«

»Als falscher Zeuge, Marie.«

Sie zog ein erschrockenes Gesicht. »Aber warum denn?«

War das nun doch ein lauernder Blick oder lag es an den schimmernden Brillengläsern? Vorsicht, dachte Björn, irgendwo kann hier wieder ein Aufnahmegerät versteckt sein. Er beugte sich hinunter und kratzte sich am Fußknöchel, um unauffällig unter die Anrichte zu schauen. Nichts zu sehen, er hatte es nicht mit Anfängern zu tun. Es gab Hunderte von Stellen, die ein winziges Gerät verbergen konnten. Marie ließ manchmal die Terrassentür offen, so dass jeder, der es klug anstellte, in der Lage wäre, unbemerkt ins Haus zu kommen und etwas zu installieren, das beim besten Willen nicht zu sehen war. Um deutlicher reden zu können, sollte er ihr einen Spaziergang vorschlagen oder sie einladen, das Gespräch bei einem Imbiss in seinem eigenen Haus fortzusetzen.

»Was für Leute sind das, Björn?«

»Verschiedene Männer. Einer hat eine Glatze.«

»Na, gegen Haarausfall kann man nichts machen.«

»Und einer hat dichtes schneeweißes Haar.«

»Das gibt es natürlich öfter.«

»Bei einem anderen glaubte ich mal einen Spitzbart zu sehen. Später sah ich zwei mit schwarzen Bärten.«

»Hört sich fremdländisch an. Hast du mal an strenggläubige Juden gedacht?«

»Möglich, dass sie sich verkleidet haben. Zwei oder drei von ihnen schienen im Rentenalter zu sein. Könnten es die Männer sein, die dich manchmal besuchen?«

»Die aus dem Kirchenchor und vom Spielkreis?«

»Wie sehen die aus?«

»Wie alte Männer eben. Grau. Faltig. Bauch.«

»Sehr faltig?«

»Björn, ich achte nicht so aufs Aussehen. Was bedeutet es schon? Wichtig ist nur der Charakter.«

»Ist eine Glatze dabei?«

»Verdächtigst du etwa meine braven Mitstreiter?«

»Glatze ja oder nein?«

»In der Kirche sah ich mal eine. Wenn ich mich nicht irre. Meine Augen sind schon recht schwach.«

»Die Leute rufen an, drohen mir, verfolgen mich, lauern mir im Dunkeln auf, kommen ins Haus.«

»Oh, Björn! Da kann ich helfen!« Sie erhob sich und wandte sich ihrem zierlichen Schreibtisch zu, dessen Beine wie langgezogene Fragezeichen wirkten, und öffnete eine der Schubladen.

Endlich verstand sie! Björn lehnte sich zurück und streckte seine Beine aus. Na bitte, die Sache kam in Gang. Alles konnte noch gut enden. Fragen drängten auf seine Lippen und ließen sich nicht aufhalten.

»Was weißt du darüber? Wer steckt dahinter? Was kann ich dagegen tun?«

»Sehr viel kannst du tun.« Sie kramte in der Schublade, schob sie wieder zu, öffnete eine andere und raschelte mit Papieren. »Wenn ich nur wüsste, wo der Zettel mit der Adresse ist!«

»Du hast eine Adresse, das ist ja toll. Wer ist es?«

»Ein berühmter Spezialist für Verfolgungswahn, ein Psychiater.«

Björn stieß die Füße auf den Boden und stand auf. In dem kältesten Ton, zu dem er fähig war, teilte er ihrem Rücken mit, dass er Psychiater verabscheue.

Das Rascheln verstummte. »Björn, ich fürchte, du hast keine Ahnung.«

»Bis bald, Marie.«

»Du gehst? So eilig bist du? Ach, Björn … Gute Besserung, mein Junge.«

Er warf die Haustür hinter sich ins Schloss, so dass es ordentlich krachte. Natürlich hatte er keine Ahnung, verdammt noch mal!

Wenn ich mich jetzt ans Steuer setze, dachte Björn beim Anblick seines Autos am Straßenrand, fahre ich bestimmt, als hätte ich drei Promille im Blut. Lieber erst einen Spaziergang machen und den Zorn verdampfen lassen.

Vor allem ärgerte er sich über sich selbst. So schnell hätte er die Flinte nicht ins Korn werfen dürfen, seine Reaktion war völlig überzogen. Und der Vorschlag, einen Psychiater aufzusuchen, war nicht so falsch. Mit dem könnte er ohne Risiko offen reden, dem oblag eine Schweigepflicht. Aber er hatte nicht die geringste Lust, jemandem anzuvertrauen, was er als Kind gefühlt hatte, wenn er seinen Spinat aufessen musste oder allein auf dem Töpfchen saß – ohne solche Details ging es bei dieser Berufsgruppe ja nicht ab. Womöglich war sogar was dran: Es konnte alles zusammenhängen, der Spinat und sein Missgeschick, das Töpfchen und der Meineid. Solche Kombinationen konnten längst erforscht sein, und man war wissenschaftlich entschuldigt, wenn die Dinge tatsächlich schief liefen.

Björn ging am Weiher entlang, überquerte die Brücke und schlenderte auf dem asphaltierten Hauptweg dem Schloss Clemensruhe zu, das die meisten Poppelsdorfer Schloss nannten. Bei jedem Schritt stellte er fest, dass Hitze und Helligkeit des sonnigen Nachmittags dazu beitrugen, ihn vollends fertigzumachen. Der Anblick der vergilbten Rasenflächen, auf denen dösende, lesende und Karten spielende Leute lagerten, die gestutzten Bäume, der runde Innenhof des Schlosses, der mit Autos voll gestellt war – all das heizte seine Wut noch an.

Er sollte umkehren und heimfahren, statt ziellos weiterzulaufen und alle paar Meter seine Meinung zu wechseln. Mal hielt er Marie für eine raffinierte Lügnerin, mal für eine aufrichtige Chordame mit Altersdemenz. Welche Möglichkeit er bevorzugte, hätte er nicht sagen können. Die eine schien ihm zu fantastisch, die andere krankte daran, dass seine Tante im Übrigen nicht die Spur senil wirkte. Oder war gerade das ein Phänomen der Krankheit? Wie auch immer – Unterredungen mit ihr waren sinnlos.

Vielleicht sollte er sich lieber auf die Lauer legen, um zu prüfen, ob Maries Besucher dieselben Männer waren, die ihm zugesetzt hatten. Nach drei Tagen hätte er es vielleicht heraus, vorausgesetzt, er nähme sich Urlaub dafür. Aber was brächte es? Wenn sie es tatsächlich waren, würden sie alles abstreiten, genau wie Marie selbst.

Weniger aufwendig wäre es, den Nachbarn als Spion zu gewinnen. Ein Wörtchen genügte, darüber war sich Björn im Klaren. Er müsste sich nur überwinden, ihn darauf anzusprechen. Schmitz würde sich begeistert auf die Aufgabe stürzen und mit der Kamera im Buschwerk verschanzen. Der Busch würde wackeln, der Nachbar hüsteln. Die Sache wäre so auffällig, dass Maries Besucher sofort Bescheid wüssten.

»Könnten Sie mir bitte Feuer geben?«

Björn zuckte zusammen. Er hatte den Park am Seitenausgang verlassen und ging auf dem Bürgersteig der Meckenheimer Allee Richtung Poppelsdorf. Die Frau, die von der Seite an ihn herantrat, hatte er nicht kommen sehen. Auf ihren hohen Hacken war sie größer als er und neigte den Kopf zu ihm herunter. Schwarz umrandete Augen unter kupferroten Ponyfransen, ein Lächeln auf den bonbonfarbenen Lippen, vor die sie eine lange Zigarette hielt. Björn wollte schnell weitergehen, um ihre tiefe Stimme nicht noch sagen zu hören: *Sie haben zwei Meineide …*

»Sie haben doch Feuer?«

Da konnte man schlecht Nein sagen. Er griff in die Hosentasche und zückte sein Feuerzeug. Die Flamme sprang heraus.

»Sie sind Herr Kröger, hab ich recht?«

Fast wäre das Feuerzeug zu Boden gegangen.

»Hoppla«, sagte sie und fing es auf.

»Woher kennen Sie mich?«, presste er heraus, während er das Feuerzeug von den schmalen Fingern mit den rot lackierten Nägeln pflückte.

»Beruflich. Bayrischer Rundfunk.«

Er hätte schwören können, ihr kein einziges Mal begegnet zu sein. Eine solche Frau übersah man nicht.

»Es war auf einer Pressekonferenz«, fügte sie hinzu.

»Tut mir leid, ich erinnere mich nicht.«

»Zeit für einen Kaffee?«

»Nein.«

»Charmant«, sagte sie und blies den Rauch an seinem Ohr vorbei. Mit einem Schwung ihrer Hüften drehte sie sich um. Auf roten Stöckelschuhen schritt sie davon, in der einen Hand die Zigarette, in der anderen einen schwarzen Aktenkoffer.

Björn starrte ihr nach. Sie hatte ihm keine Tasche in die Hand gedrückt und ihn nicht zu einem neuen Meineid bestellt. Er hatte sich eine nette Gelegenheit vermasselt, die ihm verdammt gut getan hätte. Wieso hatte er gedacht, diese hübsche Person gehöre dazu? Das war doch krank! Sollte er hinterher rennen und rufen: *Ich hab's mir überlegt – Kaffee wäre wundervoll?* Sie würde schallend lachen und fragen, was mit ihm los sei. Nein, ein normales Leben war nicht mehr möglich. Das nächste Mal wäre es keine Kollegin, sondern jemand, der ihn ins nächste Verbrechen hineinzöge.

Er beschloss, erst mal essen zu gehen, am besten italienisch, es gab ein kleines Lokal in der Nähe.

Italienisch!, durchfuhr es ihn beim nächsten Schritt. Die Mafia … Steckte die womöglich hinter dem ganzen Alptraum? Konnte nicht gerade so eine Vorstadt-Pizzeria, wie er sie ansteuerte, mit der Mafia zu tun haben? Inzwischen war für ihn alles vorstellbar. Er sah schon die Schlagzeilen vor sich. *Justizskandal! Cosa Nostra stellt deutsche Rechtsprechung auf den Kopf. Zahl williger Zeugen erstaunlich hoch. Bonner Journalist festgenommen.*

Vielleicht sollte er besser in die Innenstadt gehen und irgendwo französisch, indisch oder einfach deutsch essen.

Hinter den letzten Metern des Zauns, der Schloss und Park umgab, fiel die Entscheidung. Björn fühlte einen Hauch von Heldentum um seine schweißnasse Stirn wehen, als er auf die Pizzeria zuging. Ihm war schwach vor Hunger, er musste sofort etwas essen.

13. Die Flamme

Als Björn spätabends seine Haustür öffnete, nahm er einen schwachen Geruch wahr. Angenehm, aber fremd.

Die Pizza hatte ausgezeichnet geschmeckt, an den anderen Tischen saßen Studenten, junge Berufstätige und eine Gruppe reiferer Frauen, das Personal hatte sich freundlich und unauffällig verhalten. Wie töricht, überall Gespenster zu vermuten!

Die Wohnzimmertür war angelehnt. Björn schnupperte. Es konnte ein Parfum sein. Ein Wärmeschauer durchrieselte ihn. Seine Finger zitterten, als er die Schnürsenkel aufzog, es entstand ein Knoten. Elena war zurückgekehrt! Mit einem verführerischen Duft für einen neuen Anfang. Jetzt konnte er ihr alles erzählen. Diese Chance würde nicht ungenutzt verstreichen. In ihrer kühlen Art, die er so mochte, hatte sie die rettenden Ratschläge parat. Die paar Vorwürfe, die er einstecken musste, würden ihn nicht umhauen. Jetzt nicht mehr.

Mit klopfendem Herzen zog er die Schuhe aus und machte ein paar Schritte auf Strümpfen. An seiner rechten Socke lugte ein Zehennagel hervor. Wie unpassend für ein Wiedersehen. Er bückte sich und streifte die Socke ab.

Feine Nebelschwaden schwebten durch den Türspalt und rochen nach Geselligkeit. Hatte auch Elena wieder mit dem Rauchen begonnen, so dass sie es gemeinsam tun konnten wie in alten Zeiten? Seit der missglückten Schwangerschaft und der dramatischen Fehlgeburt im letzten Jahr hatte sie keine Zigarette mehr angerührt. Wenn sie jetzt wieder damit anfing, hieß das vor allem, dass sie den Babywunsch aufgegeben hatte. Das konnte er nur begrüßen. Die neue Verantwortung hätte er kaum ertragen. Den Zeitaufwand, die Geduld …

Björn warf die schadhafte Socke die Kellertreppe hinunter. Die andere ließ er am Fuß. Er konnte es nicht erwarten, die Heimgekehrte in die Arme zu schließen. Sachte drückte er die Tür weg, setzte sein schönstes Lächeln auf und schob den Kopf ins Wohnzimmer. Er fuhr zurück, als hätte ihm jemand ein nasses Tuch um die Ohren geklatscht.

»Kommen Sie ruhig herein!«, flötete drinnen eine warme Altstimme.

Sie saß auf dem Sofa, die langen Beine übereinander geschlagen. Eingerahmt von ihren rot leuchtenden Fingernägeln, näherte sich eine Zigarette den spöttisch verzogenen Lippen. Ihr roter Schuh wippte auf und nieder. Die locker schwingende Hacke berührte den schwarzen Koffer auf dem Boden. Die Frau mit dem Bonbonmund.

»Sie haben es gehofft«, gurrte sie, als er vor dem Couchtisch stehen blieb.

»Wie kommen Sie hier herein?«, stieß Björn hervor.

»Ihre Frau«, erwiderte die Schöne sanft.

»Unsinn. Elena ist ausgezogen.«

»Ich hab gesehen, wie sie aus dem Auto gestiegen ist. Als sie dabei war, die Tür aufzuschließen, bin ich auf sie zugegangen und hab mich als Schulfreundin ihres Mannes vorgestellt.«

»Meine Frau ist nicht so leichtgläubig.«

»Ich hab von unseren zehn gemeinsamen Jahren in der Penne geschwärmt, das hat sie überzeugt. Weil ihr Handy leer war, hat sie mich im Flur stehen gelassen und ist das Telefon holen gegangen, um Sie anzurufen, Herr Kröger. Da hab ich schnell meinen Koffer aufgemacht, Slip und BH herausgezogen und beides auf die Treppe geworfen. Als Ihre Frau zurückkam, hat sie das Zeug sofort gesehen. Käsebleich ist sie geworden. Tja, hab ich gesagt, wie Sie sehen, bin ich schon mal hier gewesen. Gestern Abend hat es bei uns heftig geknistert. Björn konnte nicht bis oben warten.«

»Das hat sie nicht geglaubt!«, rief Björn.

»Sie ist aus dem Haus gestürzt und mit Vollgas davongebraust.«

Björn hatte das Gefühl, eine Metallklammer schlösse sich um seinen Brustkorb.

»Ich bin Ihre Flamme, Herr Kröger. Sagen wir, bis morgen.«

»Verschwinden Sie«, sagte er. »Auf der Stelle.«

Sie stand auf und ging an ihm vorbei.

Das geht in Ordnung, beglückwünschte er sich. Er blickte zum Couchtisch, wo die Zigarette auf dem Aschenbecher glimmte.

»Nehmen Sie Ihren Aktenkoffer mit!«

»Moment.«

Er sah, dass sie das tragbare Telefon in der Hand hielt.

»Das lassen Sie bitte hier.«

Sie ging weiter. Er folgte ihr in den Flur.

»Geben Sie her.«

An der Tür zur Gästetoilette drehte sie sich um. »Ich gehe nur hier rein.«

Er blieb taktvoll stehen. »Mit dem Telefon?«

»Augenblick.«

Sie ließ die Tür offen. Er schaute weg. Sekunden später hörte er das kraftvolle Rauschen. Die Spülvorrichtung war uralt, keine, die mit Wasser sparte. Die Frau trat zurück in den Flur und lehnte die Toilettentür an. Björn starrte auf ihre Hände. Beide waren leer. Kein Telefon. Er stieß die Tür auf. Den kleinen Raum erfasste er mit einem Blick. Kein Telefon.

»Sind Sie verrückt?«, schrie er.

»Nur vorsichtig.«

»Was soll das?«

Unwillkürlich tastete er in der Hosentasche nach dem Handy und fühlte das vertraute Rechteck. Sie lächelte, als sehe sie bereits Möglichkeiten, auch sein Handy durchs Abflussrohr zu jagen, wandte sich um und ging zurück ins Wohnzimmer. Er folgte ihr.

»Was wollen Sie von mir?«

Vor dem Schrank blieb sie stehen, nahm zwei Gläser heraus und langte nach der Whiskyflasche. Sie muss nicht danach suchen, fiel ihm auf, sie kennt sich hier aus.

»Verschwinden Sie endlich!«

Sie war groß und stabil gebaut, aber mit den richtigen Griffen konnte er sie notfalls eigenhändig hinausbefördern.

»Möglich, dass Sie meinen Papa kennen«, meinte sie und schaute lächelnd auf seine Füße.

»Glaube ich nicht.«

»Nehmen Sie ihn pur?«

Björn stieß die Hand weg, die ihm das Whiskyglas vor die Nase hielt. Wenn er es schaffte, ihr ein Kinnhaken zu geben …

»Er ist in der Stadt gewesen«, fuhr sie fort.«

»Interessiert mich nicht.«

Eine Armlänge entfernt stand die Blumenvase. Wenn er die gegen ihren Kopf schlüge … Damit sollte er nicht zu lange warten.

Ihr Gesicht wurde ernst. »Sie bekommen bald einen Brief von der Polizei oder Staatsanwaltschaft in München. Sie werden denen sagen, dass ich die gestrige Nacht in Ihrem Bett verbracht habe. Wenn nötig mit Einzelheiten.«

Ein Alibi. Das hätte er sich denken können.

»Kennengelernt haben wir uns gestern Abend gegen acht. Vor einem Schaufenster mit Schmuck, Ecke Kaiserplatz. Zwischen uns hat es sofort gefunkt.« Sie setzte sich wieder aufs Sofa und schlug die Beine übereinander. »Wir haben uns Eis im Hörnchen besorgt und auf dem Weg zur Popallee, wo Ihr Wagen stand, gegessen, Sie Schoko-Vanille, ich Pistazie-Zitrone. So gegen neun sind wir hier gewesen, und dann ging es rund. Wir sprechen das gleich genauer durch, damit Sie keinen Fehler machen.«

»Warum ich?«, ächzte Björn.

»Wir brauchen der Polizei nur ein paar Tipps zu geben, und Sie haben drei dicke Strafverfahren am Hals. Das wissen Sie doch.«

»Was ist in dem Aktenkoffer?«

»BH und Slip. Ich hab das Zeug wieder eingepackt.«

»Was sonst?«

»Nur das Nötigste für die Nacht.« Sie nahm den Koffer auf den Schoß. »Zahnbürste, Hautcreme, Pistole.«

Björn ließ sich in den Sessel fallen. Keine günstige Position, wenn sie die Waffe herauszog. Aber es ging nicht anders. Er fühlte Pudding, wo andere Kniegelenke hatten. *Pistole.* Er hatte es geahnt.

»Wer ist das: *wir*?«

»Die Chefin und ihre Leute.«

»Eine Frau an der Spitze?« Die Vorstellung beruhigte ihn ein bisschen.

Sie zuckte mit den Achseln. »Auch ein Mann kann zur Tarnung *die Chefin* heißen. Ich kannte mal einen, den nannten sie Tante Klara.«

»Was hat Ihr Vater mit der Sache zu tun?«

»Er war in der Ledertasche. Jedenfalls teilweise.«

Björns Mageninhalt stieg hoch. Er stürzte zur Tür. Sie schnitt ihm den Weg ab. Aus ihrer taillierten Jacke zog sie eine Tüte und hielt sie ihm unters Kinn. Er beugte sich darüber. Nicht auf die neue Hose, war sein einziger Gedanke, während ihn die Pizza Vulcano in säuerlichen Stückchen verließ. Er fühlte eine fremde Hand an der Hosentasche und schlug danach. Sie war schneller. Das Handy. Sein Schlüsselbund. Beide verschwanden unter ihrer Jacke.

»Ich mache Witze«, fuhr sie munter fort. »Papa tyrannisiert in Straubing immer noch alle. Aber Sie haben sich verraten. Wer kotzt, hat schlechte Nerven. Das mag die Chefin nicht.« Sie verzog das Gesicht, als wäre sie besorgt. Der aufsteigende Geruch schien sie nicht zu stören. Sie knotete die Tüte zu.

»Ich kann nicht mehr mitmachen«, stöhnte Björn und wischte sich das Kinn ab. »Unmöglich.«

»Sie irren sich, Herr Kröger«, sagte sie und hielt ihm die Tüte mit dem Erbrochenen hin. »Es ist anders herum: Sie können nicht mehr aussteigen.«

»Das wollen mir mal sehen.« Björn warf die Tüte in den Papierkorb neben dem Schrank.

Sie griff in die Innentasche ihrer Jacke. »Ich habe sie belogen. Die Pistole ist nicht im Koffer.«

Den kurzen schwarzen Lauf auf ihn gerichtet, stand sie einen Meter vor ihm. Er starrte auf das kleine runde Loch. Sie erklärte ihm, was er sich merken müsse, damit bei der Vernehmung in München alles glatt gehe.

»Wiederholen Sie!«

Er wiederholte jeden Satz. Ihm tat der Magen weh.

»Gehen Sie jetzt zu Bett. Ich schließe die Haustür ab und schlafe auf dem Sofa.«

Langsam ging er die Treppe hoch. In der Biegung schaute er nach unten, wo sie mit der Pistole stand.

»Gute Nacht«, sagte sie.

Björn öffnete die Tür des Arbeitszimmers. Er hatte die Idee, eine Nachricht zu schreiben, an Elena oder einen Freund. Auf der Schwelle blieb er stehen. Er brauchte nicht darüber nachzudenken. Es hatte sich erledigt. Sein Laptop lag umgedreht auf dem Boden. Die Kabel waren zerschnitten. Wo der Akku hingehörte, klaffte ein Loch.

Nicht einmal ein Fluchen brachte Björn zustande. Er ging ins Schlafzimmer und legte sich aufs Bett, ohne sich auszuziehen. Die Nachttischlampe ließ er eingeschaltet, die Augen offen. Einen Moment lang überlegte er, die Schlafzimmertüre abzuschließen, hielt es dann aber für günstiger, sie angelehnt zu lassen, um hören zu können, was unten vor sich ging.

Hoffentlich blieb die Frau, wo sie war. Hoffentlich kam sie nicht hoch. Der war ja alles zuzutrauen. Die brachte es fertig, halbnackt in sein Bett zu steigen, die Pistole aus dem Slip zu ziehen und abzudrücken. Oder nicht abzudrücken und ihn zu allem zu erpressen, was der kriminelle Markt zu bieten hatte.

Er lauschte. Es gab noch andere Möglichkeiten. Die Frau konnte Komplizen hereinlassen. Vielleicht waren sie schon im Haus. Sie würden aus ihrem Versteck kommen, sobald er schlief, sie würden ihn foltern, damit er weiter für sie arbeitete, und mit einem Schuss erledigen, falls er sich weigerte. Es war nicht einmal sicher, dass sie ihn noch brauchten. Die Behauptung der Schönen konnte ein Bluff sein. Wie sollte man in dieser Geschichte Wahrheit und Lüge unterscheiden? Vielleicht ging es nur darum, ihn umzulegen, damit er nichts ausplaudern konnte. Das Übelste wäre, wenn sie auf die Idee kämen, sich an Elena heranzumachen.

Wer sprach da? Björn setzte sich auf und hielt den Atem an. Es war ihre Stimme. Sie telefonierte gedämpft. Er konnte nichts verstehen, wollte aber auch nicht hinuntergehen. Nicht wieder dem Pistolenlauf gegenüberstehen. Das war ja pervers, diese Frau, von der er nicht mal den Namen kannte, im Haus dulden zu müssen, nur weil sie eine Pistole besaß!

Das Klackern ihrer Absätze auf den Fliesen im Flur. Sie blieb stehen, vermutlich an der Treppe. Jetzt würde sie kommen.

»Machen Sie das Licht aus!«

Wie ein ertappter Schüler auf Klassenfahrt knipste er hastig die Nachttischlampe aus. Unten klackerte es weiter. Dann lief Wasser. Sie gurgelte, spuckte aus, die Klospülung rauschte, alles bei offener Tür. Klackern und stoppen. Ein feineres Geräusch. Als ob sie die Schuhe abstreifte. Um auf Strümpfen heraufzukommen …

Im Wohnzimmer knarrte das Sofa. Björn stieß den angehaltenen Atem aus. Er fühlte Schmerzen in Schultern und Nacken. Vorsichtig streckte er Beine und Arme aus und ließ den Kopf ganz langsam aufs Kissen herab, als ob das kleinste Geräusch die Dame im Parterre daran erinnern könnte, dass die Möglichkeit bestand, Björn Kröger oben im Bett zu besuchen.

14. Der Entschluss

Irgendetwas weckte Björn auf. Da war er also doch noch einge-schlafen! Die Wand gegenüber leuchtete im Sonnenschein. Was war das eben? Die Haustür? War jemand gekommen? Hatte die Frau jemanden hereingelassen?

Als er nichts hörte, ging er die Treppe hinunter. Im Flur hing der orientalische Duft, vermischt mit dem Geruch von altem Zigarettenrauch. Die Wohnzimmertür stand einen Spalt offen. Er schob sie weiter auf, streckte beherzt den Kopf vor und blickte in die Ruhe seines aufgeräumten Wohnzimmers. Die roten Sofakissen lagen wie gewohnt in den Ecken des schwarzen Ledersofas. Die blaue Wolldecke war ordentlich zusammen gefaltet. Sein Handy, der Akku seines Laptops und sein Schlüsselbund lagen auf dem Couchtisch, als hätte Björn selbst alle drei dort hingelegt. Die schöne Fremde war verschwunden.

Er musste Elena anrufen, sofort! Sobald sie in der Klinik war und einen Patienten nach dem anderen vor sich hatte, gab es kaum noch eine Chance, sie innerhalb der nächsten Stunden davon zu überzeugen, dass die Frau nichts mit ihm zu tun hatte. Jedenfalls nicht das, was sie dachte. Aber war es der richtige Zeitpunkt, ihr gleich die gesamte Misere zu offenbaren? Am Telefon? Vor Dienstbeginn? Jetzt, wo sie dank der gestrigen Begegnung sicherlich vor Wut kochte? Egal – nur keinen weiteren Aufschub!

Björn nahm das Handy auf und starrte auf die offene Unterseite. Die SIM-Karte fehlte. Mitgenommen oder in die Kanalisation befördert. Verdammtes Biest.

Zuerst besorgte Björn eine neue SIM-Karte und wählte Elenas Nummer, erreichte sie aber nicht. Fürs Festnetz kaufte er in aller Eile noch das billigste Telefon, das im Laden erhältlich war, irgendeinen Restposten. Wieder zu Hause, rief er die Festnetznummer mit dem Handy an, um seine Erwerbung zu testen. Funktionieren sollte es, alles andere war gleichgültig. TATÜTATA – er fuhr derart zusammen, dass er die Vasc mit den langstieligen Rosen umwarf, die er Elena vor ein paar Tagen mitgebracht hatte. Das Ding brüllte wie das Martinshorn eines Krankenwagens. Er musste andere Einstellungen finden, eine Art Vogelstimmen, wie Elena sie sich wünschte. Später. Heute Abend oder irgendwann, er musste jetzt los. Die Klingeltöne hatten Zeit, bis Elena zurückkäme.

Zurückkäme? Björn war sich plötzlich sicher: Sie kommt nie zurück! Gabriel war ein Partner fürs Leben, keine Frage, der hatte von Anfang an die richtigen Klingeltöne, Gesang vom Baumkönig oder so, der kannte sich mit Vögeln aus.

Björn stellte die Blumenvase wieder auf. Das Wasser war teilweise ausgelaufen und tropfte vom Tisch auf den Teppich. Er starrte auf die Bescherung, zu müde und erledigt, um irgendwas dagegen tun zu wollen. Das trocknet von selbst, sagte er sich und verließ das Haus, um in die Redaktion zu fahren.

Während Björn die Papiere durchsah, die Hella auf seinen Schreibtisch gelegt hatte, strömten die Kollegen bereits laut palavernd zur Redaktionssitzung ins Zimmer des Chefs.

Björn war es recht, noch ein paar Minuten allein zu sein und so zu tun, als hätte er etwas vorzubereiten. Er musste erst mal abschalten, oder besser gesagt, umschalten, von seinem Alptraum auf den Job. »Eiskalt sein«, murmelte er vor sich hin. Er musste wie ein Eisblock sein, wenn er nicht vor die Hunde gehen wollte. »Eiskalt.« Das auszusprechen, tat gut. Im Zimmer war niemand mehr, auch nicht im Flur. Seine Finger falteten die dreiseitige Einladung zum Symposium der philosophischen Fakultät zu einem Päckchen. »Es gibt nur zwei Möglichkeiten«, raunte er sich zu. »Entweder du machst weiter und gehst davon aus, dass alles gut geht, oder du kämpfst gegen *die Chefin*. Lehnst jede weitere Gefolgschaft ab und zeigst sie bei der Polizei an, ohne Rücksicht auf Verluste.«

Er drückte das Päckchen fest zusammen. Bei beiden Varianten war völlig klar, auf wessen Seite die Verluste wären.

»Verluste?«, rief Frau Brause von der Tür her. »Hoffentlich haben Sie nicht spekuliert, Herr Kröger!«

Björn fuhr zusammen, er hatte die Kollegin nicht kommen gehört. Über ihren Händen leuchtete es strahlend gelb.

»Sonnenblumen?«, fragte er verwirrt.

»Wir stellen sie in die Kaffeeecke.« Frau Brause war schon dabei, die Stiele mit den dicken Köpfen in einem Blecheimer anzuordnen. »Die sind gut für die Seele, hat Professor Pril mir neulich erklärt – Sie wissen schon, der bekannte Psychologe. Meine liebe Frau Brause, hat er gesagt, wenn Sie sich aufmuntern wollen, kaufen Sie Sonnenblumen.«

Na, wenn der das gesagt hatte … Frau Brause tat oft so, als verbinde sie ein enges Band mit berühmten Persönlichkeiten aus Gegenwart und Vergangenheit bis zurück zu Professor Sauerbruch und Martin Luther, darüber wurde in der Redaktion oft gewitzelt. Wie kam er jetzt auf Luther? *Hier stehe ich! Ich kann nicht anders.* Ein grandioser Ausspruch. Luther wäre das alles nicht passiert.

»Diese hier sind von einem wunderschönen Feld, wo man sich die Blumen selber schneidet, Herr Kröger.«

»Ach!«, rief er etwas zu laut. Er sah die junge Marie vor sich, allein und verzweifelt in der Dunkelheit zwischen Stängeln und Blättern.

»Holen Sie Ihre Blumen lieber im Laden, Herr Kröger?«

»Nein, nein.«

»Das hörte sich aber ganz so an.«

»Es ist natürlich sauberer.«

»Aber so ist es romantischer«, sagte sie und stellte den Eimer auf den Stehtisch neben der Kaffeemaschine.

Kommt drauf an, dachte Björn. Früher hatte er es genossen, an leuchtenden Feldern mit blühenden Sonnenblumen vorbeizufahren. Sie bedeuteten Sommer, Natur und Leben, ließen an Bilder von Monet und van Gogh denken. Aber woran er in letzter Zeit bei ihrem Anblick dachte, war immer nur das Messer in der Brust des Onkels.

Er sah Frau Brause zu, wie ihre Finger mit den spitz zulaufenden Nägeln an den großen Blättern herumzupften, und überlegte, ob er ihr von Randulf erzählen sollte. Der Fall war vor gut drei Jahrzehnten sicher in aller Munde gewesen. Möglich, dass Frau Brause sich daran erinnerte, auch wenn sie zu der Zeit noch nicht für die Zeitung gearbeitet hatte. Auf dem Betriebsausflug hatte sie erzählt, sie habe erst im Alter von Anfang dreißig ihr Studium begonnen, da sie vorher lange krank gewesen sei, eine Zeit, von der sie nicht erzählen mochte. Von den anderen konnten der Chef und Weber aus der Wirtschaftsredaktion damals von dem Mord erfahren haben. Die übrigen dürften zu jung sein, bis auf Müller, der schon als Zehnjähriger Zeitung gelesen hatte, womit er öfter prahlte.

»Wir brauchen noch Gläser«, unterbrach Hilde seine Gedanken. »Bei der Hitze haben alle einen Wahnsinnsdurst.« In einem ärmellosen blauen Kleid trat sie über die Türschwelle und steuerte die Kaffeeecke an. »Oh, Sonnenblumen! Die sind aber schön!«

Sie nahm das Tablett aus dem Regal und stellte ein paar Gläser darauf, große, kleine, breite, hohe, alle waren unterschiedlich, weil jeder von ihnen ein Glas von zu Hause mitgebracht hatte, als sie vor einem Jahr die Kaffeeecke einrichteten.

Hilde, dachte Björn, die ist nicht so jung, wie sie auf den ersten Blick aussieht, sie hat einen 25jährigen Sohn. Auch sie könnte damals von dem Mord in den Sonnenblumen gehört haben.

»Das Selberschneiden macht ja vielen Leute Freude«, meinte Frau Brause, als sie zusammen den Flur entlang gingen.

»Man darf nur nicht vergessen, dass man dafür bezahlen muss«, sagte Hilde, die ihnen mit dem Gläsertablett folgte.

»Steht da einer und kassiert?«, fragte Björn, der nie auf die Idee gekommen war, auf einem Feld herumzulaufen und sich Blumen abzuschneiden, die man ohne Folie und Papier ins Auto legen musste.

»Das wäre was!« Hilde lachte, dass die Gläser klirrten. »Man steckt das Geld in einen Kasten.

»Aber sicher gibt es auch Leute, die sich einfach so davon stehlen«, sagte Frau Brause.

Die beiden wissen nichts von dem Mord, mutmaßte Björn, sonst wäre jetzt sicher eine Bemerkung gefallen. Ganz gut so, er hatte wenig Lust, die Tragödie seiner Tante zu einem Thema zu machen, an dem sich wieder das gesamte Team festbiss.

In der Redaktionssitzung verhielt sich Björn still. Der Chef stellte mit den anderen den Tagesplan auf. Dem Beagle musste es ausgezeichnet gehen; der Chef wirkte geradezu dynamisch und warf hier und da einen Scherz in die Runde, was Björn auf die Nerven ging. Er beschränkte sich darauf, gelegentlich zustimmend zu nicken, ohne alle Einzelheiten mitzubekommen, aber das schien niemandem aufzufallen. Seine Hand presste immer noch das Papierpäckchen, in seinem Kopf entstand ein eigener Plan. Sollte noch einmal jemand in seinem Haus auftauchen, würde er die Person hinauswerfen (irgendwie), sich auf die Straße stürzen (an der Person vorbei) und Hilfe holen (einen muskulösen Passanten). Sollte ihn jemand an einem einsamen Ort ansprechen, würde er zu allem nein sagen, um jeden Preis, gleichgültig, ob Messer oder Pistolen gezückt würden. Sterben müssen wir früher oder später alle. Kein Drama.

Der Chef musterte Björn von der Seite. »Sie sehen aus, als hätten Sie was Philosophisches auf der Zunge.«

So in etwa, fuhr Björn in seinen Gedanken fort, nachdem er dem Chef mit Kopfschütteln geantwortet hatte, ist das der richtige Weg. Man muss es sich fest vornehmen, sonst klappt es nicht.

Björn legte das zusammengedrückte Papier auf den Tisch und griff nach der Wasserflasche. Das Wasser plätscherte ins Glas. Die leere Flasche stellte er fast geräuschlos ab.

Die Kollegen sahen schweigend vor sich hin, der Chef blickte auf seinen aufgeklappten Laptop und nagte an seiner Unterlippe. Björns Papierpäckchen öffnete sich und knisterte durch die eingetretene Stille. Alle wandten den Kopf dorthin. Hastig stellte Björn das volle Glas darauf, damit das Papier verstummte. Die schräge Wasseroberfläche zitterte zum Rand hin. Aller Augen waren darauf gerichtet, als warteten sie darauf, dass er mit dem Knie gegen den Tisch stieße und eine Welle auslöste, die als erstes das Notebook des Chefs erwischen würde. Björn konnte fast sehen, was die anderen über ihn dachten: *In letzter Zeit ist er arg nervös.*

Das würden sie auch dem Kommissar sagen, der hier aufkreuzen würde, um Erkundigungen über ihn einzuziehen. Frau Brause würde verkünden, sie habe dergleichen geahnt, Hilde Greul würde der Gerichtsverhandlung entgegenfiebern, Max, der bereits ein Kind zu ernähren hatte, und die jungen freien Mitarbeiter, deren Namen er immer vergaß, könnten sich der Hoffnung auf eine feste Stelle hingeben, Gisa wäre glücklich, weil sie einen Teil seiner Aufgaben zugeteilt bekäme, und Müller, der neben Björn für den Posten des stellvertretenden Chefredakteurs in Frage kam, könnte zu Recht erwarten, seinen ärgsten Konkurrenten für immer los zu sein.

Bah, was war er miesepetrig geworden! Immerhin war es möglich, dass die Kollegen viel netter reagierten und ihn von Herzen bedauerten. Das wäre noch schlimmer. Was nuschelte der Chef da?

»*Rheinblick* verkleinert sich. Absatzprobleme in der Region. Da rollen bald Köpfe. Verstehe aber nicht, warum sie Wilhelm los sein wollen.«

»Wilhelm doch nicht!«, rief Müller.

»Hat er selbst gesagt. Könnten hier seinen Stil gebrauchen. Seine Führungsqualitäten. Die passende Stelle hätten wir bald.«

Alle schwiegen und schienen ihren Gedanken nachzuhängen. Björn nahm sein Wasserglas und trank in kleinen Schlucken. Die stellvertretende Chefredakteurin war schon lange krank und würde nicht zurückkehren. Soweit er wusste, legte niemand Wert darauf, den Kaugummi schmatzenden Wilhelm mit seinem Dauergrinsen vor der Nase zu haben. Niemand war scharf auf einen Stil, den die Stellvertreterin als *ungepflegt* bezeichnet hatte. Und bedeutete nassforsches Auftreten neuerdings Führungsqualität?

Nur Frau Brause lächelte vor sich hin. Für sie macht es keinen Unterschied, dachte Björn, sie wird nicht mehr jahrelang arbeiten. Sie war schon Mitte sechzig, falls die Gerüchte stimmten. So wie sie aussah, war das kaum zu glauben. Aber schließlich pflegte sie sich nicht nur fernöstlich, sondern stählte sich auch durch regelmäßiges Üben im Kraftraum. In ihrer Hemdbluse steckten Muskeln, die nicht vom Stricken kamen, das konnte man sehen.

Frau Brause schien zu merken, dass Björn sie anblickte. Das Lächeln verschwand. »Herr Kohl«, sagte sie zum Chef, »Sie haben hier genug fähige Leute. Wozu brauchen Sie Herrn Wilhelm?«

Alle Gesichter wandten sich ihr zu. Dankbare Blicke.

»Er fährt Rennrad«, murmelte Müller. »Ich habe jetzt auch eines.«

»Meinst du, das nützt was?«, flüsterte Gisa und gluckste leise.

Björn stellte fest, dass ihn das Thema kaum noch berührte. Früher hätte es ihn in Rage gebracht. Nun aber war seine Reaktion so lau, als ginge es ihn nichts mehr an. Es kam ihm vor, als hätte er einen Flug in die Arktis gebucht. Nur den Hinflug.

Als Björn abends mit einer Tüte Fast Food nach Hause kam, schien ihm der orientalische Duft im Flur stärker als der Geruch von Pommes frites und Frikadellen. Er blieb an der Tür stehen und lauschte. Das war hoffentlich eine Täuschung! Oder war das Biest wieder da? Die bringt mich jetzt nicht vom richtigen Weg ab, diesmal schafft sie es nicht!

Er hatte den Schlüssel ohne Zögern ins Schloss gesteckt, hatte die Haustür aufgestoßen und war mit festem Schritt in den Flur getreten. Weiter so, Luther hätte das nicht besser gemacht. Mochte sie doch auf dem Sofa sitzen oder in der Gästetoilette lauern – ihm war es egal. Oder genauer: Es musste ihm egal sein.

»Hier stehe ich! Ich kann nicht anders!«, schmetterte er so kraftvoll durch die Wohnzimmertür, dass er das Gefühl hatte, es müsste die Gegnerin vom Sofa pusten. Es passte nicht ganz zu seiner Lage, war aber trotzdem ein hilfreicher Spruch.

Nur – was kam nach dem Stehen?

Das Martinshorn brüllte. Es war idiotisch. Als führe ein Krankenwagen durchs Zimmer. Unwillkürlich rannte Björn zum Telefon, als ginge es um Leben und Tod. Wenigstens war das Sofa leer. Er griff nach dem Apparat. Moment, stopp! Zu spät, sein Finger war schon auf der grünen Taste.

»Ihre Ladung müsste da sein. Erledigen Sie es korrekt.«

Die Stimme hörte sich an, als kröche sie durch eine Röhre auf ihn zu. Es konnte eine Frau sein. Oder ein Mann. Vielleicht sogar ein Kind.

Das Telefonieren war in Björns Plan nicht vorgesehen. Er brauchte ein paar Sekunden, um zu einer barschen Erwiderung anzusetzen. »Hören Sie …«

Das Klacken in der Leitung kam schneller.

»Lass dich nicht entmutigen«, sang Björn halblaut. Es klang wie ein Kirchenlied, hätte auch von Luther sein können. Nur fehlten noch die weiteren Zeilen, und genau genommen war er bereits entmutigt.

Er stellte die Tüte mit seinem Abendessen auf den Couchtisch. Nein, jetzt nicht in den Briefkasten schauen. Elena anrufen, war das Erste, das er erledigen musste. Ihr diese dumme, überflüssige Sache mit der schwül duftenden Frau erklären. Er hatte es am Nachmittag ein paar Mal probiert, Elena aber nicht erreicht. Das fehlte ihm noch – erstens nicht zu wissen, warum sie ausgezogen war, zweitens ihr nachträglich noch einen Grund geliefert zu haben. Und drittens sich aus dieser schlechten Position heraus als Freund und Helfer von Mördern bekennen zu müssen, obgleich es vorher bessere Gelegenheiten gab, die er ungenutzt hatte verstreichen lassen.

Auf Elenas Handy meldete sich wieder nur die Mailbox. Er schrieb ihr eine Nachricht, machte sich indessen kaum noch Hoffnungen. Sie hasste Kurzmitteilungen und ignorierte sie meistens. Sollte er ihre Mutter anrufen? Oder die unbekannte Gaby, falls sie als solche existierte? Die Frauen würden Fragen stellen, er müsste einiges erklären und den Hagel ihrer Vorwürfe über sich ergehen lassen. Heute lieber nicht. Wahrscheinlich war Elena ohnehin woanders. Ihre Mutter lebte zu weit entfernt, und was Gaby betraf, so wohnte sie laut Elenas Berichten mit dem Mops in einem engen Einzimmer-Apartment, in das sie sicher ungern einen Gast aufnahm. Falls sie nicht Gabriel war, dem natürlich nichts lieber wäre, als mit Elena auf engstem Raum zusammengepfercht zu sein …

Björn griff nach der Tüte mit seinem Abendessen. Sie war immer noch warm, auf zwei Minuten kam es also nicht an. Er ging zur Haustür und öffnete den Briefkasten. Die Post flog ihm entgegen, darunter ein Fenster-Kuvert. Björns Hand zuckte zurück. Die Briefe rutschten am Boden wie ein Fächer auseinander. In der Mitte lag der Umschlag mit dem fett gedruckten Absender *Landgericht Köln.*

Alfonso. Die Ladung. So schnell? Hatte das Gericht Björns Adresse schon erhalten, bevor die drei Männer hier auftauchten?

Noch an der Tür riss Björn den Umschlag auf und entfaltete den Bogen. Er suchte die Zeile, die er am meisten fürchtete. Da war sie:

… wegen schweren Raubes.

Wie?

Er schaute lange dorthin. Die Buchstaben schoben sich nicht zusammen. Sie verwandelten sich nicht. Es blieben drei Worte und sechs Silben, und Mord war nicht dabei. Wegen schweren Raubes. Gar nicht mal so schlimm, frohlockte Björn und erschrak sogleich – er war schon völlig abgebrüht! Da fehlte nicht viel, und er hielte es bald für normal, mit Killern an einem Tisch zu sitzen.

Nein. Schluss damit. Sein Entschluss war gefasst, und nichts konnte ihn davon abbringen! Nichts!

Björn blickte auf das Blatt in seinen Händen und faltete es zu einem Päckchen. So einfach war das nicht. Was sollte er mit dem Gerichtstermin machen? Man durfte nicht fernbleiben, das kam nicht in Frage, man war verpflichtet zu kommen. Das Gericht konnte einen zwangsweise vorführen lassen, das stand auf der zweiten Seite. Sollte er hingehen und die Wahrheit sagen? Dass er Alfonso nicht kenne und keinen Schritt mit ihm gelaufen sei? Die Alibi-Jäger würden ihn noch auf dem Heimweg erschießen.

Das Risiko war zu hoch. Er musste noch einmal antreten. Beim nächsten Mal würde er es schaffen, Nein zu sagen, bevor sie ihn als Zeugen benannten. Bevor – darauf kam es an. Er würde ihnen rechtzeitig in aller Schärfe klarmachen, dass sie sich einen anderen suchen mussten. Jawohl.

Björn nahm die Tüte mit den Frikadellen und Pommes frites vom Couchtisch, ging in die Küche und warf sein Abendessen in den Mülleimer.

15. Die Beichte

Für den Tag der Strafverhandlung in Köln nahm Björn sich wieder frei. Da die Kollegen in der Redaktion nach dem Grund fragten, gab er an, bei der Beerdigung eines Vetters, den er sehr lieb gehabt habe, nicht fehlen zu dürfen. Frau Brause seufzte leise, und Gisa suchte ihm zum Trost den schönsten Schokoladenkeks heraus. Müller drückte ihm ein Tütchen »Tiroler Sportlerzucker« in die Hand und fragte ungewohnt sanft:

»Woran ist er denn gestorben?«

»Herzinfarkt.«

»Noch jung?«

»44.«

»Ach je. Sicher keinen Sport getrieben.«

»Nur Kegeln.«

»Er sollte lieber Rad fahren.« Die Stimme von Klaus Wilhelm.

Alle wandten sich um. Der breitschultrige Rheinblick-Kollege trat über die Schwelle. Er hatte längere Zeit im Zimmer des Chefs verbracht, das war Björn aufgefallen. Müller runzelte die Stirn. Wilhelm war nicht anzusehen, wie das Gespräch verlaufen war. Er grinste in der gewohnten Breite.

»Der Mann, von dem wir reden, ist tot«, sagte Gisa und hielt Wilhelm ihre Keksschachtel entgegen.

»Wie ist das passiert?«

Björn blieb nichts anderes übrig, als die Geschichte des toten Vetters noch einmal aufzurollen. Gisa und Hilde wollten noch mehr wissen; also musste er einiges hinzuzufügen. Der liebe Tote war von Beruf Physiker und hatte in der Qualitätskontrolle einer Firma gearbeitet, die Elektronisches für Autos herstellte. Zwanzig Jahre lang war er Kegelbruder in Köln-Nippes. Björn ließ ihn ledig bleiben, um nicht noch Frau und Kinder erfinden zu müssen. Das Mitgefühl der Kollegen war überwältigend. Björn fürchtete schon, sie könnten auf die Idee kommen, für einen Kranz zu sammeln.

Vor der großen Strafkammer des Landgerichts Köln an der Luxemburger Straße erklärte Björn, dass er am Samstag nach dem Bonn-Marathon mit Alfonso eine Runde im Siebengebirge gelaufen sei. Ursprünglich hätten sie vorgehabt, öfter zusammen zu trainieren, hätten es nach diesem einen Mal jedoch aufgegeben, weil ihr Trainingsstand zu unterschiedlich war.

Nein, kein Irrtum möglich. Es sei dieser Tag gewesen. Er wisse das so genau, weil er am Abend desselben Tages mit seiner Frau im Theater gewesen sei, er habe die Eintrittskarten noch.

Was die Laufstrecke betraf, so war Björn dank Internet diesmal bestens vorbereitet. In Königswinter los, das Nachtigallen-Tal hoch … Doch die Richter wollten es so genau nicht wissen und fragten nur nach dem groben Verlauf, sowie Anfang und Ende der Strecke. Die korpulente Vertreterin der Staatsanwaltschaft beschränkte sich auf ein Nicken. Hoffentlich war sie nicht Müllers Schwester, die in Köln als Staatsanwältin arbeitete – sie konnte von dem unsportlichen Kollegen ihres Bruders gehört und ein gutes Gedächtnis für Namen haben, das wäre fatal. Zwar hatte die Figur unter der schwarzen Robe nichts mit der des gertenschlanken Müllers gemeinsam, aber hatte sie nicht genau seine Haarfarbe, seine braunen Augen und seine kleine Nase?

Nach der Vereidigung beschloss Björn, bis zur Verkündung des Urteils zu bleiben. Er fühlte sich besser als in den vorherigen Fällen – es ging ja nur um Raub von irgendwas und war sein letztes Mal. Es wurde noch zwei Zeuginnen vernommen, die aber nichts zur Identität des Täters sagen konnten, weil sie erst am Tatort erschienen waren, als das Opfer am Boden lag und der Täter nicht mehr zu sehen war.

Nach und nach erfuhr Björn, dass Alfonso den Raubüberfall an einer neunzigjährigen Nachbarin an einer einsamen Stelle des Kölner Melaten-Friedhofs verübt haben sollte, indem er ihr einen Pflasterstein gegen den Kopf schlug und die Handtasche mit 400 Euro Barschaft entriss. Die Rentnerin hielt Alfonso für den Täter, obwohl er ihr mit Mütze, Sonnenbrille und Laufkleidung recht fremd vorgekommen war und sie seine Gesichtszüge nur verschwommen wahrgenommen hatte, da ihre Brille zu Boden gegangen und unter seine Füße geraten war. Gleichwohl beharrte sie auf ihrer Meinung, es müsse Alfonso gewesen sein, weil nur er gewusst habe, dass sie an diesem Tag zur Post gehen und Geld holen wollte, und außerdem habe er so nach Schweiß gestunken, wie nur Alfonso stinken könne.

Die Staatsanwältin schienen die Angaben der Rentnerin zu überzeugen. Sie führte noch weitere Indizien ins Feld und forderte für Alfonso eine Freiheitsstrafe von fünf Jahren.

Die Mitglieder der Strafkammer zogen sich zur Beratung zurück. Die meisten Zuschauer verließen den Saal, blieben aber in der Nähe der Tür.

Björn lehnte sich etwas abseits hinter einer Ecke an die Wand. Es war gut gelaufen, er wusste, dass sein Auftritt einwandfrei gewesen war. Aber die Worte der Staatsanwältin beunruhigten ihn, auch wollte er nicht den Blicken der Zuschauer begegnen, die sich möglicherweise fragten, ob er zu blöd war, sich den richtigen Tag zu merken, wie die Anklägerin angedeutet hatte. Er schob sich einen von Müllers Sportlerzuckern in den Mund, eine Mischung aus Kräutern, Zitrone und Pfefferminz, die ganz erträglich schmeckte, kein Vergleich zu Wilhelms Kaugummi mit seinem penetranten Kunstgeschmack.

Jenseits der Ecke erklang hell eine Frauenstimme:

»Ich würde ihm nicht glauben.«

»Dem Zeugen?«, fragte eine andere. »Wieso nicht?«

»Der sieht nicht aus, als ob er trainiert. Die Strecke kenne ich, mein Bruder wohnt dort in der Nähe. Das sind mindestens zehn Kilometer, zum Teil bergauf, da musst du fit sein.«

»Warum soll er denn lügen?«

»Kann doch sein, dass er was dafür bekommt.«

»Der wirkt nicht so, als ob er Geld bräuchte.«

»Das ist vielleicht der Trick.«

»Sag mal, wie kommst du darauf?«

»Kürzlich stand so was in einem Online-Portal.«

»Nee, echt? Wo find' ich das?«

»Weiß nicht. Hat mir jemand erzählt.«

Björn fühlte seinen Kopf heiß und seine Hände feucht werden. Der Sportlerzucker zerbarst zwischen seinen Zähnen. Die Sache musste er überprüfen. Vielleicht war das Lügnernest der *Chefin* bereits ausgehoben! Vielleicht saß unter den Zuschauern ein Kriminalkommissar, in der Hand eine Liste, auf der ganz oben der Name Kröger stand. Der Beamte würde gleich aufstehen und dem vorsitzenden Richter etwas ins Ohr flüstern, worauf dieser erstaunt den Kopf heben und die Verkündung des Urteils aufschieben würde. Björn meinte, bereits das Klicken von Handschellen zu hören.

Die Kammer kehrte in den Saal zurück, voran die drei Berufsrichter in ihren schwingenden schwarzen Roben, hinter ihnen die beiden Schöffinnen in dezenten Blazern. Die Zuschauer erhoben sich. Das Raunen der Stimmen und das Scharren der Füße verstummten. Im Saal war eine Feierlichkeit, die an Gottesdienst erinnerte. Björn meinte, von hinten Schritte zu hören.

»Im Namen des Volkes verkünde ich folgendes Urteil«, begann der Vorsitzende und nieste herzhaft.

Björn hielt den Atem an. Niemand ging auf den Richtertisch zu, die Schritte waren nicht mehr zu hören. Der Vorsitzende stopfte sein blau kariertes Taschentuch unter die Robe und räusperte sich.

»Der Angeklagte wird freigesprochen. Die Kosten des Verfahrens trägt die Staatskasse.«

Wieder Schwein gehabt. Björn atmete aus. Jetzt bloß nicht aus der Rolle fallen. Ein gleichgültiges Gesicht beibehalten.

Alle setzten sich. Während der Vorsitzende die Entscheidung der großen Strafkammer begründete und den glaubwürdigen Zeugen Kröger erwähnte, riskierte Björn einen Blick zu Alfonso, der glatt rasiert und mit grellbunter Krawatte aufrecht neben seiner Verteidigerin saß. Björns Augen schweiften zur anderen Seite des Saals, wo die blasse alte Frau immer mehr in sich zusammensank. Wahrscheinlich fragte sie sich verzweifelt, wer ihr nun die volle Geldbörse und die schöne Tasche ersetzte. Björn hätte ihr am liebsten das Geld zugesteckt oder nach ihrer Kontonummer gefragt. Sollte er sie später unauffällig beiseite bitten, um die Frage zu regeln? Verzapf keinen Blödsinn, Björn, es käme todsicher heraus! So ist das Leben, redete er sich ein, wenn ich es nicht getan hätte, wäre hier ein anderer erschienen und hätte nicht schlechter gelogen.

Nach Ende der Strafverhandlung war Björn so aufgewühlt, dass er sein Auto am Justizzentrum stehen ließ und die Luxemburger Straße Richtung Innenstadt entlanglief. Erst mal frische Luft! Normale Leute sehen, normales Verkehrschaos, normalen Dreck.

Nachdem er eine Weile gelaufen war, zog er sein Handy aus der Tasche. Er strich schnell und hastig übers Display, als könnte mehr Tempo helfen, Elena sofort zu erreichen. Prompt musste er mehrmals von vorne anfangen, und an manchen Stellen war ihm der Straßenlärm einfach zu laut, um ein Gespräch zu führen.

Den verkehrsreichen Barbarossaplatz ließ Björn hinter sich und gelangte in stillere Straßen, aber nun war Elenas Nummer besetzt. Er kam zum Neumarkt, der ebenfalls vor Geschäftigkeit schepperte und brummte. Dahinter lag ein Stückchen altehrwürdiges Köln mit gewisser Ruhe, eine romanische Kirche, ein stämmiger Turm mit Rautenhelm, zwei Rundtürme auf kleeblattförmigem Chorbau. Das war St. Aposteln, erinnerte sich Björn, vor vielen Jahren war er einmal hier gewesen – mit Elena. Er ging an der Längsseite des Kirchenschiffs entlang und meinte, aus dem Inneren Orgelklänge zu hören. Eine Tür schloss sich hinter dem gebeugten Rücken eines alten Mannes. Vielleicht ging die beraubte Rentnerin bald durch dieselbe Tür, kniete sich in eine Bank und fragte ihren Herrn, wofür er sie so bitter bestrafe. Noch immer war Björn ihr graues Gesicht so gegenwärtig, als stünde sie vor ihm, mit ihrer zitternden Unterlippe und ihren wässrigen Augen. Welche Ungerechtigkeit. Und er war ein Teil davon. Die alte Frau war nicht nur Alfonsos Opfer, sie war auch Björns Opfer.

Als das erste Freizeichen aus seinem Handy erklang, setzte sich Björn auf eine Bank im Schatten eines Laubbaums. Hier war er im Moment allein. Herumhüpfende Spatzen waren seine einzigen Zuhörer.

»Hallo?«

»Elena!«

Am Anfang verhaspelte er sich. Aber im Wesentlichen bekam er die Sache mit der anderen Frau samt ihrer Unterwäsche und die Geschichte der vergangenen Meineide gut auf die Reihe. Sie unterbrach ihn kein einziges Mal, so dass er sich ermutigt fühlte, auch noch die verhängnisvolle Ledertasche zu erwähnen.

Elena blieb ganz ruhig. Sie quälte ihn nicht mit Fragen, verletzte ihn nicht mit bissigen Kommentaren. Alles, was er von ihr vernahm, war ein schwaches Atemholen. Sie war bewegt, natürlich, sicherlich auch schockiert, aber sie hörte zu. Er war froh, dass endlich alles heraus war, und wartete mit Ungeduld auf ihre Reaktion. Vielleicht hatte sie sogar ein liebes Wort für ihn als Trost? Er ließ ihr eine Denkpause. Dann hielt er es nicht mehr aus.

»Elena?«

Sie legte auf. Er brauchte nur Sekunden, um ihre Nummer noch mal zu wählen. Das Auflegen konnte ein Versehen sein. Das Handy konnte ihr aus der Hand gerutscht sein. Verständlich bei solchen Eröffnungen. Es meldete sich die Mailbox. Also hatte sie mit Absicht aufgelegt. Er hinterließ die Nachricht, dass er auf ihren Anruf warte, und schloss mit einem gezwitscherten Kuss. Das mochte deplaziert sein, stärkte aber seine Hoffnungen.

Erleichtert, dass sein Geständnis nun endlich heraus war, ging Björn den langen Weg zum Justizzentrum zurück, stieg in sein Auto und fuhr zurück nach Bonn. Er bemühte sich, die traurige Rentnerin und die schweigende Elena aus seinen Gedanken zu verbannen. Lieber über die Aussicht freuen, dass dieses Landgericht die letzte Lügenstation war! Dass sein geplantes Nein den Alptraum beendete. Bald würde er sich fragen, warum er das nicht eher geschafft hatte.

Zu Hause schlug er schwungvoll vier Spiegeleier in die Pfanne. Wirklich, es ging ihm wesentlich besser! Am nächsten Morgen würde er aufpassen müssen, dass er in der Redaktion nicht allzu munter wirkte. Schließlich war er auf der traurigen Beisetzung seines Lieblingsvetters gewesen. Die Einzelheiten über dessen Person hatte er zum Teil schon vergessen. Da der Vetter jetzt unter der Erde war, würde vermutlich niemand mehr danach fragen.

Björn schaute auf das Blasen werfende Eiweiß. Das sah nicht lecker aus. Hatte er was falsch gemacht? War das Fett zu heiß? Das Martinshorn schreckte ihn auf.

»Verdammtes Telefon«, fluchte er. Wenn allerdings Elena dran wäre, dürften die Eier ruhig verkohlen. In dem Fall äße er ohnehin keine Spiegeleier, es müsste was Festlicheres sein. Sicher war es Elena, er hatte sie ja um den Anruf gebeten. Natürlich wollte sie noch Verschiedenes wissen, das war doch klar. Ohne den Blick von der Pfanne zu wenden, drückte Björn auf Grün.

»Schauen Sie in den Briefkasten. Ihr nächster Termin.« Die Person, die durch die Röhre sprach.

Diesmal reagierte er schnell: »Nein! Das ist jetzt vorbei.«

»Sie werden es tun. Oder wir … Aber das wissen Sie ja schon.«

Die Stimme brach ab und überließ den Rest seiner Fantasie. Hätte er doch beizeiten alles der Polizei gestanden! Die hätten sein Telefon abgehört und die Bande geschnappt.

Und er selbst säße in U-Haft.

Also gut, besser so. Noch den anstehenden Termin erledigen. Aber dann!

Der Anruf traf mich unvorbereitet, er kam zu schnell, dachte Björn, während er die Pfeffermühle über den Eidottern drehte. Dieses Tempo, das machten sie extra, das war Taktik. Beim nächsten Mal würde er sich befreien.

Damit auch der neue Termin nicht auffiel, nahm Björn zwei Tage Urlaub. »Familienfeier« teilte er dem Chef und den Kollegen mit. Hella wünschte ihm viel Spaß und gutes Wetter. Gisa legte ihm

Reiseproviant auf den Schreibtisch, Hilde wollte wissen, wie viele Leute kämen, und Max fragte, ob er etwas für ihn tun könne. Sie waren alle so nett!

»Das ist aber traurig ohne den verstorbenen Vetter«, meinte Frau Brause.

»Nein, nein«, erklärte Björn. »Es sind die Verwandten von der anderen Seite. Vom Vater.«

»Der in Island ist«, sagte sie. »Kommt er auch?«

Björn schüttelte den Kopf. Oh, verdammt, das war ein Schwachpunkt. Aber sein Vater, der ein Einzelkind war, konnte ja Geschwister haben oder Cousinen und Vettern, eine riesige Verwandtschaft, das konnte hier niemand wissen.

»Er kann die Schafe nicht allein lassen«, sagte Björn. Wie wohltuend war so ein winziges Fleckchen Wahrheit! Denn in der Tat hatte sich sein Vater häufig mit den Schafen entschuldigt und hätte es auch diesmal getan, wenn man ihn gefragt hätte.

»Wo findet das Fest denn statt?«, fragte Müller aus der Kaffeeecke, wo er sich ein Glas Buttermilch einschenkte. Er hatte schon früh um sieben einen Lauf von zwölf Kilometern unternommen und war vor der Redaktionssitzung noch einige Bahnen geschwommen, wofür er bewundernde Ausrufe geerntet hatte.

»In München«, sprang Gisa für Björn ein, der noch über die Verwandtschaftsverhältnisse nachgrübelte, um bei weiteren Fragen nicht ins Schleudern zu geraten.

Müller goss Orangensaft in die Buttermilch und rührte die gelb-weiße Mischung mit dem Löffel um. »Ah, München!« Er schaute grinsend auf. »Steht das Olympiastadion auf dem Programm?«

Nein, auf dem Programm stand Mord. Die Frau mit dem Bonbonmund – die Krankenschwester Doris D. – wurde beschuldigt, ihren Mann heimtückisch getötet zu haben. Der Unglückliche war am 2. August gegen Mitternacht bei einem Brand, den eine umgekippte Kerze verursacht hatte, im Bett zu Tode gekommen.

Ein paar Flaschen Bier und reichlich Schnaps hatten dafür gesorgt, dass er fest schlief und nicht rechtzeitig erwachte, bevor die giftigen Rauchgase sein Leben auslöschten. Es hätte ein Unglücksfall sein können. Doch ein Nachbar inspizierte nachts die Straße mit dem Fernglas, weil im Viertel immer so allerlei passierte, und der wollte in der fraglichen Nacht gesehen haben, wie die Ehefrau Doris eilig die eheliche Wohnung verließ.

All dies erfuhr Björn von einem Staatsanwalt mit rundem, rosigem Gesicht. Auf der Stirn des untersetzten Mannes bildeten sich Falten. Der Fall bereitete ihm sichtlich Sorgen. Er seufzte.

»Die Dame bestreitet das. Sie sei nicht in München gewesen, sondern in …«, er blickte in die vor ihm aufgeschlagene Akte, »in Bonn. Sie beruft sich da auf Sie, Herr Kröger.«

»Am 2. August, sagten Sie? Doris …«, der Name ging Björn noch schwer über die Lippen, »Doris und ich lernten uns an dem Tag am Kaiserplatz in Bonn kennen. Dieses Datum werde ich nie vergessen.« Er gestand, wie schnell es beim Anblick der schönen Doris um ihn geschehen war und dass sie noch vor 22 Uhr zusammen im Bett landeten.

»So etwas ist mir noch nie passiert.«

In den Augen des Staatsanwalts leuchtete Verständnis auf. Seine Gesichtszüge glätteten sich. In kumpelhaftem Ton ließ er durchblicken, dass er so was kenne, weil es ihm schon genauso ergangen sei, mehrmals sogar. »Ja, die Weibsbilder!«, lachte er. Er wolle auch nicht verschweigen, dass der Nachbar mit dem Fernglas eine ortsbekannte Schnapsnase sei und die charmante Doris die Quittung einer Autobahntankstelle Nähe Heilbronn vorgelegt habe, die das Datum des Unglückstags trage.

Ach, wunderte sich Björn im Stillen, wie hat sie das geschafft?

»Außerdem hatte sie einen Kassenzettel vom selben Tag vorgelegt«, sagte der Staatsanwalt. Er schaute wieder in die Akte und schlug eine Seite um. »Kaiser-Apotheke in Bonn.«

Klar, dachte Björn, das war mein Mundwasser. Der Bon lag offen in der Küche.

»Da hatten Sie aber Glück, dass dieses Prachtmädel in Bonn gelandet ist«, meinte der Staatsanwalt. »Das war sicher ein hinreißender Abend!«

»Sie blieb zwei Tage.«

»Und das nur, weil sie am Autobahnkreuz falsch gefahren ist! Ist das so schwierig bei Ihnen da oben?«

»Na ja, für Frauen vielleicht.«

Der Staatsanwalt brach in Gelächter aus und schlug sich auf die Oberschenkel. »Ja, was sollte sie noch bei der Freundin in Köln, wenn ihr in Bonn so ein netter Bursche über den Weg läuft?«

Björn nickte. Von der Kölner Freundin hörte er zum ersten Mal.

»Eine Anklage weniger!«, rief der Staatsanwalt fröhlich und warf Björn die Hand zum Abschied entgegen. »Ich bin glücklich über jede Einstellung.«

Offenbar wirkte Björn erstaunt, denn der bayrische Beamte fügte hinzu:

»Bei dem Wetter! Da muss ich segeln gehen!«

Björn hatte ebenso viel Grund zur Freude. Dieses letzte Mal war ein richtig guter Abschluss. Kein schaler Geschmack im Mund, keine Angst im Nacken, sondern das famose Gefühl, nicht nur eine Mörderin, sondern auch einen Staatsanwalt beglückt zu haben. Nachdem er dieses Kunststück zuwege gebracht hatte, trank Björn noch zwei Maß im Hofbräuhaus.

Die Heimfahrt im Zug, die ihm die bayrische Staatskasse bezahlte, führte unter blauem Himmel durch grünes Hügelland, vorbei an Zwiebelkirchtürmen, weißen Häusern mit roten Dächern, Bachläufen und Wiesen mit gflecktem Vieh. Die Welt erschien ihm wie ein buntes Bilderbuch. Er genoss die Fahrt, als handele es sich um eine Urlaubsreise. Warum sollte er es nicht schaffen, dem Spuk ein Ende zu bereiten? Bei dem Wetter!

16. Der Brief

Optimistisch nach vorne schauen hieß nun vor allem: Mit Elena telefonieren, um sie davon in Kenntnis zu setzen, dass er seinen letzten Auftritt hinter sich hatte. Björn versuchte es am Nachmittag, am frühen Abend und am späten. Immer nur die Mailbox. Er sprach darauf, hatte aber auch diesmal wenig Hoffnung, dass sie die Nachricht abhörte.

Enttäuschung und aufkeimender Zorn verdarben ihm auch die nächsten Abende. Jetzt, wo er dabei war, sich zu befreien und sein Leben in Ordnung zu bringen, tat seine Frau so, als sei sie unerreichbar.

Und es sah wirklich nach Befreiung aus. Björn fühlte sich jeden Tag ein bisschen sicherer, fuhr nicht mehr zusammen, wenn sich das Telefon meldete, und ging ganz entspannt um dunkle Ecken. Nach Ablauf einer Woche schien es ihm so, als würden seine Lügendienste nicht mehr verlangt. Vielleicht hatte man ihn beobachtet und seinem selbstbewussten Gang, seiner straffen Haltung und seinem entschlossenen Gesichtsausdruck entnommen, dass es sinnlos wäre, ihn erneut verpflichten zu wollen.

Nur dem Briefkasten näherte sich Björn immer noch mit leichtem Grauen. Er hasste den Moment, wo der Schlüssel sich drehte, das Türchen mit einem Knack aufsprang und die Post ihm entgegen flog und über Glück oder Unglück der nächsten Tage entschied. Doch das einzig Bemerkenswerte, das Björn außer Rechnungen dort vorfand, war eine Karte mit Meeresansicht und einer niederländischen Briefmarke. Elenas Schrift! Den Text las er noch vor der Haustür.

Ich schnuppere mit Gaby Seeluft. Viel Himmel. Reine Luft. Kann es gebrauchen. Gruß, Elena.

Mehr nicht. Kein Wort davon, dass auch sie ihn vermisste! Nicht die kürzeste Nachfrage, wie es ihm gehe. Keinerlei Erklärungen. Amüsierte sich einfach mit Gaby an der Nordsee. Wenn es wirklich Gaby war und nicht Gabriel. Dieser Punkt war noch unerforscht. Das sollte er möglichst auch bleiben. Auf Diskussionen und Aussprachen hatte Björn keine Lust.

Ein paar Tage später, Samstagmittag. Laut Wetter-App 34 Grad im Schatten. Björn hatte das Gefühl von 43 Grad. In dieser Stadt schien es stets heißer zu sein als die Thermometer maßen.

Zeit, nach der Post zu schauen. Björn bewegte sich auf die Haustür zu, langsam, damit ihm nicht schon wieder der Schweiß ausbrach. Als er die Tür aufzog, meinte er, einen Backofen zu öffnen. Das Licht schmerzte in den Augen. Den Arm nach dem Briefkasten auszustrecken, war schon fast zu viel. Er bedauerte, in dieser ausgedörrten Stadt ausharren zu müssen, die niemals eine frische Meeresbrise erreichte. Die halbe Zeitungsbelegschaft war verreist. In der Redaktion trafen Ansichten der schönsten Plätze Europas ein. Eine einzige Karte hatte etwas Tröstliches an sich: *Von Alpen nichts zu sehen, alles in Regenwolken, nasse Grüße, Gisa.*

Heute war Björns Briefkasten fast leer. Nach dem verhassten Knack des aufspringenden Türchens segelte eine einzelne bunte Karte heraus. Schon wieder Strand, Palmen und Himmelsblau, Björn mochte es nicht mehr sehen. *San Juan, Playa.* War Elena in Spanien gelandet? Er drehte die Karte um. Nein, war sie nicht. Mit schulmädchenhaften Schnörkeln versehen, stand nur ein Satz auf der Rückseite: *Vielen Dank für alles!* Darunter leuchtete der verschmierte Abdruck roter Lippen. Ein Rot, das Björn nicht vergessen hatte.

Die Sache schien ewig her zu sein. Übersandte Doris das Dankeschön stellvertretend für den ganzen Alibi-Verein? Auch im Namen der *Chefin?* Es war das erste Mal, dass er für seine Lügendienste einen ausdrücklichen Dank erhielt, für *alles* sogar. Das konnte bedeuten, dass endlich der Schlussstrich gezogen wurde. Schlusskuss. Logisch: Ein und denselben Zeugen konnte man nicht beliebig oft verwenden, er musste früher oder später auffallen.

Mit einem Mal fühlte sich Björn federleicht, als wache er nach erfrischendem Schlaf auf. Die Hitze fand er plötzlich angenehm, man fror wenigstens nicht! Das Licht war so wohltuend hell! In aller Klarheit nahm er wahr, was um ihn herum war. Er sah, dass im Hauseingang haufenweise trockene Blätter lagen und die Blumen im Vorgarten die Köpfe hängen ließen, als hätten sie aufgegeben. Da musste was geschehen! Er griff nach der Gießkanne, die unter dem Küchenfenster stand, und drehte den Außenkran weit auf. Der breite Strahl pladderte fröhlich in den Bauch der Kanne. Kühle Tropfen trafen seine Hände. Über dem Kran bildete sich ein kleiner Regenbogen. Als die Kanne schwer wurde, hatte Björn das Gefühl, es stehe jemand hinter ihm. Er stellte den Wasserstrahl schwächer und drehte sich um.

»Hallo«, sagte der kleine Junge.

»Hallo«, erwiderte Björn.

Er vermied es, zu lächeln oder den üblichen Onkel-Ton anzuschlagen. Dann nämlich gäbe es keine Rettung vor der Frage: *Warum machst du das?* Oder, was noch lästiger wäre: *Darf ich das machen?* Man musste natürlich nett zu Kindern sein. Vor allem wenn sie Freude am Helfen hatten, sollte man so tun, als wäre man beglückt, auch wenn einen das Entsetzen packte. Das hieße, noch zehn Mal die Kanne füllen, damit der Kleine sie ausschütten konnte und seinen Spaß hatte.

»Duhu«, sagte der Junge. Er sah auf seine Zehen, die aus roten Sandalen herausschauten, und ließ sie ein bisschen wackeln.

Man musste Geduld mit Kindern haben. Wahrscheinlich langweilte er sich, weil seine Freunde in die Ferien gefahren waren. Erst jetzt bemerkte Björn, dass der Kleine die Hände auf dem Rücken hielt.

»Was möchtest du denn?«

»Ich hab was für dich.« Der Junge nahm die Arme nach vorne und hielt ihm einen weißen Umschlag entgegen.

Björn drehte den Kran zu und wischte seine Hände an der Hose ab.

»Ein Brief!«

»Ja.«

»Für mich?«

»Ja.«

»Von wem hast du den?«

»War ein Mann.«

»Wie sah er aus?«

»Öh«, sagte das Kind und blickte hinauf zur Dachrinne. »Groß.«

»Und sonst?«

»Hat mir zwei Euro gegeben.«

»Was hat er zu dir gesagt?«

»Ich soll mir ein Eis kaufen!« Der Kleine ließ den Brief fallen und sauste davon.

Recht hast du, dachte Björn, was frage ich so blöde. Ich brauche den Brief nur zu öffnen, um zu erfahren, von wem er stammt.

Er bückte sich. Der Umschlag zeigte vorn und hinten nichts als die grauen Spuren einer Kinderhand. Keinen Adressaten, keinen Absender. Björn entnahm dem Umschlag ein weißes Blatt Papier mit gedrucktem Text. Mit einem Blick erkannte er, dass der Schlussstrich eine Illusion war.

Sie laden Ihre Tante heute zu einem besonderen Abendspaziergang ein und holen sie um 22 Uhr mit dem Auto ab. Sagen Sie ihr, Sie müssten ihr was Schönes zeigen, die Aussicht auf das nächtliche Bonn und auch Glühwürmchen. Sie fahren mit ihr auf den Kreuzberg, parken unter den Bäumen und schauen mit ihr auf die Lichter der Stadt. Dann gehen Sie mit ihr an der Kirche vorbei und am Schild ›Kapellenstraße‹ den Hohlweg hinunter bis zum Kloster Maria Hilf, das kennen Sie sicher. Sollten Sie Ihre Tante warnen, kostet Sie das Kopf und Kragen. Ebenso die Mitteilung an eine dritte Person. Bei korrekter Erledigung Ihres Auftrags passiert Ihnen nichts.

Nicht der kleinste Hinweis auf die Urheberschaft. Selbstverständlich nicht.

Björn erschauerte und sank auf die Stufe vor der Haustür. Unter seinem Hosenboden knisterte das trockene Laub. Der Hohlweg und das Kloster befanden sich nur wenige Minuten von hier entfernt. In dem Gebäude aus dem 19. Jahrhundert hatten die Nazis nach der Vertreibung der Benediktinerinnen 474 jüdische Bürger kaserniert, die später in Vernichtungslager gebracht wurden. Zum Kloster Maria Hilf gehörte auch die Marter- oder Mordkapelle, die vor fast dreihundert Jahren zum Gedenken an die Ermordung der Stadtpatrone Cassius und Florentius und ihrer Glaubensbrüder als Wallfahrtskapelle erbaut worden war. Nach der Überlieferung starben die neun christlichen römischen Soldaten im 3. Jahrhundert an dieser Stelle, die man später *Mordkaule* nannte. Und das war nicht alles in dieser Gegend am Fuß des Kreuzbergs: Im unteren Teil des Hohlwegs stand das hölzerne Gedenkkreuz für die Oberin der St. Paulus-Heilanstalt, Ordensschwester Amata, die dort in den Nachkriegswirren im August 1945 von Gewehrkugeln aus einem Hinterhalt getötet wurde.

Das Papier zitterte auf Björns Knien. Wer auch immer diesen Text verfasst hatte, schien zu wissen, dass Björn die finstere Geschichte des Ortes kannte. Was nicht auf jeden zutraf, der hier wohnte. Björn hatte die Details vor Jahren auf einer Feier in der Redaktion erfahren – aber vom wem? Wer war noch dabei gewesen? Fast alle aus der Lokalredaktion und den anderen Redaktionen seiner Zeitung. Konnte jemand von denen mit der Alibi-Mafia zusammenhängen? Das wäre ja furchtbar! Sein Wissen hatte Björn allerdings auch weitergegeben – an ein Ehepaar aus der Nachbarschaft und in einem größeren Kreis auf einer Vernissage.

Er las das Schreiben ein zweites Mal. Was war das für ein teuflischer Plan? Wozu wollten sie ihn missbrauchen? *Sollten Sie Ihre Tante warnen, kostet Sie das Kopf und Kragen.* Warum jetzt diese harte Gangart? Was hatten sie vor, wenn er sich weigerte? Da hätte er lieber noch das eine oder andere Gericht belogen! Das stand aber nicht zur Debatte. Man erwartete, dass er mit Marie einen dunklen und einsamen Weg beschritt – der Mensch, der dem Kind den Brief gegeben hatte, die Männer, die er gesehen hatte, der Besitzer der Telefonstimme, *die Chefin* und vermutlich noch ein paar üble Typen mehr. Es konnten drei sein oder dreihundert.

Bruchstücke aus Thrillern stiegen in ihm hoch, Erinnerungen an Meldungen über organisierte Kriminalität. Die halbe Stadt konnte in der Hand von Verbrechern sein, ohne dass normale Leute es merkten. Jeder konnte sich verstellen, ohne dass es jemandem auffiel. Wer wusste das besser als er selbst? Und war er echten Mördern nicht schon unglaublich nahe gekommen? Alfred war ein Mörder. Udo Knecht war ein Mörder. Doris D. war eine Mörderin. Nur Alfonso war als Räuber geradezu ein Musterknabe. Die anderen drei hatten sich lästiger Mitmenschen gezielt entledigt und konnten es wieder tun. Oder besaßen Kumpels, die es noch besser konnten.

Was hatten sie mit Marie vor? Entführung? Mord? Unglaubliches war in greifbare Nähe gerückt. Die Organisation konnte riesige Ausmaße haben. Vielleicht bedeutete jene Pressemeldung von letzter Woche – *Im Kittchen sind noch Zimmer frei, deutsche Justizvollzugsanstalten leerer geworden* – nichts anderes, als dass der Verein im großen Stil arbeitete und Hunderte von Verbrechern vor dem Knast bewahrte. Zu dem Erfolgsrezept gehörte sicher auch die Beseitigung von Personen, die entweder Probleme machten oder störende Mitwisser waren, die man nicht mehr brauchte. In Maries Fall konnte es später so aussehen, als gäbe es nur einen, der als Täter in Betracht kam: Björn Kröger, der Lügen-Journalist, der nicht mal vor dem Schlimmsten zurückschreckte.

Und der es nicht über sich brachte, mit diesem Schreiben sofort zur Polizei zu gehen.

Oder sah er alles zu schwarz? Hielt ihn jemand zum Narren und sah das Ganze als Riesenspaß an? Handelte es sich um einen Scherz des Chefredakteurs, der seine nervliche Belastbarkeit testete? Oder um eine Aktion der ganzen Redaktion zur Stärkung des Teamgeists? War das der Grund, warum Müller in letzter Zeit so oft grinste, Gisa und Frau Brause fürsorglicher waren und Hilde ihn mehr wahrzunehmen schien als früher? Oder war die Sache eine Inszenierung von Lars und seinen Freunden, um ihm vor Augen zu führen, was es bedeutete, ins Abseits zu geraten? Es konnte auch eine Fernsehshow dahinterstecken, in der man seine Fähigkeit herausforderte, in schwieriger Lage das Richtige zu tun! Und vor den Bildschirmen würden sich heute Abend Zigtausende kaputt lachen über sein dummes Gesicht auf dem Weg zur Mord-kaule.

Einerseits glaubte Björn fest, dass die Lage todernst war, andererseits kam ihm das völlig abwegig vor. So etwas gab es in Sizilien, Moskau oder New York, aber doch nicht in Deutschland, nicht in dieser sympathischen Stadt mit dem Kussmund im Logo, den ehrbaren Kirchtürmen, der angesehenen Universität, dem UN-Campus am verlässlichen breiten Strom. Nicht hier, wo Leute wie Elena, Hilde, Hella, Brause und Weber gewissenhaft ihrer Arbeit nachgingen, wo Gisa und Max ihre Kinder groß zogen, der alte Schmitz seine Beete pflegte, Wilhelm seine Kaugummis mampfte, Müller sich durch Waldlauf fit hielt, und der Chef seinen geliebten Beagle ausführte.

Müller würde vermutlich grölen vor Lachen, falls Björn sich trauen würde, den Kollegen den Brief zu zeigen. *Was würdet ihr tun?*, wäre immerhin eine Frage, die er gefahrlos stellen konnte, ohne die Vorgeschichte zu verraten. Der Chef böte ihm den Beagle als Schutzhund an, Max würde ihm zur Selbstverteidigung seinen Baseballschläger leihen, Frau Brause ihr reißfestes Gymnastikband zur Verfügung stellen, und Hilde Greul würde es nicht interessieren, bevor nicht irgendwas passiert war.

Björn bekam bei 34 Grad im Schatten eine Gänsehaut. Das war's ja eben: Etwas würde passieren.

17. Der Weg zur Mordkaule

Am Nachmittag machte die Gluthitze jede Bewegung mühselig. Die Straße glich einem heißen Backblech; der Himmel darüber war weiß. Unmöglich, vor die Tür zu gehen. Björn wünschte sich den Dauerregen herbei, der Gisa den Urlaub verdorben hatte, nur stärker, viel stärker, tagelangen grauen, kühlen Regen, der den Berg seiner Probleme fortschwemmte, so dass darunter der echte Björn Kröger zum Vorschein kam, der mit der eleganten Haltung und dem freien Kopf, dem alles gelang, ein lässiger Könner in seinem Fach.

Stattdessen hatte er die volle Gießkanne vor dem Haus stehen lassen, lag im schweißnassen Hemd auf dem Sofa, bekam schwer Luft und konnte sich nicht einmal aufraffen, ein Bier aus dem Keller zu holen. Er dachte nach und dachte nach, im Kreis herum, und im Zickzack, vor und zurück, hin und her und in Schlangenlinien, bis kein Muster mehr erkennbar war. Zwischendurch versuchte er mehrmals, Elena anzurufen, auch das ohne Erfolg.

Am späten Nachmittag schreckte ihn das Telefon aus einem kurzen Schlaf auf. Elena! Er reckte sich danach, hatte die Augen noch nicht richtig offen und drückte da, wo die grüne Taste sein musste. Er vernahm die Stimme und setzte sich auf.

»Hallo, Nora.«

Seine Schwiegermutter aus Münster. Sie müsse doch mal hören, sagte sie, ob man sie nun gänzlich vergessen habe und ob es irgendwas Neues gebe. Elena habe sich so lange nicht gemeldet. Nora sprach ohne besonderen Unterton, ganz normal, wie sie immer sprach, ein bisschen spitz und vorwurfsvoll, aber offenbar bemüht, nicht so zu klingen, als fühle sie sich vernachlässigt.

»Elena ist shoppen, Nora.«

»Einkaufen? Bei der Hitze?«, rief Elenas Mutter. »Was für ein Wahnsinn! Du hättest sie davon abhalten müssen, Björn. Warum hast du das nicht getan? Jeder Mann hätte das getan! Weißt du nicht, was dabei herauskommt, wenn man in der Hitze herumläuft? Elena hat einen labilen Kreislauf, den hat sie von mir. Was machst du, wenn die Polizei plötzlich anruft, weil sie auf offener Straße zusammengebrochen ist?«

Wenn Nora wüsste, dass Elenas Aufenthaltsort ihm völlig unbekannt war und die Polizei eher aus ganz anderen Gründen bei ihm anriefe …

»Wieso hat Elena ihre Einkäufe nicht auf nächste Woche verschoben? Jeder rät momentan dazu, sich absolut ruhig zu halten, da kannst du fragen, wen du willst, meine Nachbarinnen, meine Fußpflegerin und natürlich meinen Arzt.«

»Sie brauchte irgendwas.«

»Aber was denn? Sie hat doch alles! Ist es was Dringendes? So unvernünftig kenne ich sie gar nicht! Oder musste sie zum Friseur?«

Während seine Schwiegermutter sich bei weiteren Mutmaßungen austobte, drifteten Björns Gedanken ab und begaben sich auf den Weg zur nächsten Polizeistation. Mal wollte er sofort alles melden und den Brief vorlegen, dann wieder versteifte er sich darauf, dass es ausgeschlossen war, und sah sich umkehren. Wenn er wirklich seinen Ruf und seine Karriere aufs Spiel setzten wollte, bedurfte es sorgfältiger Überlegungen.

»Du bist immer so wortkarg«, nörgelte Nora. »Ich rufe später noch mal an. Wir müssen über meinen Umzug nach Bonn sprechen. Habt ihr euch auf dem Wohnungsmarkt umgeschaut? Ihr wolltet mir Bescheid sagen, wenn ihr etwas Geeignetes an der Hand habt. Denkt daran, ich brauche ein Wohnzimmer mit Südbalkon, und das Bad muss gelb gefliest sein.«

Auweia, das hatte er völlig vergessen, und Elena womöglich auch. Vielleicht sollte er behaupten, zurzeit sei es hoffnungslos, es gäbe nur elende Löcher mit Nordbalkon und dunkelbraunen Fliesen. Nicht nötig – seine Schwiegermutter hatte bereits aufgelegt.

Björn stand auf, um sich ein Glas Wasser zu holen. Er war noch keine drei Schritte weit, da ertönte das Telefon aufs Neue. Das musste jetzt Elena sein, endlich reagierte sie auf seine Anrufe.

»Guten Abend.« Die Stimme aus der Röhre. »Wir erinnern Sie daran, dass Sie um 22 Uhr …«

Der Schreck fuhr ihm wie ein Messer in den Unterleib, sein Finger stieß auf die rote Taste, seine Augen füllten sich mit Tränen. Als hätte er soeben erfahren, dass sein Leben um 22 Uhr zu Ende ginge. Wehmütig dachte er an seine Abiturfeier, seine Hochzeit, sein Examen. An den letzten Silvesterabend, wo er und Elena einander ein glückliches und erfolgreiches Neues Jahr gewünscht hatten. Dort müsste man noch mal anfangen und das inzwischen Geschehene auslöschen können.

Er tippte zwei Zahlen, damit ihn übers Festnetz kein Anruf mehr erreichte. Elena konnte seine Handynummer wählen.

Am Abend lag Björn immer noch grübelnd auf dem Sofa. Er wartete darauf, dass die richtige Entscheidung wie eine reife Frucht aus seinem Kopf fiele. Der aber schien aus morschem Holz zu bestehen, unfähig, etwas anderes hervorzubringen als nutzlose Splitter.

Um Björn herum wurde es allmählich dunkel. In seine Ratlosigkeit drang wie eine Fanfare das alte Lied, dessen Titel ihm entfallen war, die Melodie seines Handys.

Elena! So spät rief nur Elena an.

Björn fand das Handy nicht. Es steckte nicht in der Hosentasche, lag nicht auf dem Teppich, nicht unter der Zeitung oder den Kissen. Er rollte sich vom Sofa und tastete mit der Hand über den Boden darunter, erwischte Staubmäuse, eine schwarze Bananenschale und Krümel von Brot und Keksen. Ganz hinten an der Fußleiste lag das Handy. *Unbekannte Nummer.* Nicht Elena. Aber es konnte Gaby sein, die ihm mitteilen wollte, dass Elena sich nicht überwinden konnte, selbst anzurufen. Björn blies den Staub ab und nahm das Gespräch an.

»Es ist 21 Uhr, 40 Minuten und fünf Sekunden. Rufen Sie jetzt Ihre Tante an, damit sie nicht zu Bett geht. Machen Sie ihr den Sommerabend schmackhaft. Fahren Sie sofort los. Wenn Sie alles korrekt erledigen, passiert Ihnen nichts.«

Die Stimme aus der Röhre. Es war nicht so schwer, an seine Mobilnummer zu gelangen, sie stand auf seiner Visitenkarte, die er in den letzten Monaten sicher rund hundert Leuten überreicht hatte.

Björn lehnte sich gegen das Sofa, müde und mutlos. Er musste etwas tun, er musste sich entscheiden. Auf dem Boden sitzen zu bleiben, war die schlechteste aller Möglichkeiten.

Mit einem Mal kam es ihm kühl im Zimmer vor. Geradezu kalt. Er fror in seinen nassgeschwitzten Sachen. Das Display des Handys zeigte 21:52. Er hatte hier nur gesessen und blöde vor sich hingestarrt, und plötzlich waren zwölf Minuten um. *Fahren Sie sofort los.*

Björn gab sich einen Ruck und tippte auf die Nummer seiner Tante. Als an seinem Ohr ein Freizeichen nach dem anderen ertönte, fühlte er Ruhe in sich einkehren. Offenbar war seine Tante nicht zu Hause. In einer schönen Sommernacht das Selbstverständlichste von der Welt, das hätte sich Röhrenstimme auch denken können. Marie genoss den Samstagabend mit ihren Kirchenfreunden unterm Sternenhimmel bei einem Glas Bowle oder Wein und war in Sicherheit.

Sekunden später wurde ihm klar, dass alles ganz anders sein konnte. Die Schurken waren ihm zuvor gekommen! Natürlich hatten sie gemerkt, dass er ein unsicherer Mitarbeiter war, und hatten seine Tante kurzerhand selbst abgeholt. Die Herren vom Garagenhof und vom städtischen Beet, der Weißhaarige mit der Leichentasche. Sie alle wirkten höchst vertrauenswürdig. Marie war gewiss mit ihnen gegangen, wenn sie behauptet hatten, dass ihr lieber Neffe sie am Kreuzberg erwarte, um ihr Glühwürmchen zu zeigen. Wenn man Marie umbrachte oder verschleppte, traf Björn nun wirklich Schuld daran. Er hätte sie warnen können. Warum, verdammt noch mal, hatte er das nicht rechtzeitig getan?

Björn raste die Treppe hinauf, riss die quietschende Schranktür auf, zerrte ein frisches Hemd vom Bügel, knöpfte es falsch, öffnete es, knöpfte es wieder falsch, stopfte es in die Hose und stürzte zum Auto. In hohem Tempo schlingerte er um die Ecken und bremste scharf vor der Ampel am Poppelsdorfer Platz, die so lange rot blieb, dass er glaubte, sie sei kaputt. Als es endlich weiterging, tauchte vor ihm ein Pferdewagen mit halb betrunkenen jungen Leuten auf. Das Gespann zuckelte gemächlich vor ihm her und war wegen des Gegenverkehrs nicht zu überholen.

Die Anzeige der Autouhr war auf 22 Uhr 15 vorgerückt, als Björn den Jaguar schließlich im Venusbergweg abstellte. Er sprang aus dem Wagen, rannte zum Fußgängerweg am Weiher und prallte beinah gegen Herrn Schmitz, der aus dem Dunkel in den Schein der Laterne trat.

»Donnerkeil!«

»Verzeihung.«

»Was ist los, Herr Neffe?«

Björn durchquerte Maries Vorgarten. An den Fenstern waren die Rollläden heruntergelassen. Er lief die Stufen zur Tür hinauf und drückte den Klingelknopf.

Der Nachbar folgte ihm. »Was sind Sie so hektisch? Sie vertreiben mir noch die Katze!«

Björn klingelte ein zweites Mal.

»Das können Sie lassen«, erklärte Schmitz. Er neigte den Oberkörper und spähte unter einen Busch am Zaun. In der Hand hielt er einen Teller, auf dem eine Rostbratwurst glänzte. »Ihre Tante ist nicht da.«

»Seit wann?«

»Ihre Augen müssten im Dunkeln leuchten. Lecker Würstchen, Mieze!«

»Haben Sie gesehen, dass meine Tante fortging?«

»Nun, gewissermaßen schon.«

»Mensch, kommen Sie zur Sache! Es geht um Leben und Tod!«

»Aha.« Schmitz richtete sich auf und schnaufte. »Habe ich Sie nicht beizeiten vor den Männern gewarnt? Es hat Sie ja nie interessiert.«

»Die Männer waren hier? Dieselben wie neulich?«

»Da fragen Sie mich was.« Er kratzte sich mit der freien Hand am Ohr. »Ich nehme es an.«

»Ist sie mit denen weggegangen?«

»Ich hab es nur vom Küchenfenster aus gesehen. War gerade damit beschäftigt, die Reste vom Grillen wegzuräumen. Die Grillsaucen, wir hatten diesmal fünf verschiedene, dazu Gürkchen und Perlzwiebeln, dann die restlichen Kartöffelchen.«

»Die Männer! Was war mit denen?«

»Der eine hat sie am Arm geführt, der andere hat eine Tasche getragen.«

»Waren sie zu zweit?«

»Zu dritt.«

»Was hat der Dritte gemacht?«

»Der saß im Auto. Am Steuer. Hatte hier im Weg geparkt, von der Poppelsdorfer Allee kommend. Fragen Sie mich jetzt nicht nach dem Autokennzeichen.«

»In welche Richtung sind sie gefahren?«

»Zurück in die Allee, mehr konnte ich nicht sehen.«

»Wann war das?« fragte Björn.

»Vor zehn Minuten. Oder vor zwanzig. Ich schau nicht ständig auf die Uhr. Mir war im Kühlschrank ein halber Becher Sahne umgekippt, was glauben Sie, was ich da zu tun …«

»Wie sahen die Männer aus?«

»Kurzärmelige Hemden. Einer hatte weiße Haare. Kann auch hellblond gewesen sein.«

»Und das Auto? Marke? Farbe?«

»Dunkel.«

»Haben Sie nicht mehr gesehen?«

»Bei der Beleuchtung?« Der Nachbar deutete auf den Lichtkegel der Laterne, die wie eine alte Gaslampe aussah, und schüttelte den Kopf. Er wandte sich halb um und blickte wieder in die andere Richtung.

»Ah!« Sein Gesicht erstrahlte. »Schauen Sie, wer dort kommt!«

Björn fuhr herum, den Auftakt eines freudigen Aufschreis in der Kehle. Auf dem Fußweg näherte sich eine äußerst kleine Person, elegant gestreift, mit weißen Füßen und zarter Stimme.

»Miau …«

Fassungslos, dass er Marie nur um Minuten verpasst hatte, rannte Björn zu seinem Wagen zurück. Vielleicht war es sinnlos, gerade dort nachzuschauen, wo er mit ihr spazieren gehen sollte, andererseits trieb es ihn mit aller Macht dorthin – womöglich war diese Gegend ganz bewusst in Kenntnis ihrer schaurigen Vergangenheit ausgewählt, um auch Marie den Tod zu bringen!

Zum Glück herrschte wenig Verkehr. Björn gelangte rasch auf den Ippendorfer Höhenrücken und bog rechter Hand in die Straße ein, die zu der angestrahlten Kreuzbergkirche führte. Auf dem Parkplatz gegenüber dem barocken Vorbau der Heiligen Stiege hielt er an. Unter den Bäumen standen zwei weitere Fahrzeuge, die Angehörigen des Sprach-Instituts gehören mochten, das in der Kirchenanlage untergebracht war.

Björn stieg aus. Still war es auf dem alten Wallfahrtsberg – wenn man von den entfernten Motorgeräuschen, die vereinzelt von der Ippendorfer Allee heraufdrangen, absah. Er schien hier ganz allein zu sein, rund hundert Meter über der aus Tausenden von Lichtern glitzernden Stadt und vielleicht nur wenige Schritte von etwas Furchtbarem entfernt.

Zu Fuß näherte sich Björn dem Schild *Kapellenstraße*. Von einer Straße konnte hier indessen keine Rede sein, es war ein asphaltierter Weg, der an hohen Bäumen vorbei ziemlich steil bergab führte und unbeleuchtet war. Nach einigen Metern war Björn zumute, als blicke er in einen schwarzen Topf. Seine Füße fühlten den harten Belag des Weges, von dem seine Augen kaum noch etwas wahrnahmen. Sein Handy besaß keine Taschenlampenfunktion und war so gut wie leer.

Es kam Björn sehr spät vor. Außer ihm schien kein Mensch unterwegs, und von der Wärme des Tages war hier nichts mehr zu spüren. Die dicht und wild bewachsenen Böschungen, die sich links und rechts erhoben, sorgten für besondere Kühle.

Wonach sollte er suchen? Erwartete er, am Wegesrand auf den Körper seiner Tante zu stoßen? Oder Zeuge eines Kampfes zu werden, um fast blind, aber heldenhaft einzugreifen? Marie konnte längst an einen fernen Ort verschleppt sein.

Je weiter Björn dem Weg hinab folgte, desto düsterer wurde es um ihn herum. Von dem fahlen Halbmond, den er zuvor am östlichen Himmel gesehen hatte, war nichts mehr zu ahnen. Auch die Lichter der Stadt waren nicht zu sehen. Im Westen grollten ferne Donner, als ziehe ein Unwetter heran. Von unten meinte er das Rauschen der Autobahn zu hören. Oberhalb der rechten Böschung musste der Poppelsdorfer Friedhof liegen. Björn blickte zur linken Seite hinauf und erschrak.

Dort oben regte sich etwas. Er blieb stehen. Hielt den Atem an. Es knackte leise. Als ob jemand vorsichtig aufträte.

Zwischen wuchernden Ranken glaubte Björn etwas Helles zu erkennen. Gleich schöbe sich da ein Gewehrlauf hindurch. In seinem weißen Hemd bot Björn ein leichtes Ziel. War er denn wahnsinnig, hier allein aufzukreuzen? In seiner Situation? Hätte er wenigstens den alten Nachbarn mitgenommen, der sicher an eine Taschenlampe gedacht hätte! Sollte er umkehren? Weitergehen? Wegrennen?

Das Knacken oberhalb der Böschung wiederholte sich. Björn brach der Schweiß aus. Sein Knie zitterte. Verbargen sich dort zwei Personen? Zwei Gewehrläufe, damit er keinesfalls entkam? Er stand wie gelähmt, konnte sich nicht rühren. Was bedeuteten die rupfenden Laute? Was bereiteten sie vor?

Sekunden später wusste er, was los war. Ein meckerndes Mäh und ein tieferes Möh machten dem Spuk ein Ende. Schafe. Dort oben musste eine Wiese sein.

Björn atmete tief durch. Er ging weiter und beschleunigte seinen Schritt. Nun erkannte er am rechten Wegesrand das rautenförmig umrahmte Kreuz für die tote Schwester Amata. Auf dem

Sockel schimmerten ein paar Kronkorken, als hätten sich hier Leute zum Biertrinken getroffen. Er blieb noch einmal stehen. Hielt wieder den Atem an. Lauschte.

Hinter ihm war etwas. Und es war kein Schaf.

Dünnes Pfeifen, Schürfen, schwaches Quietschen, jetzt sehr nah. Björn schwang herum.

Die Finsternis gab ein Wesen von sich. Mit glänzendem Schädel und glatter Körperhaut. Statt Augen glimmende Flächen. Ein Rieseninsekt aus einem Horrorfilm, ein Fabelwesen der Zukunft, das ihm einen undeutlichen Fluch entgegenzischelte.

Ein Radfahrer ohne Licht! Björn lachte auf und wollte *guten Abend* rufen. Doch irgendwas hielt ihn zurück. Mit dem Geruch von Sportlerschweiß war etwas anderes vermischt. Ein Duft, der ihm bekannt vorkam. Eine Erinnerung in der Nase. Oder auf der Zunge. Pfefferminz? Kaugummi? Er war sich nicht sicher.

»Wilhelm?«, rief Björn. »Sind Sie das?« Nichts wäre in seiner Lage schöner, als einen Menschen zu treffen, den er kannte. »Sie radeln sogar nachts! Ohne … «

Ohne Licht ist es gefährlich, wollte er sagen. Doch der Radfahrer richtete sich in den Pedalen auf, es knackte an den Speichen, und schon nahm die Dunkelheit ihn wieder auf. Die Gestalt konnte ebenso gut Batman wie Wilhelm gewesen sein.

Björn näherte sich dem Lichtschein einer Laterne, die das Ende des Weges markierte und die Kurve einer Straße erhellte. Die Mordkaule. Kurz darauf erblickte er die Klostermauer, die sich an der gegenüberliegenden Ecke erhob. Weiter links, hinter einem Bildstock, im Schatten von Nadelbäumen, sprang laut und scharf der Motor eines Autos an. Das Geräusch wurde rasch schwächer. War nur noch ein Brummen in der Ferne.

Waren sie das? Die Leute der Alibi-Mafia? Wer sonst stand nachts mit dem Auto hier herum? Björn hatte den Eindruck, als sei der Wagen gestartet, kurz nachdem der Radfahrer die Straße erreicht hatte. Fühlten sie sich entdeckt? Der Sportler war doch sicherlich flott vorbei geradelt, ohne sie zu beachten! Oder gehörte er zu ihnen? Warum waren sie überhaupt dort, wenn sie Marie schon geholt hatten?

Oh, Mann, es konnte ganz anders sein. Womöglich war Marie nicht in dem davongefahrenen Wagen. Vielleicht hatte man sie hier irgendwo … Björn wagte kaum, es zu Ende zu denken: Die mit struppigem Gesträuch bedeckten Hänge des Hohlwegs waren geeignet, eine Leiche zu verbergen.

Er kehrte um, ging den düsteren Weg zurück und ließ seinen Blick die Böschungen hinauf und hinab gleiten. Außer dem Gewirr der Blätter und Zweige konnte er wenig erkennen. Weiter oben verschwand alles in undurchdringlicher Schwärze.

Ein gutes Stück hinter Amatas Kreuz kam es ihm so vor, als sei das Gestrüpp auf der rechten Seite stellenweise niedergedrückt. Möglich, dass hier jemand den Hang erklommen hatte. Björn versuchte, der undeutlichen Spur zu folgen.

An den Schnürsenkeln seiner Turnschuhe hakten sich Dornen fest, Ranken brachten ihn fast zum Straucheln. Er war schon nahe daran umzukehren, als ein Lichtstreifen auf den oberen Teil der Böschung fiel und sich verbreitete. Zwischen den Bäumen über ihm schälte sich die Mondhälfte aus den Wolken und warf Silberglanz auf einen gewölbten länglichen Brocken. Björn erschrak. Die richtige Form, die richtige Größe …

Efeutriebe und Brombeerranken lagen wie Fesseln um seine Knöchel. Er befreite sich davon und stieg vorsichtig höher. Hier oben roch es nach etwas Fauligem. Altes Laub? Abfall? Aas? Schaudernd erreichte Björn das voluminöse Ding, das ein Baum vor dem Hinabrollen bewahrte, hielt sich am Stamm fest und versuchte, mit den Füßen einen festeren Stand zu erhalten. Als ihm das gelungen war, berührte er mit den Spitzen zweier Finger die glatte Haut des Brockens. Seine Hand zuckte zurück. Ein Plastiksack. Mit etwas Weichem drin.

Björn atmete tief durch. Dann zwang er sich, den Sack mit allen zehn Fingern zu befühlen Er lachte heiser auf. Schaumgummiwürfel! Die Füllung eines Sitzsackes oder mehrerer großer Kissen.

Eine miese Art der Abfallentsorgung. Auch mal ein Thema für die Redaktion, Max könnte sich darum kümmern.

Langsam stieg Björn wieder hinunter zum Weg. An seinen Schuhen hingen Blätter und Rispen, an den Sohlen klebten Beeren und Erde, durch seine Socke piekste ein Dorn. Der Mond war verschwunden. Und natürlich nirgendwo ein Glühwürmchen.

Warum mache ich mich so fertig, dachte Björn, während er den Weg hinauf zum Parkplatz eilte, es muss überhaupt nichts passiert sein. Die Verbrecher haben festgestellt, dass Björn Kröger nicht mitspielt, und ihren Plan fallen gelassen. Mit Marie kann alles in schönster Ordnung sein.

Als er in seinem Wagen saß, fuhr er, so schnell wie Ampeln und Tempolimit es zuließen, zurück zum Poppelsdorfer Weiher. Bei Schmitz im Nachbarhaus brannte noch Licht im ersten Stock, aber Maries Haus wirkte ebenso dunkel und still wie zuvor. Nichts war verändert.

Björn klingelte zweimal. Alles blieb ruhig.

Das muss nichts bedeuten, sagte er sich. Die Männer, die Schmitz gesehen hatte, konnten Maries Freunde sein. Aber warum waren sie nachts gegen zehn gekommen? Bei Jugendlichen wäre das normal, aber Leute über sechzig trafen sich um sieben, spätestens um acht. Oder konnten auch Menschen dieses Alters zu vorgerückter Stunde mal spontan sein? Im Sommer waren alle ein wenig lockerer. Der schöne Abend, vielleicht der letzte warme im Jahr, die milde Luft, man hatte noch Grillgut in der Tiefkühltruhe und passenden Wein im Keller. Marie bliebe bis weit nach Mitternacht oder würde bei einem der Freunde übernachten. Morgen früh wäre sie wieder da, um ihre Blumen zu gießen und die Stufen vor der Haustür zu kehren. Das war noch immer das Wahrscheinlichste.

18. Dumpfe Stimme

In der Nacht wurde Björn häufig wach und wälzte sich im Bett von einer Seite auf die andere. Ab fünf schlief er nicht mehr ein, und ab sechs trank er sich mit heißem Kaffee wach. Er duschte ausgiebig und sah immer wieder auf die Uhr. Auch eine Frühaufsteherin rief man sonntags nicht vor acht Uhr an.

Björn war zu dem Schluss gekommen, dass seine Tante zu den Menschen gehörte, die Wert darauf legen, die Nacht im eigenen Bett zu verbringen und am Morgen das eigene Badezimmer zu benutzen. Wenn alles mit ihr in Ordnung war, musste sie zu Hause sein.

Kurz vor acht wählte er ihre Nummer. Er zählte die Freizeichen. Drei. Vier. Fünf. Ältere Leute brauchen länger bis zum Telefon, sagte er sich. Sechs. Sieben. Acht. Neun. Wahrscheinlich war Marie im Bad. In der Wanne, unter der Dusche, auf der Toilette. Er legte auf.

Um viertel nach acht probierte er es noch einmal. Fünf. Sechs. Sieben. Wenn sie sich mit dem Fön die Haare trocknete, konnte sie das Telefon nicht hören. Kurz nach halb neun meldete sie sich immer noch nicht. Möglicherweise war sie im Keller bei der Waschmaschine. Um fünf vor neun: wieder nichts. Sie holte vielleicht Brötchen vom Bäcker. Und ein Handy besaß sie nicht und mochte sie nicht besitzen, wie sie ihm erklärt hatte, so was Technisches sei ihr zuwider.

Nach einem weiteren Versuch redete er sich ein, dass sie wohl doch bei einem der Freunde übernachtet hatte. Der Nachbar hatte von einer Tasche gesprochen – na, bitte, Nachthemd, Waschzeug und frische Kleidung waren also dabei. Heute Morgen hatte Marie mit den Freunden gefrühstückt und war von dort aus direkt zur Kirche gegangen. Musste es nicht so sein? Es half nichts – Björn glaubte es nicht. Er nahm seine Schlüssel und ging zum Auto.

Als er im Venusbergweg ausstieg, vernahm er das Geläut der nahen Lutherkirche, das von der Reuterstraße herüberklang. In der Innenstadt stimmten andere Glocken ein, vielleicht die der Kreuzkirche oder des Münsters. Längs des Weihers schlenderten zwei Spaziergänger mit Sonnenbrillen, blieben am Geländer stehen und schienen sich nur für das Entenpaar auf dem Wasser zu interessieren. Friedliches, trügerisches Bonn … Das Gefühl, dass in jeder harmlos aussehenden Person ein Alibi-Mafioso stecken konnte, wurde Björn einfach nicht los.

Am Zaun von Maries Vorgarten leuchtete ein weiß und blau gestreiftes Hemd in der Morgensonne. Der Nachbar im Sonntagsoutfit.

»Die Rollläden sind noch unten!«, rief er Björn entgegen. »Ich hab schon geklingelt. Sie ist nicht da. Haben Sie Nachricht von ihr?«

»Ich weiß nicht, ob ich was tun muss«, sagte Björn gedämpft und schielte zu den Spaziergängern, die gerade Handy-Fotos machten.

»Sie hätten vorher etwas tun müssen, Herr Neffe!«

Björn schüttelte den Kopf. Undenkbar, dem Mann jetzt Recht zu geben. Der war fähig, ihm alle Geheimnisse aus der Nase zu ziehen.

»Wo, bitte schön, soll Ihre Tante sein?«

»Sie kann mit Freunden eine Wochenendfahrt unternehmen«, erwiderte Björn.

»In dem Alter hat man keine plötzlichen Launen. Schon gar nicht mitten in der Nacht. Wenn man wegfährt, gibt man den Nachbarn Bescheid. Man bittet sie, auf Einbrecher zu achten und die Blumen zu gießen.«

»Sie haben gestern von einer Tasche gesprochen.«

Der Nachbar winkte ab. »Geben Sie nichts drauf. Es kann ebenso gut ein Akten- oder Geigenkoffer gewesen sein, was weiß ich. Hatte ein paar Schnäpschen zur Verdauung intus und ein Fläschchen Rotwein nur für mich allein. Meine Frau trinkt lieber Likör.«

»Wahrscheinlich hat alles einen ganz harmlosen Grund«, sagte Björn, inzwischen weit davon entfernt, Derartiges zu glauben.

»Sie wollten es ja nicht hören, aber als ich Ihre Tante zuletzt mit den Männern auf der Terrasse bemerkte, da hat sie«, Schmitz richtete einen durchdringenden Blick auf Björn, »einmal gellend ›Nein!‹ geschrien. Jetzt können Sie sich mal fragen, ob es richtig ist, immer den Kopf in den Sand zu stecken.«

Björn seufzte, kaum noch in der Lage, falsch und richtig zu unterscheiden. Immerhin entfernten sich die Spaziergänger.

»Ich gehe da jetzt hinein«, sagte Herr Schmitz und zog einen Schlüssel aus der Hosentasche. »Sie können mich begleiten. Aber verlieren Sie nicht die Nerven.«

»Warum sollte ich?«, fragte Björn gereizt.

»Meine Frau und ich schlafen nachts mit Ohrenstöpseln, wegen der Vögel und ihres Heidenspektakels am frühen Morgen. Wenn wir die Dinger drin haben, können Sie Kanonen abschießen – wir hören nichts.«

»Was wollen Sie damit sagen?«

»Wäre doch möglich, dass man Ihre Tante zurückgebracht hat. Es kommt schon mal vor, dass ein Nachbar über eine Leiche stolpert.«

Die Haustür ließ sich nicht öffnen.

»Seit dem Tod des Ehemanns haben wir den Schlüssel nicht mehr benutzt«, sagte Schmitz. Er rieb sich den Zeigefinger, und nahm den Schlüssel in die andere Hand. »Aber das muss doch … Sie sehen ja, der passt einwandfrei.«

Nach ein paar weiteren Versuchen drehte sich der Schlüssel endlich. Ein Ruckeln und Drücken, und die Tür gab nach. Es entstand ein schabendes Geräusch, als ob etwas dahinter läge.

»Sie zuerst«, flüsterte Schmitz.

»Wieso ich?«, raunte Björn.

»Sie sind ein Angehöriger.«

»Glauben Sie, dass da …? Nein, ich kann nicht.«

»Feigling«, stellte der Nachbar fest.

Er trat über die Schwelle und schaute hinter die Tür. Sein Oberkörper beugte sich vor, sein Gesicht war nicht zu sehen.

Björn blickte auf den gewölbten Rücken und ärgerte sich über den *Feigling*. Er vernahm ein Hüsteln, das er nicht deuten konnte.

»Was ist es? Sagen Sie was!«

»Donnerkeil …«, stöhnte der Nachbar.

»Liegt sie da?«

»Johanniter-Unfallhilfe.«

»Ist sie verletzt? Soll ich anrufen?«

»Er ist umgekippt.«

»Wer?«

»Der Altkleidersack. Die Sammlung ist am Montag.«

»Ist denn Kleidung drin oder …?«

Der Nachbar fuhr herum. »Großer Gott! Was haben Sie für eine Fantasie!«

Strickjacken, Schuhe, Bademantel … Es war tatsächlich nur Kleidung im Sack.

»Sie hat ihn schon bereitgestellt«, sagte der Nachbar. »Das sieht ihr ähnlich. Immer gut vorbereitet.«

Zuerst betraten sie das Wohnzimmer. Herr Schmitz machte Licht und zog die Rollläden hoch. Die Urahne lächelte im blanken Rahmen, die Orientteppiche lagen faltenlos auf dem glänzenden Parkett, die Gardinen hingen schnurgerade vor den Fenstern. In der Küche stand keine benutzte Tasse, nicht einmal eine offene Wasserflasche. Nichts deutete daraufhin, dass Marie gewaltsam überrascht worden war. Das Einzige, das Björn vermisste, war das Ticken der Standuhr. Sie war stehengeblieben. Der Nachbar nickte, als bestätigte dies seine ärgsten Befürchtungen.

»Jetzt geben wir eine Anzeige auf«, verkündete er. »Eine Vermisstenanzeige. Wir beide fahren zur Polizei.«

»Lassen Sie uns abwarten«, sagte Björn. »Sie kann noch kommen.«

»Viele Entführungen«, belehrte ihn der Nachbar, »enden nur deshalb tödlich, weil die Angehörigen zu lange warten.«

Nun ist es so weit, dachte Björn. Sobald *die Chefin* und ihre Helfer von der Anzeige Wind bekämen, würden sie die Polizei mit falschen Indizien bedienen, so dass nur ein einziger Verdächtiger übrig bliebe: Björn Kröger, der Serientäter – mal lügt, mal tötet er. An willigen Zeugen fehlte es sicher nicht. Seinen wundersamen Geschichten von Männern im Dunkeln und mysteriösen Anrufen würde niemand Glauben schenken. Den Brief täte man als Kinderscherz ab, seine Erklärungen klängen erfunden. Was ihm vollends das Genick bräche, wäre sein Aufenthalt in dem Hohlweg an der Mordkaule, wo Marie vielleicht ihren letzten Atemzug getan hatte. Der Radfahrer hatte bestimmt genug gesehen, um Björn zu beschreiben; handelte es sich bei ihm um Wilhelm, musste er ihn erkannt haben. Wenn der Radler gar zur Crew der *Chefin* gehörte, konnte er alles behaupten, was den Verbrechern nützlich schien.

Polizei! Wahrscheinlich wirkte Björn schon verdächtig, wenn er nur auf dem Stuhl säße und die Fragen beantwortete, die sie stellen mussten: *Ist Ihnen etwas aufgefallen in letzter Zeit? Verhielt sich Ihre Tante anders als sonst? Warum besuchten Sie Ihre Tante neuerdings öfter?* Könnte er seine Falschaussagen doch löschen und ersetzen! Bei Alfreds Muttermord wäre es noch leicht gewesen, bei der Wahrheit zu bleiben, er war so nahe dran gewesen! Beißend spürte er den Drang, das Unmögliche zu erzwingen und die Zeit zurückzudrehen, um den Richtern des Schwurgerichts erklären zu können, er sei sich keineswegs sicher, Alfred gesehen zu haben. Er konnte beinahe hören, wie er das sagte.

»Fällt Ihnen was Besseres ein, Herr Neffe?« Herr Schmitz stand bereits an der offenen Haustür und schwang den Schlüssel am Band hin und her.

»Fahren Sie alleine«, sagte Björn. »Ich habe einen Termin.«

»Zum Teufel, ich hab's ja gesagt! Da kann das Schlimmste bevorstehen, Sie denken nur an Ihre Termine.«

»Könnten Sie mir den Schlüssel überlassen?«, fragte Björn mühsam beherrscht.

»Den bekommt die Polizei, Herr Neffe!«

»Ich möchte die persönlichen Unterlagen meiner Tante durchsehen. Sie könnten einen Hinweis enthalten.«

»Unterlagen?«, rief der Nachbar. »Die gehören in die Obhut eines Kriminalkommissars!«

Auch Björn wurde lauter. »Es könnte eine Nachricht für mich dabei sein!« Er streckte die Hand nach dem Schlüssel aus.

»Sie haben doch einen Termin!«

»Es geht ja schnell!«

»Haben Sie eine Ahnung!«

»Geben Sie mir den Schlüssel!«

»Auf keinen Fall!«

»Geben Sie her!«

»Hände weg!«

Sie schrien sich an, der Nachbar mit rotem Kopf, Björn, wie er im Flurspiegel sah, wachsbleich in der Vorstellung, von einer Justiz zermalmt zu werden, die sich so leicht in die Irre führen ließ. In Hinblick auf die Meineide wäre es kaum angenehmer, wenn sie sich als zuverlässig erwiese.

»Ich bin der Erbe!«, entfuhr es Björn.

Schmitz starrte ihn an. Jetzt erblasste auch er. Björn bereute das Gesagte sofort. Er glaubte zu sehen, wie alle erdenklichen Variationen des Erbschaftsmordes hinter der Stirn des Nachbarn vorüberzogen. Er gab den klassischen Mörder ab. Der Erbe hatte immer ein Motiv.

»Aha«, sagte Schmitz mit kurzem Aufleuchten in den Augen. »Das ändert natürlich alles.« Er trat zurück in den Flur und schloss die Haustür hinter sich. Sein Blick schien über die Garderobe und die Kommode zu schweifen. Er ging zur Wohnzimmertür und schaute von einem Möbelstück zum anderen.

Björn beobachtete ihn. »Suchen Sie was?« Er hatte den Eindruck, dass Schmitz das Telefon suchte. Die schnellste Möglich-

keit, die Polizei darüber zu informieren, dass hier ein Erbtanten-
mörder frei herumlief. »Was haben Sie vor?«

Schmitz drehte sich um. Ein Grinsen breitete sich auf seinem
Gesicht aus.

»Hat sie viel?«

»Wie bitte?«

»Zu vererben, meine ich.«

»Keine Ahnung.«

»Gehen Sie vor, Herr Erbe. Sie sind sozusagen der Hausherr.«
Erstaunlich – es klang anerkennend. »Aber ich helfe Ihnen natürlich.«

Björn hätte viel darum gegeben, allein durchs Haus zu gehen,
wollte aber keine neue Diskussion entfachen. Die Anerkennung
seiner Stellung als rechtmäßiger Erbe war schon mehr als er erwarten konnte.

Sie begannen mit den kleinen Schubladen des verschnörkelten
Schreibtischs. Björn zog mehrere davon auf. Die knotigen Finger
des Nachbarn schienen sich zu verlängern, als ein Stapel gefalteter
Papiere zum Vorschein kam, den eine große Büroklammer zusam-
menhielt.

»Falls sie plötzlich zur Tür hereinkommt, bekomme ich Ärger,
weil ich einen Fremden in ihrem Schreibtisch wühlen lasse«, sagte
Björn.

»Wühlen Sie allein, ich inspiziere die Küche«, lenkte der Nachbar ein. Er machte eine Kopfbewegung, die Bedauern ausdrückte,
und entfernte sich.

Björn fand unbeschriebene Weihnachtskarten, Briefpapier,
Marken, Gummibänder, Klebeband, Kugelschreiber, Bleistifte,
Dosen mit Reißzwecken und Sicherheitsnadeln. Die Papiere in
der Klammer erwiesen sich als Quittungen für bezahlte Bücher
und Strickwolle sowie als Rechnungen für Gas, Strom, Wasser, Telefon und zahnärztliche Leistungen. Einige enthielten eine Notiz
in Maries rundlicher kleiner Schrift: *überwiesen am ...* In der größeren Schublade, die die ganze Breitseite des Schreibtischs einnahm,

lagen Schnellhefter mit Versicherungspolicen, Mitgliederausweisen, Spendenbescheinigungen, Steuerbescheiden, Kontoauszügen und Krankenversicherungsunterlagen, alle ordentlich versehen mit makellosen Schriftzügen in schwarzer Tinte.

Unterhalb der Schreibtischplatte befanden sich zwei flache Schubladen. Die obere enthielt allerlei Broschüren, die untere Geschenkpapier und große braune Briefumschläge, wie man sie für Drucksachen benutzte, darunter ein paar gebrauchte mit Maries Adresse darauf.

Björn stieß die Schubladen zu. Der ganze Kram ermüdete ihn. Er sah keinen Sinn mehr darin, übertrieben gründlich zu sein. Natürlich hätte er noch in die Umschläge hineinschauen können. Aber wozu? Die ordentliche Marie war nicht der Typ dafür, wichtige Notizen oder Botschaften einfach irgendwo dazwischen zu schieben.

Er wandte sich der Anrichte zu, öffnete Schubladen und Glastürchen, fand einen Stapel Noten für gemischte Chöre und alles, womit man einen Tisch zum Essen decken konnte. Ratlos sah er sich im Zimmer um. Nirgendwo lag etwas offen herum, nicht einmal die Zeitung vom Samstag. Im Regal an der gegenüberliegenden Wand standen alte Lederbände in geordneter Reihe auf den oberen Brettern und farbige Bücher mit neuerer Unterhaltungsliteratur auf den unteren.

In der Küche rumorte Schmitz und ließ ein kräftiges »Ähem!« ertönen. Björn stieg die Treppe hinauf in den ersten Stock. Zuerst sah er ins Badezimmer. Auch hier war alles aufgeräumt. Fast alles. Auf der Ablage am Spiegel lag die Zahnpastatube und blickte ihn aus einem weißen Auge an, der Verschluss lag daneben. Okay, das passierte ihm nach dem Zähneputzen auch manchmal. Genau genommen ziemlich oft. Björn ging weiter zur nächsten Tür.

Stopp!, durchfuhr es ihn. Seine Tante war nicht so schusselig. Er machte kehrt und ging zurück ins Badezimmer. Die Zahnbürste lag quer über dem hellgrünen Plastikbecher, als wartete sie immer noch auf den abendlichen Streifen Paste. Marie hatte sich die Zähne also nicht geputzt, sie hatte es nur vorgehabt. Sie hatte die Tube gerade aufgeschraubt, als es wahrscheinlich klingelte. Sie ging hinunter zur Haustür, wo überraschend die Freunde standen, um sie zum Grillen abzuholen. Sie freute sich und vergaß darüber die geöffnete Tube auf der Ablage.

Björn setzte sich auf den Rand der Badewanne und betrachtete das glänzende Ensemble von Waschbecken, Ablage und Spiegel. Ein Seifenstück, eine Nagelbürste, darüber eine Cremedose und ein Kamm, nicht all der Kram, der bei ihm und Elena herumlag. Normalerweise hätte Marie die Tube nicht so liegen lassen. Sie wäre zurück ins Badezimmer gegangen und hätte den Verschluss auf die Tube gesetzt. Oder sie hätte den Freunden gesagt: *Wartet, ich putze mir schnell die Zähne.* Auch dann wäre die Tube verschlossen. Marie vergaß so was nicht. Es sei denn, sie wäre außergewöhnlich aufgeregt und in furchtbarer Hast gewesen. Und das war nur denkbar, wenn nicht die Freunde vor der Tür standen, sondern jemand anderes. Jemand, der sie in Panik versetzte. Der sie bedrohte.

Weiter zum Schlafzimmer! Björn bekam wieder Schwung. Die oliv und weiß gestreifte Tagesdecke war akkurat über das mindestens hundertjährige Doppelbett gezogen, die weißen Gardinen hingen in regelmäßigen Falten von der Schiene herab. Er öffnete die vier Türen des glänzend polierten Schranks, tastete mit Unbehagen zwischen Stapeln von Unterwäsche, Nachthemden und Pullovern herum, blickte in eine Schublade mit Strümpfen, schob Bügel mit Blusen, Jacken, Röcken und Kleidern beiseite, griff in zahlreiche Taschen und atmete den Duft ein, der an allem hing. Veilchen, nahm er an, das würde passen.

Nun die beiden Nachttische, die das Doppelbett flankierten. Irgendwo musste sie einen Notizblock, einen Terminkalender mit Eintragungen und ein Adressbüchlein aufbewahren. Oder ein Foto, das sie mit ihren Freunden zeigte. Irgendwo musste sich ein Hinweis verbergen, der ihm weiterhalf. Björn zog die Schublade des linken Nachttischs auf. Sie enthielt Taschentücher und

Baldriantabletten. Er ging um das Bett herum und blickte in die Schublade des anderen Nachttischs. Leer.

Björn war zu nah am Bett vorbeigegangen, die Tagesdecke war verrutscht, so dass die Streifen nicht mehr gerade lagen. Das musste er in Ordnung bringen. Er beugte sich übers Bett und zog die Decke glatt. Dabei stieß sein Schuh an einen Gegenstand, der nachgab und sich verschob. Erschrocken hielt Björn inne. Nein, nichts Weiches. Es hatte sich hart angefühlt. Aber nicht ganz hart. So mochte sich eine nicht allzu große … erkaltete … Leiche anfühlen. *Wäre doch möglich, dass man Ihre Tante zurückgebracht hat.* Und unter dem Bett verstaute.

Beklommen ging Björn in die Hocke und hob den Volant der Decke an.

»Ich höre nichts mehr von Ihnen!«, scholl es vom Parterre herauf.

Vor lauter Herzklopfen war Björn nicht in der Lage zu antworten. Langsam gewöhnten sich seine Augen an das Dunkel zwischen Parkett und Lattenrost.

Ich bin nicht normal, durchfuhr es ihn, ich habe fixe Ideen. Er erkannte, wogegen er gestoßen war. Was er sah, war eher zum Lachen: Stapel von Taschenbüchern, fünfzehn oder zwanzig kleine Türme zu je acht bis zehn Stück. Wozu besaß die Tante Regale? Er zog ein paar Bände nach vorn. Kriminalromane! Die meisten waren abgenutzt, als wären sie viele Male gelesen worden. Wahrscheinlich fand Marie sie zu schäbig fürs Wohnzimmer. Aber seltsam war es doch.

Er schob die Bücher zurück. Dabei stieß sein Handrücken gegen eine Plastiktüte. Abfall! War sie zu müde gewesen, ihn zum Papierkorb zu bringen? Björn schaute genauer hin. Es handelte sich um Spielkarten, die ihm klein vorkamen. Einige waren in der Mitte durchgeschnitten, andere zerknickt, als wären sie einem schlecht gelaunten Kleinkind zum Opfer gefallen. Marie war wirklich sonderbar. Er legte die Tüte unters Bett, verließ das Schlafzimmer und öffnete die Tür zum Nebenraum.

Ein düsteres Zimmer. Viel dunkles Holz. Ein Bücherschrank, der eine ganze Wand einnahm, ein wuchtiger Schreibtisch vor der Gardinenfront des Fensters, ein mit braunem Leder bezogener Armsessel. Auf einem Regal standen mehrere Reihen gleich aussehender Bände mit schwarzen Rücken. *Entscheidungen des Bundesgerichtshofs in Strafsachen*, las Björn. *Entscheidungen des Bundesgerichtshofs in Zivilsachen.* Darunter leuchtete ein breiter roter Band. *Deutsche Gesetze.* Daneben dicke graue Bücher, offenbar Kommentarwerke – *BGB, ZPO, StGB, StPO.* Ein Juristenzimmer, seit mehr als 30 Jahren ohne Juristen. Björn öffnete die mittlere Schublade des Schreibtischs. Bis auf eine einzelne Büroklammer war sie leer.

»Herr Neffe? Was gefunden?«, ertönte es von unten.

Björn griff nach der Klinke und wollte die Tür zuziehen, als ihm auf dem Schreibtisch eine Vase mit weißen Blüten auffiel. Frische Blumen. Daneben lag ein Stapel feines Schreibpapier und darauf ein schwarzer Füllfederhalter, ganz so, als ob Randulf hier morgen wieder arbeiten wollte. Björn starrte den Füller an. Der sah edel und teuer aus, hatte sicher eine Goldfeder.

Und in diesem Moment, wo Björn auf nichts weiter als den Füller und das Papier blickte, sprang ihn der Gedanke an, hier könnte etwas nicht stimmen, hier könnte das Geheimnis, dem er auf der Spur war, seinen Ursprung haben. Das ist verrückt, sagte er sich, der Onkel ist seit einer Ewigkeit tot. Marie hat ihn geliebt, deshalb die Blumen, sie pflegt die Erinnerung an ihn, deshalb hat sie alles so hingelegt.

Der Füller hatte eine unwiderstehliche Anziehungskraft. Björn trat an die Schreibtischplatte, nahm das schmale Ding in die Hand und schraubte es auf. Die Feder schimmerte wie ein feines altes Schmuckstück. Er setzte die Spitze auf eine Ecke des weißen Papiers. Geschmeidig malte sie ein paar schwarze Kringel. Keine 32jährige Tinte. Die wäre längst eingetrocknet. Es war frische Tinte.

Auf der Treppe keuchte Schmitz heran. Björn schraubte den Federhalter zu und legte ihn an seinen Platz. Als er sich umdrehte, stand Schmitz im Türrahmen und deutete auf die Wand neben dem Fenster. Björns Augen folgten dem ausgestreckten Arm mit dem langen Zeigefinger und blieben an einem Porträtfoto hängen, das von genarbtem Leder umrahmt war.

»Das ist er!«, sagte der Nachbar. »Der Ehemann.«

Björn beugte sich vor und blickte Randulf ins starre Gesicht. Schütteres dunkles Haar, lange Nase, vorgeschobenes breites Kinn, das an eine Kehrschaufel erinnerte. Die dünne Oberlippe war über den Eckzähnen hochgezogen, als sei er von etwas angewidert, das die kleinen hellen Augen fixierten. Das also war Maries herzensguter Randulf, der ihr nie etwas abschlug.

»Das habe ich mir gedacht, dass sie sein Zimmer nicht angerührt hat«, sagte Schmitz. »So eine ist sie. Oder war sie. Haben Sie seinen Schreibtisch durchgesehen?«

Björn nickte.

»Sicher nicht gründlich«, meinte der Nachbar und zog die oberste Lade des Seitenblocks auf.

Sie war leer. Ebenso die zweite und die dritte. Nur in der untersten stand etwas – ein dunkles Glas mit schwarzem Deckel. Das Tintenfass, halbvoll. Schmitz schob die Laden zurück und nahm sich die andere Seite des Schreibtischs vor. Ein weiterer Stapel des dünnen Schreibpapiers, sonst nichts.

»Es ist einer hier gewesen!«, rief Schmitz.

»Woran sehen Sie das?«

»Ein fast leerer Schreibtisch! Wo gibt es denn so was? Jemand hat alles abgeholt. Hier lagen Beweisstücke, die den Täter belasten.«

Sie hat es selbst gemacht, dachte Björn. So vollständig konnte nur Marie die Dinge wegräumen. Wobei die Frage blieb, ob es sich um Ordnungsliebe handelte oder um eine Vorsichtsmaßnahme, damit niemand etwas über sie herausfände.

Der Nachbar hüstelte. Er schien eine Reaktion auf seine Schlussfolgerung zu erwarten.

»Haben Sie unten was gefunden?«, erkundigte sich Björn.

»Natürlich«, erwiderte Schmitz. »Kommen Sie mit.«

Mit dem gewichtigen Schritt eines erfolgreichen Ermittlers trat der Nachbar an die Treppe und ging hinunter. Björn folgte ihm. In manchen Krimis, dachte er, steckt so jemand wie er dahinter. Macht ein großes Trara, findet die unglaublichsten Indizien, hilft der Polizei und ist in Wirklichkeit der Drahtzieher selbst. Björn blieb stehen und blickte auf den runzligen Nacken des Nachbarn. War es möglich?

Schmitz war unten angekommen und drehte sich um. »In der Küche gibt es kein einziges großes Messer.«

»Ich glaube, sie mag solche Messer nicht«, sagte Björn und dachte an die Nacht im Sonnenblumenfeld.

»Jeder hat eines. Sie muss doch ihren Braten schneiden.«

»Vegetarier?«

»So eine war sie nicht«, knurrte Schmitz. »Das Messer ist verschwunden, weil es benutzt wurde. Da könnte Blut geflossen sein.«

Björn schüttelte den Kopf, das ging ihm zu weit.

»Ihre Skepsis ist fehl am Platz, Herr Neffe. Ich will Ihnen mal was zeigen.«

Der Nachbar betrat die Küche. Björn lief die restlichen Stufen hinunter. Schmitz öffnete die Tür unter der Spüle und zeigte auf einen hellblauen Kunststoffeimer. »Da!«

»Was soll da sein?«

»Sehen Sie nichts?«

»Einen Eimer und einen Putzlumpen.«

»Fühlen Sie mal!«

»Nein.«

»Feucht ist er, der Putzlappen! Jemand hat damit kürzlich die Küche gesäubert. Wissen Sie, warum?«

»Manche Leute wischen jeden Tag.«

»Hier ist gewischt worden, damit man nichts merkt. Vom Blutbad.«

Ich ertrage ihn keine Sekunde länger, dachte Björn. Abrupt drehte er sich um. »Mein Termin! Den hätte ich fast vergessen.« Er ging zur Tür und öffnete sie.

»Jetzt ist die Spurensuche der Polizei dran, die kriegen es raus«, sagte hinter ihm Schmitz im Ton satter Zufriedenheit. »Und zu Ihnen kommen sie zuerst. Darauf können Sie Gift nehmen.«

Björn stürzte zum Auto.

Vielleicht meine letzte Fahrt, dachte er, während er auf den Fahrersitz sank. Danke für den Rat, Herr Nachbar. Gift nehmen – das wäre die Lösung.

Auf der Straße folgte ihm niemand.

Vor seinem Haus: Kein Mensch zu sehen.

Drinnen im Haus: Stille.

Auf der Terrasse: Nichts.

Björn holte sich ein Glas Wasser und ließ sich in den Sessel fallen. Während er trank, hörte er den Anrufbeantworter ab. Eine Nachricht vom Feuilleton wegen einer Benefizveranstaltung, die man dem Lokalteil zuschieben wollte. Danach Nora, die sich beschwerte, dass Elena sich immer noch in Schweigen hülle – wozu habe man eine Tochter und einen Schwiegersohn, wenn man nicht mal einen Pups von ihnen höre? Auf ihr wütendes Schnauben folgte die nächste Nachricht. Eine dumpfe Stimme, die aus der Tiefe eines Brunnens zu kommen schien:

»Sie haben sich nicht an die Anweisung gehalten. Wir geben Ihnen 48 Stunden, und Sie sagen uns, wo sie ist.«

Björn verschluckte sich und hustete. Wie ging das zu? Sie hatten Marie nicht? Sie hatten sie nicht abgeholt? Er hörte die Nachricht noch einmal von vorn ab.

»Die Frist läuft ab 21 Uhr. Nehmen Sie die Sache ernst. Sie sind gewarnt.«

Es mussten andere gewesen sein, die am Samstagabend mit Marie weggefahren waren! Diese Stimme und die Männer, die Schmitz gesehen hatte, gehörten nicht zusammen. Oder war es eine Panne, war irgendwas schief gelaufen in einer gigantischen Organisation, bei der die eine Hand nicht wusste, was sie die andere tat? Irgendwer hatte einen Befehl falsch verstanden, hatte

Marie in ein dunkles Loch gestoßen und war abgezogen, während *die Chefin* mit den engsten Komplizen in der Mordkaule wartete und erst später merkte, dass Marie verschwunden war. Natürlich hielten sie den aufmüpfigen Kröger für den Schuldigen.

48 Stunden. Ein Zeitraum, in dem schon mancher dem Wahnsinn verfallen war. 48 Stunden, um Marie zu finden und zu verraten.

Wie sollte er sich verhalten? Die Wahrheit sagen: *Ich weiß es nicht.* Irgendeinen Blödsinn erfinden: *Sie besucht Freunde in Australien.* Oder einfach schweigen? Was wäre die Folge? Was hatten sie vor? 48 Stunden. Es konnte noch viel geschehen.

Den restlichen Tag wartete Björn auf das Klingeln, das jede Entscheidung überflüssig machen würde. Er legte sich Erklärungen zurecht und verwarf sie wieder. Alle paar Minuten spähte er durchs Küchenfenster. Kein Wagen hielt am Straßenrand, niemand schritt auf seine Tür zu. Den ganzen Abend und die halbe Nacht bereitete er sich darauf vor, dass sie kamen – die Polizisten, die Schmitz in Gang gesetzt hatte. Mittlerweile war Björn sogar froh über den Entschluss des Nachbarn. Die Polizei würde ihn um seinen Ruf und seine Existenz bringen, aber nicht um Kopf und Kragen.

19. Noch ein Tag

Der Montagmorgen kam, aber die Polizei nicht. Björn wählte mehrmals Maries Telefonnummer. Vergebens. Immer wieder gähnend, weil er wenig geschlafen hatte, fuhr er gegen Mittag im Schritttempo den Venusbergweg entlang, wo er für gewöhnlich parkte. Von der Reuterstraße kommend, konnte er Maries Haus hier einigermaßen sehen, jedenfalls reichte es um festzustellen, dass es nicht belebter wirkte als am Sonntag. So gut es auf die Entfernung ging, musterte er Tür und Fenster. Wackelten dort die Gardinen? Vor Aufregung erwischte er statt der Bremse das Gaspedal und schoss am Fußweg vorbei.

Um nicht das ganze Stück zurücksetzen zu müssen, fuhr Björn eine Runde durch die benachbarten Straßen mit den Gründerzeithäusern und kam ein zweites Mal im Venusbergweg an. Der Wind bewegte die Zweige der Büsche in Maries Vorgarten, ansonsten bemerkte Björn nichts. Er fuhr die Runde ein drittes Mal. Das Beobachten des Hauses war eine Art Beschwörungsritual. *Komm, bitte, Marie, zeig dich.* Als er zur vierten Runde ansetzte, öffnete sich die Tür ihres Hauses. Jemand trat heraus. Braune Strickjacke über braunen Hosen. Nicht Marie, sondern Schmitz.

Björn sah eine größere Parklücke und setzte den Wagen vorwärts hinein. Er hatte wenig Lust, dem Nachbarn zu begegnen, aber es musste sein. Mit Triumph in Augen und Stimme würde ihm Schmitz gleich berichten, die Polizei habe ihm in allen Punkten zugestimmt. Er würde es genussvoll in die Länge ziehen, in den Kunstpausen hüsteln und dann sagen: *War die Kriminalpolizei noch nicht bei Ihnen, Herr Neffe?* Björn biss sich auf die Lippen und stieg aus.

Herr Schmitz schaute nicht herüber, als die Wagentür zuflog. Er hatte seinen eigenen Vorgarten bereits erreicht, ließ das kleine Tor hinter sich ins Schloss fallen und schritt auf seine Haustür zu. Unter seinem Arm lugte ein Stück hellbraunes Papier hervor.

»Guten Tag, Herr Schmitz.«

Der Nachbar drehte den Kopf nur halb in Björns Richtung. »Ach, Sie schon wieder«, brummelte er.

Das braune Papier unter seinem Arm schien zu einem Päckchen oder einem dicken Umschlag zu gehören. Der größte Teil war unter seiner Jacke verborgen.

Björn stieß das Vorgartentor auf. Den Stier bei den Hörnern packen!

»Was ich Sie fragen wollte, Herr Schmitz: Was ist mit der Polizei?«

Schmitz wandte sich nun vollständig um. »Polizei?« Es klang erstaunt.

»Die haben Sie doch verständigt.«

»Ich? Nein.«

»Warum nicht?«

»Das hat Zeit.«

»Gestern haben Sie das Gegenteil behauptet.«

»Da haben Sie sich verhört.«

»Konnten Sie noch was finden?« Björn deutete auf das Päckchen.

»Ich habe nur nach der Post geschaut. Ich dachte, das bin ich ihr schuldig.« Schmitz schob das Päckchen weiter unter die Jacke. »Es ist aber nichts gekommen.«

»Und das da?«

»Gehört mir.«

»Das tragen Sie mit sich herum, wenn Sie ins Haus meiner Tante gehen?«

»Der Briefträger hatte mich gesehen. Sollte er damit noch bis zu meiner Tür laufen müssen?«

Durch den Kippflügel des Küchenfensters drang Bratenduft. Besteck klapperte, Töpfe schepperten, der Dunstabzug rauschte.

»Dieter!«, ertönte aus all diesen Geräuschen eine Frauenstimme.

»Ist das Essen fertig?«, rief Schmitz zum Kippflügel.

»Mit wem hast du gesprochen, Dieter?«

»Mit ihrem Neffen.«

»Was will er denn?«

»Er überlegt, ob er die Polizei rufen soll.«

»Da soll er uns aber raushalten! Damit wollen wir nichts zu tun haben! Das habe ich dir gestern schon gesagt.«

»Sehen Sie«, sagte Schmitz. »Sie ist dagegen.«

»Haben Sie etwas beobachtet, Frau Schmitz?«, schaltete sich Björn ein. Er konnte die Frau nicht sehen, die halbhohe Gardine war zu dicht.

»Nein, hat sie nicht«, sagte Schmitz schnell. »Sie sieht nie was.«

Die Haustür öffnete sich. Im Türrahmen erschien eine imposante Zusammensetzung aus ärmelloser Hängebluse, ausladenden Hüften und breiten Hosenbeinen, all das beherrscht von einem fleischigen Kopf mit gelblich weißem Strahlenkranz.

»Davon macht sich ein Mann ja keinen Begriff«, schnauzte sie Björn an. »Wie das ist, ein Haus zu pflegen. Böden, Becken, Armaturen, Möbel, Fenster, Lampenschirme! Und da soll ich mich noch hinstellen und die Nachbarin beobachten?«

»Es hätte ja sein können, dass Sie rein zufällig …«

»Das lehne ich grundsätzlich ab, junger Mann! Man will ja nicht in Teufels Küche landen!«

»Natürlich nicht«, sagte Björn. Ihre gewaltige Stimme schmerzte ihm in den Ohren.

»So was ist hier noch nicht vorgekommen, so viel darf ich wohl sagen.«

»Wenn man von dem Mord absieht, der vor 32 Jahren geschah«, wandte Björn ein.

Die Fettpolster an den Augen zuckten. »Hören Sie, der war ein paar Kilometer entfernt.«

»Es traf Ihren Nachbarn.«

»War in dem Fall keine Überraschung.«

»Ilse!«, rief Herr Schmitz.

»Ich weiß noch, als wäre es gestern gewesen, wie die Packer damals seine Möbel ausgeladen haben. Da war er noch ledig.«

»Ilse, das Essen …«

»Wir stehen am Fenster, und ich sag zu Dieter: ›Der sieht aber aus!‹ Und Dieter sagt: ›Ilse, das ist keine angesehene Spedition, sondern was Billiges, und das da ist der Chef.‹ Ich sag: ›Nein, Dieter, das ist dein neuer Nachbar!‹ Und so war es. Die Packer wirkten daneben, als wären sie vom Hochadel. Zwölf Jahre später war er tot.«

»Red nicht so, Ilse«, stöhnte Schmitz und schaute sich nach allen Seiten um. »Der Mann war Richter«, raunte er Björn zu. »Der hat Leute verknackt. Muss ja auch einer machen.«

»Ist wohl eine andere Sache, mit so einem verheiratet zu sein«, meinte seine Frau.

»Nun lass mal, Ilse.«

»Gegen sie konnte man schlecht was haben. Man sah sie fast nie.«

»Das Essen wird kalt, Ilse.« Schmitz griff nach ihrem Arm. Seine Fingerkuppen versanken im Speck zwischen den Sommersprossen. Sacht drängte er die Frau ins Haus.

Ilse Schmitz verstummte nur ungern, wie Björn sah. Vielleicht hätte sie gern noch ein paar Gerüchte hinzugefügt. Aber natürlich wollte sie ihr Essen nicht für Klatschgeschichten aufs Spiel setzen. Es roch nach Schmorfleisch und gebratenen Zwiebeln. Björn seufzte, als sich die Tür vor ihm schloss. Die Düfte der Geborgenheit. Seit einer Ewigkeit hatte er nichts mehr gekocht. Und Elena? Es musste viele Wochen her sein, seit er sie zuletzt in der Küche gesehen hatte.

Der Duft, der Björn am Abend zu Hause empfing, erinnerte an einen Sumpf. Kam er aus der Blumenvase, wo die verwelkten Rosen in einem Rest modrigen Wassers standen? Oder aus der Obstschale von den grau-weißen Dingern, die wie schmutzige Tennisbälle aussahen, seiner Erinnerung nach aber Orangen waren?

Erst mal lüften! Björn durchquerte das Wohnzimmer und öffnete die Terrassentür. Dabei sah er strikt am Anrufbeantworter vorbei, der mit rotem Blinken auf sich aufmerksam machte. Er holte eine Flasche Kölsch aus dem Keller, setzte sich auf die Terrasse und schaute in den dämmrigen Garten. Das Gras hatte die Farbe von Stroh, die Blätter hingen schlapp und glanzlos an den Büschen. In den angrenzenden Gärten hörte er die Nachbarn mit Wasserschlauch und Gießkanne hantieren. Er spürte den kühlen Hauch über den Zaun wehen, hörte das feine Rieseln auf nachbarlichen Blättern. Alle unternahmen etwas zur Rettung ihres Gartens. Nur er saß wie festgepappt auf seinem Stuhl und starrte die verdorrte Wiese an. In der Hecke raschelte es laut, als wühle jemand in einem Haufen Papier. Etwas Walzenförmiges schob sich die Terrasse entlang, blinzelte ihn aus schwarzen Knopfaugen an und verschwand erstaunlich flott im Gebüsch.

Bald konnte Björn fast nichts mehr erkennen. In den Parterreräumen der Nachbarhäuser gingen die Lampen aus, in den oberen Zimmern leuchteten andere auf. Vorhänge wurden zugezogen, Rollläden heruntergelassen. Die meisten Leute hier gingen früh zu Bett. Die Lichter in den Obergeschossen erloschen, andere glommen schwach im Innern. Über den Gärten stand ein klarer Halbmond, auch der ein oder andere Stern war zu sehen. Im Hintergrund rauschte der Verkehrsstrom der Autobahn, doch um die Häuser herum war es still.

Björn raffte sich auf und betrat das Wohnzimmer. Länger konnte er es nicht aufschieben. Länger durfte er der Nachricht auf dem Anrufbeantworter nicht ausweichen, obwohl er sie fürchtete wie eine das Leben verkürzende Injektion.

»Sie haben noch einen Tag«, erklang es dumpf. »Morgen um 21 Uhr ist Schluss.«

Nichts weiter. Aber die Spritze saß perfekt.

Keinen Alkohol, sagte er sich, kein Fernsehen. Einen Menschen zum Reden brauchte er, oder er würde aus Verzweiflung den blödesten Blödsinn machen. Noch nie hatte er sich so allein gefühlt, so abgeschnitten von allen. Als stünde er auf einer menschenleeren Insel ganz weit draußen. Und im Wasser Krokodile.

Wen konnte er anrufen? Den guten alten Jens, den er ohnehin mal wieder treffen wollte? Der selbst geschrieben hatte, Björn solle sich melden? Jens war ein begabter Zuhörer und ein aufrichtiger Charakter. Sie kannten sich seit rund fünfzehn Jahren, also lange genug, um sich Geheimnisse anzuvertrauen. Aber Björn graute davor, bei Adam und Eva anfangen zu müssen, um die Sache zu erklären, und er wusste jetzt schon, was Jens antworten würde: *Du musst zu deinen Taten stehen.* Darauf liefe es ohnehin bald hinaus, das brauchte er nicht von Jens zu hören.

Seinen Freund Karl, den er ebenfalls seit Monaten nicht gesehen hatte? Der hatte während des Studiums so manches krumme Ding gedreht und hätte deshalb sicherlich Verständnis. Aber Karls Telefon war stets auf Lautsprecher gestellt, weil seine Sabine, mit der er in letzter Zeit alles teilte, immer mithören wollte. Und die würde kein Blatt vor den Mund nehmen und behaupten, Björn sei der größte Dummkopf aller Zeiten. Auch das brächte ihn nicht weiter.

Vater in Island? Der war ein prima Ratgeber, falls man ein Schaf scheren oder ein Pferd beschlagen wollte. Ansonsten würde er nicht ohne Mitleid feststellen, dass die Menschen in Deutschland sich nur Stress machten, und ihm einen Umzug in die isländischen Westfjorde empfehlen.

Mama in New York? Sie äußerte stets die Ansicht, dass man über alles sprechen müsse, was einen belaste. *Man muss es sich von der Seele reden!* Sie zeigte Sympathie für alle möglichen menschlichen Schwächen, von denen sie selbst am meisten besaß. Sie wäre die Richtige. Nur ließ sie einen selten zu Wort kommen, weil sie sich selbst alles von der Seele redete, womit sich jeder Versuch, sie zu Rate zu ziehen, bald erledigte.

Eine Kollegin? Gisa oder Hilde? Sie waren sehr nett. Aber konnten sie ein Geheimnis wirklich für sich behalten? Sie brauchten nur eine Bemerkung am Kantinentisch fallen zu lassen, natürlich aus purem Versehen, wie sie später beteuern würden, und schon wusste es die ganze Redaktion und die halbe Stadt.

Elena. Nur sie kam in Frage.

Björn hatte es am Nachmittag mehrmals auf ihrem Handy versucht. Als es nun auf Anhieb klappte, blieb sein »Hallo« zwischen Kehlkopf und Gaumen stecken. Ein hässliches Krächzen war alles, was herauskam.

»Björn, was willst du?«

»Elena, ich … ich muss dich sprechen.«

»Du hast doch diese Tusse.«

»Ich habe dir gesagt, dass da nichts war!«

»Du kannst mir ja viel erzählen. Ich habe sie gesehen, ihr Nuttengehabe, ihre rote Wäsche.«

»Glaubst du ihr mehr als mir?«

»Wie soll ich dir denn glauben? Du bist ein vereidigter Lügner.«

Die Worte trafen ihn wie Stöße in die Magengrube.

»Ich habe dir erklärt, wie alles kam.«

»Du hast ein paar Richter an der Nase herumgeführt. Um wieviel einfacher ist es mit mir!«

»Ich wollte es dir schon eher erzählen.«

»Warum hast du das nicht getan?«

»Die Dinge hatten sich derart verwickelt …«

»Pah!«, unterbrach sie ihn. »Du hast dich nicht getraut, es mir ins Gesicht zu sagen!«

»Wo können wir uns treffen?«

»Ich will dich nicht treffen.«

»Weshalb bist du abgehauen?«

»Du hast mich belogen. Ist das nicht Grund genug? Du hattest sonderbare Erklärungen und fadenscheinige Ausreden. Meinst du, ich hätte nichts gemerkt? Für wie blöd hältst du mich?«

Björn fragte sich längst selbst, wie er es geschafft hatte, Elena, der er früher ohne Ausnahme alles erzählt hatte, eine Lüge nach der anderen aufzutischen und das auch noch wochenlang zu verdrängen. Und wie hatte er annehmen können, dass sie keinen Verdacht schöpfte? Nein, es war kein Verdrängen, sondern ein notwendiges Aufschieben gewesen, weil alles so schwierig war! Das könnte sie ruhig ein bisschen verstehen.

»Elena, ich brauche …«

»Jetzt soll ich dir helfen, die Karre aus dem Dreck zu ziehen? Kommt nicht in Frage.«

Zwischen ihnen schien ein reißender Fluss zu sein, der nicht zu überwinden war. Und er hatte sich eingebildet, sie stünde auf seiner Seite! Leg bitte nicht auf, beschwor er sie im Stillen. Er hörte ihren Atem, er spürte, dass sie wartete. Worauf? Dass er den Fluss überwand? Jetzt bloß nichts Falsches sagen.

»Ich brauche deinen Rat, Elena.«

»Lass dich von der prächtigen Tante beraten.«

Begriff sie nicht, dass ihm das Wasser bis zum Hals stand? Dass er einen Rettungsring brauchte? Oder schlimmer: War es ihr gleichgültig? Oder am schlimmsten: Wollte sie, dass er unterging?

»Marie ist weg.«

»Was heißt das?«

»Es ist was passiert. Man hat sie entführt oder … Ich weiß nicht.«

»Kann ich daran was ändern?«

»Ich brauche dich. Komm vorbei. Bitte.«

»Niemals. Da liegt rote Damenunterwäsche herum.«

»Sollen wir uns im ›Südbahnhof‹ treffen?«

Auch sie mochte die Bonner Südstadt und die Atmosphäre der urigen Kneipe, das wusste er.

»Nein.«

»Ein anderes Lokal?«

Wieder hörte er ihren Atem. Sie hätte längst auflegen können.

»Es ist dringend«, sagte er. »Bitte.«

Er meinte, ihre Zähne knirschen zu hören.

»Lass mich nicht hängen«, flüsterte er.

Atmen.

»Ich bin in Gefahr.«

Er wartete. Hoffte.

Leichtes Räuspern.

Er hielt die Luft an.

»Nächste Woche«, sagte sie.

»Das ist zu spät!«

»Übermorgen, wenn es sein muss.«

»Es muss heute sein.«

»Nein.«

»Ich habe nur einen Tag, um das Richtige oder das Falsche zu tun.«

Sie seufzte.

Er wartete. Bebte.

»Mei-net-we-gen«, sagte sie schleppend, als müsste sie sich selbst davon überzeugen, dass dies ein gangbarer Weg sei.

»In einer Viertelstunde?«

»In zwanzig Minuten.« Sie legte auf.

»Ist sie nicht wundervoll?«, jubelte er.

Keine fünf Minuten brauchte er, um in ein frisches Hemd zu schlüpfen, es richtig zu knöpfen, die Zähne zu putzen, sogar die Zahnpastatube zuzuschrauben, mit dem Rasierer über Kinn und Wangen und mit der Bürste übers Haar zu fahren, einige Spritzer Eau de Toilette über sich zu verteilen, ein Paar von den neuen Schuhen anzuziehen und zum Auto zu laufen.

Draußen rutschte der Schlüsselbund aus seiner Hand auf den Bordstein. Geradewegs auf einen Gully zu.

»Nein!«, rief er.

Kurz vor dem Eisenrost blieben die Schlüssel liegen, als hätten sie gehorcht. Den Schreck noch im Bauch, bückte er sich. Im Lichtkegel der Laterne sah er seine Schuhe. Ein schwarzer und ein brauner. Er starrte die beiden an. Auch bei genauerem Hinsehen blieb der eine schwarz und der andere braun. Björn rannte zurück ins Haus und schleuderte den braunen von sich.

Mit beidseitig schwarzen Schuhen stürzte er wieder zum Auto, beherrscht von einem einzigen Gedanken: Ich komme zu spät!

Björn erreichte den »Südbahnhof« zweiundzwanzig Minuten nach Ende des Telefongesprächs. Mindestens dreimal hatte er die

Geschwindigkeit überschritten, einmal eine rote Ampel übersehen und im letzten Moment einen Fußgänger bemerkt. In der Ermekeilstraße hatte er Glück: Er fand eine Parklücke unter den Bäumen vor dem Backsteingebäude der mehr als hundertdreißigjährigen ehemaligen Kaserne, die der Kneipe gegenüberlag. Rasch überquerte er die schmale Fahrbahn, sprang die Stufen zur offenen Tür des Gründerzeithauses hinauf und trat ein.

Hinter der Theke stand ein hagerer Mann mit schütterem Haar und zapfte ein Kölsch. Das Gesicht war Björn seit langem vertraut, aber der Name wollte ihm nicht einfallen.

»Hallo! Auch mal wieder da?«

»Berufliche Belastung«, sagte Björn. »Ist nun mal so.«

»Such dir einen anderen Job. Gärtner zum Beispiel. Wenn ich keine Pollenallergie hätte, wäre ich Gärtner.«

Das Lokal war rappelvoll. Björn sah keinen einzigen freien Tisch. Verdammt, er konnte sein Problem doch nicht an der Theke erörtern! Auch nicht an einem Tisch, an dem noch vier andere mithörten.

»Geh weiter durch, da wird was frei«, sagte der verhinderte Gärtner. »Nimm dein Kölsch mit.«

Björn drückte sich mit dem vollen Glas an lachenden und palavernden Leuten vorbei zu einem kleinen Tisch, der gerade von zwei Frauen geräumt wurde. Er setzte sich so, dass er den Eingangsbereich im Blick hatte und trank sein Kölsch. Nach einer Weile wurde sein Nacken steif, seine Augen schmerzten. Er fühlte sich benommen von den Gesprächsfetzen, die von allen Seiten seine Ohren trafen, und von dem Gelächter, das um ihn herum wie böige Unwetter niederging. Dann und wann erschien ein neues Gesicht zwischen den stehenden und sitzenden Gästen, aber immer war es das falsche.

Wenn sie nicht kommt, sagte er sich, ist das ein Zeichen. Ich bin endgültig verloren, es geht alles den Bach runter, nichts kann mich retten. Das weiß sie. Sie will nicht hineingezogen werden.

Nachdem er eine Viertelstunde gewartet hatte, verlor er an Haltung und zerknickte seinen Bierdeckel. Die Pappe zerbrach in zwei Teile. Eine Hälfte glitt ihm aus der Hand und fiel zu Boden. Noch ein Zeichen.

Als er den Kopf wieder hob, sah er Elena an der Tür. Sie kam ihm noch zierlicher vor als sonst, trug schmale Jeans, dazu eine schlabbernde Bluse. Das Haar war hochgesteckt, ihr Gesicht gebräunt. Sie schien zu zögern, packte ihre Umhängetasche fester und schlängelte sich zwischen den Leuten hindurch, die sich am Tresen breit machten. Ihre Augen bewegten sich nach links und nach rechts. Sie entdeckte ihn nicht sofort, obwohl er sich erhoben hatte und winkte. Er spürte seine Verlegenheit wie körperliches Unwohlsein. Nicht nur, weil sie sich so lange nicht gesehen hatten, sondern auch, weil er fürchtete, nein, wusste, dass sie ihn für den letzten Dreck hielt.

Sie stand vor ihm und entschuldigte sich wegen der Verspätung. Seine Arme hingen sinnlos an der Seite. Er kam sich linkisch vor und wusste nicht, ob ein Kuss angebracht war. In ihren Augen flackerte es. Sie ließ ihn nicht lange hineinschauen. Doch, er hätte sie küssen sollen! Aber jetzt ging es nicht mehr.

Björn bestellte zwei Kölsch. Elena korrigierte ihn, sie wolle lieber eine Apfelschorle. Sie setzten sich. Er fragte, wie es ihr gehe.

»Blendend«, sagte sie.

Damit wollte sie wohl ausdrücken, wie gut sie ohne ihn auskomme! Mit bitterem Unterton erklärte Björn, dass er unter dem Wetter leide.

»Hoffentlich hast du an die Blumen im Garten gedacht.«

»Klar.«

»Na, prima.«

»Aber die meisten haben nicht überlebt.«

»Kann passieren. Bei der Wärme.«

Bei keinem ihrer Worte sah sie ihn an. Mal blickte sie an seiner Schulter vorbei, mal hoch zu den dunklen Deckenbalken.

»Der Igel ist wieder da«, sagte Björn.

»Ah.«

»Vor ein paar Tagen hab ich ihm ein Schälchen Wasser hingestellt.«

»Gut.«

»Und einen Apfel dazugelegt. Er hat sich darüber hergemacht und laut geschmatzt.«

Ein Mädchen brachte die Gläser.

»Prost«, sagte Elena.

»Ja, Prost.«

Sie tranken.

Björn setzte sein Glas ab. »Putzig so ein Tier.«

»Hm.«

»Es hatte Zecken zwischen den Stacheln. Komisch, nicht?«

Elena stellte ihr Glas geräuschvoll auf die Tischplatte. »So können wir noch lange weiterreden«, sagte sie. »Was war denn so dringend?«

»Ich – es geht mir beschissen!«, rief er aus.

Am Nachbartisch drehten sich zwei Mädels zu ihm um. Er senkte die Stimme und schilderte die letzten Ereignisse, während Elena eingehend einen Bierdeckel betrachtete. Als das Notwendigste heraus war, wartete er. Schwierig für einen Menschen, der Tempo gewohnt war. Er klopfte mit der Hacke seines Schuhs auf den Boden. Noch gut 22 Stunden. Am liebsten hätte er geschrien: *Sag was!*

Sie blickte hoch zu den Balken.

»Elena?«

Endlich sah sie ihn an. Ihre Stirn war gerötet. »Soll ich dich bemitleiden? Nachdem du mich nach Strich und Faden belogen hast? Nachdem du Wochen und Monate geschwiegen hast, stört es dich, dass ich ein paar Minuten schweige? Was erwartest du nach all den Heldentaten? Was glaubst du, wie ich mich fühle? Ich wollte dich nie wiedersehen! Das war ein Schock, als mir klar wurde, was los war!«

»Als ich dich aus Köln angerufen habe.«

»Nein. Viel früher. Bevor ich die Koffer gepackt habe.«

»Von wem hast du denn …«

»Ich habe zwei von denen kennengelernt«, flüsterte sie.

Björn stöhnte auf. Sie also auch. Das war furchtbar. Zwei Leute, die im Sumpf versanken, konnten sich nicht gegenseitig herausziehen. Womöglich hatten sie auch schon Vater in Island und Mutter in New York fest im Griff. Oder andersherum: New York war der Ausgangspunkt. Die ganze Familie log das Blaue vom Himmel und hielt weltweit die Gerichte zum Narren.

»Zwei Männer mit schwarzen Bärten, aber die Bärte waren nicht echt.«

»Wo war das?«

»Auf dem Fußweg vor unserem Haus. Sie sind mir in den Weg getreten, und einer hat gesagt: *Frau Kröger? Wir müssen mit Ihnen reden. Ihr Mann ist in ein Verbrechen verwickelt.*«

»Das hast du sofort geglaubt.«

»Ich wusste, wovon sie sprachen. Am Abend vorher war dein Laptop eingeschaltet, als du nicht im Arbeitszimmer warst und ich dort ein Ladegerät suchte. Auf dem Bildschirm war dein Kontoauszug. Die Zeile mit dem Namen deiner Tante sprang mir sofort ins Auge. Eine beachtliche Summe. *Auslagen für Gartenbedarf,* das angebliche Extrahonorar deiner Zeitung. Da wusste ich, dass du mir eine faustdicke Lüge serviert hast. Dafür gab es nur einen Grund: Du hast der Bitte deiner Tante nachgegeben und vor Gericht falsch ausgesagt.«

Björn nahm einen großen Schluck Bier. Ein schäbiger kleiner Verbrecher war er. Nicht mal in der Lage, die Spuren zu verwischen.

»Was wollten sie von dir?«, fragte er, ohne Elena dabei anzusehen.

»Mich erpressen, nehme ich an. Ihr nächster Satz begann mit *Aber wir …* Weiter sind sie nicht gekommen. Ich hab meine Schuhe von den Füßen gerissen, hab jedem einen Pfennigabsatz ins Gesicht geknallt und bin ins Haus gerannt, um in Windeseile meine Sachen zu packen. Sie sollten glauben, dass ich mit dir fertig bin, damit sie jeden weiteren Versuch für zwecklos hielten. Als ich mit den Koffern aus dem Haus kam und ins Auto stieg, haben sie sich wieder genähert. In dem Moment hab ich Schiss bekommen und schnell Gas gegeben. Aber das war's. Ein zweites Mal hat es nie gegeben.«

Björn schaute in sein leeres Glas, in dem noch weißer Schaum klebte. Seine Frau hatte sich mit Stöckelschuhen Größe 38 gegen zwei Männer behauptet, die sie um einen Kopf überragten und ihn selbst in die Enge getrieben hatten. Es war beschämend für ihn.

»Jetzt möchte ich dich am liebsten sitzenlassen und dir für alle Zeiten den Rücken zukehren«, sagte Elena.

»Tu's doch!«

Das hätte er nicht sagen sollen. Ihr Gesicht war röter geworden. Sie erhob sich und drückte ihre Umhängetasche an sich. Die Lippen waren schmale Striche, fest aufeinander gepresst. Sie blieb an der Tischkante stehen und schien die Lehne des Stuhls zu mustern, von dem sie sich gerade erhoben hatte.

»Ich kann mir Aufregung nicht leisten.«

»Wer kann das schon?«

Er dachte daran, wie er seit Tagen um Konzentration rang. Als Physiotherapeutin, die überwiegend mit den Händen arbeitete, konnte man sich das sicher nicht vorstellen. Ein bisschen Mitgefühl hätte ihm gut getan.

»Es gibt Unterschiede«, meinte sie.

»Das kann man sagen.«

Sie blickte ihn an. »Du weißt nicht, wovon ich rede.«

»Oh, doch.«

»Ich bin schwanger.«

Björn erstarrte. Gabriel! Nun war alles aus. Das hätte er sich ja denken können: Der Kerl wünschte sich Kinder von Elena. Was für eine Unverschämtheit. Selbstverständlich war der Typ ein hervorragender Vater, der hatte ja Zeit. Björn war wie vor den Kopf geschlagen.

»Warum sagst du nichts?«, fragte Elena.

»Glückwunsch«, presste er heraus.

Elena zog die Augenbrauen zusammen. »Ist das alles?«

»Was willst du hören?«

»Die meisten Männer öffnen eine Sektflasche, wenn sie Vater werden.«

»Vater – wer?«

»Na, du«, lachte sie. »Wer sonst?«

Ihm war, als hätte sie mit einem Ruck einen Vorhang beiseite gezogen. Vor ihm ausgebreitet lag eine neue, saubere Welt. Termine und Gerichte waren hier unbekannt. Kleine Händchen, Stoffhasen und Nuckelflaschen beherrschten das Geschehen. Spieluhren, die *Wer hat die schönsten Schäfchen* klimperten. Winzige Höschen auf dem Wäscheständer, buntes Spielzeug auf dem Teppich.

Björn sprang auf, schüttelte sich und hüpfte wie ein Junge in die Höhe. Er umarmte Elena, küsste sie und hob sie in die Luft.

»Weiter so!«, rief jemand vom Nachbartisch.

Nun regten sich weitere Gäste und ein paar Leute am Tresen. Zwanzig, dreißig und noch mehr Händepaare klatschten Beifall, der immer rhythmischer wurde. Einige begannen zu tanzen. Jemand rief »Sirtaki!«, manche grölten »Marmor, Stein und Eisen bricht«. Ein anderer brüllte: »Worum geht's eigentlich?«

»Lass es jetzt lieber«, sagte Elena dicht an Björns Ohr. »Es sind noch fünf Monate. Es kann noch viel passieren.«

Passieren – das Wort ließ Björn zusammenzucken. Nicht daran denken, nicht jetzt.

»Du … du kommst doch nach Hause?«

»Wenn du die roten Dessous wegräumst, während ich meine Sachen bei Gaby hole.«

Fünf Monate! Dagegen war ein einziger Tag ein lächerliches Nichts! Ihm war, als müsse er irgendwas von Liebe sagen. Aber die Liebe war einfach da, war aus dem Sumpfloch zum Vorschein gekommen. Warum darüber reden? Bei dem Lärm hier wäre nur Schreien in Frage gekommen.

Die ersten Takte des Sirtaki schwebten durch den Raum. Tische wurden beiseite geschoben, Stühle weggestoßen. Im Nu formierte sich eine Reihe. Jemand zog Björn hinein, ein anderer Elena. Schultern, Arme und Hände berührten sich. Augen blitzten, Haare flogen. Füße stampften auf den Boden, schneller und schneller im Feuer der Bouzouki-Klänge – eine Stimmung wie an Karneval. Als Björn ein paar Schweißtropfen von der Stirn rollten, fiel ihm ein, dass er sich von Elena kein Kind gewünscht hatte, sondern einen Rat.

20. Das Zeichen

Björns Ängste verflogen wie schlechte Gerüche, wenn man das Fenster aufreißt. Die Luft um ihn herum schien klar und frisch. Sein Rücken straffte sich.

Wie war das mit der Post für Marie? Er sollte selbst danach schauen, statt es dem Nachbarn zu überlassen, der entweder alles falsch deutete oder gerissener war, als es den Anschein hatte. Und konnte Ilse Schmitz nicht *die Chefin* sein, die als gute Hausfrau getarnt seit Jahren ein besonderes Süppchen kochte? Was war das für ein Päckchen, das Schmitz heute Mittag unterm Arm gehalten hatte? War es wirklich seines, wie er behauptete? Hatte das nicht irgendwie falsch geklungen? Warum war er damit aus Maries Haus gekommen? Björn fühlte sich, als hätte er bisher schläfrig vor sich hin gedöst und wäre nun vollständig erwacht, um jeder Frage energisch nachzugehen. Er würde nicht locker lassen, bevor er befriedigende Antworten bekäme.

Sie hatten den »Südbahnhof« verlassen und trennten sich. Elena fuhr mit ihrem Auto zu Gaby, Björn ließ den Jaguar in der Ermekeilstraße stehen und ging zu Fuß zum Poppelsdorfer Weiher. Durch die Schlossstraße war es ein Weg von wenigen Minuten. Vielleicht würde er hier bald den Kinderwagen entlang schieben, ging ihm durch den Kopf. Sehenswürdigkeiten wie das Schloss Clemensruhe sollte der Sprössling so früh wie möglich kennen lernen, und den Wagen sollten sie passend zum Jaguar kaufen. Silbergrau, ein fabelhafter Farbton für ein Baby.

Björn bog in den Venusbergweg ein. Erleichtert stellte er fest, dass bei Schmitzens noch Licht in der Küche brannte, obwohl es auf Mitternacht zuging. Natürlich war es ungehörig, das Paar so spät zu stören. Aber für Höflichkeit war keine Zeit. Er trat auf die Fußmatte, die ein grauer Putzlappen bedeckte, und klingelte. Am Fenster sah er den Nachbarn im Schein einer Leuchtröhre hantieren.

»So spät, Herr Neffe?«, rief Schmitz durch den Dreiecksspalt des Kippflügels.

»Entschuldigung.«

»Gibt es was Neues?«

»Ja!«, rief Björn.

»Teufel noch! Und was?«

»Ich werde Vater!«

Das hatte er nicht sagen wollen, aber nun war es heraus. Sekunden später wurde die Tür aufgerissen. Das Gesicht des Rentners hatte sich zu einem Lächeln verbreitet, das Björn ganz unbekannt war.

»Mir ist es vier Mal so ergangen! Jedes Mal habe ich ein paar Schnäpse darauf genommen und immer einen Prachtkerl bekommen! Sollen wir?«

Björn folgte dem Nachbarn hinein. Er blieb am Tisch stehen und schaute sich um, während Schmitz im Küchenschrank herum klapperte. Alle Flächen waren spiegelblank poliert, auch die Tür zum Wohnzimmer, die angelehnt stand. Die Äpfel in der Obstschale schimmerten wie lackiertes Holz.

»Alle vier sind tüchtige Jungs geworden! Was will man mehr?«

»Ich hätte lieber eine Tochter.«

»Sie müssen nehmen, was ausgebrütet wird.« Schmitz stellte zwei Schnapsgläser auf den Tisch und schraubte die Flasche auf. »Ist aber nett, dass Sie extra vorbeikommen, um uns die freudige Nachricht mitzuteilen.«

Unmöglich, jetzt nach dem Päckchen zu fragen, sagte sich Björn. Wenn es tatsächlich Schmitz selbst gehörte, träte er mächtig ins Fettnäpfchen. Auch mit dem schönen Waffenstillstand wäre es dann vorbei.

Der Klare plätscherte ins erste Glas.

»Das ist unglaublich, Dieter!«, trötete eine Stimme aus dem Wohnzimmer.

Dieter Schmitz zuckte zusammen. Im zweiten Glas lief der Schnaps über.

»Ilse …«

»Das solltest du dir angucken, Dieter! Ob sie sich das wirklich alles ausgedacht hat?«

»Ilse …« Schmitz schüttelte den Kopf und reichte Björn ein Glas. »Hören Sie nicht hin. Sie liest gerne Romane. Schauergeschichten. Mag sie lieber als Fernsehen.« Er hob sein Glas. »Auf die Zukunft! Wer Kinder hat, der ist dabei!«

»Prost.«

Sie leerten ihre Gläser.

»Dieter!«, tönte es wieder von nebenan. Offenbar näherte sich ihr Schauerroman einem Höhepunkt.

»Ilse, Herr Kröger wird Vater!«

»Herr Kröger ist da?« Es klang erschrocken.

Frau Schmitz erschien mit hochrotem Kopf in der Tür. Ihre gewaltige Brust war in großflächiges Blumenmuster verpackt. Vor leuchtendem Klatschmohn und gelben Rispen hielt sie ein Bündel zerknickten Papiers, das mit schwarzer Tinte eng beschrieben war. Sie mühte sich ab, die Blätter in einen hellbraunen DIN-A4-Umschlag zu stopfen.

»Herzlichen Glückwunsch«, sagte Frau Schmitz in Björns Richtung, ohne ihn anzuschauen.

»Danke«, erwiderte Björn mit Blick auf die kleine, rundliche Handschrift, die vor der Blumenfläche hin und her tanzte.

Maries Schrift! Das Päckchen! Hatte er nicht so was geahnt?

Ein großer Schritt, ein beherzter Griff, und schon verließ der Packen samt Umschlag die fleischigen Hände. Frau Schmitz war so überrascht, dass ihre Finger kampflos nachgaben.

»Das ist nicht für Sie!«, empörte sie sich.

»Schönen Abend noch!«, rief Björn. Er floh aus der Küche, aus dem Haus, aus dem Vorgarten.

»Halt! Geben Sie das her!«, polterte Schmitzens Stimme hinter ihm. »Das hab ich gefunden! Im kleinen Schreibtisch, das haben Sie ja nicht geschafft!«

Björn lief über den Fußweg auf die Schlossstraße zu. Vor der Ecke drehte er sich um und sah das Paar am schwach erleuchteten

Zaun stehen und mit den Armen fuchteln. Schmitz ist also nochmals auf die Suche gegangen, dachte Björn; er hat mich belogen. Was ich, der Oberlügner, ihm kaum vorwerfen kann.

Am Auto angelangt, warf er seine Beute auf den Beifahrersitz und startete den Wagen. Als er ein paar Minuten später vor einer roten Ampel wartete und neben sich blickte, bemerkte er, dass der eroberte Umschlag keine Briefmarke aufwies und Maries Name in handgeschriebenen Druckbuchstaben darauf stand. Solche Umschläge lagen in der untersten Schublade des schnörkeligen Schreibtischs in Maries Wohnzimmer, darunter auch einige, die an sie selbst adressiert waren wie dieser. Björn hatte sie am Sonntag nicht beachtet. Der Nachbar war schlauer gewesen.

Obwohl es bereits Mitternacht war, staute sich in der Clemens-August-Straße der Verkehr und kam zum Stillstand. Björn nutzte die Pause, nahm den Umschlag vom Beifahrersitz und zog den Inhalt heraus. Insgesamt waren es vier Päckchen aus gefalteten Blättern. Kein Wunder, dass Frau Schmitz ihre Mühe damit hatte. Anscheinend hatte Marie die Teile zusammengepresst und dann in den Umschlag gepackt. Warum diese Umständlichkeit? Sie hätte die Bögen ohne jedes Falten in den Umschlag schieben können. Die Tante wurde alt und wunderlich, das fiel ihm immer mehr auf.

Im Schritttempo ging es ein Stück vorwärts. In der Fahrbahnmitte waren offenbar zwei Wagen kollidiert, die Motorhauben waren eingedrückt. Die Straße war von zuckendem Blaulicht überflutet, das von Polizeiautos und Rettungswagen herrührte. Björn musste warten, bis es weiterging – in dem scheußlichen Unbehagen, das die Nähe von Polizei neuerdings in ihm auslöste. Wenn er jetzt ein Blatt Papier hätte, eine Serviette, irgendwas, das sich falten ließ … Er blickte zum Beifahrersitz. Das gab's doch nicht! Marie hatte die Blätter genauso gefaltet wie er selbst es oft tat, wenn er ungeduldig oder nervös war. Sollte das ein Zeichen sein, von dem sie angenommen hatte, dass nur er es verstand? *Björn, nimm das an dich.* Warum hatte sie den Umschlag nicht einfach mit seinem Namen beschriftet? Vielleicht war alles wohlbedacht und Marie nicht halb so wunderlich, wie er annahm.

Die Autos vor ihm starteten. Ein Polizist in Uniform winkte ihn an der Unfallstelle vorbei.

Zu Hause streifte Björn die Schuhe ab und sprang die Treppe hinauf. Leise Jazzklänge drangen aus dem Schlafzimmer. Klavier und Saxophon oder so, er kannte sich damit nicht aus. Die Tür stand offen. Elena räumte ihre Kleidung in den Schrank.

»Ich muss schnell was durchlesen!«, rief er ihr zu. »Es ist von Marie.«

»Ist sie wieder da?«

»Nein, ich hab was gefunden, möglicherweise Memoiren.«

»Ist gut, ich bin beschäftigt.«

Auf dem Bett lagen großformatige farbige Aquarelle. Sie strahlten eine solche Kraft aus, dass sie ihn in der offenen Tür festhielten. Die waren neu, er kannte sie noch nicht. Meeresfarben, dazu ein besonderes Gelb und rote Tupfen wie Segel auf hoher See. Er riss sich von dem Anblick los und ging ins Arbeitszimmer. Wenn Maries Blätter eine Botschaft enthielten, die ihm nützen sollte, musste er mit Tempo lesen. *Noch einen Tag!* Keine 21 Stunden mehr. Das hieß, sich verdammt zu beeilen.

Björn knipste die Stehlampe an, ließ sich auf die Couch fallen und schob sich ein paar Kissen unter den Kopf. Er legte die Papierpäckchen neben sich und glättete die verknautschten Seiten, so gut es ging. Die Bögen waren von der oberen bis zur unteren Kante eng beschrieben. Die Buchstaben in den Knicken wirkten verzerrt. Das dürfte mühsam werden, dachte er, das geht nicht so schnell. Und ich kann jetzt nicht stundenlang lesen, ich muss zu Elena hinüber.

Sein Blick blieb an der Überschrift hängen: *Patience.*

»Ach, nee«, entfuhr es ihm.

Wenn er das gewusst hätte! Den Kram hätte Frau Schmitz ruhig behalten können. Patience, ein Alte-Damen-Spiel. Das gab es in verschiedenen Variationen, die schmückende Namen wie *Windrad, Harfe* oder *Abendstern* trugen. Man saß alleine vor den Karten, die in irgendeine Ordnung zu bringen waren. Er kannte das von seiner Großmutter, die immer die Wettervorhersage fürs Wochenende gelegt hatte. Ging die Patience auf, wurde das Wetter gut, scheiterte sie, war mit Regen oder Sturm zu rechnen – was für ein Blödsinn!

Björn warf den Packen zu Boden. Nein, danke. In 50 Jahren im Seniorenheim vielleicht. Jetzt lieber früh schlafen, um morgen einen klaren Kopf zu haben. Er schloss die Augen. Für diesen Mist hatte er das Ehepaar Schmitz in Rage gebracht! Peinlich! Was hatte er erwartet? Ein Tagebuch? Eine Lebensbeichte? Ein ausführliches Testament? Stattdessen hatte sie einen Text über Kartenspiele verfasst! Marie hatte wohl selbst nicht mehr dahinter gestanden, sonst hätte sie ihre Spielkarten nicht zerschnitten und in einer Abfalltüte unters Bett gepackt.

Im Nebenzimmer klapperte Elena mit Kleiderbügeln. Die Schranktür quietschte. Die wird sie bald ölen, dachte Björn, vielleicht sogar das Garagentor. Sie wird auch den Garten wässern. Die stinkende Blumenvase leeren, das verschimmelte Obst entsorgen. Er dagegen war so müde, dass er nicht wusste, wie er sich zum Zähneputzen aufraffen sollte. Nebenan knarrte die Schublade der Kommode, in der Elena ihre Pullover aufbewahrte. Jetzt musste sie bald fertig sein. Er sollte hinübergehen. Sie in die Arme schließen. Mit ihr ins Bett sinken. Ihre erste Nacht zu Hause. Und ihr Mann döste auf der Couch.

Sie haben noch einen Tag.

Der Satz lag noch in seinen Ohren. Gleichwohl spürte er, wie er wegglitt, diffusen Träumen entgegen. Er vernahm bereits sein eigenes Schnarchen. Bilder in grellen Farben waberten hinter seinen Augenlidern. Tiefer drinnen schwebten Worte wie Wölkchen vorüber. Plötzlich war mittendrin eine Gestalt, die immer deutlicher wurde. Der rote Kopf leuchtete, der Blumenstoff wogte, die Stimme donnerte: *Das solltest du dir angucken, Dieter! Ob sie sich das wirklich alles ausgedacht hat?* Die Frau liebte Schauerromane und war hiervon erschüttert – von Patiencen?

Björn schlug die Augen auf, beugte sich zum Boden hinunter und griff nach der obersten Seite.

Patience, las er noch einmal und diesmal ein Stück weiter. *Nach dem Stolpern stand der eine Weg noch offen ...* Er blätterte weiter. Merkwürdig. Es ging nicht um Spiele und sah nicht nach Memoiren aus. Hoffentlich war es kein selbst verfasster Liebesroman, das wäre zu dumm. Vor allem Zeitverschwendung.

Björn setzte sich aufrecht hin und schob sich die Kissen in den Rücken. Gleichgültig, was ihn erwartete, es war für ihn. Er musste es lesen. Jetzt sofort.

»Kommst du, Björn?«

Nein, er durfte Elena nicht enttäuschen, er hatte sie schon viel zu sehr enttäuscht. Es wäre Wahnsinn, den gerade erlangten Frieden aufs Spiel zu setzen.

Björn stand auf.

Sie haben noch einen Tag.

Er setzte sich wieder hin.

»Sekunde, Schatz, ich komme gleich!«

Und Björn las. Nebenan knarrte das Bett. Ein paar Minuten später fiel dort etwas zu Boden, Elenas Buch wahrscheinlich. Da hielt er schon die dritte Seite in der Hand. Nun war nur noch das Rascheln des Papiers zu hören.

Zweiter Teil

Patience

Nach dem Stolpern
stand der eine Weg noch offen.
Doch wie konnten die Dinge
nur so haarsträubend
durcheinandergeraten?

1. Der Fächer

Im Wohnzimmer. Himmelsrichtung: Nordost. Vor ihr die kleinen Karten, aus Vorsicht eng zusammengedrängt, einander berührend und überlappend, als empfänden auch sie die Furcht.

Die *Bildergalerie* gefiel Mirjam immer am besten. Da gab es Stufen, Sprünge und Distanzen, und am Schluss lag die ganze Gesellschaft aus Königen, Damen und Buben mit Schmuck und Spitzenkrägen in hübschen Achterreihen auf dem Tisch. Die Damen bezauberten durch zartes Lächeln, die Könige strahlten Güte und Würde aus. Der Kreuzkönig war ihr Liebster, die Buben waren jung und nett …

»Mein Herz, was machst du da?«

»Ich wische Staub, Napoleon.«

Oh, da war er aber leise hereingekommen! Das tat er in letzter Zeit öfter, wenn sie ihn im oberen Stockwerk am Schreibtisch beschäftigt glaubte. Doch war es ihr geglückt, nicht zusammenzuzucken.

Sie war nicht unvorbereitet. An der Tischkante hielt sie den geöffneten Bezug des Sofakissens bereit. Sie senkte den Kopf hinter den bauchigen Krug in der Mitte der Tischplatte. Mit den üppigen Blüten und Blättern, die sich über den Rand wölbten, gab das irdene Gefäß einen nützlichen kleinen Busch ab, alles aus Stoff, da Napoleon frische Blumen verabscheute. Der Wischlappen, ihr beweglicher Schutzwall, scheuchte die zierlichen Karten wie Staub in die Kissenhülle. Blitzschnell zog sie den Reißverschluss zu. Sie erschrak über das feine Quietschen, drehte das Kissen um und ließ den Lappen weiterfliegen zu den Armlehnen des Sofas. Tief dunkles Mahagoni, das schön glänzte. Nur nicht zittern. Den Herzschlag fühlte sie bis in die Kehle. Hoffentlich fragte Napoleon nicht, warum sie die Möbelpflege im Sitzen erledigte. Sie war so leichtsinnig!

Von der Anrichte, vor der er stehen geblieben war, vernahm sie Knistern und Rascheln, aber kein einziges Wort. Hatte er nichts bemerkt? Mirjam hob die Augen. Der kantige Kopf war über Briefe gebeugt. Die Nasenspitze bewegte sich, als rieche er die Möbelpolitur. Sein Taschenmesser fuhr in einen Umschlag und öffnete ihn mit kleinen Rucken. Er entfaltete ein weißes Blatt. Vermutlich eine Rechnung, die seine volle Aufmerksamkeit erforderte. Mirjam neigte sich ein wenig vor. Nein, es war ein handgeschriebener Text, dem seine Augen Zeile für Zeile folgten. Jemand schrieb ihm. Das geschah selten.

Napoleon runzelte die Stirn. Mirjam verließ ihren Platz am Tisch und ging an ihm vorüber. Sie strengte ihre Augen an, erhaschte aber nur ein einziges Wort:

Abend.

Er faltete das Blatt zusammen und steckte es in die Innentasche seiner Jacke.

Sein Schweigen hielt beim Essen an. Mirjam sprach auch nicht. Denn meistens verbat er sich das Geschwätz. Abgesehen davon, dass ihr nichts eingefallen wäre. Wovon hätte sie reden sollen? Von den keimenden Kartoffeln? Von der Fliege im Kühlschrank?

Am Nachmittag wollte sie den *Fächer* legen. Bisher war er nicht aufgegangen, jedes Mal stockte die Partie. Man durfte nur zwei Mal auslegen. Wenn die Familien beim letzten Durchgang nicht zusammenkamen, war die Sache gescheitert. Statt immer unzufrieden zu sein, sollte sie lieber schummeln.

Napoleon musterte sie. Was, wenn er etwas ahnte? Oder hatte sie irgendwo einen Fleck? Hatte sich ein Haar gelöst?

Er räusperte sich. »Staube heute Nachmittag die Bücher ab«, sagte er nicht unfreundlich. »Jedes einzeln.«

»Ja«, hauchte sie.

»Auch auf der Unterseite. Der Staub sitzt häufig darunter. Nimm nicht den unsinnigen Riesenlappen, den ich vorhin in deiner Hand sah, nimm den Pinsel. Meine Mutter benutzte nie etwas anderes. Sie machte es zweimal die Woche.«

»Ich weiß.«

Er schüttelte den Kopf und fuhr fort: »Ich kaufe dir eine andere Bluse. Diese hat zu viel Blau. Ein verwegener Farbton. Ganz unpassend für deine Situation.«

Während er außer Haus war, um die Bluse und die wenigen Dinge, die sie brauchten, zu besorgen, legte Mirjam auf dem Wohnzimmertisch den *Fächer* aus. Der Staubpinsel lag griffbereit vor ihr, dahinter erhoben sich zwei Stapel Lederbände, die als Sichtschutz gute Dienste leisteten.

Die Patience ging wieder nicht auf. Mirjam mischte die Karten und begann aufs Neue. Diesmal sah es besser aus. Pik, Herz und Karo flogen flott auf ihre Plätze in der Reihe. Nur das Kreuz-As stand noch allein mit seiner Zwei. Weiter kam sie nicht. Sie hörte ein Geräusch.

Als Napoleon ins Zimmer trat, schwenkte sie den Pinsel die Buchkanten entlang, ohne ein einziges Mal abzusetzen. Er hielt ihr eine lehmfarbene Bluse ausgebreitet vor die Brust. Sie roch nach etwas Chemischem und war, schätzte Mirjam, drei Nummern zu groß.

»Ausgezeichnet«, rief Napoleon aus.

Er zog die Bluse weg und deutete wie ein Kommandant auf die beiden Einkaufstaschen, die vor der Küchentür standen. Mirjam verstaute den Pinsel in seinem Kästchen und verließ den Tisch, auf dem sich nur noch zwei Stapel uralter Bücher befanden, Rechtsphilosophische Schriften, militärhistorische Abhandlungen aus dem 19. Jahrhundert sowie ein Anatomiebuch mit Zeichnungen und dem Titel *Der Mensch*.

Napoleon sah ihr eine Weile zu, wie sie die Lebensmittel in den Kühlschrank und die Oberschränke einräumte. Dann ging er die Treppe hinauf in sein Arbeitszimmer. Lediglich die Sitzungstage pflegte er im Amtsgericht in der Wilhelmstraße zu verbringen. An normalen Arbeitstagen suchte er das Gericht nur auf, um bearbeitete Akten zurückzubringen und neue Akten zu holen oder eine Unterschrift zu leisten.

Mirjam hörte oben die Dielen knarren, hängte die Taschen an den Türhaken und eilte zurück ins Wohnzimmer. Sie wedelte mit dem Staubpinsel über ein paar Bücher, was mehr vorbeugenden Charakter hatte. Denn Staub gab es in Napoleons Haus ebenso wenig wie Musik. Als sie aus dem oberen Stockwerk ein ausgedehntes Husten vernahm, wusste sie, dass er die erste Akte aufgeschlagen hatte und mit der Arbeit begann. Sie warf den Pinsel beiseite, zog die Karten aus dem Kissen und legte eilig die zwölf kleinen Fächer aus, die ihre Geheimnisse so beharrlich für sich behielten. Mit dem An- und Umlegen kam sie gut vorwärts. Die Angehörigen von Kreuz, Pik, Herz und Karo fanden ungewöhnlich rasch zusammen. Es war eine Lust, die in jenem Wohlgefühl gipfeln würde …

Knarren auf der Treppe.

Er schien sich zu bemühen, noch leiser aufzutreten als sonst. Doch Patiencen fördern die Aufmerksamkeit. Ihr war, als wollte Napoleon sie heute mehr kontrollieren als an anderen Tagen. Als hätte er einen Verdacht.

Es war eine Kunst, 52 Kärtchen in Sekundenschnelle und möglichst ohne Schaden in ein Kissen zu schieben, zudem riskant, weil nichts daneben fallen durfte. Mirjam ergriff gerade den Staubpinsel und das nächstliegende Buch, als Napoleon in der Tür erschien. Das war knapp. Sie sollte lieber einfache Varianten wählen wie *das Viereck*, wo sie nicht mehr als vier Karten vom Tisch zu fegen hatte, oder *die Gefangene*, bei der nur eine brave Reihe zu entsorgen war.

»Du machst es immer noch nicht besser«, rügte Napoleon. Er nahm einen der Bände vom fertigen Stapel und fuhr mit dem Zeigefinger rundherum. »Außerdem bist du zu langsam.«

Er konnte ja nicht ahnen, wie schnell sie war! Ein Spiel fast beendet und Dutzende von Büchern von unsichtbarem Staub befreit! Noch vor einem Jahr war ihr Leben einfacher gewesen. Als sie nicht wusste, was *Patience* bedeutete.

Sie hatten von Anfang an keinen Fernseher besessen, kein Radio, kein Telefon und keinen Computer, nichts, um Musik zu hören oder Filme zu sehen, nicht einmal Bildbände oder Bücher mit Romanen und Gedichten. Auch nichts, um selbst Musik zu machen, und nicht einmal ein Brettspiel. Diese Dinge, so belehrte Napoleon seine Frau, waren Erfindungen des Teufels. Sie besuchten kein Theater, kein Konzert, kein Kino, kein Fest, auch keinen Gottesdienst, und unternahmen nie einen Spaziergang. Nach Napoleons Meinung bot der Anblick des Weihers, der durch die Gardinen schimmerte, Zerstreuung genug.

Um seine Frau keinen verderblichen Einflüssen auszusetzen, hatte Napoleon zwei Tage vor der Hochzeit auch die Zeitung abbestellt. Mirjam erfuhr nichts von dem, was in der Welt vor sich ging. In der ersten Zeit ihrer Ehe hatte ihre Mutter ab und zu mit Berichten von Skandalen, Sensationen und Katastrophen vor der Tür gestanden. Doch seit sie gestorben war, neigte Mirjam zu der Annahme, dass es überall so war wie bei ihr selbst: Es passierte nichts.

Falls sie nicht zum Sommerurlaub aufbrachen. Es war der einzige Luxus, den Napoleon duldete. Sie fuhren mit dem alten Opel, den er von seinem Vater geerbt hatte, aufs Land in eine abgelegene Pension mit dunklem Plüsch, Spitzendecken, solider Hausmannskost sowie zwei Zeitungen und wenigen Romanen, von denen Napoleon seine Frau ebenso fernhielt wie von dem Zimmer, in dem sich das Fernsehgerät befand.

Dieser alljährliche Aufenthalt war Napoleon eine liebe Tradition: Schon seine Eltern waren in diesem Hause zu Gast gewesen. Fast alle waren hier über 80 Jahre alt, einschließlich der Köchin und der Frau fürs Reinemachen. Die Wirtin nannte Napoleon respektvoll »Herr Amtsgerichtsrat«, obwohl es den Titel längst nicht mehr gab.

Während des letzten Aufenthalts war hier etwas geschehen, das Mirjams Leben verändert hatte. Ausgerechnet zwischen schmiedeeisernen Gittern, Geranientöpfen und Hortensienbüschen hatte das bis dahin Unvorstellbare seinen Lauf genommen.

2. Der kleine Napoleon

Es hatte damit begonnen, dass der sonst stets wachsame Napoleon im Sessel eingeschlafen war. Eine der alten Damen, die zweiundachtzigjährige Frau von Nöck, beugte sich zu Mirjam herüber.

»Warum lesen Sie nichts?«

»Mein Mann mag es nicht«, flüsterte Mirjam.

»Aber Sie können nicht immer so dasitzen. Legen Sie doch eine Patience!«

»Wie bitte?«

»Patience bedeutet Geduld. Man spielt sie mit Karten. Meistens allein.«

»Geduldspiel? Nein, das geht nicht.«

»Versuchen Sie es.«

»Nein!«

»Es ist nicht schwer.«

»Mein Mann ist dagegen.«

Wie zur Bestätigung ertönte aus dem Sessel ein lang gezogenes Grunzen, das in einen heiseren Pfiff auslief, der Mirjam erschauern ließ.

»Nicht so ein Geduldsspiel, wo Kugeln in Löcher rollen«, erklärte Frau von Nöck. Sie öffnete ihre Handtasche und zog ein schwarzes Etui heraus, nicht größer als eine Zigarettenschachtel. Daraus kamen bunt bebilderte Kärtchen zum Vorschein.

»Die Patience verlangt planen, abwägen und vorausdenken«, fuhr die alte Dame fort und kicherte leise. »Nicht mehr und nicht weniger, als das Leben selbst erfordert.«

Mit raschen Bewegungen zog sie Karte um Karte von dem winzigen Packen und legte sie auf die Tischplatte. Mirjam sah Hermeline und Zepter, Damen mit Perlen, Herren mit Kronen und junge Männer mit Federhüten sowie geheimnisvolle Zahlen und Zeichen. Sie schienen nichts gemeinsam zu haben mit den Karten, die sie vor ihrer Heirat in den schwieligen Händen von Bauarbeitern gesehen hatte. Mirjam konnte nicht anders – sie streckte den Arm aus.

Napoleons Brust entfuhr ein rasselnder Laut. Seine hohe Stirn knautschte sich zusammen, die kleinen Augen irrten umher, die Zähne schlugen aufeinander. Den Vorgang am Tisch erfasste er sofort. Mirjam konnte ihren Arm nicht so schnell zurückhalten. Ihre Hand berührte das Kärtchen, das der Tischkante am nächsten lag.

»Ha!« Napoleons Oberkörper schnellte vor, seine langen Finger schraubten sich fest um Mirjams Ellenbogen.

Die alte Dame schob eilends die Karten zusammen und breitete schützend ihre Hände darüber. Mirjam senkte die Augen. Sie war es gewohnt, jeden Seufzer hinter die Zähne zu sperren. Doch sie spürte, dass die Frau auf dem Stuhl gegenüber nicht hinnehmen wollte, was sie soeben gesehen hatte.

Zwei Tage später – es mochte am reichlichen Essen gelegen haben – schlief Napoleon wieder ein. Frau von Nöck zog das schwarze Etui hervor. Mirjam drehte den Kopf zur Seite, zu den Töpfen mit Geranien und Petunien, und beobachtete zwei Hummeln über den roten und weißen Blüten. Als ihr Nacken schmerzte, schaute sie wieder zum Tisch. Vor ihr lagen die kleinen Karten in Form eines auf der Spitze stehenden Dreiecks.

»*Die Harfe*«, flüsterte Frau von Nöck. »Schauen wir mal, ob sie aufgeht.«

Mirjam konnte sich nicht abwenden. Schon beim ersten Mal hatten die Bilder in ihr Wünsche erregt. Nun kamen Regeln dazu, die klar und eindeutig waren. Ihren Augen entging keine Möglichkeit, die den glücklichen Ausgang der Patience begünstigte. *Die Harfe* endete in vier ordentlichen Kartenpäckchen, von denen die Könige von Kreuz, Pik, Herz und Karo sie zufrieden anblickten. Mirjam legte die Patience noch einmal ohne Hilfe. Diesmal waren die Bild- und Zahlenkarten anders verteilt. Doch die Patience ging wieder auf.

»Als ob Sie für das Spiel geschaffen wären ...« murmelte Frau von Nöck. »Das ist selten.«

Als Napoleon aus dem Schläfchen erwachte, war die Tischplatte leer. Die alte Dame strickte, und Mirjam schaute schläfrig um sich, wie es sich in der Mittagspause gehörte. Napoleon nickte. Offenbar war alles zu seiner vollen Zufriedenheit.

Von nun an klappte es täglich und zudem sehr zuverlässig, so dass auch schwierigere Patiencen möglich waren. Frau von Nöck äußerste sich begeistert über die Begabung ihrer Schülerin. Mirjam selbst blieb still, während sie die Karten anlegte, abhob und einordnete. Sie behielt auch für sich, wie sehr sie sich über Napoleons neue Angewohnheit wunderte. Bisher hatte er Faulenzer, die die beste Zeit des Tages verschliefen, zutiefst verachtet.

Eines Mittags beobachtete Mirjam, wie ihre neue Freundin die Wirtin bei der Austeilung des Essens unterstützte. Das war nicht ungewöhnlich; auch eine andere Dame half bisweilen, damit die Gäste in etwa gleichzeitig essen konnten. Doch eine Bewegung der schlanken Hand ihrer Freundin irritierte Mirjam. Sie beugte sich vor, blickte an Napoleons Schulter vorbei und sah ein feines Pulver wie Salz in seine Suppe rieseln und darin untertauchen, bevor ein lächelnder Mund ihm mit der Stimme eines Engels »gesegneten Appetit« wünschte. Mirjam erstarrte. Es kam erst wieder Leben in sie, als die den Druck einer Hand auf ihrer Schulter spürte und Frau von Nöck an sich vorbeigehen sah.

Sobald Napoleon schlief, pflegten sie anzufangen. Mirjam erlernte mehr als ein Dutzend Patiencen mit wohlklingenden Namen und behielt alle im Kopf. Sie hatte keine Schwierigkeiten, die Regeln der *Königskerze* von denen des *Zopfs* zu unterscheiden, ebenso stand es mit dem *Abendstern*, dem *Schmetterling*, dem *Kolosseum* und weiteren Spielarten. Sie vergaß immer öfter, zum schlafenden Gatten hinüber zu blinzeln. Beim *kleinen Napoleon* war sie anfangs fahrig, erlangte aber auch dort die nötige Sicherheit.

Der letzte Urlaubstag kam und mit ihm der Abschied. Während des Frühstücks standen die Koffer bereits fertig gepackt im Flur.

Napoleon köpfte sein Frühstücksei mit dem Messer. Er schob den Löffel hinein, hielt inne, verfärbte sich dunkelrot und rief die Wirtin.

»Sie wünschen, Herr Amtsgerichtsrat?«

»Ich habe ein weiches Ei bestellt!«

»Ist das kein weiches Ei?«

»Der Dotter muss vom Löffel tropfen!«

»Tut er das nicht?«

»Die Mitte ist fest. Der Löffel bleibt stecken.«

Napoleon hielt den Kopf nach rechts gewandt, weil dort die Wirtin stand. Links von ihm saß die zweiundachtzigjährige Patiencenlegerin und machte sich an ihrer Handtasche zu schaffen. Mirjam, die der Eierdisput langweilte, blickte über den Frühstückstisch zu ihr hinüber, erst ohne besondere Regung, dann mit blankem Entsetzen. Welch ein Wahnsinn! Ein Stapel kleiner Karten kam über Brotkorb und Aufschnittplatte hinweg geradewegs auf sie zu. Und ihre eigene Hand hob sich, als gehöre sie nicht zu ihr, dem Stapel entgegen.

Mirjam fühlte die Panik wie Feuer im Gesicht. Ihre Finger konnten die vielen Kärtchen kaum umspannen, eine Ecke des Stapels lugte hervor. Sie zog die Hand auf den Schoß. Um Gottes Willen, was jetzt? Wohin damit? Sie senkte die Augen. Am Boden traf ihr Blick auf ihre Schuhe. Heiser erklärte sie, sie müsse zur Toilette, sprang auf und lief aus dem Raum, die Hand mit den Karten an den Bauch gepresst.

Sie merkte, dass Napoleon die Eierschelte abbrach, und hörte, wie Frau von Nöck ihn belehrte, die Eile seiner jungen Frau beweise eine erfreulich rege Verdauung.

Rasch verriegelte Mirjam die Toilette. Die Karten legte sie auf die Bodenfliesen, wo sie sofort auseinander glitten. Sie bremste sie mit ihren dicken Gummisohlen und zerrte zugleich an den Schnürsenkeln. Der rechte Schuh war schnell geöffnet, am linken bildete sich ein Knoten. Während sie daran knibbelte, hörte sie Napoleons raue Stimme im Flur.

Er bringt es fertig, in den Vorraum einzudringen, dachte sie, er vermutet Durchfall und Erbrechen, er sorgt sich. Seine Augen würden sich auf den breiten Spalt unter der Toilettentür richten, direkt auf den Sündenfall.

Hastig nahm Mirjam die Kärtchen auf, verstaute alle 104 im rechten Schuh, setzte ihren Fuß darauf und band den Schnürsenkel zu. Unter dem Druck des Fußes gab der Stapel nach und fiel auseinander. Die Karten verteilten sich zwischen Ferse und Zehen. Ein Vorteil, dass Napoleon auf vernünftigen breiten Schnürschuhen bestand. Mit Pumps oder Sandalen wäre es hoffnungslos gewesen. So aber war es möglich, trotz der erhöhten Sohle fast normal aufzutreten. Auf keinen Fall durfte sie humpeln.

Sie betätigte die Wasserspülung, wusch sich die Hände und öffnete die Tür. Im Flur stand Napoleon neben der Wirtin und verkündete gerade, bis auf das Ei sei alles in Ordnung gewesen, er habe sich noch nie so gut erholt. Die alte Dame lehnte im Türrahmen des Frühstückszimmers. Sie blickte auf Mirjams Füße, hob den Kopf und lächelte ihr zu.

Fortan weilte Mirjam unter Königen, Königinnen und ihren Buben, war umgeben von Samt und Seide, Schmuck und Spitzen. Sie trafen sich zu Paaren, in Reihen und Kreisen, als ganze Familien oder zu Tänzen und Spielen. Der polierte Tisch mit der Rosendecke wurde zu Schloss und Park. Hinter den Hecken vernahm sie Flötentöne, vermochte, wenn sie sich anstrengte, das Plätschern von Wasserspielen zu hören, und spürte den Luftzug zarter Fächer an der Wange. Sie fühlte sich beglückt und auserwählt. Es war eine ungeheure Freiheit. Sie benötigte dafür nichts weiter als gelegentliches Alleinsein, ihre 104 kleinen Karten und ein Sofakissen mit Reißverschluss.

Es war ihre erste Heimlichkeit seit der Hochzeit.

3. Die launischen Damen

Ein Jahr war auf diese Weise vergangen. Nun brachen sie wieder auf. Die schwarzen Koffer aus genarbtem Leder, die von Napoleons Eltern stammten, warteten wie brave Schafe nebeneinander an der Haustür. Umständlich drückte Mirjam die Knöpfe durch die engen Löcher im festen Stoff ihres Mantels. Es waren fünf. Napoleon, der den Mantel selbst ausgesucht hatte, stand vor ihr, klopfte mit dem Schuh auf den Boden und klimperte mit den Schlüsseln.

Mirjam ließ sich Zeit. Sie musste ihre Gedanken ordnen. In der Pension würde sie Frau von Nöck treffen. Die alte Dame würde auf sie zueilen, ihr vielsagende Blicke zuwerfen und verräterische Fragen stellen. Sie konnte die ganze geliebte Heimlichkeit gefährden. Der Winter hatte schon genug Schwierigkeiten mit sich gebracht. Der dritte Knopf.

Kurz nach dem Neujahrstag hatte Napoleon dem Briefkasten einen Brief entnommen, den Mirjam nur flüchtig sah. Er stürzte damit an ihr vorbei die Treppe hinauf und verschwand in seinem Arbeitszimmer. Doch einen winzigen Augenblick lang war die Vorderseite des Umschlags zu sehen gewesen, und Mirjam hatte die steile Handschrift erkannt. Mit dieser Schrift hatte Frau von Nöck im Urlaub Ansichtskarten beschrieben. Als Napoleon später herunterkam, war sein Kopf dunkelrot und seine Laune schrecklich. Seine Zähne waren entblößt, und die Stimme zischte wie flüssiges Blei in kaltem Wasser. Jedes fertige Oberhemd und jede Tischdecke, die bereits gefaltet im Schrank lag, musste Mirjam zwei- bis dreimal bügeln, weil ihr Mann behauptete, ihr Hang zu knittriger Wäsche müsse ein für allemal ausgemerzt werden.

Noch zwei Knöpfe. Die Schlüssel klimperten heftig. Ein Fuß stampfte auf.

Am Montag darauf war es Mirjam gelungen, ein paar gänseblumengroße Schnipsel mit steilen Buchstaben darauf aus dem Papierkorb im Arbeitszimmer zusammenzufügen. Sie erkannte die Silbe *spiel* sowie die Wörter *wieder* und *freue*.

»Den letzten Knopf lass offen!«, bellte Napoleon. Er griff nach Mirjams Arm und schloss die Haustür auf. Als er neben ihr am Steuer saß und den Sicherheitsgurt anlegte, sagte er: »Erlaube dir bitte keinerlei Vertraulichkeit mit Frau von Nöck. Es wäre eine Zumutung für sie.«

Er wartete, bis Mirjam nickte, und ließ den Motor an.

Schon bei der ersten kurzen Begegnung im Garten spürte Mirjam, wie erpicht Frau von Nöck darauf war, mit ihr allein zu sprechen. Die Augen der alten Dame blitzten zu ihr herüber, begleitet von kleinen Gesten und verstohlenen Kopfbewegungen.

Bei der Austeilung des Mittagessens sah Mirjam sie helfen wie im letzten Jahr. Frau von Nöck ging hinter den Stuhllehnen entlang und plauderte mit diesem und jenem. Die Hand mit dem blauen Siegelring setzte Teller um Teller vor die Gäste. Als sie hinter Napoleon stand, bauschte sich ihre Ärmelrüsche. Sonst war nichts zu sehen. Doch Mirjam war erleichtert, als Napoleon nach der ersten Kostprobe den Löffel ablegte und den Teller von sich schob.

»Das ist keine Spargelsuppe. Das ist der Inhalt einer Büchse.«

Die anderen Gäste widersprachen und lobten die feine Würze und die sahnige Zartheit. Napoleon aber rührte die Suppe nicht mehr an.

Nach dem Essen ruhte man sich wie gewohnt unter der grünen Markise aus. Die meisten Gäste saßen auf ausgeblichenen Korbstühlen mit Kissenauflagen. Mirjam begnügte sich mit einem Klappstuhl aus Metall. Napoleon aber füllte wie in jedem Jahr den bequemsten und größten Armsessel aus. Er legte die Füße auf den gepolsterten Schemel, der eigens für ihn dorthin gestellt worden war, und schimpfte auf den Niedergang der Suppenkultur in Deutschland. Seine Mutter sei die letzte Frau gewesen, die sich noch auf die Zubereitung von Suppen verstanden habe, gleichgültig, ob es sich um klare oder gebundene Suppen, um Gemüsecremes oder Kaltschalen gehandelt habe.

Die verschmähte Portion Spargelsuppe hatte längst der Schäferhund der Wirtin aufgeschleckt. Nun lag er ausgestreckt an der Terrassentür und schlief so fest, dass jeder, der über die Schwelle wollte, gezwungen war, über ihn hinwegzusteigen. Weder die Räder eines Rollators auf seinem Schwanz noch die Spitze eines Krückstocks in seiner Flanke konnten daran etwas ändern.

Als der Kaffee herumgereicht wurde, beobachtete Mirjam, wie Frau von Nöck in ihre Rocktasche griff und etwas hervorholte, das vollständig in ihrer Hand verschwand. Mirjam richtete ihren Blick auf die himmelblauen Hortensien neben der Terrasse. Wie sollte sie der alten Dame klarmachen, dass sie nicht angesprochen werden wollte?

»Zucker?«, hörte sie Frau von Nöck fragen.

»Zwei Löffel«, antwortete der Mann an Mirjams Seite.

Nach der zweiten Tasse Kaffee zeigten ein gleichmäßiges Auf und Nieder der eckigen Brust sowie eine Folge gurgelnder und pfeifender Töne an, dass Napoleon schlief. Die alte Dame legte ihre schmale Hand auf Mirjams Arm.

»Begleiten Sie mich auf einen Spaziergang.«

Mirjam schüttelte den Kopf. »Mein Mann ist dagegen.«

Der Kaffeelöffel kreiste in der Tasse der alten Dame, viel länger als notwendig war, um Zucker und Sahne zu verrühren. »Wie lange sind Sie schon verheiratet?«

»Mein Mann schätzt es nicht, wenn ich über das Privatleben spreche.«

Der Löffel hielt im Kreisen inne. »Was haben Sie vor Ihrer Ehe gemacht?«

»Es war ohne Belang«, sagte Mirjam. Sie saß sehr aufrecht auf dem Stuhl, als ob das hilfreich wäre, sich nichts anmerken zu lassen.

»Mir können Sie es erzählen. Ich nehme bald alle Geschichten mit ins Grab.«

Geschichten! Ob sie etwas ahnte? Hatte Napoleon ihren Brief beantwortet und Andeutungen gemacht? Mirjam presste die Lippen aufeinander, verscheuchte eine Fliege und tat, als ob sie nichts gehört hätte. Frau von Nöck gab einen Seufzer von sich. Im Augenwinkel sah Mirjam, dass sie ihre Handtasche öffnete und ein Buch herauszog.

»Ein Kriminalroman«, erklärte die alte Dame. »Mögen Sie so etwas?«

»Nein.«

»Er ist köstlich.«

Mirjam rührte sich nicht. Die Hände hielt sie bewegungslos im Schoß, als säße sie einem Maler Modell. Sie hatte den Eindruck, dass Frau von Nöck das Buch nicht las, sondern nur hineinschaute, um zu überlegen, wie sie das Gespräch wieder in Gang bringen könnte. Nach einer Weile bemerkte Mirjam, dass das Buch zusammengeklappt war. Es lag auf dem Tisch. Nein, es bewegte sich, es kroch langsam vorwärts, genau auf sie zu. Es verließ den Schatten der Markise. Rot und schwarz flammte der Buchdeckel auf. Wie eine Warnung sprang aus der Mitte ein Wort: *Mord*.

Was will sie damit sagen?, dachte Mirjam erschrocken. Sie meint, ich verstehe die Anspielung. Sie weiß etwas. Sie will, dass ich darüber rede!

Mirjam streckte sie die Hand aus. Sie berührte die glatte Oberfläche mit den Fingerspitzen, nur kurz, als befürchte sie Hitze darauf. Mit einem Schubs beförderte sie das Buch zurück zu seiner Besitzerin und sagte: »Hoffentlich wird mein Mann bald wach.«

In diesem Urlaub hatte Mirjam mehr denn je das Gefühl, dass Napoleon damit beschäftigt war, jede ihrer Bewegungen mit seinen kleinen hellen Augen zu verfolgen. Wenn sie zum Fenster blickte, tat er es auch. Wenn sie aufstand, erhob auch er sich. Suchte sie die Toilette auf, machte er sich vor der Tür zu schaffen. Näherte sie sich anderen Gästen, lenkte er sie woanders hin. Solange er nicht schlief, gab es nur zwei Gelegenheiten, bei denen sie unbeaufsichtigt war: während er selbst zur Toilette ging und während er duschte. Beides tat er meistens, wenn sie im Bett war.

Einige Tage nach der Begegnung mit dem Buch glaubte Mirjam auf Napoleons Kartoffelknödeln einen Hauch des weißen Pulvers zu erkennen. Und tatsächlich – noch vor der ersten Tasse Kaffee sank Napoleon das Kinn auf die Brust. Die wenigen Gäste und die Wirtin schlichen auf Zehenspitzen ins Haus. Nach ihrer einhelligen Meinung hatte Napoleon vor dem Urlaub hart gearbeitet und brauchte nichts so sehr wie Schlaf.

Frau von Nöck bat Mirjam, sie in den hinteren Teil des Gartens zu begleiten. Diesmal weigerte sich Mirjam nicht, hoffte sie doch, eine neue Patience könnte die ermüdende Langeweile dieser Tage durchbrechen. Sie folgte der alten Dame zu der Laube aus wildem Wein und setzte sich neben sie auf die Holzbank. Doch sie fühlte sich unbehaglich und vermisste die Harmonie, die sie im letzten Urlaub genossen hatte. In diesem Jahr war die Stimmung zwischen ihnen anders. Frau von Nöck benahm sich, als ob sie irgendwo Sprengstoff verborgen hielte und nur auf die passende Gelegenheit wartete, ihn planvoll einzusetzen.

Wieder öffnete sie ihre Handtasche. Sie zog Karten hervor, die größer waren als Patiencekarten und anders bebildert. Hastig rückte Mirjam von ihr ab und fiel fast vom Ende der Bank. Solche Karten hatte sie bei einer Wahrsagerin auf einem Jahrmarkt gesehen. Diese Frau, die Schundliteratur las, wollte ihr die Zukunft legen! Für Mirjam gab es keine Zukunft, nicht im üblichen Sinne. Es ging immer so weiter, und das war gut so. Sie war glücklich unter Damen und Königen beim tröstlichen Pulsschlag der Standuhr von Napoleons Urgroßeltern. Sie war in Sicherheit vor der Zukunft.

Frau von Nöck breitete ein paar Karten auf dem verwitterten Tisch aus. Sie stellte Fragen, die Mirjam nicht beantwortete, nahm Karten fort und legte andere hin. Schließlich nickte die alte Dame und sprach, als hätte sie eine Denksportaufgabe gelöst:

»Es steckt etwas in Ihrer Vergangenheit.«

Mirjam sah auf den Boden. Dort schleppte eine Ameise etwas mit sich, das größer war als sie selbst.

»Die Karten raten Ihnen, Ihr Schicksal in die Hand zu nehmen. Die Königin, eine reife Person, die es gut meint, bin ich.
Der Eremit, der auf dem Kopf steht, der sind Sie. Der umgekehrte
Mond deutet auf eine Täuschung hin. Das Ergebnis ist das Ende,
der Tod.«

Mirjam starrte sie an. Kein Mensch konnte so etwas Schreckliches in bunten Bildern sehen! Und wo war Napoleon bei alledem?
Er kam nicht vor, als existierte er nicht!

Diese Schicksalskarten gefielen Mirjam nicht. Sie strahlten
nicht die höfliche Heiterkeit der Spielkarten aus, die sie so liebte.
Die hier machten Ernst. Mirjam schüttelte sich, sprang auf und
rannte über den Kiesweg zurück zur Terrasse.

4. Die Gefangene

Wenige Tage darauf leerte Mirjam in dem ruhigen Heim mit der
tickenden Standuhr ihren Koffer. Als sie den letzten Faltenrock
herausnahm, fuhr sie mit der Hand über die Seitenfächer aus
gerafftem Taft, um sich zu vergewissern, dass dort kein vergessenes
Taschentuch steckte. Sie stieß gegen die Kante eines flachen Recht-
ecks und erschrak so heftig, dass sie den Kofferdeckel zuknallte.

»Was war das?«, schnarrte Napoleon von der Treppe her.

»Nur der Koffer«, antwortete sie. »Ich bringe ihn in den Keller.«

»Du wirst heute die Knöpfe annähen, die mir von der Kleidung
gesprungen sind. Dann wasche und bügele akkurat. Wische auch
die Schränke aus, bevor du die sauberen Sachen ordentlich gefaltet
hineinlegst.«

Napoleon war auf dem Weg ins Gericht, um die erste Sitzung
nach dem Urlaub vorzubereiten. Mirjam war versucht, mit dem
Koffer die Treppe hinunter zu tänzeln und dabei zu singen. Aber
sie beherrschte sich. Das war sie gewohnt.

Im Keller stellte sie den Koffer auf die Fliesen und lauschte.
Oben fiel die Haustür zu. Der Schlüssel drehte sich im Schloss.

Mirjam entfuhr ein Seufzer. Die Schlösser an der Terrassentür und den Fenstern hatte Napoleon schon am frühen Morgen kontrolliert. Wie üblich waren alle zu. Bei solchem Wetter hätte Mirjam gerne mal ein Fenster geöffnet und ihre Nase in den sommerlichen Duft gehalten. Aber nun gab es Wichtigeres als Lamentieren. Sie öffnete den Koffer und nahm das Rechteck aus dem Seitenfach. Es war, was sie befürchtet und gehofft hatte: Das Buch, das von Mord erzählte. 480 Seiten lang.

Am Nachmittag, als sie wieder den Schlüssel an der Haustür vernahm, hatte Mirjam das Gefühl, Ungeheuerliches hinter sich gebracht zu haben. Zugleich hatte sie Sorgen, die sie bis dahin nicht gekannt hatte.

Verwundert stellte sie fest, dass Napoleon ungewöhnlich schnell vom Flur ins Wohnzimmer gelangte. Es schien, als habe er auf seinem Weg dorthin irgendwas unterlassen, das er sonst vorzunehmen pflegte. Sein Gesicht war rot, er wirkte aufgeregt.

»Ich habe es zunächst nicht beachtet!«, rief er aus. »Aber ich muss dieser Sache auf den Grund gehen!«

Mirjam stand vor der Anrichte, wo sie einen Silberleuchter mit einem weichen Tuch polierte, und schaute auf. Sie wusste sofort, was er meinte. Es war Stunden her, und er hatte es nicht vergessen.

»Warum verursachte der Koffer das seltsame Geräusch?«

»Verzeih«, sagte sie. »Ich war unachtsam mit dem Deckel.«

»Den Koffer bekam mein Vater zur Konfirmation geschenkt. Er hat zwei Weltkriege und ein Hochwasser unbeschadet überstanden. Wenn er durch deine Schuld gelitten hätte, könnte ich das nicht verzeihen.«

»Es war die Freude, wieder daheim zu sein.«

Er trat einen Schritt näher. »Du siehst gerötet aus, mein Herz. Es steht dir gar nicht schlecht.«

»Ich habe die Schränke ausgewischt, die Wäsche aufgehängt, die trockenen Kleidungsstücke gebügelt, gefaltet und verstaut, deinen Schreibtisch mit Möbelpolitur behandelt …«

Mein Gott, warum erwähnte sie den Schreibtisch?

»Schon gut«, winkte Napoleon ab. »Im Grunde langweilt es mich. Geh jetzt kochen. Ich bin müde.«

Er setzte sich in den Sessel seines Großvaters, grüßte das Porträt seiner Ururgroßmutter und nahm das Juristenblatt zur Hand, das er sich aus dem Amtsgericht mitgebracht hatte. Mirjam verließ zügig, wie er es gerne hatte, den Raum und schloss die Tür hinter sich.

Hoffentlich merkt er nicht, wie schwer das große Seidenkissen ist, dachte Mirjam in der Küche. Das Buch wog viel mehr als ein Haufen Kärtchen und hatte acht spitze Ecken.

Sie ließ ein paar Kartoffeln in den Spülstein kollern. In ihrer Rocktasche knirschte der gefaltete Briefumschlag. Ort und Straße hatte sie auswendig gewusst, die Hausnummer mit Fragezeichen versehen. Sogar eine Briefmarke hatte sie in der einzigen unverschlossenen Schublade von Napoleons Schreibtisch gefunden. Nur wusste sie nicht, wozu. Die Fenster und Türen ließen sich nur mit dem passenden Schlüssel öffnen, und den hütete Napoleon wie den heiligen Gral. Ohne Napoleon konnte sie nicht hinaus. Wie sollte der Brief zur Post gelangen? Sie konnte ihn nicht tagelang am Körper herumtragen. Als sie ihn schrieb, hatte sie geglaubt, dass ihr noch etwas einfiele. Aber es stimmte nicht. Ihr fiel kein anderer Ausgang ein als die Kanalisation.

Mirjam schrubbte die erste Kartoffel. Die zweite hatte eine faule Stelle, die sie sorgfältig herausschnitt. Aus dem Wohnzimmer klang der Stundenschlag der Standuhr. Nun fiel ihr doch etwas ein.

Sie legte die Bürste und das Messer neben das Becken. Den Kran drehte sie weit auf. Das Wasser pladderte auf die Kartoffeln. An der Schwelle zum Flur horchte sie in Richtung Wohnzimmer. Nicht nötig, die Schuhe auszuziehen. Auch so war es möglich, sich leise der Haustür zu nähern. Sie hatte die schwache Ahnung, dass dort etwas nicht stimmte. Napoleon war zu schnell hereingekommen.

Aus dem Wohnzimmer drang ein längeres Husten. Napoleon saß gewiss noch im Großvatersessel. Das Juristenblatt erforderte Zeit und Konzentration. Es würde ihn eine Weile im Sessel festhalten.

An der Haustür angelangt, drückte Mirjam langsam die Klinke herunter. Sie meinte schon den Widerstand des Schlosses zu spüren. Doch das schwere, dunkle Holz gab ohne Knarren nach. Vor ihr schwammen die steinernen Stufen, der Vorgarten und der Fußweg hinterm Gitter im grellen Sonnenlicht. Napoleon hatte vergessen abzuschließen! Soweit Mirjam wusste, war es sein erstes Versehen seit der Heirat.

Sie kniff die Augen zusammen und streckte den Kopf hinaus in das flimmernde Meer der Helligkeit. Der flaschengrüne Weiher, die bauschigen Wolken und das spiegelnde Wasser, die hohen Bäume, das gelbe Schimmern des barocken Schlosses im Hintergrund – alles wirkte wie ein Gemälde. Bewundernd hielt sie den Atem an und merkte kaum, dass ihre Füße sich die Stufen hinabbewegten.

Eine fremde Frau in Mirjams Alter schlenderte am Geländer des Weihers entlang und schaute zu ihr herüber. Ihre Blicke trafen sich. Die Fremde grüßte.

Mirjam eilte ans Gittertor und zog den Brief aus der Tasche.

»Bitte«, flüsterte sie. »Könnten Sie den …«

»Den Brief mitnehmen?« Die Frau trat an den Zaun. »Sind Sie krank und können ihn nicht einwerfen?« Sie sah Mirjam prüfend ins Gesicht. »Haben Sie Fieber?«

Die Frau sprach erschreckend laut. Zugleich meinte Mirjam, hinter sich, im Innern des Hauses, Schritte zu hören. Sie schob den Umschlag durch die Eisenstäbe in die sich ausstreckende Hand, raste ins Haus zurück und drückte die Tür hinter sich zu. Dabei entstand ein Laut, den misstrauische Ohren gewiss von Weitem einordnen konnten. Mirjam zerrte die Schublade der Flurkommode auf, nahm das Staubtuch heraus und ließ es über das Glas des Garderobenspiegels flattern.

Die Wohnzimmertüre wurde von innen aufgerissen. Napoleons eckiges Gesicht erschien, fratzenhaft verzerrt, als trieben ihn fürchterliche Visionen aus dem Zimmer.

»Ich muss etwas nachsehen!« Er war in wenigen Schritten an der Haustür.

Mirjams Augen folgten ihm, während ihre Hände den goldfarbenen Rahmen bearbeiteten. Napoleon klapperte mit dem Schlüsselbund, wählte einen der Schlüssel aus, steckte ihn ins Schloss und drehte ihn zweimal um. In der gewohnten straffen Haltung schritt er zurück zum Wohnzimmer, sichtlich zufrieden, dass seine Frau so wenig Interesse für seine Nachlässigkeit zeigte. Im Türrahmen blieb er stehen, schaute zur Küche hinüber und wandte sich um. Mirjam fing seinen Blick auf und meinte zu schrumpfen.

»Du hast Wasser laufen lassen!«

»Oh, ist das Becken schon voll? Ich wollte Kartoffeln waschen«, murmelte sie und rannte in die Küche.

Sie wusste, dass er ihr mit dem Blick eines Kerkermeisters nachsah, der es genießt, wenn der armselige Häftling zu Tode erschrickt. Er hält mich für ein dummes Huhn, dachte sie, ein Huhn, das nichts Besseres als Käfighaltung verdient hat. Vielleicht denkt er darüber nach, ob nicht ein einziger Raum für mich genug wäre. Ich bin sogar unfähiger als ein Huhn. Denn jedes Huhn legt, sofern ein eifriger Hahn zur Stelle ist, gelegentlich ein Ei, aus dem neues Leben entsteht. Bald wird er mir sagen, er habe noch kein Huhn gesehen, das dies nicht zu Wege bringt. Ein solches Huhn gehört selbstverständlich geschlachtet.

»Und noch etwas!«, zürnte Napoleon. »Sieh dir das an!« Er deutete ins Wohnzimmer.

Mirjam verließ das Spülbecken und folgte ihm.

»Das Kissen! Siehst du es?«

Sie tat so, als sähe sie dorthin. Doch sie konnte es nicht. Die Ecken! Gewiss drückten sich die Ecken des Buches durch den Seidenbezug. Sie hatte darauf geachtet, dass es in der Mitte der Federn lag, aber es konnte sich verschoben haben. Hätte sie es nur unter die Matratze des Ehebetts gepackt! Oder hinter die Anrichte oder …

»Du siehst es nicht?«, knatterte Napoleon.

Mirjam schüttelte den Kopf.

»Ein Kissen ist keine Handtasche, die man öffnen und schließen muss. Der Reißverschluss gehört nach unten! Dreh es um! Oder wartest du darauf, dass ich es tue?«

5. Die Harfe

Mirjam verlebte nun Tage, in denen es ihr von morgens bis abends so vorkam, als ob sie vor Anspannung und Aufregung zerplatzen müsste.

Am Dienstag sagte sie sich: Heute kann der Brief noch nicht dort sein. Am Mittwoch dachte sie: Mit etwas Glück ist er heute angekommen. Am Donnerstag meinte sie: Heute ist es am wahrscheinlichsten. Am Freitag: Spätestens jetzt hält Frau von Nöck den Brief in den Händen. Sie liest ihn und freut sich, dass ihre junge Freundin sich ein weiteres Buch dieser Art wünscht. Die Bitte, den Roman um Himmels Willen nicht per Post zu schicken, wird sie nicht überraschen, denn sie kennt Napoleon.

Aber es gab eine Sorge.

Ob Frau von Nöck, die mehr als hundert Kilometer entfernt lebte, einen Weg fände, das Buch an den einzig sicheren Platz, nämlich in den Komposthaufen, gelangen zu lassen? Mirjam hatte nicht verschwiegen, wo das Problem lag: Die alte Dame müsste jemanden engagieren, der im Dunkeln käme. Er hätte die Wahl zwischen der Selbstschussanlage am Eingang zum hinteren Garten, dem mannshohem doppeltem Elektrozaun längs der seitlichen Grenzmauern oder dem Umweg über das an der Rückseite angrenzende Grundstück, wo der Rottweiler eines alleinstehenden Herrn die Aufgabe hatte, jeden Eindringling zwischen die Reißzähne zu nehmen.

Die Sache mit dem Kompost würde sich auch für Mirjam nicht leicht gestalten, da jeglicher Zugang zum Garten für sie versperrt war und Napoleon alle Schlüssel bei sich trug. Doch neuerdings war ihr Verstand beweglich wie ein Kätzchen und wälzte etliche Möglichkeiten hin und her.

Am darauf folgenden Montag, als Napoleon in einer Sitzung weilte, stellte Mirjam mit Hilfe des Opernglases, das sie seinem Bücherregal entnommen hatte, eine Veränderung im Komposthaufen fest. Die Oberfläche wies eine Wölbung auf, die ihr neu vorkam. Falls sie nicht auf eine aktive Mäusefamilie zurückzuführen war, musste sich darunter das ersehnte Buch verbergen. Der neue Roman, eine weitere Mordgeschichte.

Mirjam fühlte ihren Körper anschwellen vor Kraft, sauste die Kellertreppe hinunter und versuchte, die alte Holztür zum Garten mit bloßen Händen aus dem Rahmen zu brechen. Später konnte das so aussehen, als hätte sich dort ein Einbrecher zu schaffen gemacht, dem es gelungen war, das Grundstück zu betreten. Zwei ihrer Fingernägel brachen ab, ein Splitter löste sich und stach ihr ins Nagelbett. Das Türblatt gab keinen Zentimeter nach. Bevor sie sich auffällig verletzte, was Napoleon zu Fragen veranlasst hätte, gab sie lieber auf. Sollte sie ein Küchenmesser holen? Es bestand die Gefahr, dass es brach und ein Teil der Klinge verräterisch im Holz stecken blieb. Schraubenzieher und andere Werkzeuge aber hielt Napoleon an einem ihr unbekannten Ort verschlossen.

Ihr blieb nichts anderes übrig, als in dem Tagesprogramm fortzufahren, das Napoleon für heute vorgeschrieben hatte: Saubere Fliesen säubern, staubfreie Möbel und Rahmen entstauben, glänzende Waschbecken zum Glänzen bringen. Schade, dass sie die Außenseiten der Fenster nur putzen konnte, wenn er daneben stand.

Die Nacht kam, wie sie immer kam. Sie war freundlicherweise bewölkt und hielt den Mond zurück. Für Mirjams Vorhaben war es wichtig, dass es dunkel war und kein Mondlicht durch den Vorhangstoff schimmerte.

Napoleon schlief rasch ein. Sein Schnarchen schwoll an und ab. Schwoll wieder an und wieder ab. Mirjam schob sich sachte von der durchgelegenen Matratze des alten Doppelbettes, in dem schon Napoleons Eltern ihre Ehe verbracht hatten. Auf den Dielen setzte sie die nackten Füße behutsam voreinander, damit der Boden nicht knarrte. Obwohl sie sich bis zu diesem Moment nicht anders verhielt, als wenn sie zur Toilette ginge, kam sie sich kühn vor.

Sie näherte sich dem Holz-Butler, auf dem Napoleons Anzug hing. Oft genug hatte sie beobachtet, wie seine Hand in der rechten Hosentasche verschwand und ein Klickern verursachte.

Mirjams Finger wanderten zwischen den Stofflagen hindurch bis zur Naht. Kein Metall, keine Schlüsselbärte. Dort klickerte nichts. Die Tasche war leer. Mirjam schickte ihre Finger in die linke Hosentasche. Auch sie enthielt nichts. Ebenso erging es ihr mit den äußeren Jackentaschen. Noch ehe ihre Finger zu den Innentaschen eilen konnten, erhellte sich das Zimmer. Der fast volle Mond verließ sein Versteck in den Wolken und schickte einen Strahl durch den Spalt zwischen den Vorhanghälften. Sie stand geradezu im Rampenlicht! Schnell wieder ins Bett, alles andere wäre Wahnsinn.

Das Auf und Ab des Schnarchens wich leiseren Atemzügen. Mirjam machte ein paar Schritte, vernahm ein Knacken und hielt inne. Das Geräusch kam vom Bett. Napoleon hob den Kopf. Er sah sie an, die Stirn gerunzelt, die Augen starr, die Haare aufgerichtet wie Stacheln.

Mirjam öffnete den Mund um zu sagen, sie komme aus dem Bad. Da sank Napoleons Kopf zurück aufs Kissen. Es entstand ein feiner Doppellaut, eine Art Klicken, eine neue Variation der reichen Tonskala seines Schlafes. Langsam ließ Mirjam sich hinunter auf die Bettkante, schwenkte vorsichtig die Beine aufs Laken und senkte zuletzt den Rücken und den Kopf, so dass sie wieder neben ihrem Mann lag.

Ihr Plan war zu riskant. Napoleon konnte jederzeit aufwachen. Sie sollte sich lieber ablenken, wie sie es gewohnt war. Das reduzierte ihr Leben auf ein Kartenproblem. Wozu brauchte sie einen zweiten Roman?

Die Harfe wäre jetzt richtig. Für diese Patience brauchte Mirjam weder Tisch noch Karten. Mit einiger Anstrengung ließ sie sich im Kopf spielen. Sie musste nur höllisch aufpassen, sonst entrückte ihr das Bild, und alles war vorbei.

Während sie sich die Auslage der Karten vorstellte, schwang Napoleon sich auf die andere Seite seines Körpers. Das Bettgefüge aus Holz und Metall bewegte sich, es krachte und quietschte. Vom Kopf her kam das kleine Geräusch, das sie schon vorher gehört hatte. Klick-klick. Nicht da, wo sein Atem austrat, sondern am Hinterkopf.

Ach?

Vorsichtig ließ Mirjam die Hand unter Napoleons Kissen kriechen wie ein wachsames Tier, jederzeit bereit, den Rückzug anzutreten. Ihre Finger tasteten das Laken ab. Sie fanden nichts. Der Schläfer drehte sich auf den Rücken und setzte zu einer gurgelnden Fanfare an. Mirjam wich zurück. Dabei stieß ihr Daumen an eine Zacke aus Metall.

Ihr Zeigefinger fand den Ring. Zentimeter für Zentimeter zog sie den Schlüsselbund an sich heran. Als sie ihn aufnahm, berührten die Schlüssel einander mit leisem Klimpern. Sie griff mit der anderen Hand nach dem Taschentuch, das auf ihrem Nachttisch lag, und wickelte es fest um den Ring und die Schlüssel. Sie durften keinen weiteren Ton von sich geben!

Wieder schob Mirjam ihren Körper aus dem Bett. Sie durchquerte das dunkler gewordene Zimmer. Der Mond war fast verschwunden. Durch die offenstehende Tür gelangte sie zur Treppe, immer wieder innehaltend, um auf das Schnarchen zu horchen, das hinter ihr in gleichmäßigem Auf und Ab erklang. Sie schlich hinab, die Hand fest um das Bündel aus Taschentuch und Schlüsselbund gespannt.

In der Finsternis des Wohnzimmers tickte die Standuhr. In der Küche summte der Kühlschrank. Mirjam war versucht, etwas für den Rottweiler mitzunehmen. In warmen Nächten schlief er draußen und konnte sie verraten. Doch fürchtete sie, dass Napoleon am Abend die Wurstscheiben nachgezählt hatte. Am Morgen würde er das Fehlen einer Scheibe bemerken. Er hatte schon einmal gedroht, ein Schloss am Kühlschrank anzubringen, er dulde keine Gefräßigkeit.

Mirjam huschte weiter, die nächste Treppe hinab. Im Keller blieb sie vor der Tür zum Garten stehen. Von draußen fiel ein Lichtschimmer durch das zweigeteilte Fenster im oberen Teil. Das half ihr, den passenden Schlüssel zu finden. Der erste, den sie ins Schloss steckte, war falsch, doch der zweite ließ sich widerstandslos herumdrehen. Ein Knacken, und es war geschafft.

Sie lauschte. Im Haus blieb alles still.

Die Tür ließ sie offen, um keinen weiteren Lärm zu verursachen. Sie stieg die Stufen empor und tat den ersten Schritt hinaus in die Nacht. Mehrere tiefe Atemzüge lang stand sie still im Wind. Über ihr jagten zerfetzte Wolken am bleichen Mond vorüber, verdeckten ihn und gaben ihn wieder frei. Alles roch so grün, als hätte sie die Nase in einen Salatkopf gesteckt. Sie horchte. Nichts hechelte oder knurrte hinterm Zaun. Die Schläge der Standuhr im Wohnzimmer klangen, als ob sie von einem fernen Kirchturm kämen.

Ihr Nachthemd war viel zu dünn. An den nackten Füßen drückten Steinchen und piksten kleine Äste. Ein Dorn hakte sich zwischen den Zehen fest. Doch ein paar Schritte weiter, auf dem von Napoleon kurz gehaltenen Rasenstück, schritt sie wie auf einem eigens für sie ausgelegten Teppich dahin, einem Gewebe aus kühler, kostbarer Seide. Den Kompost erreichte sie in dem Gefühl, der nächtliche Garten fange an zu singen.

Sie holte tief Luft und hielt, um die Vorfreude zu genießen, einen Moment inne, ehe sie die Hand in das feuchte Gemenge aus abgeschnittenem Gras, Moos, Kartoffelschalen und Kohlblättern steckte. Sie wühlte sich tiefer hinein und bekam eine Plastiktüte zu fassen. Leicht war sie, viel zu leicht. Mirjam schaute hinein. Sie erkannte die steile Schrift. Was da weiß im Mondlicht leuchtete, war nichts weiter als ein gewöhnlicher Brief.

Nicht weinen. Das Schreiben konnte ein Vorbote sein. In dem Brief würde Frau von Nöck das Buch ankündigen, das eine Woche später hier liegen sollte.

Während Mirjam zitternd so dastand und auf den Umschlag starrte, fuhr eine Windböe in die Bäume, die ihre Wurzeln jenseits der Mauer hatten. Über Mirjams Kopf war ein Tosen, das die Äste knarren und ächzen ließ. Ihr Nachthemd blähte sich auf wie ein Segel und erschlaffte wieder. Noch einmal nahm der Wind Anlauf und zerrte an allem, was beweglich war. Am Haus knallte eine Tür.

Die Kellertür! So wie es klang, war sie ins Schloss gefallen. Diese Möglichkeit hatte Mirjam nicht bedacht. Es musste ein Durchzug entstanden sein, durch die Lüftungsöffnung der Heizung vielleicht. Sie wusste nicht mehr, wo sie den Schlüsselbund abgelegt hatte. Oder steckte der Schlüssel innen im Schloss? Das hieße, sie käme nicht mehr hinein. Sie war so aufgeregt gewesen!

Mirjam schob Tüte und Brief durch das Taillengummi ihres Schlüpfers und lief über den Rasen. Lieber Gott, mach, dass …

Die Kellertür war zu. Mirjam drückte dagegen und ruckelte am Knauf, doch die Tür mit dem zweigeteilten Fenster blieb zu.

Und die Schlüssel? Mirjams Blick raste umher. Sie waren nicht zu sehen, weder vor der Hauswand noch auf den Stufen, nirgends. Der Schlüsselbund musste innen sein.

Was nun? Mirjam setzte sich auf den Sims neben der Treppe und schlug die Hände vors Gesicht. Ängste und Befürchtungen wirbelten durch ihren Kopf. Es würde ein Nachspiel geben. Schlimmer als alles Bisherige. Das Beste wäre, nie wieder die Augen aufzumachen. Aufzugeben. Aber wie? Sie sah keine Möglichkeit, ihr Leben forsch zu beenden, um dem auszuweichen, was kommen musste, wenn Napoleon erwachte. Sollte sie sich den Elektrodraht um den Hals wickeln? Würde sie es schaffen?

Während sie die die Hände von den Augen nahm, erblickte sie am Boden eine Schnecke, die sich über die Steinplatten schob. Lieber mitsamt dem Haus zertreten werden, als ein Leben in dieser blödsinnigen Angst zu führen. Lieber sterben, als das nicht ändern zu können! So lebte sie schon viel zu lange.

Die Schnecke hinterließ eine schmale silbrige Spur. Dort, wo sie herkam, aus dem Gewirr des Efeus an der Hauswand, beschrieb die Spur einen glänzenden Kreis auf dem Steinboden. Dass Schnecken auch im Kreis kriechen … Mirjam schnellte hoch. Der Schlüsselring! Sie lachte leise und zog die Schlüssel unter den Blättern hervor. Für heute war sie gerettet.

Nun aber zurück ins Bett. Es war so kalt. Ihr Zeigefinger fuhr eilig die Schlüsselbärte entlang. Welcher war der richtige? Sie entschied sich für einen der größeren Schlüssel und steckte ihn ins Schloss. Es war der falsche. Sie nahm einen anderen. Die Spitze ging nicht hinein. Ein weiterer war zu klein. Und der nächste war wohl der erste, Mirjam hatte die Reihenfolge durcheinandergebracht. Warum hatte sie den richtigen nicht mit einem Grashalm gekennzeichnet? Sie hätte längst wieder im Bett sein können.

Nach Form und Größe kam nur noch ein Schlüssel in Betracht. Als sie ihn ins Schloss schob, fuhr ein kräftiger Schmerz durch ihren Nacken. Sie reckte den Hals, um die Verkrampfung loszuwerden, und ließ den Kopf kreisen, wie sie es von einer Ärztin gelernt hatte. Ihr Kinn senkte und hob sich und mit ihm auch ihr Blick.

In dem zweigeteilten Fenster spiegelten sich die Wolken über den schwarzen Armen der Bäume. Darunter schimmerte etwas Kleines, Rundliches, dicht neben der senkrechten Mittelleiste. Es erinnerte an Ei in Aspik, nur kleiner. Olive in Aspik. Mirjam trat dichter heran und sah in ein Auge. Die andere Scheibe enthielt ein zweites Auge.

In ihre Brust fuhr messerscharf ein Stich. Ihr Herz war nahe daran, den weiteren Dienst zu verweigern.

6. Der Teppich

In früheren Zeiten wäre die Gemahlin in Ohnmacht gefallen. Mirjam aber blieb schlotternd stehen und starrte das Augenpaar an. Nun erkannte sie auch das wuchtige Kinn und den zornig auf und nieder gehenden Mund.

»Komm sofort herein!«

Und wenn sie es nicht täte? Zum ersten Mal seit ihrer Heirat waren sie durch eine Tür in der Weise getrennt, dass sie draußen war und er drinnen, dass sie den Schlüssel in der Hand hielt und nicht er. Gewagte Ideen schossen wie Heuschrecken durch ihren Kopf. Den Schlüssel umdrehen! Ihn einschließen! Wegrennen! Neu anfangen! Doch prallten sie an den Fakten ab: Selbstschussanlage, Elektrozaun, Nachthemd, kein Geld. Und wohin sollte sie fliehen? Man würde sie für eine Verrückte halten und zu ihrem Mann nach Hause schaffen.

Napoleon riss die Tür auf. »Was zum Teufel ist in dich gefahren? Was erlaubst du dir?«

Sie zog den Kopf ein. Obwohl sie wusste, dass er sie nie schlug. Das hatte er nicht nötig.

»Ich brauchte frische Luft.«

»Du hast eigenmächtig meine Schlüssel genommen?«

»Sie lagen neben mir im Bett.«

»Gleichwohl hättest du fragen müssen!«

»Ich hab es versucht.«

»Auf deine Einsicht und deinen guten Willen habe ich mich verlassen!«

»Du bist nicht wach geworden!«

»Ich muss die Sicherheitsvorkehrungen verbessern.«

»Mir war so schlecht!«

Sachte schloss er eine Hand um ihren zitternden Unterarm. Die Finger der anderen strichen über ihre Gänsehaut. Sein Mund näherte sich ihrem Gesicht und verzog sich, als ob er ein Lächeln versuchte.

»Ist es möglich, dass mein dummes Huhn etwas ausbrütet?«

»Oh …«, gab Mirjam von sich, erstaunt über die vortreffliche Möglichkeit, die sich so überraschend bot.

Sie war derart erleichtert, dass sie ihre Knie nicht daran hinderte einzuknicken. Napoleon fing sie auf und drückte sie an sich. An ihrem Unterleib knirschte es. Er lockerte die Klammer seiner Arme und meinte:

»Wir wollen ihn nicht gefährden.«

Später, im Bett, knirschte ihr Bauch aufs Neue. Napoleon nahm es entweder nicht wahr oder hielt es für eine der geheimnisvollen Begleiterscheinungen der Schwangerschaft.

Als Napoleon am nächsten Morgen das Bad aufsuchte, öffnete Mirjam in der Küche den Brief aus dem Kompost.

Liebe junge Freundin!, las sie. *So leid es mir tut, ich sehe mich nicht in der Lage, Ihnen weitere Bücher zukommen zu lassen, die Ihr Mann Ihnen so ernsthaft verbietet. Auch möchte ich meinen Neffen nicht ein weiteres Mal bitten, den Besitzer des Rottweilers zu bestechen. Ich rate Ihnen dringend, sich an die Polizei, den Gemeindepfarrer oder ein Frauenhaus zu wenden. Wenn Sie sich solchermaßen befreit haben, stehe ich Ihnen gerne bei der Auswahl geeigneter Literatur zu Verfügung, nicht aber unter diesen unfassbaren und mir unbegreiflichen Umständen.*

Alles Gute und viel Kraft wünscht Ihnen Annerose von Nöck

Oben im Badezimmer knackte es mehrmals hintereinander, was bedeutete, dass Napoleon sein Handtuch auf dem Trockenständer ausbreitete. Gleich würde er die Tür öffnen und nach ihr rufen, damit sie ihm die frische Kleidung reichte.

Mirjam riss das Blatt und den Umschlag in der Mitte durch. Sie erschrak über das scharfe Geräusch. Wenn er das gehört hatte! Sie lief zur Spüle und drehte den Kran auf, bis der Wasserstrahl lärmend ins Becken schoss, laut genug, um die Papierhälften noch zweimal durchreißen zu können.

»Mein Herz, was machst du da?«, drang Napoleons Stimme durch den Wasserlärm.

Eilig stopfte Mirjam die Fetzen tief in den fast vollen Abfalleimer. Keine einzige Ecke war zu sehen, und die Tinte würde sich zwischen den feuchten Resten der letzten Mahlzeiten, den Krümeln gekochten Blumenkohls, der öligen Haut des Räucherfischs, den Hühnerknochen und Teebeuteln auflösen.

Die enttäuschenden Sätze wollte Mirjam nicht noch einmal lesen. Es wäre besser gewesen, diese Frau nicht ins Vertrauen zu ziehen. Warum hatte sie sich dazu hinreißen lassen? Ging es ihr nicht gut? Es ging ihr fantastisch. Sie musste sich um nichts sorgen, sie war in Sicherheit. Sie war verheiratet, hatte Nahrung und ein Haus mit schönen Möbeln. Sie musste nicht in einem langweiligen Betrieb unter böswilligen Kollegen leiden. Wenn sie sich amüsieren wollte, brauchte sie nur den Reißverschluss des Sofakissens zu öffnen, vorausgesetzt, ihr Mann war nicht in der Nähe. Es konnte Frauen geben, die sie beneideten.

Napoleon kam im Bademantel die Treppe herunter. »Warum antwortest du nicht?«

Sie drehte den Wasserkran zu. »Verzeih – hattest du gerufen?«

Zu den Abwechslungen in Mirjams Leben gehörten auch die Sonntagnachmittage, wenn Napoleon mit feuriger Stimme vorlas. Er tat das mit solchem Temperament, dass die rechtsphilosophischen Erörterungen des 19. Jahrhunderts über Fragen von Schuld und Sühne sowie die Urteilsbegründungen des Bundesgerichtshofs in Strafsachen ihr vorkamen wie Szenen aus den Dramen von Schiller. Und ehe man sich versah, dunkelte es draußen, und der Tag war wieder mal geschafft. Nach dem Abendessen hörten sie eine Bibelstelle, die Napoleon sorgsam auszuwählen pflegte, damit seine Frau, wie er jedes Mal betonte, auf dem Pfad der Tugend und der Demut blieb. Zwar war er ihrer Einschätzung nach nicht gläubig, schien aber der Ansicht zu sein, die Bibel enthalte Sprüche von besonderer Nützlichkeit.

An dem Sonntag, der dem Empfang des Briefes folgte, brach Napoleon seine Lesung schon nach einer Stunde ab, klappte den

Band des Bundesgerichtshofs zu und sagte: »Wo ich nun Vater werde …«

Mirjam schlug die Augen nieder und ertrug, was sie längst kannte, weil es häufig zur Sonntagsansprache gehörte. Er sprach von dem harten Drill seines Vaters, den Hungerstrafen und der winterlichen Kältekur, bei der man des Nachts ohne Decke im ungeheizten Raum geschlafen habe, den disziplinarischen Übungen wie dem tagelangen Abschreiben alter Militärberichte, dem er seine viel bewunderte Handschrift verdanke, und betonte, dass gerade heutzutage solchen Erziehungsgrundsätzen wieder große Bedeutung zukomme, weil es jungen Menschen an klaren Leitlinien fehle.

»Meine Mutter aber verstand alles, was die heutigen Frauen verdirbt, aufs Gewissenhafteste zu vermeiden. Nie hat sie sich etwas zuschulden kommen lassen, am wenigsten das Laster moderner Ichbezogenheit«, fuhr Napoleon fort. »So eine Mutter wirst auch du.«

»Gewiss«, murmelte Mirjam, die nicht daran zweifelte, zurzeit überhaupt nicht Mutter zu werden.

Auf dem persischen Teppich unter ihr zerflossen die farbigen Ornamente zu Gesichtern und Gestalten, die Gestalten zu Geschichten. Es ging auch ohne Romane. Diese Geschichten konnte man selbst machen, wie man Teppiche knüpfte, Stoffe webte oder Pullover strickte. Auch das war Freiheit. Wenn sie bedachte, wo sie wäre, wenn Napoleon sie nicht geheiratet hätte, ging es ihr sagenhaft gut.

7. Das Versteckspiel

Der nächste Montag war wieder ein Sitzungstag. Die Verhandlung ziehe sich möglicherweise bis zum späten Nachmittag hin, kündigte Napoleon beim Frühstück an, er habe zahlreiche Zeugen zu vernehmen und bliebe lange fort. Sie wisse ja, wie es mit Zeugen sei, sie lögen grundsätzlich. Bis er ihnen auf die Schliche gekommen sei, könne manche Stunde vergehen.

Mirjam goss vor Freude zu viel Kaffee in Napoleons Tasse. Sie war randvoll. Mit dem gleichen Schwung stellte Mirjam die Kanne ab. Der Küchentisch wackelte. Napoleons Kaffee trat über die Ufer. Sie trocknete die Untertasse mit ihrer Serviette und spürte, wie Napoleon sie anblickte. Sie wischte lange und gründlich, und die ganze Zeit sah er ihr ins Gesicht. Schließlich sagte er:

»Als ob du schwanger wärst …«

»Ach«, sagte sie und merkte, dass sie rot wurde. Vielleicht hatte er den winzigen Blutfleck auf dem Laken gesehen. »Ich habe mich geirrt.« Zugleich dachte sie: Warum fühle ich mich schuldig? Habe ich einen Ton dazu gesagt außer dem matten *Oh* in jener Nacht? Die Schwangerschaft war seine eigene Erfindung! Womöglich gab es einen Paragraphen, der die Frauen zur Richtigstellung solcher Irrtümer verpflichtete. Bei Gesetzen wusste man nie.

Napoleons Zähne gruben sich in sein Honigbrötchen, die Kiefer gingen auf und nieder. Was er vorbrachte, war entsprechend undeutlich: »Daisnochetwas.«

Er drehte den Kopf zur Seite. Mirjam, die gerade die Serviette auswusch, folgte von der Spüle aus der Bewegung seiner Augen. Sein Blick machte an der abgewetzten Holzklappe halt, hinter der sich der Abfalleimer befand.

Der Brief … Er wird doch nicht den Abfalleimer kontrolliert haben? Das konnte nicht sein! Zugleich war ihr klar, dass es sehr wohl sein konnte. Wenn er die Papierstücke zusammengefügt hatte, solange sie noch lesbar waren, wusste er von dem Buch, das sie erhalten hatte, ihrer Bitte um ein weiteres und dem Ratschlag der alten Dame.

»Wir reden später darüber«, schnarrte Napoleon, nun mit geleertem Mund, und erhob sich. »Du bleibst einstweilen hier in der Küche und denkst nach. Da dein Verstand seine Zeit braucht, wirst du währenddessen sämtliche Küchenschränke, ebenso wie den Kühlschrank und das Brotfach gründlich säubern.« Er öffnete zwei Knöpfe seines Hemdes, entnahm dem ledernen Brustbeutel, den er neuerdings Tag und Nacht trug, den Schlüsselbund und schritt zur Tür.

»Du willst mich einschließen? In der Küche?« Mirjam trocknete eiligst ihre Hände ab. »Das ist nicht rechtens!« Woher hatte sie diesen Satz? Aus dem Buch?

»Du willst mir sagen, was rechtens ist?« Er war schon jenseits der Schwelle und hielt die Tür nur eine Handbreit auf. »Wo wärst du, wenn ich dich nicht geheiratet hätte? In einer Zelle von wenigen Quadratmetern!«

Die Küchentür fiel zu. Der Schlüssel tat seine Arbeit. Mirjam war nur bis zum Tisch gekommen und blieb dort stehen.

Sie hörte, wie Napoleon im Flur die Straßenschuhe anzog und seinen Mantel vom Bügel nahm. Wenn sie nur einen einzigen Menschen hätte außer ihm! Sie hatte keine Freundinnen. Auch keine Verwandten. Eltern und Großeltern waren tot. Es gab nur eine Cousine, zu der sie seit langem keinen Kontakt mehr hatte. Alles, was Mirjam wusste, war, dass Anne geheiratet, zwei Söhne bekommen und die Familie verlassen hatte, um ihrem amerikanischen Liebhaber in die USA zu folgen.

Die Haustür schlug zu. Napoleon schloss zweimal um.

Mirjam schob einen Stuhl vor die Küchenzeile, damit sie bequemer an die Oberschränke herankam. Den Eimer mit dem Essigwasser stellte sie auf die Arbeitsplatte und begann mit dem Ausräumen. Sie hatte viele Stunden Zeit für ihre Arbeit. So konnte sie ohne Unterbrechung träumen und grübeln. Sie dachte an den frühen Tod der Mutter, bald nach dem qualvollen Ende des viel älteren Vaters. Napoleon hatte die Meinung geäußert, der Kummer über die Tochter habe sie vor der Zeit dahinscheiden lassen. Mirjam wusste es besser: Das Jammern war es, das die Mutter zerstört hatte wie den Vater seine Geschwulst. Man darf nicht jammern.

Als Mirjam die letzten Gewürzdöschen aus dem Oberschrank neben den Herd stellte, vernahm sie die Haustürklingel. Wie immer klang sie heiser, als wäre sie rostig. Das liegt wohl daran, dachte Mirjam, dass sie so selten benutzt wird.

Sie tauchte den Lappen ins Wasser, zog ihn heraus und drückte ihn langsam zusammen. Es klingelte wieder. Der Briefträger begnügte sich stets mit einmaligem Klingeln, und den Schornsteinfeger hatte Napoleon erst letzte Woche hereingelassen. Aber es konnte jemand sein, der Geld für wohltätige Zwecke einsammelte oder Bürsten und anderes Zeug verkaufte. In dem Fall war sie froh, nicht öffnen zu können.

»Frau Nebel?«, schallte es die Hauswand entlang.

Die Stimme eines Mannes. Er musste schon im Vorgarten sein. So selbstbewusst, wie er klang, war ihm zuzutrauen, den Kopf über die Scheibengardine zu heben und durchs Fenster zu schauen.

Mirjam stieg schnell vom Stuhl herab und duckte sich neben die Spüle, um nicht gesehen zu werden. Niemand würde verstehen, dass sie weder das Fenster noch die Tür öffnen konnte. Man würde es ihr nicht glauben und sie für hochnäsig halten.

Kein Gesicht erschien am Fenster, niemand klopfte an die Scheibe. Sie meinte, sich entfernende Schritte zu hören, war sich aber nicht sicher und wartete eine Weile. Als sie nichts weiter vernahm, stieg sie wieder auf den Stuhl. Sie strich mit dem Wischlappen durch die oberste Etage des ausgeräumten Schrankes und lauschte dem sanften Rhythmus. Sie spülte den Lappen im Eimer aus, ließ den Stoff auf und nieder gehen und horchte auf das Tröpfeln beim Auswringen. Ihre Mutter nahm alte Unterwäsche zum Putzen, sie aber besaß ein fröhlich gelbes Tuch. Sie wischte ein Fach tiefer, wandte sich wieder dem Eimer zu und presste das Wasser aus dem Lappen. Als das Tröpfeln zögerlicher wurde, merkte sie, dass es nicht das einzige Geräusch im Haus war.

So kurz konnte die Sitzung nicht sein! Sie wartete auf das Klimpern des Schlüsselbundes und die vielen anderen Laute, die ihr sagten, dass Napoleon die Aktentasche abstellte, das Schuhwerk wechselte, den Mantel und das Jackett auszog, beides auf Kleiderbügel hängte und die Hausjacke anzog. Was sie stattdessen vernahm, waren die Schritte eines Mannes, der nicht daran dachte, die Schuhe auszuziehen.

Vorsichtig verließ sie den Stuhl. Den Fußboden berührte sie so wenig wie möglich. Schweben, dachte sie, müsste man können, vielleicht lerne ich es noch. Als sie die Tür erreichte, vermochte sie keine Schritte mehr zu hören. Sie legte ihr Ohr auf das weiß lackierte Holz und hielt den Atem an. Hoffentlich ist es ein Einbrecher, dachte sie. Er nähme die besten Sachen mit, und sie hätte weniger abzustauben. Sie könnte ihm zurufen, dass das Wertvollste sich in der Küche befände. Worauf er sich beeilen würde, die Küchentür mit seinem Werkzeug aufzubrechen. Sie musste dringend zur Toilette. Da nichts zu hören war, beugte sie sich zum Schlüsselloch hinab. Möglich, dass ein Stück von einer schäbigen Jeansjacke, einem schwarzen Anorak oder einem Trainingsanzug zu sehen wäre, die bevorzugten Kleidungsstücke der Einbrecher, wie Napoleon sie belehrt hatte. Doch was sie erblickte, war hellbrauner Tweed. Der Stoff bewegte sich. Es folgte ein doppeltes Klopfen.

»Frau Nebel? Sind Sie dort drinnen?«

Waren Einbrecherstimmen nicht derb, fordernd und furchterregend? So jedenfalls hatte sie es im Fernseher ihrer Eltern gesehen. *Her mit dem Zaster, sonst mach ich dich kalt!* Die Stimme hinter der Tür aber war weich und forderte nichts.

»Verzeihen Sie, dass ich in Ihr Haus eingedrungen bin.«

Das war nun wirklich sonderbar!

»Ihr Mann hat dieser Tage gemeint, Sie seien wieder unpässlich«, fuhr die Stimme fort.

Wann war sie unpässlich? Sie arbeitete doch unermüdlich und leistete sich niemals Schwächen, mit Ausnahme einer Lungenentzündung, die Jahre zurücklag und gewissermaßen entschuldigt war, weil Napoleons Mutter einst von der gleichen Krankheit heimgesucht worden war.

»Nun hatte ich einen Ortstermin in der Nähe«, erklärte die Samtstimme. »Ich hielt es für eine Gelegenheit, mich zu erkundigen, wie es Ihnen geht.«

»Mein Mann hat Ihnen den Schlüssel gegeben?«, staunte Mirjam.

»Müssen wir das alles durch die geschlossene Tür besprechen?«, entgegnete er.

»Ja«, sagte sie.

Er stieß ein kurzes verblüfftes Lachen aus. »Den Haustürschlüssel hat mir Ihre Nachbarin gegeben.«

»Das ist …«

Unmöglich, hatte Mirjam sagen wollen. Aber natürlich war es möglich. Den Schlüssel hatte Napoleon den Nachbarn während ihrer Lungenentzündung anvertraut, weil sie tagelang zu schwach gewesen war, sich auch nur eine einzige Tasse Tee zu machen. An den Sitzungstagen hatte die Nachbarin ihr belegte Brote und Malventee ans Bett gebracht und sie am Arm zur Toilette geführt. Offenbar hatte Napoleon vergessen, den Schlüssel abzuholen. Warum gab die Frau ihn aus der Hand?

»Ich vergaß, mich vorzustellen: Ich bin Paulus, ein Kollege Ihres Mannes.«

Die Worte hallten in Mirjams Kopf wieder wie Echos in einer dunklen Höhle. Kollege Ihres Mannes, Kollege Ihres Mannes, Kollege …

»Machen Sie der Nachbarin bitte keine Vorwürfe«, fuhr er fort. »Ich habe von Ihrer häufigen Unpässlichkeit erzählt und dass sie auf mehrfaches Klingeln nicht öffneten, obwohl ich Sie in der Küche sah. Ihre Nachbarin hat vorgeschlagen, dass ich nachschaue, sie frage sich, warum man Sie nie an der frischen Luft sähe, sie mache sich Gedanken und …« Er hatte schnell gesprochen und brach jäh ab, als ob er im Laufen an die Kante einer Steilküste geraten wäre und nun mit Schaudern in den steinigen Abgrund und das brodelnde Wasser hinabschaute. »Könnten Sie jetzt die Tür öffnen?«

»Nein«, erwiderte Mirjam.

»Wir könnten besser miteinander reden.«

»Ich will nicht.«

Mirjam hörte ihn Luft holen. Jetzt würde er die Klinke herunterdrücken und feststellen, dass die Tür verschlossen war. Er würde fragen, warum sie sich in der Küche einschließe und ob sie nicht doch öffnen wolle. Bei einem zweiten *Ich-will-nicht* könnte ihre Stimme verräterisch brechen.

»Ich wage noch einen weiteren Versuch, Sie und Ihren Mann zum Abendessen in mein Haus zu bitten. Das siebte Mal übrigens. Ich gebe noch nicht auf. Einmal habe ich sogar einen Brief geschrieben und es auf dem Postweg versucht, Sie erinnern sich vielleicht. Tun Sie mir diesmal den Gefallen und kommen Sie.«

Seine Schritte entfernten sich über die Fliesen, begleitet von summenden Silben, die sich anhörten wie »Auf Wiedersehen!«, was nicht ganz passte, weil sie sich noch nie gesehen hatten.

Mirjam hörte, wie er die Haustür öffnete.

»Denken Sie daran, abzuschließen!«, rief sie.

Die Tür fiel zu. Der Schlüssel drehte sich im Schloss. Als wenn ich unpässlich gewesen wäre, dachte Mirjam. Niemals hatte Napoleon von Einladungen erzählt, nicht ein einziges Mal. Aber sie erinnerte sich an einen Brief. Napoleon hatte damit vor der Anrichte gestanden. Sie war an ihm vorbeigegangen und hatte mit Mühe ein einziges Wort erkannt: *Abend.* Abendessen?

8. Die Vermählung

Ein Kollege Ihres Mannes …

Sie hatte es zunächst nicht begriffen. Während sie die Gewürzdöschen einräumte, war sie nur beglückt gewesen. Diese Stimme, die weder schnarrte noch zischte, das Interesse, das ihr entgegengebracht wurde … Mirjam hätte gern mehr von ihm gesehen als das Stückchen hellbraunen Tweeds in Form des Schlüssellochs.

Erst als sie durch den zweiten Oberschrank wischte, ging die Erkenntnis wie ein Hagelschauer auf sie nieder: Ebenso wie Napoleon war Paulus ein Richter! Das bedeutete, dass er es wissen konnte, wahrscheinlich sogar ganz genau wusste. Möglicherweise war ihm die Akte per Zufall in die Hand gefallen, und er war aus Neugier gekommen. Diese Person wollte er sehen. *Schauen Sie sich die ruhig an,* konnte die Nachbarin gesagt haben. *Hier, bitte, der Schlüssel.*

Mirjam war nicht bekannt, ob die Nachbarn über sie Bescheid wussten. Wenn sie Napoleon in den Garten begleiten durfte, was selten war und vom Wetter abhing – nicht zu warm, nicht zu kalt, nicht zu feucht, nicht zu windig, und das Paar sie durch die schüttere Ligusterhecke hinter der halbhohen Mauer grüßte, hatte sie den Eindruck, sie wüssten nichts. Wenn der Nachbar aber mit der langen Schere so heftig an der Hecke schnippelte, dass sie es durch die geschlossenen Fenster hörte, vermutete sie das Gegenteil: Er ist wütend, weil er neben so einer wohnen muss.

Neben so einer …

Das Schlimmste damals war das Gesicht des Vaters gewesen. Bitterkeit, Enttäuschung, in Stein gemeißelt. Unbeweglich hielt sich sein knochiger Körper aufrecht am Esstisch, die Hände mit den bräunlichen Flecken vor sich auf dem karierten Wachstuch. Auf der anderen Seite des Tisches bog sich die Gestalt der Mutter wie ein Baum im Unwetter. Sie weinte mehrere Taschentücher nass und schluchzte ab und zu laut auf. Der Geruch der erkalteten Kohlsuppe hing unerträglich zwischen ihnen dreien.

»Von wem hat sie das, Josef? Niemand von uns war so! Nicht einer aus der ganzen Familie!«

Mirjam sah die Reihen der Ahnen vor sich, die sie aus alten Fotoalben kannte. Ernste Männer im Sonntagsstaat, junge Soldaten in Uniform. Brave Frauen in dunklen Kleidern, ein zierliches Kreuz über dem Busen, mit hochgesteckten Haaren und ehrlichen Gesichtern. Sie und ihre Kinder hatten ihr Leben bescheiden und anständig gelebt. Nichts hatten sie sich zuschulden kommen lassen. Derartiges war noch nie vorgekommen.

»Wir haben alles für dich getan«, stellte der Vater fest, beinahe ohne die Lippen zu bewegen.

»Wir haben alles falsch gemacht, so ist es doch!«, jammerte die Mutter und knüllte ihr feuchtes Taschentuch zusammen.

»Du hast sie zu sehr verwöhnt«, meinte der Versteinerte.

»Im Gegenteil! Wir haben sie zu kurz gehalten!«, rief die Weinende. »Du hättest nicht verlangen dürfen, dass sie alles abgibt.«

»Sie hätte ihr Geld nur verplempert«, knurrte der Vater.

»Wir brauchten es zum Leben!«, schluchzte sein Eheweib ins Taschentuch. »Was können wir dafür, dass alles so teuer ist?«

»Dein Gejammer macht es nicht billiger.«

»Es war ihr alles zu viel! Bohnern, Fenster putzen, Gardinen waschen, flicken, bügeln und all das nach der Arbeit«, stöhnte die Mutter wie unter ungeheuren Schmerzen. »Aber sie hat sich nie beklagt! Oder hat sie das?«

»Sie hätte sonst nur Unfug getrieben.«

»Wir hätten sie mal ausgehen lassen sollen!«

»Damit sie auf noch dümmere Gedanken kommt?«, blaffte der Vater und stierte wieder aufs Tischtuch.

»Ich gehe nicht mehr vor die Tür!«, heulte die Mutter auf. »Ich kann mich hier nicht mehr sehen lassen!«

»Hör auf«, fuhr der Vater sie an. »Wir können nichts dafür.«

»Alle anderen können stolz auf ihre Kinder sein!«, kreischte die Mutter.

Mirjam selbst war verstummt. Man konnte nicht ungeschehen machen, was geschehen war.

Die Mutter erhielt einen krachenden Schlag ins Gesicht. So verstummte auch sie. Aus ihrem Mund schien ein roter Faden zu hängen. Aber es war nur Blut.

Mirjam hatte auch vor dem Schöffengericht geschwiegen. Der Richter sandte aus kleinen Augen strenge Blicke. Seine Stimme schien auf Zahnrädern durch die Juristensprache zu rattern, die Mirjam kaum verstand. Nach einer Weile rang er sich ein Quäntchen Güte ab, die wie ein Fremdkörper zwischen seinen Zähnen hing, offenbar dazu bestimmt, sie zum Reden zu bringen.

Wie sollte sie es erklären? Vor all den Leuten? Links und rechts von dem Richter in seiner majestätischen schwarzen Robe saßen die Schöffen – ein blasser Mann, der ihrem Vater ähnelte, und eine dünne Frau mit Brille. In der vordersten Reihe der Zuschauer hörte Mirjam die Mutter schniefen und den Vater über den Stoff seiner Hose streichen. Weiter hinten husteten ein paar Leute, und irgendwer schnäuzte sich geräuschvoll. Warum gab es so viel Publikum im Gericht? Es war wie im Mittelalter der Pranger. Jeder durfte kommen. Nur spucken und Unrat werfen durften sie nicht, und spotten mussten sie draußen im Flur.

Bald würde man ihren Kollegen Andreas Huber in den Gerichtssaal rufen. Mirjam hatte ihn vor der Tür gesehen. Sein pralles Gesicht leuchtete wie ein Kinderball, sein Lächeln war falsch. Sie wusste, dass sie es nicht schaffen würde zu schildern, was der Kollege mit ihr … wie er auf sie … Und Andreas wusste das auch. Sie hatte es nicht einmal den Polizisten gesagt, auch nicht dem nach Schnaps riechenden Rechtsanwalt, ihrem sogenannten Verteidiger, und schon gar nicht dem Geschäftsleiter, der ihr fristlos gekündigt hatte. Und hier, vor all den Menschen – nein. Schlimm genug, dass alle hörten, wie Andreas Huber sie ertappt hatte. Niemand brauchte zu erfahren, dass er ihr schnaufend und sabbernd näher als nah kam und dies der Grund war, dass ihre Faust wie ein scharfer Wachhund dazwischen ging.

Bei einem Diebstahl auf frischer Tat ertappt … gegen eine Person Gewalt verübt … um sich im Besitz des gestohlenen Gutes zu erhalten, ist gleich einem Räuber zu bestrafen, § 252 Strafgesetzbuch. So stand es in der Anklageschrift, die der Staatsanwalt verlesen hatte.

Warum ritten sie so darauf herum? Mirjam hätte nicht in die Kasse greifen dürfen, so oder so. Nur um sich ein Kleid zu kaufen für eine Verabredung mit einem verheirateten Mann! So etwas Dummes. Weil alles so peinlich war, konnte sie nur schweigen.

Der kantige Kopf des Richters neigte sich vor und befahl ihr, lauter zu sprechen. Hatte sie etwas gesagt? Ihr waren Tränen gekommen. Sie dachte an ihre Kindheit, an das Foto vom ersten Schultag mit dem Lächeln über der Schultüte, die Freude über das erste Zeugnis und das erste Flötenstückchen. Mirjam war das späte Kind alter Eltern und hatte versucht, ihnen zu gefallen. Als sie erwachsen wurde, gelang es nicht mehr. Der Wonneproppen, aus dem sie eine Ärztin, eine Musikerin oder wenigstens die Ehefrau eines gut verdienenden Mannes hatten machen wollen, war verschwunden. Mirjam war ein junger Schwan gewesen, aus dem eine hässliche Ente wurde, dick und mit lahmem Flügelschlag. Sie hatte alle enttäuscht. Am meisten war sie selbst enttäuscht.

Nun saßen die Eltern in ihren abgenutzten Wintermänteln unter den Zuschauern. Daneben und dahinter ein paar Nachbarn, wenige Bekannte und viele Fremde, sogar eine Schulklasse war dabei. Die Eltern sahen gedemütigt aus. Mirjam war die Strafe Gottes, doch sie wussten nicht, wofür.

»Ich habe Sie gefragt, ob Sie sich äußern wollen.«

Der Richter legte ein eckiges Lächeln auf. Der hölzerne Charme eines Nussknackers aus dem Erzgebirge. Mirjams Gedanken waren wie Fetzen von Watte im Wind, sie konnte sie nicht packen. Es sei ihr gutes Recht zu schweigen, hörte sie den Richter sagen, genau wie am Tag zuvor, an dem sie so nervös gewesen war und nicht gefrühstückt hatte. Aber sie gewöhnte sich daran. Sie würde nicht noch einmal umkippen.

Andreas Huber wurde aufgerufen und trat ein. Der Einzige, der wusste, was sich wirklich abgespielt hatte. Die Art, wie er die kurzen Füße setzte, wie er die gepolsterten Hände unterm Bauch faltete und sich mit der Zunge über die Lippen leckte – er war ihr zuwider. Mit Genuss würde er dem Gericht eröffnen, wie er gesehen hatte, dass Mirjam die Hand aus der Kasse des Sanitätshauses zog, zwischen den Fingern mehrere nicht gerade kleine Scheine. Wie er auf sie zu rannte, um ihr das Geld aus der Hand zu reißen. Wie sie ihm die Faust gegen die Schläfe schleuderte. Nur was zwischen diesen Handlungen war, überginge er selbstverständlich, als wäre es nicht geschehen.

Wenn ich es schaffe, dachte Mirjam, wenn ich es über mich bringe, den Mund aufzumachen! *Hohes Gericht, ich hatte einen Grund, die Faust zu benutzen. Da war ich im Recht.* Aber wie weiter? Die Leute würden lachen. Das wäre schwerer zu ertragen als alles andere. Sie wusste, wie sie aussah. Sie hatte die Knollennase des Vaters, das Pfannkuchengesicht der Mutter und die plumpen Beine der Großmutter. Verglichen mit anderen jungen Frauen sah sie scheußlich aus. Wer würde glauben, dass Andreas Huber etwas von ihr wollte? Dass er drauf und dran war, es sich mit Gewalt zu holen? Wer würde einer Diebin glauben?

Als der Zeuge Huber den Mund öffnete, sah sie seine Haut zwischen Nase und Oberlippe feucht glänzen. Sein knittriger Zweireiher war falsch geknöpft. Die Hände unter dem Bauch rangen mit einander. Die Zunge stieß gegen die Zähne, als er sagte:

»Es könnte eine andere Frau gewesen sein.«

Jeder im Saal schien die Luft anzuhalten. Der Richter blätterte in dem roten Schnellhefter, der vor ihm lag, ein paar Seiten zurück. Sonst war nichts zu hören außer dem Gebrummel einer Fliege an den Fensterscheiben.

»In Ihrer polizeilichen Vernehmung haben Sie etwas anderes bekundet«, stellte der Richter fest. »Sie haben angegeben, sich ganz sicher zu sein. Sonst stünde die Angeklagte nicht hier.«

»Es war dämmrig in dem Raum«, sagte Andreas Huber.

»Davon haben Sie damals nichts erwähnt.«

»Die Deckenbeleuchtung war nicht eingeschaltet. Ich konnte sie nicht richtig sehen.«

»Sie hätten Ihrer Kollegin einiges Ungemach erspart, wenn Ihnen das früher eingefallen wäre.«

»Tut mir leid, ich hatte damals schweres Kopfweh, tagelang habe ich nicht richtig denken können und mir alles Mögliche eingebildet. Vielleicht kam das auch von den Tabletten. Erst viel später hatte ich die Szene wieder klar vor Augen.«

Was war mit ihm los? Er hatte damals gesagt: *He, Mirjam, alte Kröte, stell dich nicht an!* Natürlich hatte er gewusst, dass sie es war!

Und natürlich musste er es immer noch wissen.

Sie verstand es nicht. Der Staatsanwalt offenbar auch nicht. Er stellte bohrende Fragen, aber Andreas Huber blieb bei seiner Aussage. Seine Stimme war nicht die, die Mirjam aus dem Sanitätshaus kannte. Sie klang sanft und schuldbewusst. Diese Stimme hätte niemals *alte Kröte* gesagt.

»Im Namen des Volkes«, verkündete der Richter einige Minuten später, »die Angeklagte wird freigesprochen.«

Die gequälten Eltern atmeten hörbar auf. Der Mutter rannen Tränen über die Wangen. Die Nachbarn und Bekannten brachten ein Lächeln zustande. Es gab Glückwünsche, Umarmungen, sogar Küsschen. »Haben wir es nicht gewusst? Unsere Mirjam doch nicht!«

Ihre Arbeit im Sanitätshaus hätte Mirjam von Rechts wegen wieder aufnehmen können. Aber sie wollte nicht dorthin zurückkehren. Vor allem wollte sie Andreas Huber, der womöglich Dank erwartete, nicht begegnen. Es gab noch einen weiteren Grund: Sie hatte den unklaren Wunsch, etwas völlig anderes zu machen, etwas ganz Neues. Sie hatte nur noch keine Idee.

Eines Abends warf der Vater ihr mit aller Schärfe ihre Unfähigkeit vor, eine neue Stelle zu finden. Die Mutter brach in Schluchzen aus, weil sie bald am Hungertuch nagen müssten, wenn sich die Tochter erlaube, arbeitsscheu zu sein. Das Schrillen des Telefons unterbrach den Disput.

»Ich geh dran.«

Eine Zusage, hoffte Mirjam. Sie hatte sich auf zwei interessante Anzeigen gemeldet, aber bisher keine Antwort erhalten. Ihre Hoffnung, dass es klappte, war nicht allzu groß. Sie hatte die meiste Zeit nur Gehhilfen und Stützstrümpfe verkauft, und der Geschäftsführer hatte sich im Zeugnis sehr verhalten über ihre Qualitäten geäußert, auch wenn er ihr *alles Gute für die Zukunft* wünschte.

Mirjam nahm den Hörer in die Hand und fing den erwartungsvollen Blick der Mutter auf. Der Vater stellte den Fernseher leise.

Die Stimme, die sich im Telefon meldete, erkannte Mirjam sofort. Die Zahnräder liefen ab und schnarrten ihr Worte zu, die sie erst einmal begreifen musste:

»Ich möchte Sie sehen.«

Mirjam starrte auf die Hände des Vaters und die Tränensäcke der Mutter. Der Anrufer schien keine Erwiderung zu erwarten.

»Ich schlage vor, dass wir uns morgen an der Rheinpromenade treffen. Um 18 Uhr unterhalb des Alten Zolls. Wir gehen zusammen spazieren.«

Hatte man so was schon gehört? Der Richter wünschte, die Angeklagte wiederzusehen! Was bedeutete das, und wie verhielt man sich in diesem Fall? Was sollte sie sagen? Wie ihn anreden? Doch nicht mit *Hohes Gericht*? Wollte er sie festnehmen, weil er inzwischen die Wahrheit erfahren hatte? Seit der Aussage im Amtsgericht hatte sie Andreas Huber nicht mehr gesehen. Sie machte immer einen weiten Bogen um das Sanitätshaus.

»Ich möchte Sie etwas fragen, das von großer Wichtigkeit ist.« Das Schnarren hatte sich verlangsamt, wodurch es beinahe zu einem Schnurren wurde.

Vielleicht war sein Wunsch privater Natur. Vielleicht brauchte er Stützstrümpfe und hoffte, dass er sie mit ihrer Hilfe billiger bekäme.

»Das Wetter soll schön werden«, sagte der Richter.

Die Mutter presste ein Taschentuch an die Nase und war in dieser Haltung erstarrt. Der Vater schaltete den Fernseher aus. Ahnten sie etwas?

»Bis morgen«, sagte der Richter.

Die Mutter nahm das Taschentuch vom Gesicht. »Eine neue Stelle?«

Wenn man nur wüsste, was daraus wird, dachte Mirjam. Aber natürlich musste sie hingehen.

Der Richter hatte einen steifen Gang, als befände sich ein Brett in seinem Rücken. Mirjam trippelte in ihren dünnen Sonntagsschuhen neben ihm her und wartete auf die Frage von großer Wichtigkeit. Sie dachte schon, er habe nichts anderes vor, als sie über den römischen Ursprung der Stadt und die Bedeutung des Rheins als Handelsweg zu belehren.

Auf der Höhe der Villa Hammerschmidt blieb der Richter stehen. Mirjam sah die schwarz-rot-goldene Flagge auf dem Dach flattern und erwartete einen Vortrag über die Funktion des Bundespräsidenten, der dort seinen Dienstsitz hatte. Doch der Richter blickte auf einen schwer beladenen Kahn, der stromabwärts fuhr, räusperte sich und machte ihr ein Angebot.

Mirjam schossen Tränen in die Augen, so überrascht war sie. Aber sie überlegte nicht lange. Sie ließ die Tränen rollen und nahm die neue Stelle an.

Er hatte ein Haus, einen angesehenen Beruf, war wohlwollend, zudem gepflegt und nicht abstoßend. Sie konnte den kränkelnden Vater und die quengelnde Mutter in der engen Dachwohnung zurücklassen, die nach den Ausdünstungen der Mutter und dem Urin des Vaters roch. Sie sollte in ein geräumiges Haus am Poppelsdorfer Weiher umziehen und die Frau des Amtsrichters Nebel sein. War das nicht wie im Märchen? Der mächtige König und die bezaubernde arme Socke. Denn eigentlich war sie, dachte sie zuweilen, wenn sie ihrem Spiegelbild zulächelte und in ihre grauen Augen sah, doch ein wenig hübsch.

Sie heirateten ernst und bescheiden. Mirjam trug ein neues Kostüm in gebrochenem Weiß. Es gab weder schriftliche Anzeigen noch Hochzeitsgäste, nicht einmal ein Hochzeitsfoto, nur einen Brautstrauß, einen Ring und eine Torte. Mirjam hatte nicht anderes erwartet. Doch an ihre Verheiratung knüpfte sie gewisse Hoffnungen: Gemeinsames Ausgehen, schöne Dinge einkaufen, Einladungen, Spaziergänge, Theater, Kino und Konzerte. Darauf wartete sie gespannt.

Nach Ablauf der ersten stillen Tage zu zweit wurde sie ungeduldig. Beim Frühstück fragte sie danach.

»Davon halte ich nichts«, sagte Napoleon. »Sieh zu, dass das Essen pünktlich auf dem Tisch steht. Gestern warst du viereinhalb Minuten zu spät.«

Mirjam hatte es befürchtet, seit sie am ersten Morgen erwacht war. In der Wohnung ihrer Eltern hörte man wie ein geschwätziges Familienmitglied den Fernseher, und die Mutter sang beim Kochen *Am Brunnen vor dem Tore*. Der Vater brüllte, sobald ihm irgendwas nicht passte, und gelegentlich schrillte das Telefon. Manchmal klingelten Nachbarn an der Tür, tranken mit ihnen Kaffee oder brachten Bierflaschen mit, und bald sangen sie alle. Selbst wenn es in der Dachwohnung still war, hörte man die Leute in der Etage darunter lachen, streiten, schimpfen und zürnen, und meistens konnte man erraten, was sie gerade im Fernsehen sahen.

In Napoleons Haus aber schien die Standuhr das einzig Lebendige zu sein. Sie war in der ersten Nacht stehengeblieben, da Mirjam nicht wusste, dass es ihre Aufgabe war, sie am Abend aufzuziehen. Ohne die Schläge der Uhr war das dunkle Haus wie ein Grab und auch ebenso kalt. Denn Napoleon sparte an Heizkosten. Von draußen drang nicht nur wenig Luft, sondern auch kaum Leben herein, da die Terrassentür und die Fenster hinter den Gardinen nicht geöffnet werden durften. Napoleon hatte Mirjam belehrt, dass sein Haus wertvolle Dinge beherberge. Deshalb die Renovierung, die er vor der Heirat durchgeführt hatte. An allen Fenstern waren Schlösser angebracht, sogar im Obergeschoss. Die dazugehörigen Schlüssel trug er bei sich und gab sie nicht aus der Hand. Kein Einbrecher sollte Gelegenheit haben, sich an das alte Silber und Messing, die Ölbilder und antiken Möbelstücke heranzumachen. Aus Sicherheitsgründen, so Napoleon, gebe er Mirjam auch keinen Haustürschlüssel. Den brauche sie ohnehin nicht, denn zu Streifzügen und Müßiggang im Freien lasse der Haushalt ihr keine Zeit.

Ein paar Wochen nach der Hochzeit runzelte Napoleon seine Stirn stärker als sonst. Er hatte sich in der Frühe eine Tageszeitung gekauft, weil er der Ansicht war, ein Mann, der eine Frau zu beschützen habe, müsse sich ab und zu darüber unterrichten, welchen Blödsinn die Politiker wieder verzapften. Mirjam strich eine Schicht Rügenwalder Teewurst auf die Doppelschnitte, die für seine Mittagspause im Gericht bestimmt war. Ihr fiel auf, dass er lange auf ein und dieselbe Stelle einer Seite starrte.

»Was ist los?«, fragte sie und reckte sich, um zu sehen, was er las. Die Seite war voller Todesanzeigen.

Napoleon schlug die Zeitung zusammen. »Nichts, mein Herz.«

»Das glaube ich nicht«, sagte sie. Denn zu jener Zeit war sie bisweilen noch kühn. »Wer ist denn gestorben?«

»Du hast Anwandlungen von Trotz, mein Kind. Damit das aufhört, sage ich dir Folgendes – nein, setz dich erst richtig hin.«

Brav und aufrecht saß sie da, wie damals im Amtsgericht.

»Ich habe es immer noch in der Hand, dich zu einer nicht unerheblichen Freiheitsstrafe verurteilen zu lassen.«

Was sagte er da? Das Urteil war rechtskräftig! Er hatte es ihr vor der Hochzeit erklärt.

»Ich weiß aus zuverlässiger Quelle«, fuhr Napoleon fort, »dass der Zeuge gelogen hat. Dir zuliebe, vermute ich.«

Sie sah auf seine weinroten Hausschuhe unterm Tisch. Es war also nicht vorbei. Womöglich würde er die Robe anziehen und ihr eröffnen, dass in Sonderfällen die Verurteilung am Küchentisch gestattet sei. Vor allem, wenn der Verdacht bestand, dass die Angeklagte seit Tagen erwog, dem ehelichen Haushalt zu entfliehen.

»Nun ist Andreas Huber gestorben«, sagte Napoleon.

»Aber er war noch jung!«, rief sie erstaunt.

Napoleon nickte. »Sein Tod taucht die Dinge in ein anderes Licht.«

»Aber wieso?«

»Ich muss dich besser im Auge behalten. Nicht dass du eines Tages den Briefträger mit einem meiner Messingleuchter erschlägst.«

Sie schoss in die Höhe, als wäre aus der Sitzfläche eine Feder geschnellt.

»Setz dich hin, mein Herz.«

Sie setzte sich und versuchte das *andere Licht* zu begreifen.

»Deine Gewalttätigkeit beschädigte das Gehirn des Zeugen, das erfuhr ich kürzlich von seiner Mutter. Die Spätfolgen kosteten ihn das Leben. Das ist räuberischer Diebstahl mit Todesfolge.«

Todesfolge. Sie schluckte. Sicher, das war ein Unterschied.

»Wir wollen es nicht an die große Glocke hängen, mein Herz. Aber es verlangt Konsequenzen. Du bist quasi eine Mörderin.«

9. Der Zopf

Über die Jahre konnte man sich mit dem Attribut *Mörderin* genauso abfinden wie mit entstellten Gesichtszügen. Es war sogar leichter, weil man mit dem Gesicht anderen Menschen begegnete, während Mirjam und ihr Makel mit Napoleon allein blieben.

Aber jetzt, nachdem Paulus das Haus verlassen hatte, vermochte sie sich vorzustellen, was es für andere Menschen bedeutete, mit einer Mörderin an einem Tisch zu sitzen. Welches Grauen mussten sie empfinden! Nein, Herr Paulus wusste nichts, sonst hätte er sie nicht einladen wollen. Doch konnte er die Wahrheit jederzeit erfahren. Das zu verhindern, stand nicht in ihrer Macht. Das Einzige, wofür sie sorgen konnte, war, dass es niemals zu diesem Abendessen kam.

Als Napoleon die Küchentür aufschloss, war es Mittag.

»Unsere Nachbarin hat mich im Gericht angerufen«, schnarrte er, noch bevor die Tür ganz offen war. »Sie meint, es gehe dir nicht gut, du habest nicht geöffnet.« Er trat dicht vor Mirjam hin. »Warum klingelt diese Frau bei uns? Hast du sie durchs Fenster belästigt?«

Mirjam schüttelte den Kopf.

»Das nächste Mal lassen wir die Rollläden herunter und bringen dort ein Vorhängeschloss an. Dunkelheit hat eine heilsame Wirkung. Die Glühbirnen nehme ich mit.«

Endlich konnte Mirjam zur Toilette gehen. Napoleon verschwand im Keller, um ein Schloss zu suchen. Als sie aus der Toilette herauskam, hörte sie ihn in seinen Werkzeugkisten kramen. Wenn er für Dunkelheit sorgte, hätte sie immer noch das Licht im Kühlschrank. Rasch schlüpfte sie aus den Hausschuhen und lief auf Strümpfen ins Wohnzimmer. Sie nahm die Patiencekarten aus dem Kissenbezug, zog den Reißverschluss zu und horchte. Er klapperte im Keller herum. Sie lief mit dem Päckchen in die Küche und riss den Vorratsschrank auf.

Was eignete sich als Versteck? Eine von den Dosen, die selten gebraucht wurden? Die mit den Suppenhörnchen war zu voll, die mit dem Gries zu schmal. Die Kakaodose würde alles braun färben.

Im Keller war es mit einem Mal ruhig. Das musste noch nichts bedeuten. Sie suchte weiter. Das Glas mit den Haferflocken war durchsichtig, die Teedosen waren zu klein. Mirjam griff weiter nach hinten, zu dem Kasten mit den Gelatineblättern. 104 kleine Karten wären dort gut aufgehoben. Aber sie kam schlecht dran. Es stand zu viel davor. Im Keller schleifte eine Tür über den Boden. Mirjams Hand zuckte und warf eine der vorderen Dosen um. Gerade noch rechtzeitig verhinderte sie mit Brust und Schulter, dass sie zu Boden ging.

Schon waren Schritte auf der Treppe. Schnelle Schritte. Ihr blieb keine Wahl. Sie hob den Deckel der aufgefangenen Dose und ließ die Karten hineingleiten. Es war die mit dem Mehl, das beinah aufgebraucht war. Mirjam stellte sie an ihren Platz und schloss den Schrank.

Napoleon betrat die Küche. In seinen Händen sah sie zwei Holzklammern und eine Rolle Blumendraht. Offenbar hatte er kein Vorhängeschloss gefunden. Mit stählerner Stimme verlangte er, dass sie ihm ein Wurstbrot schmiere, er müsse für zwei Stunden zurück ins Gericht.

Während sie mit dem Brot beschäftigt war, zog er am Rollladengurt. Er zog mit Kraft, ließ wieder locker, zog behutsamer und ruckelte ihn hin und her. Doch der Rollladen saß im Kasten fest und rührte sich keinen Zentimeter abwärts. Sie hatten ihn längere Zeit nicht benutzt, weil sie vor Einbruch der Dunkelheit zu Bett gegangen waren. Mit hochgezogener Oberlippe blickte Napoleon auf seine Armbanduhr. Er stieß ein raubtierartiges Knurren aus, griff nach dem eingepackten Brot, schob Klammern und Draht in die Hosentasche und ging hinaus. Die Küchentür schloss er hinter sich ab.

Das war Mirjam recht, so lange er nicht den Küchentisch mitnahm. Heute sollte *der Zopf* drankommen, dem neuerdings ihre besondere Leidenschaft galt. Vor allem gefiel ihr, dass die Karten schräg zueinander lagen und an das Geflecht eines Haarzopfs erinnerten. Mit den Küchenschränken war sie fertig, und der Kühlschrank war so sauber, dass eine Steigerung nicht mehr möglich war. Sie musste nur noch mit der Hand durch alle Fächer streichen, um sicher zu gehen, keine Reiskörner übersehen zu haben, die Napoleon manchmal ausstreute, um zu kontrollieren, ob sie überall gründlich gewischt hatte.

Als auch das erledigt war, nahm sie die Mehldose zur Hand und befreite die Patiencekarten behutsam vom feinen weißen Staub. Wenn sie sich beeilte, würde sie beim *Zopf* vier Durchgänge schaffen. Für den Fall, dass Napoleon früher zurückkäme, stand ein Eimer Essigwasser samt Lappen neben ihr bereit, mit dem sie sich zum Brotfach hinüber beugen konnte, um ihm eine zweite Säuberung zu verpassen.

Mirjam hörte Napoleon meistens schon, wenn er die drei Stufen zur Haustür heraufstieg. Sie konnte abschätzen, wie viel Zeit er von da an für das Ritual seiner Ankunft brauchte. Jedes kleine Geräusch sagte ihr, wie weit er damit war. Heute kam noch das Aufschließen der Küchentür hinzu. Deshalb nahm sie, als sie den Schlüssel in der Haustür hörte, mit der Linken noch zwei Karten vom Talon, während sie mit der Rechten die bereits vollständigen Familien in die mehlige Dose schob, ein wenig traurig, weil ihr der Anblick der kompletten acht Stapel auf der Tischplatte versagt blieb. Bei den drei übrigen Familien fehlte nicht mehr viel. Sie musste nur schneller abheben und anlegen. Aus dem Flur vernahm sie schon das feine Reiben des Stoffes, das immer entstand, wenn Napoleon den Mantel von den Schultern schob und die Arme herauszog. In ihrer Eile schwenkte sie ungeduldig die Dose. Mehlstaub stieg in ihre Nase. Sie musste niesen.

Erschrocken griff sie nach dem Wischlappen und drückte ihn an die Nase. Draußen ging ein Kleiderbügel zu Boden, gefolgt vom Scheppern des Schlüsselbundes.

»Du bist erkältet, mein Herz!«, rief Napoleon jenseits der Tür.

»Nein, nein!«

Rasch legte sie noch eine Herz-Sieben auf eine Herz-Sechs, so dass auch die zweite Herzfamilie in die Dose fliehen konnte. Aber so schnell, wie die Türe aufflog, war Familie Herz nicht verschwunden, und von Kreuz und Karo trödelten Nachzügler mitten auf dem Tisch herum.

»Ha!«, knatterte Napoleon, noch in Straßenschuhen. »Was ist das?«

In ihrer Jugend unter Eltern und Großeltern, hatte Mirjam in jeder Lage Ausreden parat gehabt. Aber nun war ihr Hirn leer und blank gewischt wie alles im Haus. *Ich habe die Kärtchen gefunden*, entbehrte jeder Wahrscheinlichkeit. *Jemand hat sie mir geschickt*, kam ebenso wenig in Frage, denn Napoleon hatte den gesamten Posteingang unter Kontrolle, so dass weder Briefe noch Päckchen auf normalem Weg zu ihr gelangen konnten.

»Wie kommt das Teufelszeug in mein Haus?«, brüllte er. »Ist jemand hier gewesen? Mit wem pflegst du verderbliche Kontakte? Hast du den Lüftungsschlitz der Speisekammer für geheime Machenschaften missbraucht? Hast du vergessen, dass ein Wort von mir genügt, damit du verurteilt wirst, wie es dir gebührt?«

Mirjam saß mit der offenen Dose und den Herz-Karten in der Hand am Tisch und bekam den Mund nicht auf, obwohl lang gehütete Fragen auf ihre Zunge drängten: Von wem hatte Napoleon erfahren, dass Andreas Huber gelogen hatte? Wer war die erwähnte *zuverlässige Quelle*? Sie hatte sich nie getraut zu fragen und angenommen, dass er sie für unwürdig hielt, die Antwort zu erfahren.

»Du schweigst?«

»Im Urlaub«, flüsterte Mirjam. »Frau von Nöck …«

»Du lügst wie jede miese Angeklagte. Es ist deprimierend. Man bewahrt dich jahrelang vor schlechten Einflüssen, um dich bis zur Vollendung zu läutern, und muss feststellen, dass das Experiment missglückt ist.« Er zog die Oberlippe und die Nase hoch, als ob die Karten üble Gerüche verströmten. »Welcher verbrecherischen Hinterlist warst du fähig, um dieses Zeug vor mir zu verbergen!«

Er drehte sich um und wühlte in der Schublade mit dem Krimskrams. Was er hervorholte, war eine Schachtel Streichhölzer.

»Es dürfte kein Problem sein«, verkündete er und rappelte mit der Schachtel im Rhythmus seiner Worte, »den Lüftungsschlitz für immer zu verschließen. Aber wer weiß, was sonst noch in mein Haus geschmuggelt wurde? In den nächsten Tagen wirst du jeden Schrank und jedes Schubfach ausräumen, jede Tasche und jede Tüte Zucker, Gries oder Waschmittel sowie alle vergleichbaren Behältnisse vor meinen Augen leeren.«

Napoleon bückte sich und nahm aus einem der unteren Schrankfächer einen angestoßenen Teller.

»Ha!« Seine Augen schienen Funken zu sprühen, als er nach den Karten auf dem Tisch griff. Er warf den Kreuzkönig, den Karobuben und die Karo-Acht auf den Teller. Ein Hölzchen flammte auf und näherte sich dem König. Der hielt eine Weile stand, fing Feuer, krümmte und ergab sich.

Mirjam krümmte sich auch. Bei der Hinrichtung des Buben sah sie nicht mehr zu. Sie zog sich hinter einen Vorhang salziger Tränen zurück. Napoleon legte ein paar Streifen Zeitungspapier auf den Teller. Die Flamme loderte hoch auf. Er warf die restlichen Karten vom Tisch hinein und zog Familie Herz aus Mirjams Fingern. Mit grimmigem Lachen entzündete er einen wahren Scheiterhaufen. Bis der Teller mit einem Knall in zwei Teile zersprang.

Napoleon riss ein Handtuch vom Haken und drückte es auf das Feuer. Er befahl Mirjam, das eiserne Kehrblech zu holen, das schon bei seiner eigenen Erziehung gute Dienste geleistet habe. Halb blind von Tränen und Qualm lief sie zum Besenschrank.

»Mein dummes Huhn macht keine Flugversuche mehr«, sagte Napoleon, als er die verkohlten Reste vom Tisch kehrte.

Die Dose mit den Überlebenden des Unheils, die Mirjam noch in der Hand hielt, nahm er ihr ab und leerte sie in den Abfalleimer. Er trug den Eimer nach draußen zur Mülltonne. Für die wenigen Sekunden seiner Abwesenheit schloss er die Haustür ab. Als er zurückkam, schob er das Kehrblech unter Mirjams herabgesunkenes Kinn und hob es an.

»Was hast du sonst noch?«

Sie dachte an den Kriminalroman. Die Krönung aller verwerflichen Gedanken. Sie kannte ihn fast auswendig.

»Nichts«, antwortete sie.

Am Samstag, während Napoleon die Einkäufe erledigte, hatte sie das Buch in Hunderten von kleinen Schnipseln mit der Klospülung hinweggespült. Das hatte sie als Mädchen bei ihrer Cousine gesehen, die ein paar Liebesbriefe vernichten musste. Anne war zu hastig vorgegangen, und das Rohr verstopfte. Mirjam wusste also, worauf sie achten musste.

»Falls es stimmt, was du über Frau von Nöck sagst«, meinte Napoleon, »so können wir in Zukunft ganz beruhigt sein. Bei der Post war heute ein Brief, Büttenpapier mit schwarzem Rand. *Plötzlich und unerwartet …* Das Übliche eben. Eine Handvoll Leute trauert um eine wunderbare Mutti, Großmutter, Tante.« Er lachte und hängte Kehrblech und Handfeger an ihren Platz im Besenschrank.

Mirjam ging langsam aus der Küche. Sie sah sich in einer Wüste ohne Horizont. Alle Quellen schienen versiegt.

Am folgenden Tag hatte sie nicht einmal die Kraft, *Die Harfe* im Kopf durchzuspielen. Es gelang ihr mit Mühe, sich an der leuchtend roten Blüte der Topfpflanze zu erfreuen, der einzigen, die

Napoleon im Hause duldete, weil seine Mutter diese Sorte liebte. Der Hibiskus stand auf der Fensterbank in der Küche. Er blühte nur einen Tag.

Danach wurde Mirjam krank. Mitten am Vormittag sank sie auf ihr Kopfkissen und sagte kein Wort mehr.

10. Der Eisbrecher

Es erging Mirjam nicht wie den Damen in alten Legenden, die vor Kummer ihr Leben aushauchten. Wie hatten sie es geschafft? Wahrscheinlich verzichteten sie heroisch auf Wasser, Tee und Medizin, die der Gatte an der Bettkante reichte. Mirjam gelang das zwei Tage lang. Dann erlag sie dem Duft des Kamillentees auf ihrem Nachttisch und später dem des Kartoffelpürees, das die Nachbarin brachte.

Immerhin durfte sie sich, sobald die Beine sie wieder trugen, in allen Räumen des Hauses aufhalten. Doch kaum ging sie wie gewohnt mit Staubtuch und Wischlappen herum, wurde ihre Wange dick wie eine Grapefruit. Die Schmerzen zehrten an dem bisschen Lebenswillen, den Mirjam sich ohne Überzeugung aufgebaut hatte. Nach dem Frühstück schloss sie die Augen und stand nicht vom Stuhl auf, obwohl Napoleon nachdrücklich den Streichkäse aus dem Kühlschrank verlangte.

Mirjam fühlte sich so schwach, dass sie nicht einmal die Erwartung zum Ausdruck brachte, einen Zahnarzt aufsuchen zu dürfen. Napoleon kam selbst auf diese Möglichkeit, erklärte aber, aus Gründen der Selbstzucht sei es besser, dass sie sich ein paar Tage mit dem Schmerz auseinandersetze. Erst als sie Scheuermilch in die Salatsoße goss, ohne es zu merken, verkündete Napoleon, die Zeit sei gekommen. Er fuhr sie in seinem Opel zur Praxis seines Zahnarztes.

Im Warteraum saßen sie Hand in Hand zwischen anderen Wartenden. Eine weißhaarige Dame, die ihnen gegenüber saß, bedachte sie mit einem langen Blick voller Rührung. Sie hielt wohl für Verliebtheit, was reine Vorsicht des Gatten war. Nach einer Weile öffnete sich die Türe des Behandlungszimmers. Der Patient, der herauskam, trug eine hellbraune Tweedjacke.

»Grüß Gott, Herr Nebel.«

Mirjam spürte, wie ihr das Blut ins Gesicht schoss. Die Stimme! Der Einbrecher, der keiner war. So also sah er aus.

Er machte eine kleine Verbeugung vor Mirjam und sagte leiser: »Paulus, mein Name. Ich bin ein Kollege Ihres Mannes.« Er schien nicht viel älter als sie selbst und war von ansteckender Munterkeit. Ihre Augen trafen sich. Er bewegte die Lider. Das war wie eine Abmachung, dass Napoleon von ihrem Treffen diesseits und jenseits der Küchentür nichts zu erfahren brauchte. Dann lachte der Kollege Napoleon an. »Wie schön, dass ich endlich Ihre Frau kennenlerne!«

Napoleon war immun gegen jede Art von guter Laune. »Meine Frau fühlt sich nicht gut«, knurrte er.

»Ihr Mann hat Ihnen sicherlich erzählt, dass Sie am Sonntag bei uns zum Abendessen eingeladen sind«, sagte Herr Paulus zu Mirjam. »Wir freuen uns.«

»Meine Frau schafft das nicht. Sie hat einen entzündeten Zahn.«

»Es sind noch fünf Tage, Herr Nebel.«

»Ich schaffe das«, wisperte Mirjam, die nichts von der Einladung gewusst hatte.

Herr Paulus nickte vergnügt. Napoleon warf Mirjam einen schneidenden Blick zu, als habe sie ein Familiengeheimnis preisgegeben.

»Notfalls holen wir Ihre Frau mit dem Krankenwagen und kochen weiche Schonkost.«

»Solchen Aufwand dulde ich nicht!«

»Sonntag«, entfuhr es Mirjam, »ist mein Geburtstag.«

Das murmelnde und raschelnde Wartezimmer verstummte, als wäre über Mirjams Kopf ein Stern aufgegangen. Napoleon verzog das Gesicht wie unter plötzlichem Schmerz. Die Dame auf dem Stuhl gegenüber beugte sich zu Mirjam herüber.

»Das wird ein großer Tag für Sie. Ich fühle es.«

Mirjam lächelte gequält. Mit etwas Glück war die Sache einfach, weil Napoleon die Einladung innerhalb der nächsten Tage absagte. Wenn er es aber mit Rücksicht auf ihren Geburtstag unterließe? Oder wenn Herr Paulus seine Drohung wahrmachte und sie abholte? Sie wünschte sich das gemeinsame Abendessen von ganzem Herzen und hatte den ebenso starken Drang, es zu verhindern. Möglicherweise konnte sie die Sache beeinflussen; sie müsste entweder *ich will* oder *ich will nicht* herausbringen. Doch schaffte sie weder das eine noch das andere. Sie starrte auf eine Broschüre über Mundhygiene und schwieg. Um sie herum raschelten die Zeitschriften wieder. Gab es einen Weg zwischen Entweder und Oder?

Am Tag nach dem Zahnarztbesuch, einem Mittwoch, für den Napoleon eine Strafverhandlung anberaumt hatte und deshalb außer Haus war, machte sich Mirjam daran, den Fuß auf einen – wie sie annahm – Mittelweg zu setzen.

Der Weg führte sie die Treppe hinauf in Napoleons Arbeitszimmer. Sie setzte sich auf den ledernen Armsessel, der ebenso wie der Schreibtisch noch von Napoleons Vater stammte. Den Vater stellte sie sich als Herrscher in einem Schloss vor, da der Schreibtisch so einschüchternd in Länge, Breite und Tiefe war, mit wuchtigen Säulen an den Ecken und schweren Messinggriffen, von denen sie jetzt einen in die Hand nahm, um die mittlere Schublade zu öffnen, die einzige, die nicht abgeschlossen war. Sie zog einen Bogen Papier, einen Umschlag und einen Kugelschreiber heraus. Während ihre Ohren damit beschäftigt waren, zur Haustür zu horchen, fertigten ihre Finger zum zweiten Mal in ihrer Ehe einen Brief an.

Sehr geehrter Herr Paulus!

Bevor Sie es aus dem Munde meines Mannes erfahren, will ich Ihnen gestehen, dass ich eine grausige Vergangenheit habe. Ich habe einen Menschen getötet, der mich beim Stehlen ertappte. Das ist der niedrigste Beweggrund, den man sich vorstellen kann, es ist quasi Mord. Nicht, dass ich die Todesfolge beabsichtigt hatte, aber ich musste mit ihr rechnen, als ich meine

Faust derart heftig gegen seine Schläfe stieß. Das ist juristisch dasselbe wie Wollen, hat mein Mann mir erklärt. Er erträgt es nicht, wenn seine Frau sich mit ehrbaren Menschen an einen Tisch setzt. Bitte hindern Sie ihn nicht daran, für Sonntag abzusagen.

Hochachtungsvoll
Mirjam Nebel

Auf den Umschlag schrieb sie: *Herrn Paulus, Richter am Amtsgericht Bonn*, schob das gefaltete Blatt hinein und klebte ihn zu. Eine Briefmarke fand sich nicht; sie hätte ihr ohnehin nichts genützt.

Mit dem Brief in der Hand begab Mirjam sich auf die steile Stiege zum Dachboden, den keine Tür, sondern eine Holzklappe im Boden abschloss. Vor einiger Zeit hatte sie dort Bücher für Napoleon geholt und im Vorübergehen eine Entdeckung gemacht.

Sie stemmte die Klappe hoch und kletterte auf die Bodenbretter. Einzelne knarrten unter ihren Füßen, als sie weiterging. Ein paar Mal hielt sie inne, um zu horchen. Unten an der Haustür rührte sich nichts. Sie trat vor die Dachluke. Als sie wegen der Bücher hier war und Napoleon wartend auf der zweitobersten Stufe der Stiege stand, war es unmöglich gewesen, das kleine Fenster eingehend zu betrachten. Aber nun …

Die milchige Glasscheibe sah nicht so aus, als sei sie zum Öffnen bestimmt. Womöglich hatte sie nur den Zweck, den Dachboden mit Tageslicht zu versorgen; frische Luft kam durch die Ritzen unter den Holzbalken von selbst herein. Mirjams Finger strichen über den langen Eisenhebel daneben. Wofür war der? Er war mit der Scheibe verbunden, ließ sich hochstemmen und … Unglaublich! Die Scheibe kippte in eine waagerechte Position und blieb auf dieser Höhe. Mirjam hatte das einzige Fenster entdeckt, das Napoleon vergessen hatte!

Sie hakte die Stange in einen Nippel ein, der dafür vorgesehen schien. Auch wenn sie nichts sah als Baumwipfel, Dachziegel und blauen Himmel, an dem Vögel vorbeizogen, so bewiesen das Klingeln eines Fahrrads, ein schreiendes Kind und eine quakende Ente, dass die Luke zum Fußweg am Weiher hinausging.

Mirjam blickte auf den Brief in ihrer Hand. Sollte sie es wagen? Er konnte in der Dachrinne landen oder vor der Haustür und in den Beeten des Vorgartens. Napoleon würde ihn bei der Heimkehr entdecken und sich mit dem Ausruf *Ha! Was ist das?* darauf stürzen. Es wäre besser, das Risiko nicht einzugehen und den Brief der Toilettenspülung anzuvertrauen.

Durch die offene Luke fuhr ein Windstoß in Mirjams Haar. Kein sanftes Lüftchen, wie es sich im Sommer gehörte, sondern ein verwegener, wilder Wind, ein zeitiger Vorbote herbstlicher Stürme. Er eilte übers Dach herbei und ließ ihren Blusenkragen flattern.

Gut, dachte sie und streckte die Hand mit dem Umschlag nach draußen. Daumen und Zeigefinger hielten ihn an einer Ecke. Jetzt!

Eine kräftige Windböe bog das Papier nach oben. Mirjam ließ los. Wie ein weißer Vogel segelte der Brief für Herrn Paulus, Richter am Amtsgericht, über die Ziegel hinweg und war nicht mehr zu sehen. Sie kam sich vor wie ein Schulmädel, das aus seinem miesen Zeugnis einen Papierflieger gebastelt hat und fürchtet, dass er dem Vater vor die Füße fliegt.

Mit dem Hebel ließ sie die Scheibe herunter. Um sie herum war es wieder still. Sie horchte die Treppen hinunter. Nichts. Sie kletterte auf die Stiege und schloss die Klappe hinter sich. Die Zeit wurde knapp, sie musste bügeln.

Mirjam hatte bereits mehrere ordentliche Stapel zusammengefalteter Oberhemden und Handtücher neben sich auf dem Esstisch liegen, als die Haustürklingel ertönte. Ihr Arm hielt in der Bewegung inne, das Bügeleisen schwebte über Napoleons bestem Sitzungshemd. Dass noch nicht der ganzen Stadt bekannt war, dass Mirjam Nebel nicht öffnen konnte!

Sie ließ das Eisen über die weiße Hemdbrust gleiten. Das Klingeln wiederholte sich nicht. Stattdessen stocherte ein Schlüssel im Haustürschloss. Eine Hand, die nicht vertraut damit war. Mirjam erschrak. Das Bügeleisen, das sie abstellen wollte, rutschte aus ihren Fingern und landete neben den Metallfüßen des Bügelbretts auf dem Parkett.

Die Haustür sprang auf und fiel zu. Fremde Schritte im Flur, Schuhe, die nicht ausgezogen wurden. Sie machten Halt in Höhe der Küchentür.

»Frau Nebel, verzeihen Sie …« Die Samtstimme.

Was nun? Mirjam bückte sich nach dem Bügeleisen. Es klackerte gegen das Metallgestänge, weil sie die Hand nicht ruhig halten konnte.

»Sind Sie in Ihrem Wohnzimmer, Frau Nebel?«

Sie musste sich zeigen, alles andere hatte keinen Zweck. Bebend trat sie hinaus in den Flur. Dort stand Napoleons Kollege Paulus, in der Hand den Schüssel der Nachbarn, den sie am blauen Band erkannte.

»Ihr Brief«, begann er. »Ich habe ihn soeben aus der Hand eines alten Herrn erhalten. Ich muss Ihnen sagen …«

Er sah wohl ihre Bestürzung und verstummte. Ihr war eingefallen, dass sie ein bestimmtes Risiko völlig übersehen hatte. Plötzlich wurde es ihr bewusst, als wäre der Strahl eines Scheinwerfers darauf gerichtet. Paulus hatte den Brief der Staatsanwaltschaft zugeleitet! Nun nahm alles seinen Lauf: die Wiederaufnahme des schändlichen Strafverfahrens, viele Jahre im Frauengefängnis. Gott sei Dank, dass ihre Eltern das nicht mehr miterleben mussten.

Paulus lächelte sie an, was sie ganz fehl am Platz fand. Mit einem Mal war ein neuer Gedanke da, fast schlimmer als der erste: Paulus wollte das Gleiche von ihr wie damals Andreas Huber! Sie war hier ebenso allein wie an jenem Abend an der Kasse. Erklärte das nicht auch, warum er schon zum zweiten Mal hier auftauchte? Als Kollege wusste er, wie lange Napoleon im Gericht beschäftigt war, und konnte sich dementsprechend sicher fühlen.

Mirjam wich ins Wohnzimmer zurück. Paulus folgte. Sie überlegte, was sich als Waffe eignete. Das Bügeleisen! Sie griff danach, war aber ungeschickt. Das Bügelbrett kippte. Da war Paulus schon neben ihr, fing Brett und Eisen auf und stellte beides zur Seite.

»Frau Nebel, bitte …«

Sie ging weiter rückwärts. Er folgte. Der Messingleuchter auf der Anrichte! Noch zwei Meter. Dann den Arm ausstrecken.

»Frau Nebel«, sagte Paulus. »Wie kommen Sie darauf, einen Menschen getötet zu haben?«

Sie blieb stehen und ließ den Arm sinken.

»Er starb an den Folgen meines Faustschlags! Die Einzelheiten erfuhr mein Mann von Hubers Mutter. Er hat mir verboten, darüber zu reden! Und nun habe ich dummes Huhn …«

Paulus' Augen weiteten sich. Als sähe er etwas, das ihn zutiefst erschreckte.

»Ausgeschlossen«, sagte er so leise, dass sie ihn kaum verstehen konnte. »Huber starb an den Folgen einer Alkoholvergiftung.«

11. Das Matriarchat

Mirjam wusste nicht, was sie davon halten sollte. Herr Paulus konnte sich irren. Es konnte eine Verwechslung vorliegen. Sein Wissen hatte er nach eigener Darstellung nicht aus erster Hand, sondern von einer Geschäftsstellenbeamtin im Amtsgericht, die ihm die Strafakte auf seinen Wunsch herausgesucht hatte. Er habe die Seiten durchgeblättert und dabei den Namen des Zeugen gemurmelt: *Andreas Huber.* Daraufhin habe die Geschäftsstellenbeamtin gefragt: *Meinen Sie den vom Sanitätshaus, der so jung gestorben ist?* Ihre Schwester arbeite in der Buchhaltung derselben Firma und habe ihr erzählt, dass Hubers Tod auf ein paar geleerten Flaschen Whisky und einer Wette unter Freunden beruhte.

Die exakte Klärung habe keine Viertelstunde gedauert, sagte der Richter.

»Ihre Faust hat nicht das Geringste mit dem Tod Ihres ehemaligen Kollegen zu tun, Frau Nebel. Da gibt es keinen Zusammenhang.«

»Bitte gehen Sie jetzt«, sagte Mirjam.

»Und es gibt keine Mutter, die etwas anderes erzählen könnte. Sie starb, als er sechzehn war.«

»Bitte. Mein Mann kommt gleich.«

Als Napoleon zur Haustür hereinkam, ging Mirjam ihm entgegen und nahm ihm den Mantel ab. Er setzte sich auf den Stuhl, der neuerdings im Flur stand, und beugte sich langsam zu seinen Schuhen hinab. Mirjam kam sich größer vor als sonst. Während er die Schnürsenkel aufzog, blickte sie auf seinen ausgefransten Scheitel, auf die kahle Mitte und die schuppige Kopfhaut. Er zerrte das Schuhwerk von den Fersen und schnaufte dabei. Sein Gesicht lief lila-rot an, die Nase tropfte.

Beim Abendessen sah Mirjam zu, wie er das Schwarzbrot zwischen seinen breiten Kiefern zermalmte. Die neue Backenzahnkrone machte ihm zu schaffen. Käsekrümel fielen auf die Hausjacke. Das Messer entglitt seiner Hand und rutschte unter den Tisch. Mirjam hob es für ihn auf, was ihr mit einer einzigen mühelosen Bewegung gelang. Napoleon schien steif zu sein wie ein alter Mann. Den Butterklecks auf dem Boden bemerkte er nicht einmal. Seine Augen verschlechterten sich, die Brille war bereits beim Optiker bestellt. Napoleon war 61 Jahre alt. Mirjam wurde am Sonntag 33.

Abends beim Einschlafen stellte sie fest, dass sie nie zuvor auf solche Dinge geachtet hatte.

Am Sonntagmorgen entnahm Mirjam den düsteren Bemerkungen ihres Gatten, dass er die Einladung nicht abgesagt hatte. »Du weißt, was dir heute Abend bevorsteht.«

Napoleon überreichte ihr sogar ein Geschenk. Es war ein Kleid mit ockerfarbenem Blütendruck und nierenförmigen Zierknöpfen auf matschbraunem Grund. »Damit du wenigstens anständig aussiehst.«

Es ist von seiner Mutter, dachte Mirjam, sie hat es bekommen, als sie siebzig wurde. Doch als sie den Stoff berührte, bemerkte sie das Preisschild. Neu. Und nicht billig. *Du musst dankbar sein, dein Mann verwöhnt dich*, hörte sie die Stimme ihrer Mutter. Sie schlüpfte in das Kleid und brauchte nicht in den Spiegel zu schauen um zu wissen, dass sie zwanzig Jahre älter aussah.

»Es steht dir nicht«, brummte Napoleon. »Aber das ist gleichgültig. Es ist gute Qualität.«

Die Stadtviertel, die sie im Auto durchquerten, kannte Mirjam nur von der Fahrt zum Zahnarzt, aber sie wusste inzwischen, dass der Richter Paulus und seine Frau am Rand des Kottenforstes wohnten.

Als der alte Opel vor einer roten Ampel stand, sah Mirjam eine von Bäumen gesäumte Straße vor sich, die an Wiesen und Feldern vorbeiführte und in goldenes Abendlicht getaucht war. Sie fühlte sich an die Urlaube auf dem Land erinnert und ließ das Seitenfenster herunter, um Luft und Sonne auf der Haut zu spüren. Sofort schoss ein Arm im Anzugstoff über ihrem Schoß und streckte sich nach der Kurbel aus. Wie konnte sie vergessen, dass er Fahrtwind hasste!

Der Wagen fuhr langsam wieder an. Neben der Straße leuchteten gelbe Flächen auf. Sonnenblumen! Ein riesiges Feld, unendliche Reihen Sonnenblumen, die ihr die strahlende Köpfe zuwandten, als hätten sie eine Botschaft für sie. Mirjam schätzte, dass einige dieser Pflanzen mehr als zwei Meter hoch waren.

»Sieh nur!«, rief sie aufgeregt wie ein staunendes Kind.

In Südfrankreich – so weit war sie früher auf einer Klassenfahrt gewesen – hatte es genauso geleuchtet, kilometerweit über die Hügel nur dieses braun getüpfelte gelbe Meer über dem satten Grün. Der Kirchturm im Tal hatte ausgesehen, als stünde er mitten in den Wogen.

»Setz dich gerade hin, Mirjam. Dein Oberkörper wird schief.«

»Die Sonnenblumen!«

»Ich weiß seit einem halben Jahrhundert, wie Sonnenblumen aussehen.«

»Haben wir ein Mitbringsel?«

»Dein Kleid hat mich genug gekostet.«

»Man muss den Gastgebern was mitbringen.«

»Woher willst du das wissen? Warst du jemals in den letzten Jahren auf einer Einladung?«

»Es gab eine Zeit davor.«

»Von dieser Zeit wollen wir lieber nicht reden.«

»Da war ich manchmal eingeladen.«

Mit dem Ausdruck äußersten Erstaunens drehte ihr Napoleon sein Gesicht zu. Der Opel kam fast zum Stehen. »Du, eine Diebin, quasi eine Mörderin, warst eingeladen?«

»Es war vorher.« Wie schaffte sie das, immer weiterzureden? Und nicht zu schweigen, wie er es gern hatte?

»Erstaunlich, dass man dich eingeladen hat«, sagte Napoleon und fuhr wieder schneller. »Du warst überhaupt nicht beliebt. Das habe ich Schwarz auf Weiß.«

Napoleon hatte so manches Schwarz auf Weiß, beispielsweise eine Aufstellung der Kosten, die er täglich für sie aufwenden musste. Da stand für heute sicherlich der Preis des Kleides, der dazu gehörigen hellbraunen Handschuhe, die er für nötig befunden hatte, weil seine Mutter sich Ton in Ton kleidete, und der anteilige Wert von Mittagessen und Frühstück inklusive weichem Ei mit drei oder vier Prisen Salz.

»Da vorn steht: *Sonnenblumen zum Selberschneiden*«, sagte Mirjam.

»Nächstens buddeln wir noch unsere Kartoffeln selbst aus«, höhnte er.

»So sind sie billiger«, fügte sie hinzu, nun schon etwas kleinlaut. »Und frischer.« Sie wusste nicht, wie sie den Wortwechsel bis zu diesem Punkte durchgehalten hatte. Sonst verstummte sie meistens nach dem zweiten Satz.

»Vor allem sind sie schmutziger«, sagte Napoleon.

»Jedenfalls haben wir kein Mitbringsel. Wir kommen wie arme Leute.«

Napoleon zuckte zusammen, als habe sie ihm eine Handvoll Sand ins Gesicht geworfen. Er bremste abrupt, setzte zurück und lenkte den Wagen auf den unbefestigten Platz hinter dem weißen Schild mit den aufgepinselten Buchstaben. Rundherum stieg gelblicher Staub in Schwaden auf.

»Das alles wirst du abwaschen müssen«, knurrte er.

Mirjam war es gleichgültig, ob sie ein stets sauberes Haus oder einen dreckigen Wagen putzen sollte. Im Gegenteil: Die Säuberung des Autos versprach frische Luft, die nicht einmal dadurch schlechter wurde, dass Napoleon grimmig daneben stand. Mirjam legte die Hand auf den Griff an ihrer Seite, um die Tür zu öffnen.

»Du bleibst sitzen!«, befahl Napoleon.

Sie zog die Finger weg, als wäre Strom am Griff. Wie hatte sie nur denken können, dass sie mitkommen durfte?

Napoleon nahm sein Schweizer Taschenmesser aus der Innentasche der Anzugjacke und warf die Fahrertür zu. Die tellergroßen Blütenköpfe schienen interessiert auf ihn herabzuschauen, als er an der vordersten Reihe entlangging und schließlich verschwand.

Vor Mirjams Fenster erhoben sich vertrocknete Strünke von unterschiedlicher Höhe. Davor stand ein verwitterter Holztisch. Es passte zu Napoleon, nicht das Messer zu nehmen, das auf dem Tisch lag, sondern sein eigenes für geeigneter zu halten. Aber dieses hier war größer und wirkte stabiler. Es hatte eine lange, spitz zulaufende Klinge, die in der Abendsonne glänzte wie der Degen des verschollenen Pikjungen oder wie das Schwert des Kreuzkönigs, der den Feuertod erlitt. Erst in diesem Moment wurde Mirjam klar, dass einige der geliebten Figuren in Samt und Spitzenkrägen Waffen getragen hatten, die nicht für Menuett und Park, sondern für den Kampf bestimmt waren.

Mirjam drückte die Stirn an die Scheibe und sah ein handgeschriebenes Wort auf dem Griff des Messers. Daneben stand ein Kasten aus Metall, der an einem Pfosten angekettet war. Auf der Oberseite befand sich ein Schlitz, an der Vorderseite dasselbe Wort wie auf dem Messer: *Höfling*. Von der Tischplatte hing die Preistafel herunter, ebenso ein Pappschild mit der Aufschrift *Vielen Dank*. Drei zusammen waren billiger als dreimal eine.

Ob jeden Abend jemand kam, um das Geld zu zählen und mit der Menge der zurückgebliebenen Strünke zu vergleichen? Es musste kinderleicht sein, hier unbeobachtet einen Arm voll Sonnenblumen abzuschneiden und ohne Entgelt davonzutragen, vor allem, wenn es dunkel war. Sicherlich wurde es sehr finster hier, denn nirgends war eine Laterne zu sehen.

Ein leichtes Knirschen machte Mirjam darauf aufmerksam, dass Napoleon zurückkehrte. Über seiner Hand wippten auf langen Stielen mehrere Sonnenblumenköpfe, die er mit sichtbarer Verachtung vor sich her trug. An dem hölzernen Tisch blieb er stehen und betrachtete seine ehemals glänzend schwarz polierten Schuhe. Ein würdeloser Anblick, dachte er wahrscheinlich. Mehliger Staub auf beiden, sogar die Schnürsenkel sahen aus wie aus der Backstube.

Napoleon zückte seine schwarze Lederbörse und ließ ein paar Münzen in den Kasten fallen. Bevor er sich auf dem Fahrersitz niederließ, drückte er Mirjam die haarigen Stängel in die Arme und befahl ihr, seine Schuhe auf der Stelle in den Zustand makelloser Sauberkeit zu versetzen. »Auf der Stelle!«

Wie Stockschläge waren die Worte, sein Blick schien ihre Augen aufzuspießen. Dennoch war Mirjam in dem Augenblick, wo die schweren Blüten an ihre Brust sanken und die großen Blätter ihre Haut berührten, vollkommen glücklich. Sie hatte etwas erreicht. *Vielen Dank*.

Ich bin Schritt für Schritt unterwegs, dachte sie, während sie sich vorbeugte und ihre Hand sich Napoleons Schuhen näherte. Er hob die Füße, damit sie mit dem Tuch besser dran kam. Ihr Kopf stieß gegen das Lenkrad, ihr Ärmel blieb am Schaltknüppel hängen. Sie war so unruhig, als könnte sie den nächsten Schritt nicht erwarten.

Das ist das Wetter, hätte ihre Mutter gesagt, am Horizont türmen sich Wolken auf, es naht ein Gewitter. Sieh dich vor.

12. Der Abendstern

Napoleon schien nicht verbergen zu wollen, dass er den Abend im Hause Paulus für überflüssig hielt. Die Übergabe der Sonnenblumen sah aus, als ob er sie wegwürfe. Offenbar war es ihm gleichgültig, ob sie in den Armen der Gastgeberin landeten oder im Kompost.

Wie schwierig es war, eine Unterhaltung zu führen! Obwohl von Führen kaum die Rede sein konnte. Für Mirjam handelte es sich mehr um ein Durchstehen und Achtgeben, dass sie nicht zu linkisch und ungebildet wirkte.

Frau Paulus erstaunte sie. Mirjam hatte vergessen, dass es solche Wunder gab. Wie Herr Paulus sich elastisch zwischen Grill und Esstisch hin und her bog, entsprach dem Bild, das sie sich von ihm gemacht hatte. Auch dass er den Gästen ebenso viel Fürsorge zukommen ließ wie den Steaks, hatte sie nicht anders erwartet. Doch seine Ehefrau faszinierte Mirjam. Ihr Kopf, ihr Hals und ihre Hände waren mit schönen Dingen geschmückt, die Napoleon vermutlich als albern, wahrscheinlich sogar als sündig ansah. Ihre Fingernägel schimmerten in Perlmutt, ihre Augenlider waren grün. Sie sprach von ihren Interessen, als handele es sich um engste Verwandte, denen der größte Anteil ihres Lebens gebührte.

»Aber ich rede ja nur von mir!«, wandte sie sich plötzlich an Mirjam. Ihre Ohrringe schwangen hin und her und bimmelten zart. »Welche Hobbys haben Sie denn, Frau Nebel?«

Mirjam spürte, dass sie rot wurde.

»Meine Frau braucht so etwas nicht«, kam Napoleon ihr zuvor. »Sie hat zu arbeiten.«

»Und sonntags?«

»Sonntags lesen wir in der Entscheidungssammlung des Bundesgerichtshofs.«

Da brach das Lachen aus dem schönen Mund der Frau Paulus, erst in einer prustenden Explosion, dann in nicht enden wollenden Kaskaden. Herr Paulus warf ihr warnende Blicke zu, aber sie schien nicht darauf zu achten, sondern lachte zum tintenschwarzen Himmel hinauf, wo der erste Stern zu sehen war.

»Oh, entschuldigen Sie«, japste Frau Paulus schließlich in Napoleons Richtung. »Sie haben doch sicher nichts dagegen, wenn ich Ihrer Frau eine andere Sonntagsgestaltung vorschlage? Am nächsten Sonntag findet ein Gitarrenkonzert in unserer Kirche statt. Begleiten Sie mich, Frau Nebel?«

»Ja!«, rief Mirjam unbedacht aus.

Napoleons strafender Blick schoss wie eine Gewehrkugel zwischen ihre Augen. Oh, Gott, es war ein Fehler gewesen. Nie wieder würden sie auf eine Einladung gehen!

»Du hast keine Zeit!«, polterte Napoleon.

»Nein?«, quiekte sie wie ein getretenes Ferkel.

»Was ist wichtiger als ein schönes Konzert?«, zwitscherte Frau Paulus. »Was muss Ihre Frau am Sonntag tun?«

»Meine Mutter kommt.«

»Ach, wie schade! Aber natürlich ist es wunderschön, wenn Ihre Mutter kommt.«

Mirjam spürte, wie eine Träne sich aus ihrem Augenwinkel löste. Selbstverständlich hatte sie nicht damit gerechnet, ins Konzert gehen zu dürfen. Aber sie war so maßlos verblüfft. Herr Paulus sah ihr in die Augen und legte den Arm um ihre Schulter. Da sagte sie:

»Er hat keine Mutter mehr. Sie ist seit dreizehn Jahren tot.«

Stille, in der alle vier kaum zu atmen schienen. Die Gastgeber waren erstarrt. Mirjam hielt den Blick auf das Wabenmuster des Bodens gerichtet. Von der Seite sah sie Napoleons Kinn auf sich zukommen. Die Oberlippe war höher gezogen als je zuvor und vermittelte den Eindruck, als ob ihm Vampirzähne wüchsen.

Das Bellen eines Hundes im Nachbargarten war wie eine Erlösung. Napoleons Knie erschütterte die Tischplatte, Stuhlbeine kratzten über den Boden, seine Serviette flatterte, ein Weinglas kippte um. Hoch aufgerichtet stand Napoleon vor Mirjam und schnarrte auf sie herunter.

»Wie kannst du so etwas behaupten?«

»En … Entschuldigung«, stammelte Mirjam.

»Nimmst du diese Ungeheuerlichkeit sofort zurück?«

»Ich … Ich wollte etwas anderes sagen: Ich selbst habe keine Mutter mehr.«

Napoleon gab einen Knurrlaut von sich und nickte dazu. Herr Paulus atmete hörbar aus. Frau Paulus tupfte mit ihrer Serviette den Wein auf und bat den Gast, wieder Platz zu nehmen. Ob er den Abendstern schon gesehen habe? Man fühle sich so klein und vergänglich, wenn man da hinaufschaue, nicht wahr? Herr Paulus bemühte sich umständlich, eine weitere Flasche des spanischen Weins zu öffnen, und murmelte etwas von schiefsitzendem Korken.

Es erstaunte Mirjam wieder aufs Neue, wie leicht ihr das Lügen fiel. Sie war durch und durch schlecht, deshalb konnte sie es so gut. Napoleon hatte, das wurde ihr nun klar, aus Gründen höherer Notwendigkeit geschwindelt, das war etwas völlig anderes. Was hatte seine Frau in dem lächerlichen Konzert zu suchen? Das konnte er doch schlecht sagen. Man gab sein gutes Geld für Dröhnen und Quietschen aus, und an den melodischen Stellen hustete immer jemand. Das ganze Getue, obwohl sie zu Hause bügeln oder stopfen konnte. Doch anscheinend war Napoleon die Lüge nicht weniger leicht über die Lippen geglitten. Auch er log nicht zum ersten Mal.

Mirjam nahm einen großen Schluck Rotwein, um sich besser zu fühlen. Und noch einen, um den Zipfel eines kühnen Gedankens zu packen, der sie im Vorüberhuschen gestreift hatte. *Vino tinto*, wie Frau Paulus ihn nannte, bekam sie sonst nie, und in den schillernden Kelchen kam er ihr vor wie ein zauberisches Elixier. War es Napoleon entgangen, dass der Gastgeber ihr schon zum zweiten Mal nachgeschenkt hatte? In der Ferne donnerte es, ein Wetterleuchten erhellte den Himmel. Napoleon schnitt sich ein Stück Käse ab, der an den Rändern bröckelte. Also noch einen Schluck Tintenwein, einen großen.

»Es muss ja nicht unbedingt das Konzert sein«, nahm Frau Paulus den Faden wieder auf. »Kommen Sie am Dienstagabend zu uns, wenn wir mit Freunden Karten spielen. Sie beide. Es ist immer ausgesprochen spaßig.«

»Spaßig?«, zischte Napoleon mit vorgebeugtem Oberkörper über drei Käsesorten, über Gewürzgurken und Oliven hinweg. »Spaßig?«

Mirjam senkte die Augen, das war sicherer. Nur nicht aus Wehmut seufzen.

»Haben Sie etwas gegen Spaß?«, fragte die Gastgeberin und schickte ein glucksendes Lachen hinterher.

Napoleon ließ das Käsemesser auf die Platte fallen. Mirjam schaute auf. Sein Gesicht über dem flackernden Windlicht war wie aus Eisenerz gegossen, während sein Blick Frau Paulus den Spaß aus dem Gesicht brannte.

Auf dem Heimweg, im dunklen Auto, hüllte das Schweigen sie ein wie kalter Dunst. Das Donnern war häufiger geworden, der Abendstern nicht mehr zu sehen. Als im Scheinwerferlicht die Heerscharen der Sonnenblumen auftauchten, entfuhr Mirjam nun doch ein Seufzer. Aus einer Wolkenlücke trat die Sichel des zunehmenden Mondes. Das Feld schimmerte wie ein Märchenwald.

»Nur eine«, sagte Mirjam leise. »Ich hätte so gerne eine.«

»Was höre ich? Eine Sonnenblume? Im Dunkeln? Das ist verrückt«, schnarrte Napoleon und nahm den Fuß vom Gas. In finsterer Laune fuhr er immer zu schnell.

»Wahrscheinlich bin ich verrückt. Wie soll ich es auch nicht sein? Du sperrst mich ein, Tag für Tag, Jahr für Jahr. Andere Frauen treffen sich mit Freundinnen, besuchen Konzerte und lesen Bücher.«

»Wie kommst du auf solchen Unsinn?«, fuhr er sie an. »Hat Frau Paulus dir das eingeredet? Nie wieder lasse ich mich zu einem Besuch hinreißen! Es war richtig, es bisher zu vermeiden, und unverantwortlich, davon eine Ausnahme zu machen.«

»Ich kenne das Leben kaum, und du wunderst dich, dass ich verrückt bin nach einer einzigen Sonnenblume.«

»Vergiss nicht, wer du bist und wer dich vor jahrzehntelangem Kerker, vor lebenslanger Schande gerettet hat!«

»Es ist mein Geburtstag.«

»Hör auf zu nörgeln.«

Am Straßenrand leuchtete das weiße Schild mit den handgemalten Buchstaben auf. Napoleon bremste und bog in die Einfahrt ein. Mit einem Ruck kam der Opel neben dem Holztisch zum Stehen.

Er hält ein Opfer für notwendig, dachte Mirjam, um meinen guten Willen zu nähren, der für gewissenhaftes Bügeln und Kochen sowie für penible Sauberkeit und Ordnung unerlässlich ist.

»Aber nicht von hier vorne. Die sind zu mickrig«, sagte sie schmollend wie ein kleines Mädchen beim Puppenkauf.

»Von weiter hinten, das habe ich mir schon gedacht.«

»Es könnten doch auch zwei sein? Oder drei? Oder lieber fünf. Das sieht besser aus in der Vase.«

»Du bekommst drei. Das ist meine letzte Nachgiebigkeit!«

Napoleon zog sein Taschenmesser aus dem Sakko, das ungewohnt salopp an ihm herunterhing, da er es nach dem Essen nicht zugeknöpft hatte. Er stieg aus dem Wagen und verschwand in der Dunkelheit. Wie auf der Hinfahrt ließ er die Türen unverschlossen. Er kommt nicht darauf, sie abzuschließen, dachte Mirjam, es gehört nicht in sein Programm, wir sind so selten im Auto unterwegs.

Sie öffnete ihre Handtasche, nahm die Handschuhe heraus, die sie noch nicht getragen hatte, und streifte sie über ihre Hände. Bis in die Fingerspitzen hinein saßen sie perfekt. Als sie auf dem Geburtstagstisch neben dem Kleid lagen, hatte sie sich gefragt, wozu sie gut sein sollten. Nun wusste sie es.

Die Beifahrertür ließ sich geräuschlos öffnen. Mirjam schwang die Füße aus dem Auto. Ohne den kleinsten Laut setzte sie die leichten Schuhe aus der Mädchenzeit auf den Boden. Die Türe lehnte sie vorsichtig an, die Handtasche stellte sie auf der Erde ab.

Auf dem Holztisch glänzte die Klinge des Messers im Mondlicht. Der Griff war schwerer, als Mirjam gedacht hatte. Seine Kühle fühlte sie durch den dünnen Stoff ihres Handschuhs. Sie ging weiter und fröstelte. Zwischen den Stängeln, Blättern und Blütenköpfen kroch schwarze Kälte hervor.

An der ersten Schneise tauchte Mirjam in das Rascheln, Schaben und Ächzen dieser fremden Welt ein. Leicht wie Geisterhände streiften Blätter ihre Arme. Der Mond versank im Wolkengebirge. Napoleons Gestalt hob sich schwach von den Pflanzen ab, der Kragen seines Hemdes schimmerte hell. Er wandte ihr den Rücken zu. Seine Hand bewegte sich. Knirschend löste sich ein langer Stiel.

»Napoleon«, wisperte Mirjam wie eine Blätterfee. Das Messer hielt sie an der Rückseite ihres Oberschenkels. Sie brauchte nur die Hand zu öffnen, um es fallen zu lassen, und alles wäre wie immer.

Er drehte sich langsam zu ihr um.

Die Vergangenheit rann in höchster Eile durch ihren Kopf wie ein übervoller Bach bei Schneeschmelze. *Mirjam hat Talent zu gar nichts*, hatte die Mutter herumerzählt. *Wir sind froh, dass sie jetzt diesen Mann hat. Man hätte doch nie gedacht, dass sie einen abkriegt, so wie sie aussieht, mit dem Gesicht wie zerlaufener Handkäse. Und nun gleich so einen! Der stellt was dar, der verdient gut und behandelt sie nicht mal schlecht. Das ist mehr, als manche schöne Frau erreicht.*

»Habe ich dir nicht befohlen, im Auto zu bleiben?«, zischte der, den Mirjam abgekriegt hatte.

Mirjam ist so ungeschickt, hörte sie die Mutter sagen. *Beim Abtrocknen fällt ihr Geschirr aus der Hand, und wenn sie näht, trifft sie den Finger öfter als den Stoff.* Großmama aber hatte Mirjam ermutigt, ruhig mal Ungewohntes zu probieren. *Mehr als schiefgehen kann es nicht, Kind.* Allerdings hatte es sich aufs Kochen bezogen. *Durchführen, was man sich vorgenommen hat*, war ein anderer Wahlspruch der alten Frau, an den sich Mirjam erinnerte. Sie wusste, dass sie zum Zaudern neigte. Wenn sie sich endlich entschloss, war der richtige Augenblick meistens vorbei.

»Was ist los?« Neben Napoleon nickten drei Sonnenblumen mit den Köpfen. Ein Klacken und die Bewegung seines Armes verrieten ihr, dass er das Taschenmesser zusammenklappte und in die Innentasche seiner Jacke schob. Die weiße Hemdbrust leuchtete.

Jetzt.

In Mirjams Ohren hob ein Sausen an. Eine Windböe rauschte durch die Pflanzen und ließ alles tanzen und erzittern. Es sind Bruchteile von Sekunden, die über unser Leben entscheiden.

Jetzt!

Ich kaufe mir einen Kreuzkönig, war der einzige klare Gedanke.

Er brüllte auf.

Sie sprang zurück.

Er stürzte.

13. Der große Napoleon

Mirjam lief durch die Finsternis, die Handtasche an sich gedrückt. Sie meinte, das Gewitter müsse jetzt mit aller Wucht über sie hereinbrechen und der erste Blitz sie richten. Doch sie vernahm nur ein Grummeln von weit her. Am westlichen Himmel leuchtete es kurz auf.

Die Straße wollte sie nicht nehmen, aber vom Parkplatz aus führte ein Fußweg in ein Tal hinab. Die Geräusche des Feldes blieben zurück. Es kam kein Stöhnen von dort. Kein Schreien oder Rufen. Wie sollte es auch? Sie hatte gesehen, dass es vorbei war, schlotternd am ganzen Körper, fassungslos, dass es ihr Werk war. Die Klinge saß an der richtigen Stelle. Schon als Kind wusste Mirjam genau, wo das Menschenherz saß, das für so vieles herhalten musste: Herzbluten, Herzblatt, Herz aus Stein, Hand aufs Herz, Lebkuchenherz, sich ein Herz fassen, herzliche Grüße, Hasenherz, hab Sonne im Herzen, herzhafte Mettwurst, *mein Herz.*

Nun war sie allein. Sie war frei.

Nein, sie war nicht froh. Ihr Gewissen umgab ihren Kopf wie Stacheldraht. Zugleich begriff sie, wie schutzlos sie war. Überall pechschwarze Büsche, hinter denen sich eine ungewisse Zukunft verbarg. Mirjam hatte nicht mal einen Haustürschlüssel.

Der Weg überquerte einen gurgelnden Bach und führte zwischen Pferdeweiden bergauf zu den Häusern im nächsten Stadtteil, deren Fenster teils erleuchtet, teils dunkel waren. Sie erreichte eine dicht bebaute Straße, auf der einige Autos an ihr vorbeifuhren, und folgte ihr in nördlicher Richtung, wo sie die Stadt vermutete.

Wieder ging es den Berg hinab. Mirjam ahnte, dass es der Hang des Kreuzbergs war. Unten, in Poppelsdorf, schritt sie die Straße mit den Läden und Restaurants entlang, vor denen noch Menschen an Tischen saßen, und ging am Schloss Clemensruhe vorüber. Aus seinen schwarz schimmernden Fenstern schien es ihr zuzuzwinkern, als wollte es ihr Mut zusprechen: *Du schaffst das, alles wird gut.* Ein paar Gestalten saßen auf dem Rasen vor dem Schloss. Hier und da stiegen dünne Rauchfahnen auf. Die Wasserfläche des Weihers glänzte wie polierter Onyx.

Jenseits der Brücke war der lange Marsch zu Ende. Die rechte Hand an dem Geländer zwischen Weg und Wasser, näherte sich Mirjam dem still und brav dreinschauenden Haus und wurde immer langsamer. Was nun?

Im linken Nachbarhaus brannte hinter den Vorhängen im ersten Stock noch ein Lämpchen. Dort konnte sie klingeln. *Du schaffst das, alles wird gut.*

Nach dem dritten Läuten öffneten zwei zerzauste Gestalten in Bademänteln und Pantoffeln die Tür. Der Eingangsbereich war dämmrig, als hätten sie in ihrer Verwirrung über den späten Gast nicht alle Lichtschalter gefunden.

Mirjam stürzte an ihnen vorbei zu der schmalen Tür neben dem Eingang und rief, sie müsse sich übergeben. Die Tür war die richtige, sie führte zur Toilette, und innen steckte ein Schlüssel.

Mit zitternden Fingern entnahm Mirjam ihrer Handtasche das Etui mit dem Nähzeug, das Napoleon ihr besorgt hatte, für den Fall, dass ihn im Urlaub ein Knopf im Stich ließe. Sie zog die Schere heraus und schnitt die befleckten Handschuhe über der Toilettenschüssel in Stücke. Diese Tätigkeit begleitete sie mit Geräuschen aus der Kehle, die keinen Zweifel daran aufkommen ließen, dass ihr Magen sich unter Krämpfen seines Inhalts entledigte. Sie stöhnte und zog zweimal ab. Hände und Arme wusch sie bis zu den Ellenbogen, die Handtasche wischte sie mit feuchtem Klopapier ab.

Schwankend trat sie aus der Gästetoilette. Die Nachbarn warteten mit unsicheren Blicken vor der Garderobe.

»Geht es wieder?«, fragte der Nachbar. Er blickte auf ihre staubigen Schuhe.

»Können wir Ihnen helfen?«, fragte die Nachbarin und schaute auf Mirjams Rocksaum.

Stockend berichtete Mirjam, dass ihr Mann nicht aus den Sonnenblumen herausgekommen war. Wie sie allen Mut zusammennahm, um nach ihm zu schauen. Wie sie ihn am Boden liegen sah und sich über ihn beugte. Wie sie die Klinge in seiner Brust entdeckte. In dem weißen Hemd, das sie selbst gebügelt hatte. Dass sie völlig durcheinander und am Ende sei.

Die Benachrichtigung der Polizei übernahmen die Nachbarn. Noch in derselben Nacht gab es eine umfangreiche Befragung. Eine Beamtin in Uniform richtete tröstende Worte an Mirjam. Die Nachbarn kochten Kaffee und begleiteten sie in den frühen Morgenstunden aufs Präsidium. Immer noch zitternd unterschrieb Mirjam ihre Aussage. Alle waren sehr verständnisvoll.

Nach späteren Angaben der Kriminalpolizei auf der Grundlage der Untersuchungen des rechtsmedizinischen Instituts war der Mörder Rechtshänder und stieß das Messer schräg von unten direkt ins Herz des Opfers. Der harte, trockene Boden habe so gut wie nichts über das Schuhwerk des Täters preisgegeben, so hieß es weiter, und der Griff des Messers weise die Fingerabdrücke zahlreicher, nicht zu ermittelnder Fremder auf. Darunter schien niemand zu sein, an dessen Verurteilung Napoleon Nebel im Rahmen seiner Tätigkeit als Vorsitzender des Schöffengerichts beteiligt war. Diese Personen habe die Polizei scharf aufs Korn genommen, berichtete man der Witwe, aber nichts gefunden außer der Empörung darüber, dass man ihnen einen Rachemord zutraute. Auch ein Raubüberfall sei auszuschließen, da die Geldbörse unberührt in der Gesäßtasche des toten Richters steckte. Dem Bauern Höfling aber habe man für die Zukunft untersagt, bei seinen Sonnenblumen ein solches Messer auszulegen, man habe ihm ein abgerundetes Frühstücksmesser gestattet.

Bald nach der Obduktion wurde Napoleons sterbliche Hülle zur Bestattung freigegeben. Mirjam erwarb eine schöne Grabstelle auf dem Poppelsdorfer Friedhof am Kreuzberghang, den sie zu Fuß erreichen konnte. Weibliche und männliche Kollegen, Rechtspfleger, Geschäftsstellenbeamte, Protokollführer, Wachtmeister und andere Justizangehörige sowie Staatsanwälte und Rechtsanwälte erschienen zahlreich mit Blumen und Kränzen zur Trauerfeier und sprachen Napoleons Witwe in wohlgesetzten Worten ihr Beileid aus. Ihr Gatte sei ein bewundernswerter Mensch gewesen, ein gewissenhafter Richter, ein geschätzter Gesprächspartner, ein Vorbild für alle. Mirjam hörte es so oft, dass sie es beinahe glaubte. Die Wahrheit ist ein seltsames Ding, sagte sie sich, sie spielt Verstecken mit uns. Sie selbst hatte ihre eigene, höchst private Wahrheit, die sie mit niemandem teilte.

Napoleons Möbelstücke verrückte Mirjam keinen Zentimeter und pflegte sie wie eh und je. Die Ahnen der Familie Nebel ließ sie an der Wand hängen. Es sollte alles so bleiben, wie Napoleon es gewohnt war. Denn für sie lebte er noch immer und erst recht. Beim Essen saß er still an seinem Platz gegenüber dem Bildnis der Ururgroßmutter. Er überließ Mirjam seinen Schlüsselbund und beschwerte sich nicht, wenn die Fenster offenstanden und eine frische Brise hereinwehte. Manchmal nahm er an der Lektüre ihrer Bücher teil und ließ sich ein Kapitel vorlesen. Nur bei Kriminalromanen spürte sie den kalten Hauch seines Unwillens im Zimmer. Die versteckte sie unter dem Bett, sobald sie seine Nähe fühlte.

Auch das Telefon schien er nicht so recht zu mögen. Dennoch nahm er diese und andere Veränderungen im Hause anstandslos hin. Er ertrug es, dass sie eine Zeitung abonnierte und ein Radio, ein Fernsehgerät sowie eine Musikanlage kaufte, schalt sie auch nicht, als sie dem Kirchenchor beitrat und in der Gemeinde wohltätige Aufgaben übernahm. Er protestierte nicht einmal dagegen, dass sie seine Kollegen zum Kartenspiel traf. Es schule ihren Verstand, erklärte sie ihm und hörte ihn nicht widersprechen.

Was sie am meisten genoss, war seine ruhige Teilnahme an den Patiencen, die sie allein mit ihren neuen kleinen Karten legte. Sie meinte sogar, dass er lächelte, weil sie es nicht lassen konnte, die Kärtchen im Kissenbezug aufzubewahren. Das Lächeln war zunächst ein Problem, da sie es zu seinen Lebzeiten selten gesehen hatte, doch bald klappte auch das.

Napoleon war reizend. Mehr denn je war er der Mittelpunkt ihres Lebens. Sie waren sich auf Anhieb darüber einig, dass nun ganz andere Zeiten anbrachen. Sie durfte sogar seine schwarzen Notizbücher vernichten: das dicke Büchlein, in dem er in ordentlichen Druckbuchstaben und Zahlen aufgelistet hatte, was Mirjam ihn in all den Jahren Tag für Tag gekostet hatte, und das kleine für den täglichen Verbrauch der Wurst- und Käsescheiben, des Räucherfischs, der Marmeladen- und Buttervorräte. Ein drittes Notizbuch gab Auskunft darüber, wie viele Stunden Mirjam täglich dem Haushalt gewidmet und welche Mängel ihre Arbeit aufgewiesen hatte. Dies alles sei nun unwichtig, beschlossen sie gemeinsam, und könne mit dem Herbstlaub im Garten verbrannt werden.

Jeden Abend, wenn Mirjam in das alte Doppelbett stieg, um an Napoleons Seite eine ungestörte Nacht zu verbringen, war sie glücklich, dass ihr Dasein mit dem stillen Gatten so harmonisch verlief. Jetzt war er wirklich ihre große Liebe. Wenn sie den Eindruck hatte, dass er nicht an ihrer Seite weilte – umso besser. Dann griff sie unters Bett und holte sich einen Kriminalroman, der sie bis weit nach Mitternacht erfreute.

Über den Vorfall in den Sonnenblumen aber sprachen sie nie. Wenn die Reue, diese winselnde kleine Ratte, nach ihr biss, gab Mirjam ihr einen Tritt und war sie wieder los.

Nur dem mit der Ermittlung in der Mordsache Nebel befassten Kriminalhauptkommissar schien noch irgendetwas Kopfzerbrechen zu bereiten. Eines Nachmittags suchte er Mirjam auf und stellte ihr aufs Neue ein paar Fragen nach dem Verlauf jenes Abends. Vor allem wollte er mehr über ihr Verhältnis zu ihrem Ehemann wissen. Ob er ihr wenig Freiheit gelassen habe?

Mirjam antwortete, sie sei ihrem Mann so eng verbunden, dass sie nicht verstehe, wie die Frage gemeint sei. Lächelnd erklärte sie, der Herr Kommissar wisse vielleicht nicht, dass ihr lieber Mann im Grunde genommen nicht tot sei. Er lebe hier überall zwischen den Möbeln. Sie spreche täglich mit ihm und hole sich seinen Rat. Auch in diesem Augenblick sei er dicht bei ihnen, wie sie deutlich spüre.

»Die Toten wissen in mancher Hinsicht mehr als die Lebenden, nicht wahr?«

Dem Kriminalbeamten war die Sache sichtlich unheimlich. Mirjam sah ihn erbleichen, als sie wiederholt auf einen Punkt oberhalb der Lehne des Stuhles mit der roten Sitzfläche starrte, ihr Gesicht dabei einen fragenden Ausdruck annahm und sie schließlich stumm mit dem Kopf nickte. In den Gesichtszügen des Beamten war ein Grauen zu erkennen, das ihn sogar davon abzuhalten schien, seine Teetasse zum Mund zu führen. Als irgendwo im Zimmer das alte Holz eines Möbelstücks knackte, sagte Mirjam, hierin äußere sich der Unwillen des Verstorbenen über die Anwesenheit der Polizei in seinem Haus. Der Herr Kommissar könne es gern ignorieren, meistens geschehe weiter nichts. Kaum hatte sie das gesagt, wanderten ihre Augen quer durchs Zimmer, als folgten sie einer Person, die hinausging.

»Haben Sie das Knirschen an der Tür gehört? Das macht er immer, wenn er geht. Aber er bleibt nie lange fort.«

Da hielt es den Kommissar nicht länger auf seinem Platz. Der Tisch wackelte, der Tee schwappte aus den Tassen. Der Beamte bat hastig um Verzeihung und verabschiedete sich eiligst, seine Zeit sei knapp.

Mirjam hatte keinen Zweifel daran, dass er sie für ein bedauernswertes Wesen hielt und ihr Haus nicht so bald wieder beträte. Selbst wenn er in Begleitung speziell geschulter Mitarbeiter und psychologischer Sachverständiger zurückgekommen wäre, hätte sie sich keine Sorgen gemacht. So sicher fühlte sie sich.

14. Die Schlange

Das Elend der Welt, dem sie nun täglich in der Zeitung und im Fernsehen begegnete, belastete Mirjam mehr, als sie für möglich gehalten hatte. Erfuhr sie von sterbenden Kindern oder gequälten Tieren, konnte sie sich kaum noch dazu aufraffen, ihr Frühstück einzunehmen. Sie trat in nahezu jeden Schutzbund für Mensch und Tier ein, spendete großzügig aus Napoleons Nachlass und engagierte sich auf Basaren und Festen, bei Sammlungen und Unterschriftslisten. Unter fernen Kriegen, Erdbeben und Hungersnöten litt sie kaum weniger, als wenn sie selbst mittendrin gewesen wäre.

Was ihr eigenes Leben betraf, so war sie zufrieden. Sie hatte den Elektrozaun und die Selbstschussanlage entfernt und war vollauf damit beschäftigt, ihre Freiheit zu nutzen. Im Sommer genoss sie die Vielfalt des Botanischen Gartens und die Konzerte im runden Innenhof des Schlosses, oder sie ging spazieren, meistens über die Poppelsdorfer Allee zum Hauptgebäude der Universität, zum Alten Zoll und hinunter zum Rhein. In ihrem goldenen Käfig zu Napoleons Lebzeiten war ihr nicht bewusst gewesen, dass sie im besten Teil der Stadt lebte.

Am liebsten aber saß sie mit einem Buch in ihrem kleinen Garten oder spielte mit Alwin Paulus und seinen Kollegen Peter und Oskar Pokerpatience auf der Terrasse. Der Rottweiler hinterm Zaun wackelte bei ihrem Anblick stets mit seinem Stummelschwanz und drückte seinen Kopf gegen den Zaun, damit sie ihn kraulte. Er schien es zu schätzen, dass er täglich Napoleons Anteil an Wurst, Käse oder Räucherfisch über die Grundstücksgrenze gereicht bekam.

Im Winter legte Mirjam ihre Patiencen meistens alleine, und vor Weihnachten und Ostern füllten sie die Proben des Kirchenchors aus. Sommers wie winters aber versäumte sie nie, dreimal wöchentlich zum Friedhof zu gehen. Man sagte ihr, das Grab ihres Mannes sei das schönste in der ganzen Anlage.

»Er hat es verdient«, erklärte sie den Leuten, die bewundernd stehenblieben, wenn sie mit Schippe und Harke zwischen den blühenden Stauden hantierte.

So vergingen die Jahre, bis Mirjam sich aufraffte, den Kontakt zu ihren einzigen Blutsverwandten zu suchen. Sie hatte es immer wieder aufgeschoben. Doch eines Tages meinte sie, dass ein alternder Mensch nicht ohne Verwandte dastehen sollte. Sie nahm das Telefonbuch zur Hand und ließ ihren Finger durch die Spalten gleiten. Ihre Cousine fand sie dort nicht, wohl aber die Namen von Annes mittlerweile erwachsenen Söhnen Leon und Boris. Offenbar hatten die jungen Männer eine gemeinsame Wohnung.

»Tante? Haben wir so was? Nie was von einer Tante gehört!«, alberte Leon, der ältere von beiden, als Mirjam anrief.

»Das trifft sich gut«, hörte sie seinen Bruder Boris im Hintergrund. »Mutter in New York, Vater nie zu Haus, Tante am Ort.«

»Spricht alles für die Tante«, meinte Leon.

»Wollt ihr morgen zum Tee kommen?«

»Wenn du daraus Kaffee machst, gern.«

Von nun nahm Mirjam Anteil am Leben der beiden Brüder. Um Boris brauchte sie sich nicht viele Gedanken zu machen. Er kam im Studium zurecht, ging mit guten Noten aus Prüfungen hervor und hatte bald eine Partnerin. Doch Leon hatte wohl nicht das Richtige gewählt, schien immer weniger zu studieren und gab es schließlich auf. Er machte einen unbeherrschten Eindruck und ließ sich äußerlich gehen. Mit Besorgnis sah sie auf seine schmuddeligen T-Shirts, die dreckigen Fingernägel und die langen Haarsträhnen, die nach ranziger Butter rochen. Sie wusste nicht, ob er Drogen oder Alkohol nahm, nicht einmal, wovon er lebte, war sich jedoch sicher, dass er die falschen Freunde hatte.

Was konnte sie tun? Es kam ihr vor, als sähe sie vom Ufer aus ein sinkendes Schiff auf offener See. Sie konnte nicht mit ihm darüber reden, er ließ es nicht zu. Abgesehen von ihren Geldscheinen, die er immer gern annahm, schlug er ihre Hilfsangebote entweder mit Schärfe aus oder verspottete sie derart, dass es wehtat. Als es bei einer Kirmesstreiterei zum Tode eines jungen Mannes kam, schien es kaum noch verwunderlich, dass Leon bald als Angeklagter vor Gericht stand. Er wurde wegen Totschlags zu sechseinhalb Jahren Freiheitsstrafe verurteilt. Mirjam war überzeugt davon, dass er nicht schuldig war. Und falls doch, so nahm sie an, dass er in schlimmste Bedrängnis geraten war. So etwas kannte sie. Verdiente er da nicht ihre Anteilnahme?

»Lass mich in Ruhe, Mirjam. Lass mich endlich in Ruhe!« Er verbot ihr mit Nachdruck, ihn ein weiteres Mal in der Justizvollzugsanstalt zu besuchen.

Monate später meldete sich am Telefon eine unbekannte Stimme.

»Guten Tag«, sagte die Frau, ohne ihren Namen zu nennen.

»Wer ist da, bitte?«

Mirjam dachte, es könnte jemand vom Finanzamt sein, wo sie am Vortag um Rückruf gebeten hatte. Die Sachbearbeiter meldeten sich zwar immer mit Namen, aber wenn sie überarbeitet waren, konnten sie es ja mal vergessen.

»Ich möchte Herrn Nebel sprechen.«

»Der ist verstorben.«

»Woher wissen Sie das?«

»Ich bin seine Witwe.«

»Macht nichts«, sagte die Fremde. »Ich will nur sein Geld.«

Mirjam schwieg. Sie war so verblüfft. Eine Frau, die von Napoleon Geld wollte! Es konnte sich um eine heimliche Geliebte handeln. Womöglich hatte sie ein Kind, das jetzt eine Ausbildung brauchte.

»Seit einer Ewigkeit hab ich nichts mehr bekommen«, sagte die Frau.

Aber wann sollte Napoleon eine andere Frau getroffen haben? Er war doch ständig damit beschäftigt gewesen, sie selbst zu bewachen!

»Und jetzt brauche ich zwei Tausender.«

Mirjam zuckte zusammen. Von so einer Summe lebte sie drei bis vier Monate. Sie zwang sich zur Ruhe.

»Daraus wird nichts.«

»Ihr Mann hat immer gern gezahlt.«

»Das glaube ich nicht.«

»Er hatte allen Grund dazu.«

»Aber ich habe keinen.«

»Sie täuschen sich. Sein Grund und Ihr Grund sind sozusagen Zwillinge«, trumpfte die andere auf.

»Versuchen Sie es woanders«, sagte Mirjam und nahm den Hörer vom Ohr. Ihr war, als stünde sie an der Schwelle einer Höhle, aus der gefährlich kalte Luft sie anwehte.

»Was fühlen Sie bei dem Namen Andreas Huber?«, tönte die Stimme forsch aus dem Hörer.

Mit Mirjams Beherrschung war es vorbei. Ein heftiges Zittern befiel sie. Der Stuhl, den sie sich heranzog, schlingerte über den Boden, fast hätte sie sich daneben gesetzt. Den Hörer drückte sie wieder fest ans Ohr. Ihre Gedanken überschlugen sich. Mit Hubers Tod hatte sie nichts zu tun. Alwin hatte es ihr versichert! Oder hatte er … Aber ja, Alwin konnte die Alkoholvergiftung erfunden haben, um sie zu beruhigen. Sie dummes Huhn war so hysterisch gewesen!

»Napoleon Nebel hat Andreas für die falsche Aussage bezahlt«, sagte die Frau.

»Wie bitte?«, flüsterte Mirjam.

»Als Richter konnte er schlecht selbst bei ihm vorbeischauen«, fuhr die Fremde fort. »Das habe ich für ihn erledigt. Gegen Provision.«

In Mirjams Kopf lief der längst verblasste Film ab, angefangen bei Hubers Aussage im Gerichtssaal bis zu Napoleons Worten: *Ich weiß aus zuverlässiger Quelle, dass der Zeuge gelogen hat.* Es ergab einen Sinn. Die Quelle war er selbst. Was die Frau sagte, konnte die Wahrheit sein.

»Die Sache kann wieder aufgenommen werden, Frau Nebel. Man kann Sie immer noch verurteilen.«

Ganz langsam legte Mirjam den Hörer auf. Wahrscheinlich nützte es nichts. Diese Person würde nicht locker lassen. Zumindest war es ein Aufschub, und den brauchte Mirjam jetzt. Sie rannte die Treppe hinauf. Die Gesetzessammlungen in Napoleons Arbeitszimmer! Das Strafgesetzbuch. Die Strafprozessordnung. Sie konnte nachlesen, ob alles stimmte. Sie hatte es immer gekonnt und niemals getan. War ihre Tat nicht viel zu lange her?

Ihre Augen überflogen das Inhaltsverzeichnis, ihre Finger eilten durch die Seiten. Unten klingelte das Telefon. Warum war es so schwer, etwas so Einfaches herauszukriegen? Und sie suchte noch mehr: Einen toten Zeugen der Lüge bezichtigen – musste das nicht verboten sein? Sie fand nichts dergleichen in den hölzernen Worten und umständlichen Sätzen der eng gedruckten Bestimmungen. So eine Regel schien es nicht zu geben, oder sie versteckte sich irgendwo in den zahlreichen Abschnitten und Absätzen. Während die Buchstaben vor ihren Augen verschwammen, kam Mirjam eine Idee. Mit dem aufgeschlagenen Buch in den Händen lief sie die Treppe hinunter zum unentwegt schrillenden Telefon und hob ab.

»Zwei Tausender, Frau Nebel, sind nicht zu viel für Ihre Freiheit.«

»Sie können nicht beweisen, dass Huber gelogen hat«, sagte Mirjam und klopfte auf das Gesetzbuch, als ob die Formel, die sie brauchte, auf diese Weise herausfallen könnte.

»Zählt mein Wort etwa nichts?«, war die Erwiderung.

»Das Wort einer Erpresserin«, sagte Mirjam.

Sie spürte, dass die Bemerkung saß. Sich nicht alles gefallen zu lassen, war für sie immer noch wie ein Sprung über den Wassergraben.

»Warten Sie, Frau Nebel, da wäre noch was anderes.«

»Es reicht jetzt!« Nun klang Mirjam richtig böse, das erfüllte sie mit Stolz.

»Da ist noch eine Kleinigkeit, die wir besprechen müssen.«

Die fremde Stimme erinnerte jetzt an eine Ärztin, die sich gezwungen sieht, der Patientin einen lebensbedrohlichen Befund mitzuteilen. Mirjam erschauerte, noch bevor die Frau den nächsten Satz gesprochen hatte.

»Ihr Mann ist ermordet worden.«

»Bitte«, flüsterte Mirjam, »ich will nicht wissen, wer es war.«

»Aber Sie wissen es doch«, behauptete die andere.

»Nein.«

»Ich sammele Berichte über unnatürliche Tode«, fuhr die Frau fort, »die interessieren mich.«

Nein, dachte Mirjam, sie kann es nicht wissen. Niemand war in der Nähe.

»Ich hole Erkundigungen ein, und der Rest ist Psychologie. Sie zum Beispiel habe ich lange geschont. Ich wollte Sie mir für schlechte Zeiten aufheben, und die sind jetzt da. Mord verjährt nicht. Das ist das Schöne daran.«

»Was wollen Sie damit sagen?«

»Sie hatten kein Alibi. Vor allem hatten Sie Grund genug, den teuren Gatten umzubringen.«

»Was für ein Unsinn.«

»Das Haus war der reinste Kerker für Sie.«

»Ach was.«

»Ich kann schon morgen bei der Polizei sein und reden.«

»Da könnte jeder kommen.«

»Bisher fehlten der Polizei die Beweismittel. Aber nun bin ich ja da. Die Augenzeugin.«

Das konnte nicht sein. Die Frau log. Aber wenn die Polizei ihr glaubte? Verglichen mit einer Mörderin wirkte eine Erpresserin beinahe seriös.

»Ich sag Ihnen, wie's war. Ich bin zu Fuß von einer Party gekommen und hab mal austreten müssen. Für uns Frauen ist ein Sonnenblumenfeld enorm praktisch. Nicht einmal, als ich den Wagen gehört habe und Ihr Mann ausgestiegen ist, hab ich befürchten müssen, dass mich einer sieht.«

Es war möglich. Die Frau konnte sich im Dunkeln zwischen den Pflanzen verborgen und sie beobachtet haben, ohne dass es aufgefallen war.

»Oder haben Sie mich bemerkt, als Sie mit dem Messer losmarschiert sind?«

»Wenn Sie das glauben …«, Mirjam konnte nicht verhindern, dass sie hörbar schluckte, »warum sind Sie dann nicht sofort zur Polizei gegangen?«

»Was hätte ich davon gehabt? Ist es so nicht viel besser?«

»Man wird Ihnen vorwerfen, dass Sie nicht früher gekommen sind.«

»Das kann ich erklären: Neuer Job, neue Beziehung. Der Olle war strikt dagegen, dass seine Liebste bei der Polizei aufkreuzt. Aber jetzt, seit die Sonnenblumen wieder blühen, ist mir klar, dass ich was versäumt habe.«

Mirjam spürte den Luftzug wehender schwarzer Roben, sah den Schimmer der Samtkragen vor sich und den Blick der Wachtmeister, die sich bemühten, keinen Blick zu haben. In ihren Ohren waren das Raunen des Publikums und das Schweigen, das angefüllt war mit Verachtung und Neugier. Nicht noch einmal, nein.

»Was wollen Sie?«, hörte sie sich fragen und fürchtete zugleich, einen furchtbaren Fehler zu begehen.

»Zwei Tausender. Dafür schweige ich wie eine Grabkammer. Wenn Sie weitere Wünsche haben, kostet das extra. Nur morden müssen Sie selbst.«

Die Frau stieß ein kaltes Lachen aus. Sie erklärte Mirjam, wo sie das Geld in kleinen Scheinen, verborgen in einer leeren Ananas-Dose, um Punkt 23 Uhr ablegen müsse: im Park vor dem Schloss Clemensruhe, unter dem Gesträuch am Zaun zur Meckenheimer Allee, genau gegenüber dem Denkmal des Chemikers August Kekulé, das sich auf der anderen Straßenseite befand.

Das ist ganz nah, dachte Mirjam. Ich kann mich dort irgendwo verstecken und sehen, wer die Dose abholt.

»Dass Sie mir nicht auf die Idee kommen, uns beobachten zu wollen!«, platzte die Frau in ihre Überlegungen. »Wir beobachten nämlich Sie. Wenn Sie nicht sofort nach Hause gehen, hat das Konsequenzen.«

»Ich wünsche, nie wieder von Ihnen zu hören«, sagte Mirjam, um Würde bemüht. »Nie wieder.«

Sie blickte auf das Gesetzbuch herab, das noch in ihren Händen lag, und erschrak. Sie hätte das nicht sagen sollen.

Die Frau hatte schon aufgelegt.

15. Der Rangierbahnhof

»Es war also Liebe auf den ersten Blick«, sagte Mirjam zu dem Stuhl gegenüber dem Bildnis der Ururgroßmutter, nachdem sie über alles nachgedacht hatte. »Du wolltest mich. Ohne Vorstrafe. Das muss dich einiges gekostet haben.«

Mit Napoleon über Vergangenes zu sprechen, vermied sie für gewöhnlich, um keinen Misston in ihre Beziehung zu bringen. Aber wem sonst sollte sie ihr Erstaunen mitteilen? Aus Liebe einen Zeugen bezahlen! Hätte er ihr das nicht sagen können? Nein. Wie hätte er eine Straftat zugeben können – vor ihr? Anstiftung zur Falschaussage! Obwohl er natürlich jahrelang eine weitere Straftat beging: Freiheitsberaubung. Oder nein, sie vergaß oft, dass sie quasi einverstanden war, ihrer Freiheit beraubt zu werden. In dem Fall war auch das Gesetz quasi einverstanden. Solche Dinge hatte er ihr hin und wieder erklärt und ihre Verfehlungen als Druckmittel benutzt, damit sie einverstanden war – quasi.

»Du hast eine Doktorarbeit geschrieben. Man müsste die Reihe der Rechtfertigungsgründe erweitern«, murmelte Mirjam dem Stuhl zu. »Um Gründe wie Erziehung, Ordnung, Ehe und so weiter.«

»Die Arbeit ist nicht angenommen worden«, meinte sie ihn seufzen zu hören.

Sie wusste, dass Napoleon darüber verbittert war. Die Professoren hatten ihn als Reaktionär beschimpft und ihm den Titel des *doctor iuris* verweigert. So musste er ohne die akademische Weihe, die anderen in den Schoß zu fallen schien, durchs Leben gehen. Es wurmte ihn ständig. Und im Tod war es gewiss nicht leichter. Bei der Gravur des Grabsteins hatte sie deshalb gemogelt: *Dr. jur. Napoleon Nebel.* Niemand hatte es beanstandet.

»Du hättest eine Hochschulkarriere gemacht.«

»Sehr richtig, mein Herz. So wäre es gekommen, wenn nicht unfähige Leute die Tür zugehalten hätten.«

»Was für eine Frau ist das, Napoleon?«

Sie bekam keine Antwort. Er war verschwunden. Was für ein Fehler, diese Frage anzuschneiden! Womöglich würde er niemals wiederkommen. Eine trostlose Vorstellung.

Auf einmal war Mirjam kalt. Sie stand auf und ging hin und her, um besser nachdenken zu können. Die Anruferin hatte nicht ungebildet geklungen. Nicht immer kamen solche Leute aus der untersten Schicht, das hatte Mirjam schon gehört. Wenn einem Geld fehlte, geriet man leicht auf Abwege, das wusste sie ja. Aber wenn es nicht nur die eine Frau war? Wenn sie zu mehreren waren? *Wir beobachten Sie.* Das klang beängstigend, rückte alles in die Nähe von Banden und organisiertem Verbrechen.

Mirjam sah auf die Uhr. Sie musste losgehen, um das Geld zu holen. Auf dem Rückweg würde sie eine Dose Ananas in Stücken kaufen. Danach hätte sie noch Zeit für den *Rangierbahnhof.* Für heute war es die richtige Patience. Wenn man eine einzige Weiche falsch stellte, konnte man die Karten einpacken.

Spät am Abend legte Mirjam die knisternden Scheine in einen Briefumschlag. Mit dem trägen alten Dosenöffner löste sie die Oberseite der Büchse, drückte die Blechscheibe mit einem Löffel hoch und goss das Ananaskompott in eine Schüssel. Es war der Duft der Kindheit, der zu ihr aufstieg. Sonntage bei Großmama, wenn der süße Saft in der Schüssel zurückblieb und Mirjam und ihre Cousine Anne ihn auslöffeln durften, bevor sie zusammen den Abwasch machten. Mirjam spülte die Dose mit Wasser aus und schob vorsichtig, um sich nicht zu schneiden, das Handtuch hinein. Draußen war es bereits dunkel. Um zehn vor elf würde sie losgehen. Vorher wollte sie noch einmal die Strafprozessordnung aufschlagen. Das, was ihr eingefallen war, als die Anruferin auflegte, hatte sie noch nicht überprüft.

Doch auch diesmal zeigte sich das Gesetz so undurchdringlich wie beim ersten Mal. *Wenn neue Tatsachen und Beweismittel beigebracht sind …* Erst glaubte sie, es verstanden zu haben, dann kamen ihr wieder Zweifel. Das rechtskräftige Urteil eines Gerichts war nicht immer endgültig, das hatte schon Napoleon sie wissen lassen. Wenn man Freigesprochene später noch verurteilen konnte, musste das Umgekehrte ebenso möglich sein. *Wiederaufnahme zugunsten des Verurteilten*, war es das?

»Geht das auch bei neuen Zeugen?«, fragte sie den rotseidenen Stuhl. »Sofern man einen findet.«

Es kam keine Antwort. Doch als Mirjam zu Napoleons Ururgroßmutter schaute, hatte sie das Gefühl, dass ihr Lächeln Zustimmung bedeutete. *Versuch's einfach …*

Wie erkannten die Richter den Unterschied zwischen Wahrheit und Lüge? Zwischen ehrlichen Zeugen und Schwindlern? Hatten sie eine ausgeklügelte Technik oder einen Instinkt dafür? Oder gingen sie begabten Lügnern auf den Leim wie jeder andere?

Mirjam zog ihren Mantel über und nahm ihren Kugelschreiber zur Hand. *Rufen Sie mich an!*, schrieb sie außen auf den Briefumschlag. Sie schob in ihn die Büchse, drückte den Deckel hinunter und machte sich auf den Weg.

16. Das Spielkasino

Es dauerte drei lange Tage, bis die Frau sich bei Mirjam meldete.

»Sie wünschen?«, fragte sie ohne Einleitung.

»Nun … Sie hatten angedeutet, Sie könnten …«

»Etwas für Sie tun. Selbstverständlich. Worum handelt es sich?«

Es fiel Mirjam nicht schwerer, als sich beim Zahnarzt anzumelden. Dies war ja nicht ihre eigene Geschichte. Es war nur ihr eigener Wunsch, sie zu korrigieren.

»Sie möchten, dass ich für Ihren Neffen jemanden suche, der was anderes gesehen hat und vor Gericht aussagt«, stellte die Anruferin fest, als Mirjam fertig war. »Name? Alter? Welche Justizvollzugsanstalt? Welcher Strafverteidiger? Tatzeit? Tatort? Tathergang?« Die Frau ratterte die Worte herunter wie Mirjam es von Napoleon kannte. Juristische Routine, die sie bewunderte.

»Keine Sorge, Frau Nebel. Wir kriegen das hin.«

Mirjam wurde ganz kribbelig vor Freude und Erwartung. *Wir kriegen das hin.* Diese Frau, die ihr Anliegen so sachlich aufnahm und sie offenbar verstand, war ihr mit einem Mal sympathisch. An das Übrige wollte sie im Moment nicht denken.

»Legen Sie uns morgen Abend, 23 Uhr, dreißig weitere Hunderter in eine Ananasbüchse. Ort wie gehabt. Es handelt sich um eine Anzahlung.«

Keine Sorge, ging es Mirjam später durch den Kopf, als sie die zweite Ananasdose neben Hundekot, Obstschalen und Bonbonpapieren zurückließ. Sie hatte sich einlullen lassen von ihrem eigenen Wunschdenken! Als wäre das hier nichts anderes als eine

Abmachung unter guten Freunden. Sorge machte ihr jetzt vor allem die Möglichkeit, dass das Geld verloren war. Dass die Frau sie betrog und nichts dafür tat und immer mehr Geld forderte, ohne sich um Mirjams Wunsch zu scheren, den Wunsch, Leon bald wieder lachen zu sehen, mit ihm und Boris im Garten zu sitzen oder einen Spaziergang zu machen, vielleicht sogar gemeinsam Weihnachten zu feiern.

Vertrauenssache, hatte die Frau am Ende des Gesprächs gesagt. Mirjam vertraute einer Erpresserin, die sie ohne Risiko betrügen konnte! Was dabei herauskommen konnte, war völlig ungewiss.

Noch am selben Abend mischte sie die Karten und legte sie zum *Spielkasino* aus. Diese Patience ging sehr selten auf. Auch diesmal nicht. Kurz nach Mitternacht warf Mirjam die Karten zusammen. Mit einem flauen Gefühl im Magen ging sie zu Bett.

Da sieht man es wieder, gestand Mirjam sich Monate später ein, ich bin ein dummes Huhn.

Sie hatte nichts mehr von der Frau gehört. Das Geld war verloren. Sie war so naiv gewesen! Das war sie ja schon immer. Wie hätte sie sich denn zu einer cleveren Strategin entwickeln können? Sie war eine Glücksspielerin, und nicht mal eine gute.

Das einzige, was ihr übrig blieb, war, die Sache zu vergessen, den Kummer herunterzuschlucken und zu hoffen, dass keine weiteren Forderungen folgten. Was war schon geschehen? Sie hatte sich zu früh gefreut und war für nichts und wieder nichts um eine Summe ärmer, die im Wesentlichen den Schutzbünden für misshandelte Frauen, Kinder und Tiere sowie den Opfern von Kriegen und anderen Katastrophen abging. Weiß Gott, es gab Schlimmeres. Sie sollte sich auf das Nächstliegende konzentrieren. Das Wetter war wunderschön, und Boris hatte sich zum Tee angesagt.

Es ging ihm gut, ihrem Boris. Schwungvoll durchquerte er den Vorgarten und kam mit schnellen Schritten auf sie zu. Er sah blendend aus in seinem hellen Hemd. Das schmale Gesicht war ein wenig blass, aber sein Ausdruck war lebhaft, seine Haltung straff und voller Energie. Das Praktikum bei der Zeitung schien ihm Spaß zu machen.

»Was gibt es Neues?«, fragte sie, als sie den Tee einschenkte. Sie hatte vergessen, dass er Kaffee bevorzugte, und hatte ein schlechtes Gewissen.

Boris führte gerade ein Sandplätzchen zum Mund und hielt jäh in der Bewegung inne. »Sag bloß, du weißt es noch nicht!«

Sie erschrak. »Ist was passiert? Was Schlimmes?«

»Hat er dich nicht angerufen?«

»Wer?«

»Leon natürlich.«

»Wieso *natürlich*?«

»Du weißt es also nicht.« Björn biss die Hälfte des Kekses ab. Wie immer fielen Krümel aufs Tischtuch. »Seit ein paar Tagen ist er frei.«

»Leon?«

»Jetzt ist Schluss mit Kost und Logis auf Staatskosten.«

»Wie redest du von deinem Bruder!«

»Als wenn der sich als Bruder fühlte! Er hat sich für eine halbe Minute gemeldet, telefonisch, da war er schon am Flughafen. Er ist auf und davon. Keine Telefonnummer, keine Adresse. Er will es nicht.«

»Leon ist frei«, flüsterte Mirjam vor sich hin. So ein Wunder für eine Summe, die andere Leute für einen Teppich ausgaben!

»Mama in New York, Vater in Island, und mein Bruder im Nirgendwo.« Boris stöhnte. »Eine fabelhafte Familie.«

»Du könntest doch …«, begann sie und wusste schon nicht mehr, was er könnte. Wie gerne hätte sie etwas für ihre drei Tausender bekommen, zumindest eine Telefonnummer! Sie wünschte sich sehnlich, Leons Stimme zu hören, in seine Zukunftspläne eingeweiht zu werden, und hatte fest daran geglaubt, dass er zu ihr käme und sie in die Arme schlösse.

Boris stürzte den Tee herunter und sah auf seine Armbanduhr. »Willst du nicht wissen, weshalb er frei ist?«, fragte er.

»Ich kenne mich da nicht aus, Boris.«

»Es hat sich jemand gemeldet. Ein neuer Zeuge.«

»Oh.«

»Ein unglaublicher Zufall. Dieser Mensch …«

»Hast du ihn gesehen?«

»Ich habe Leons Rechtsanwalt angerufen, der hat es mir erzählt. Dieser Zeuge konnte sich noch an die Vorgänge auf der Kirmes erinnern. Er geht sonst nie zur Kirmes, hat er gesagt, und ist nur seiner Freundin zuliebe hingegangen. Während sie im Autoscooter herumdüste, stand er mit einer Currywurst am Rand. Und da hat er zufällig mitgekriegt, dass Leon die anderen verließ, bevor die unselige Auseinandersetzung begann. Der Zeuge gab ihm Feuer, wechselte ein paar Worte mit ihm und sah ihn in Richtung Konrad-Adenauer-Platz verschwinden.«

Mirjam hörte im Geiste das Feuerzeug schnappen, glaubte den Zigarettenrauch zu riechen und sah den Zeugen an einen Pfeiler gelehnt mitten im Getöse stehen, irgendeinen netten jungen Mann, der einen ihrer Tausender erhalten hatte.

»Er hat sich noch an Leons Gesicht erinnert?«, fragte sie.

»Leon trug die Lederjacke mit den anarchistischen Aufnähern. Die vergisst man nicht so schnell.«

»Da war das hässliche Ding wenigstens zu was gut.«

»Aber an der Currywurst muss irgendwas falsch gewesen sein«, sagte Björn. »Der Typ musste sich übergeben, und die Freundin hat ihn sofort nach Hause gebracht. Deshalb wusste er nicht, dass man seine Aussage gebraucht hätte.«

»Na, so was!«, staunte Mirjam, ohne dass es einer schauspielerischen Anstrengung bedurft hätte. »Wie hat er jetzt davon erfahren?«

»In der U-Bahn. Irgendwelche Leute unterhielten sich über den Fall, und er stand daneben. Nach und nach ist ihm klar geworden, dass man wahrscheinlich den Falschen geschnappt hat, und ist zur Polizei gefahren, um seine Aussage zu machen.«

»Das alles hat man ihm geglaubt?«

Boris blickte sie verdutzt an.

»Warum denn nicht?«

»Hm … ich weiß nicht …«

»Die Freundin hat bestätigt, dass er ihr damals von dem Typen mit der Jacke erzählt hat.«

Ein Tausender für die junge Frau. Kein Wunder, dass die Sache so teuer war.

»Jedenfalls sind dem Gericht Zweifel gekommen, ob Leon wirklich der Schuldige ist«, meinte Boris.

»Und das reicht? Es gab doch noch die anderen Zeugen. Die, die gesagt haben, dass er es war.«

»Ja, seltsam, einer hat sich kräftig in Widersprüche verwickelt, und die anderen waren nicht auffindbar.«

Mirjam fühlte leichten Schwindel. Das war alles schön und gut. Geradezu wunderbar. Aber sie bekam Angst, die sie erhitzte wie Fieber. Die ganze Sache war unheimlich. Ihr fiel ein, was die Fremde am Telefon gesagt hatte: Das Geld ist *eine Anzahlung.* Es konnte noch teurer werden.

Bevor Mirjams Ängste am nächsten Morgen richtig erwachten, meldete sich das Telefon.

»Glücklich?« Es hätte die Stimme einer Hebamme nach erfolgreicher Entbindung sein können. »Geben Sie's zu: Es war perfekt.«

Auf keinen Fall ein Lob, nahm Mirjam sich vor. Womöglich erhöhte es die Restsumme, die die Frau noch fordern würde.

»Haben Sie sonst noch Wünsche?«

»Nein«, presste Mirjam hervor.

»Wollen Sie nicht wissen, wie der Rest der Gegenleistung zu begleichen ist?«

Mirjam gab sich gleichgültig. Sie schwieg und klapperte mit dem Wasserkocher herum.

»Sehen Sie im Blumentopf vor Ihrer Tür nach.«

Es war noch nicht einmal halb sieben. Ein kalter Wind fuhr Mirjam an die nackten Beine, als sie die Haustür öffnete. Sie zog den

Morgenmantel enger um sich. Aus der schwarzen Erde des Bego-
nientopfes schaute ein Stück weißes Papier heraus. Obwohl sie vor
Kälte schnatterte und sich besser beeilt hätte, brauchte sie Minuten,
um den Arm auszustrecken und das Papier hervorzuziehen. Erdkrümel verteilten sich im Hauseingang. Zwischen ihren Fingern
befand sich ein ganz normaler Briefumschlag mit Fenster und ge-
druckter Adresse. Er hätte von der Stadtverwaltung sein können.

Mirjam öffnete den Umschlag, faltete das darin liegende Blatt
auseinander und las bei offener Türe, während an ihrem Vorgarten
ein paar Frühaufsteher vorübereilten.

Sie werden als Zeugin gebraucht.

An einem Nachmittag Mitte Februar machten Sie die Bekanntschaft
von Frau Luise Knopf. Auf der Rheinpromenade bewunderten Sie in Höhe
des Alten Zolls denselben wuscheligen Hund, kamen ins Gespräch und
waren sich darüber einig, wie schön es am Rhein ist. In der Folgezeit ver-
abredeten Sie sich zweimal auf dem Alten Zoll an den Bänken, um sich
miteinander zu unterhalten, das erste Mal im Februar (den Tag wissen Sie
nicht mehr), das letzte Mal an einem Dienstag Anfang März gegen 15 Uhr
bei bestem Wetter. Sie trennten sich eine gute Stunde später und vergaßen,
eine neue Verabredung zu treffen. Frau Knopf trug einen grünen Blazer zu
einer hellen Hose (siehe Foto). Sie selbst waren braun gekleidet. Frau Knopf
erzählte von ihrer weißen Katze, die beim Fressen mäkelig ist, der arbeits-
losen Tochter, die keine Stelle als Friseurin findet, und besonders nett sprach
sie von ihrem beinamputierten Ehemann, der das Rauchen nicht drangeben
will. Mehr fällt Ihnen nicht ein. Eine Zeugin, die sich zu gut erinnert,
wirkt unecht. Vernichten Sie dieses Schreiben und erzählen Sie niemandem
davon. Schauen Sie den Polizeibeamten und den Richtern ins Gesicht. Falls
Sie nicht überzeugen, tragen Sie die Konsequenzen.

Sie musste es tun, keine Frage. Wer andere für sich lügen lässt,
kann sich selbst nicht drücken, das stand für Mirjam fest. Das Verlangen war recht und billig. Nun, vielleicht auch nicht. Aber sie
hatte keine Wahl.

»Guten Morgen!«, rief ihr der Nachbar zu, der seine Zeitung
hereinholte. »Sie haben schon Post?«

Mirjam winkte ihm zu, wenn auch ein wenig verkrampft, schloss die Tür und zog das Foto aus dem Umschlag. Ein rundes Frauengesicht mit müden Augen und traurig herabhängenden Mundwinkeln. Sie hatte keine Schwierigkeiten, sich mit dieser Frau auf der Bank sitzen zu sehen, und bedauerte fast, dass dem nicht so gewesen war. Bestimmt hätten sie eine angeregte Unterhaltung geführt.

Man lud Mirjam ins Polizeipräsidium und später vor die Schwurgerichtskammer des Landgerichts. Inzwischen war ihr klar, worum es ging: Die Dame mit den müden Augen hatte versucht, ihren Mann zu töten.

Mit fester Stimme und weichen Knien bezeugte Mirjam, was niemand bezeugen konnte, und schaute dem vorsitzenden Richter direkt in die Augen. Auch die Vereidigung stand sie in aufrechter Haltung durch. Sie sprach, was sie sprechen musste, »so wahr mir Gott helfe«, und hoffte auf Verständnis im Himmel und auf Erden. Danach durfte sie sich setzen und dem Rest der Verhandlung als Zuschauerin beiwohnen.

Sie konnte kaum zuhören. Vor ihren Augen verschwamm alles, wie die Auslage einer Patience, wenn sie müde war. Vier schwarze Asse – die drei Richter und die Protokollführerin. Ein blaues und ein graues As – die Schöffen. Links und rechts je ein schwarzer König, der Staatsanwalt ist Kreuz, der Verteidiger Pik. Die Angeklagte, die Herzdame, gefangen in ihrem Schicksal. Mirjam selbst, die Kreuzdame, kam vom Talon, den hoben sie ab, indem sie Zeugen vom Flur holten. Es galt, die Entscheidung auf den Assen aufzubauen. Der Herzkönig war im Weg. Die Patience musste aufgehen, sonst kam alles vom Tisch.

Die nächste Karte bitte.

Als der Ehemann Knopf in den Saal gerufen wurde, hatte Mirjam sich wieder in Griff. Eine junge Frau schob ihn im Rollstuhl, aus dem sein Körper herausquoll wie ein weiches Kissen. Mirjam wagte nicht dorthin zu schauen, wo seine Beine aufhörten. Sein

Gesicht war aufgedunsen, seine Augen waren zwischen den Wülsten kaum zu sehen. Er verfluchte lautstark seinen lädierten Körper, seine Ehefrau, die ihm ans Leben wolle, seine Tochter, die nach seinem Geld giere, die Schlange vom Pflegedienst, die ihn bestehle, und schließlich die Weiber in ihrer Gesamtheit, auch die im Saal. Der vorsitzende Richter brachte ihn zum Schweigen. Er drohte ihm eine Ordnungsstrafe an.

Für Mirjam war Frau Knopf weit mehr als eine Schwester, sie war beinahe sie selbst. Sie entschloss sich, bis zur Urteilsverkündung im Saal zu bleiben. Vor Anspannung hielt sie es kaum aus, die Richter und Richterinnen aus dem Beratungsraum zurückkehren zu sehen. Als alle sich von den Plätzen erhoben, hatte sie den Eindruck, der vorsitzende Richter blicke sie an.

»Im Namen des Volkes ergeht folgendes Urteil: Die Angeklagte Luise Knopf wird freigesprochen.«

Wie auch immer das hochgiftige Insektizid in den Tee des Zeugen Knopf gelangt sei, der Angeklagten sei die Urheberschaft nicht nachzuweisen, begründete der Vorsitzende die Entscheidung der großen Strafkammer. Es sei nicht auszuschließen, dass der häufig unter Alkoholeinfluss stehende Ehemann Zitronensaft und Insektizid verwechselt habe. Auch sei nicht der Nachweis erbracht, dass die Angeklagte die ähnlichen grünen Flaschen absichtlich nebeneinander gestellt habe, damit es zu einer Verwechslung käme. Ebenso wenig sei bewiesen, dass die Angeklagte selbst den Tee mit dem Insektizid versetzt habe. An jenem Nachmittag hätten sich zeitweise noch andere Personen in der Wohnung aufgehalten. Zudem sei fraglich, ob die Angeklagte in dem in Betracht kommenden Zeitraum überhaupt dort anwesend war. Die Zeugin Nebel, an deren Glaubwürdigkeit das Gericht keine Zweifel hege, habe glaubhaft bekundet, dass …

Mirjam hörte nicht länger zu. Ihre Patience war aufgegangen.

17. Die Räuber kommen

Mirjam ging mit der Gießkanne umher, wässerte und düngte ihre Blumen, zupfte hier und da ein welkes Blättchen ab und lockerte die Erde. Es war der Tag nach dem Meineid. Sie fühlte sich keineswegs so befreit, wie sie vorher gehofft hatte. Den ganzen Morgen über bemühte sie sich, nur an Harmloses und Erfreuliches zu denken: Wie üppig die Stauden blühten! Wie nett die Bienen summten! Mit dieser künstlich guten Stimmung war es schlagartig vorbei, als das Telefon läutete. Sie war so aufgeregt, dass sie ins Wohnzimmer lief, ohne die Gießkanne abzustellen.

»Wir bedanken uns, dass Sie für uns einen Meineid begangen haben, Frau Nebel. Sehr mutig von Ihnen.«

Da sollte noch etwas kommen. Mirjam spürte es deutlich. Diese Person rief nicht an, um sich zu bedanken. Was wollte sie? Es war alles bezahlt, falls man es so nennen konnte. Die Versuchung, das Gespräch mit einem Druck des Zeigefingers zu beenden, war groß. Aber was nützte es? Wenn die Frau noch etwas wollte, entkam Mirjam ihr nicht. Das plötzliche Bedürfnis, etwas völlig Verrücktes zu tun, war kindisch.

»Auf Ihrem Konto hätten wir jetzt einen Meineid, eine Anstiftung zum Meineid und einen Mord«, fuhr die Frau fort. »Grund genug, dass Sie uns einen weiteren Gefallen tun.«

Mirjam stieß einen Laut aus, der nicht hinunterzuwürgen war. Man hatte sie an der Nase herumgeführt! Sinnlos, sich darauf zu berufen, dass sie eine Art Abmachung hatten.

»In ein paar Wochen, je nach Bedarf«, erläuterte die Anruferin. »Falls Sie erwägen, in der Zwischenzeit Ihre Telefonnummer zu ändern, lassen Sie es sein. Wir wissen, wo Sie wohnen. Auch ein Umzug wäre zwecklos. Wir würden Sie finden.«

Mirjam hob die Gießkanne und drehte sie um. Zwei Liter Wasser mit reichlich Düngemittel ergoss sich über Napoleons Stuhl und seine Sitzfläche aus roter Seide.

Nach zwei Monaten war sich Mirjam fast sicher, dass die Frau sich nur einen Scherz erlaubt hatte. Wenige Tage später kam der Anruf.

»Wir benötigen Sie, Frau Nebel.«

Es folgten Angaben, wo und wann die Weisungen zu finden waren.

Wieder war es am frühen Morgen. Der Umschlag lag diesmal im Briefkasten. Mirjam sollte nach Köln fahren und bekunden, dass sie einen Gärtner, der laut Anklage seinen Bruder erwürgt hatte, am Tattag mit der Umgestaltung ihrer Grabstelle beschäftigt und seine Arbeit selbst beaufsichtigt hatte.

Die Schwurgerichtskammer des Landgerichts Köln konnte sich, nachdem sie die Zeugin Mirjam Nebel gehört hatte, nicht zu einer Verurteilung des Angeklagten wegen heimtückischen Mordes entschließen.

Ein Jahr später sprach das Landgericht Bremen aus ähnlichen Gründen ein Pärchen vom Vorwurf der schweren räuberischen Erpressung frei. Auch in Hamburg, Hannover, Frankfurt und weiteren Großstädten machte Mirjam Nebel ihre klare, aber falsche Aussage. Über die Jahre beglückte sie eine stattliche Anzahl Täter und Täterinnen, die nicht hinnahmen, dass das Gesetz sie hinter Schloss und Riegel sehen wollte. Häufig stellte Mirjam fest, dass sie nicht die einzige Zeugin war, die die Unschuld des oder der Angeklagten beweisen sollte. Dann fühlte sie einen Stein von ihrem Herzen fallen, als ob damit alles in Ordnung wäre. Am liebsten hätte sie diese »Kollegen« angesprochen und gefragt: *Wie kommen Sie damit zurecht?* Das ging natürlich nicht. Sie wusste nicht einmal, ob die anderen mogelten wie sie selbst. Ebenso gut konnten sie die Wahrheit bekunden oder das, was sie dafür hielten.

Ihre Aufenthalte im Kern fremder Städte nutzte Mirjam für die Besichtigung von Kathedralen, Schlössern und Museen, was ihrer Bildung zugute kam, bei der es einiges nachzuholen gab. Niemals zuvor hatte sie so viel von ihrem Vaterland gesehen, niemals so viele Menschen kennengelernt. Noch nie war sie so beschäftigt und so erfolgreich gewesen. Es war die beste Zeit ihres Lebens.

Nur nachts im Bett, wenn sie nicht einschlafen konnte oder in der Frühe erwachte, fiel ihr Gewissen über sie her und hatte Ängste im Gepäck, die sie am Abend mit Kognak und Baldrian bekämpfte, am Morgen dagegen mit der Tageszeitung. Dort fand sie Schlimmeres als das, was sie sich zuschulden kommen ließ.

Oft schwieg die Anruferin für mehrere Monate. In solchen Zeiten fühlte Mirjam sich leicht, als trüge sie keine andere Last als Blumenpflege, Chorproben und Kartenspiel.

Als sie schon etliche Jahre als heimliche Lügnerin durch Deutschland gereist war, verstärkte sich ihre Freundschaft zu Alwin Paulus und zwei seiner Kollegen, die der Strafvollstreckungskammer des Landgerichts angehörten. Die drei Richter traten in den Ruhestand und hatten nun öfter Zeit für eine Pokerpatience. Mirjam hielt es für sicher, dass sie nicht ahnten, mit wem sie da am Tisch saßen und um Lakritzschnecken und Fruchtgummi spielten. Sie selbst vergaß die Anruferin oft wochenlang. Doch je länger der paradiesische Zustand anhielt, desto heftiger erschrak sie, wenn das Telefon läutete und sie daran erinnerte, wer sie war.

»Wir müssen es jetzt anders machen«, verkündete die Anruferin nach einer erneuten Pause.

»Warum?«

»Sie hatten viele Auftritte. Überregionalen Beobachtern könnte etwas auffallen.«

Mirjam sah sich plötzlich an der Schwelle eines neuen Lebens voller Ehrlichkeit. Der Weg in die Zukunft lag vor ihr wie ein weißes Band. Endlich! In ihrem Kopf erhob sich ein Choral jauchzender Stimmen; der ganze Kirchenchor schien zu singen.

»Ich kann aufhören?«

»Im Gegenteil«, sagte die Frau. »Jetzt geht es richtig los.«

Mirjam protestierte. Sie hatte genug getan!

Die andere erwiderte nur kühl: »Sie beschaffen uns zuverlässige Personen, die an Ihrer Stelle aussagen.«

Das konnte sie nicht! Nein!

»Warum nehmen Sie nicht die Freigesprochenen?«

»Das wäre zu auffallend.«

»Aber wie soll ich denn …«

»Wenn Sie genug zahlen, finden Sie jemanden.«

»Das kann ich mir nicht leisten.«

»Keine Sorge. Da helfen wir.«

Mirjam sah sich mit ein paar Hunderten in der Tasche verzweifelt auf Baustellen herumlungern und in ihrer Not zwielichtige Kneipen betreten, um einen geeigneten Zeugen anzuheuern. Natürlich war das ebenso unmöglich wie auf einem Wohltätigkeitsbasar zu fragen: *Wer von Ihnen hätte Lust auf ein besonderes Abenteuer?*

»Die nächste Anweisung erhalten Sie übermorgen. Wenn etwas schief läuft, tragen Sie die Konsequenzen.«

Mirjam trug schon zentnerschwer an den Konsequenzen ihrer bisherigen Fehler. Wer war diese Person, die keine Ruhe gab?

In der Stille der Nacht, als Mirjam sich im Bett hin und her wälzte, nahm die Anruferin für sie Gestalt an. Die Stimme, das war ihr von Anfang aufgefallen, machte den Eindruck, als entstamme die Frau einer Welt wie der ihren, als käme sie aus ihrer Umgebung, womöglich aus der Nachbarschaft. War sie die strenge junge Mutter aus der Kurfürstenstraße, die sich damit brüstete, ihre Kinder zu *zuverlässigen Menschen* zu erziehen? Oder die hagere Sportlehrerin, die den Senioren im Gemeindesaal die *Konsequenzen des Übergewichts* vor Augen hielt?

Als sie am Morgen nach unruhigem Schlaf erwachte, war Mirjam von etwas anderem überzeugt: Die Anruferin musste am Gericht zu finden zu sein. Wo sonst sollte Napoleon einer solchen Frau begegnet sein? Sie konnte eine Rechtspflegerin, eine Justizangestellte oder – warum nicht? – eine Richterin oder Staatsanwältin sein. Napoleon könnte ihr damals gestanden haben, dass ihm die junge Diebin gefalle, sie aber als Ehefrau nicht in Frage komme, wenn sie vorbestraft sei, und die Dame erbot sich, die Wege zu ebnen. Er versicherte daraufhin, dass er ihre Mühe belohne, und sie erwiderte, das treffe sich gut, sie brauche eine neue Küche. Später benötigte sie noch ein Sofa und eine Schrankwand, gewöhnte sich daran, regelmäßig Geschäfte mit falschen Zeugen zu machen und nahm noch den einen oder anderen Kompagnon dazu.

Wie sollte Mirjam einen Menschen auftreiben, der so etwas Unglaubliches für sie erledigte wie eine Reihe von Falschaussagen und Meineiden? Wie sollte sie sich trauen, jemandem so etwas vorzuschlagen? Da würde doch mancher schnurstracks zur Polizei laufen! Wie stellte die Frau sich das vor? Mirjam wurde das Gefühl nicht los, dass die andere ein Ziel im Auge hatte, das sie selbst noch nicht erkennen konnte.

Sie stand ratlos im Wohnzimmer und schaute zu dem Stuhl mit der fleckigen roten Seide. Seit jenem Tag, an dem sie Napoleon nach der Anruferin gefragt hatte, vermochte sie seine Anwesenheit nicht mehr zu spüren. Auch hatte sie nicht versucht, die Gespräche wiederaufzunehmen, da sie einen Streit befürchtete. Einerseits musste sie dankbar sein, dass er sie damals freigesprochen hatte, andererseits war sie ihm böse, weil er ihr diese Frau hinterließ.

Hat mein dummes Huhn noch nicht an eine Annonce gedacht?

Mirjam fuhr zusammen. Er war da! Er hatte sie beobachtet und gab ihr einen Rat! Eine Anzeige aufgeben? Nein, das wollte sie nicht. Oder sollte sie das? Blieb ihr etwas anderes übrig? Wie aber ließ sich ihr Anliegen unauffällig formulieren, ohne dass ein Kriminalbeamter sofort wusste, was gemeint war? Vielleicht ging es auch ohne das. Sie holte die Tageszeitung und breitete sie auf dem Esstisch aus. Es war die Mittwochsausgabe. Sie enthielt weniger Annoncen als die Samstagszeitung, die sie mutlos gemacht hätte.

– *Klavierlehrerin hat noch Plätze frei*

– *Zuverlässiger Mann erledigt jede Arbeit im Haus*

– *Schauspieler sucht neuen Wirkungskreis*

– *Gartenarbeiten erledigt preiswert …*

Schauspieler? Schauspieler! Mirjam griff nach dem Telefon und wählte die Nummer.

»Sie suchen einen neuen Wirkungskreis? Den hätte ich für Sie.«

»Ein Engagement? Hervorragend!«

»Könnten Sie sich vorstellen, vor einem Gericht aufzutreten?«

»Wenn ich nicht der Angeklagte bin – warum nicht?«

Als der Schauspieler begriff, was sie meinte, war er schockiert.

»Das geht nicht! Das kann ich nicht machen.«

Mirjam versuchte, ihm zu erklären, dass es so schwierig nicht sei. Hoffentlich ist er nicht so rechtschaffen und verständigt auf der Stelle die Polizei, dachte sie bang.

Es dauerte eine Weile, bis er wieder etwas sagte.

»Wenn Sie mir helfen … Wenn das Risiko überschaubar ist … Und das Honorar diskret …«

Er brauchte das Geld, so viel war klar. Mirjam sah dankbar zum roten Stuhl. In diesen Dingen kannte Napoleon sich aus.

So fuhr der Schauspieler viele Male durchs Land und bescherte Mirjam eine nahezu sorgenfreie Zeit. Die hohen Anforderungen im Zeugenstand ließen sein schauspielerisches Können indessen derart reifen, dass er Mirjam eines Tages mitteilte, er habe nun ein festes Engagement an einem angesehenen Schauspielhaus und stehe als Zeuge nicht länger zur Verfügung.

»Suchen Sie jemand Neues«, befahl die Anruferin, als sie davon erfuhr.

»Nein.«

Die Entschiedenheit, mit der sie das Wort aussprach, überraschte Mirjam selbst. Sie hatte es sich gründlich überlegt und sich dazu entschlossen – ohne ein einziges Wort von Napoleon. Er war nicht wieder aufgetaucht. Es klappte nicht mehr. Sie neigte sogar zu der Ansicht, dass seine letzten Worte auf ihrer Einbildungskraft beruhten. Der rote Lehnstuhl war nichts weiter als ein gewöhnliches altes Sitzmöbel mit hässlichen Flecken, die sich nicht entfernen ließen.

»Nein«, wiederholte Mirjam. »Jetzt ist Schluss.«

Die Frau schien erst einmal Luft zu holen. Dann sprach sie leise, fast liebenswürdig:

»Sie können nicht aussteigen. Muss ich das noch mal erklären?«

»Ich nehme meine Schuld auf mich.«

»Und die Sache mit dem Neffen auf der Kirmes? Soll der liebe Junge zurück in den Knast?«

Mirjam stöhnte. Sie hatte nur an sich selbst gedacht. Sollte sie Leon opfern, nachdem sie so viel auf sich genommen hatte? Bestimmt hatte er sich inzwischen eine Existenz aufgebaut, vielleicht hatte er Frau und Kinder. Ihr fiel der junge Mann mit der Currywurst ein, der so schön für Leon gelogen hatte.

»Ein Tipp von uns, und der Schwindel fliegt auf. Die Polizei wird Ihren Neffen finden und einbuchten.«

»Aber Sie würden doch Ihren Zeugen nicht verraten!«

»Da fände sich ein Weg. Mit den richtigen Leuten lässt sich das eine beweisen, ohne das andere offenzulegen. Haben Sie es immer noch nicht begriffen, Frau Nebel? Bei uns gibt es lebenslang. Ohne Begnadigung.«

Mirjam wusste, dass sie es nicht besser verdient hatte. Die Leitlinien des guten Patiencespiels – Planen, Abwägen, Vorausschauen – hatte sie im wirklichen Leben missachtet. In der Auslage waren keine Bewegungen mehr möglich. Die Karten ließen sich nicht einfach einsammeln, mischen und neu auslegen.

»Sie besorgen einen neuen Zeugen, Frau Nebel.«

»Ich kenne niemanden.«

»Sie kennen jemanden, der bestens geeignet ist.«

»Ich weiß nicht, wen Sie meinen«, erwiderte Mirjam müde.

»Haben Sie ihn vergessen? Den Bruder. Ihren Neffen Boris.«

18. Die Schikanös

Die Anweisungen waren anders, die Bedingungen schwieriger. Woher wusste diese Frau, dass Mirjam einen Neffen hatte, der *bestens geeignet* war?

»Sie werden ihn perfekt täuschen«, lautete der Befehl. »Halten Sie sich nächste Woche bereit. Sie bekommen eine Nachricht.«

Ihren Neffen auszuhorchen und die Informationen weiterzugeben, war schlimm für Mirjam. Was hätte sie darum gegeben, ihm zuflüstern zu können: *Ich tu nur so!* Am liebsten hätte sie ihm alles erzählt, von Anfang an. Sie fürchtete, dass sie ihn in einen entsetzlichen Strudel hineinzog, und hoffte dennoch, es würde gut gehen. Bestimmt würde sie eines Morgens mit einer brauchbaren Idee erwachen, wie das grausame Spiel zu beenden war. Aber durfte sie Leon opfern? Denn darauf würde es hinauslaufen. Oder ließe sich die Aufdeckung des Schwindels verhindern, wenn sie sich selbst umbrächte? Dazu fehlte ihr bislang der Mut.

Sie schaffte den Absprung nicht. Mit einem hohen Einsatz heuchlerischer Mühe veranlasste sie Boris zu der Aussage, die man von ihm haben wollte. Dass der widerliche Kerl, der seine Mutter getötet hatte, daraufhin freigesprochen wurde, erfuhr sie aus der Zeitung.

Nun hasste sie sich wie nie zuvor. In Zukunft würde es Boris nicht anders ergehen als ihr. Wie konnte sie die Sache stoppen? In ihrer Ratlosigkeit warf sie die Patiencekarten in die Küchenschublade, als wollte sie nie wieder so etwas Albernes in die Hand nehmen. Hatte mit den verdammten Karten nicht alles begonnen? Das kleine Regelbuch schob sie hinterher. Die Lade wollte sie zuknallen, dass es nur so krachte, aber es ging nicht. Das Büchlein hatte sich mit der Küchenschere und dem Dosenöffner verkeilt.

»Ich reiß dir alle Seiten aus!«, fauchte Mirjam, zog das Buch heraus und zerrte an mehreren Seiten zugleich. Das feste Papier widersetzte sich. Sie versuchte es mit einer einzelnen Seite. Da blieb ihr Blick an einem Wort hängen: *Hilfskarte.*

Es war wie beim unverhofften Auffinden eines alten Fotos – ihr kam eine Erinnerung. Mirjam sah sich am Tisch sitzen, wie sie die Karten zum *Zopf* oder zum *Abendstern* auslegte, und bemerkte daneben den Platz für die Hilfskarten. Nicht immer waren sie wirklich hilfreich gewesen, aber oft hatten sie ein Spiel gerettet, das sonst verloren gewesen wäre. Das war es, was sie brauchte: eine Hilfskarte! Sie brauchte einen Menschen, der ihr half.

Einen Menschen. Sie hatte Freunde und Bekannte. Aber die Sache war zu heikel. Wem konnte sie die furchtbare Last der Wahrheit aufbürden? Wer hatte die Stärke für so viel Vertrauen? Wer besaß die erforderliche Besonnenheit?

Mirjam zögerte lange. Dann wählte sie eine Nummer. Die einzige, die in Frage kam. Sie vernahm das Freizeichen und war sich fast sicher, dass sie kein Wort herausbringen würde.

Als sie die Stimme hörte, war der Anfang, den sie sich im Kopf zurechtgelegt hatte, wie weggeblasen. Sie hatte es ihm schonend beibringen und alles erklären wollen, damit er sie wenigstens ein bisschen verstand. Nun wollte sie es nur noch hinter sich bringen.

»Ich war es«, sagte sie ohne Einleitung. »Ich habe ihn ermordet.«

Ihr Arm zitterte so, dass der Hörer gegen den Bügel ihrer Brille stieß. Alwin würde ihr die Freundschaft kündigen und die Nummer der Staatsanwaltschaft heraussuchen. Am meisten fürchtete sie seine Verachtung und den Vorwurf, ihn so viele Jahre getäuscht zu haben.

»Aha«, sagte Alwin Paulus, freundlich und ruhig wie immer, ohne eine Gemütsregung erkennen zu lassen. Möglich, dass er ihr nicht glaubte. »Und deshalb rufst du an?«

»Das ist nicht alles.«

»Brauchst du jemanden zum Reden?«

»Nicht nur zum Reden.«

»Ich komme sofort. Am besten bringe ich Peter und Oskar mit.«

»Aber …«

Damit hatte sie nicht gerechnet. Sie war zu überrascht, um Worte des Protests zu finden. Alwin kannte einen wichtigen Teil ihrer Vergangenheit, aber Peter und Oskar? Die würden aus allen Wolken fallen, und wer wusste, wie sie reagieren würden.

»Bis gleich, Mirjam.«

Sie würde geschehen lassen, was er für richtig hielt, sie fühlte sich müde und verbraucht. *Wird schon schiefgehen*, dachte sie. Merkwürdig, dass ihr dieser Satz einfiel. Das war ein Ausdruck ihrer Cousine Anne, die dabei immer gelacht und mit den Achseln gezuckt hatte.

Wird schon schiefgehen. Es war alles so absurd, dass es beinahe zum Lachen war.

Die namenlose Anruferin meldete sich ein paar Tage später. Ihre Stimme klang schroff.

»Ihr Neffe muss mehr tun. Er bekommt bald seine Anweisungen. Sorgen Sie dafür, dass er sie gewissenhaft ausführt.«

»Ich sorge für nichts mehr, ich …«

»Sie können nicht aussteigen, das wissen Sie doch.«

»Ich fühle mich gesundheitlich sehr schlecht. Aber wenn Sie möchten, kann ich drei Mitarbeiter beisteuern.«

Die Frau schien zu überlegen.

»Gleich drei?«

Oh, das klang misstrauisch. Hätten sie sich doch darauf geeinigt, ihr nur einen oder zwei anzubieten! Das wäre weniger auffällig. Es schien alles so gut durchdacht, doch diesen Punkt hatten sie vernachlässigt.

»Was für Leute sind das?«

»Alte Männer, Rentner«, sagte Mirjam möglichst gleichgültig, als ob die Sache sie nichts anginge. Eine andere Chance als diese hatte sie nicht.

»Noch klar im Kopf?«

»So alt sind sie nicht. Sie wirken jünger.«

»Was verlangen sie?«

»Das Übliche.«

»Welchen Grund haben sie?«

»Sie sind Justizgeschädigte.«

»Opfer von Fehlurteilen?«

Der Atem der anderen ging schneller. War ihr Interesse geweckt? Vorsicht, dachte Mirjam. Sie durfte die drei nicht zu sehr anpreisen.

»Ich vermute es. Sie hätten Spaß daran, der Justiz eins auszuwischen.«

»Wer mit mir arbeitet, geht Risiken ein. Das macht keiner, um Richter zu ärgern. Es ist auch kein Spaß.«

»Sie brauchen Geld.«

Die Anruferin schwieg. Nach einer Weile sagte sie: »Die Sache kommt mir komisch vor.«

Aus und vorbei. Die Frau ahnte etwas. Aber das war einkalkuliert.

»Das verstehe ich nicht«, sagte Mirjam mit fester Stimme, wie sie es geübt hatte.

»Wie kommen diese Leute auf die Idee, für mich zu arbeiten, Frau Nebel? Das müssen Sie mir erst mal erklären.«

Gleich wirft sie mir an den Kopf, dass ich mit drei pensionierten Richtern befreundet bin, dachte Mirjam. Die Frau hatte von Boris gewusst, also konnte sie auch die Freunde kennen.

»Als ich jemanden suchen sollte, hatte ich Andeutungen gemacht.«

»Sie durften nicht wahllos Andeutungen machen, Frau Nebel, das wussten Sie doch.«

»Es war nicht wahllos, glauben Sie mir.«

Die andere lachte. Ein Hexenlachen. »Ich soll Ihnen glauben! Ihnen, Frau Nebel?«

»Sie müssen ja nicht«, sagte Mirjam kühn. »Schönen Abend noch.« Sie legte auf. So hatten sie es geplant. Die wird wieder anrufen, hatte Alwin gemeint. *Geduld.*

Mirjam starrte ihr altes Telefon an. Schwarz und unheilvoll schweigend stand es vor ihr auf dem Tisch. Alwins Optimismus ärgerte sie plötzlich. Er hatte Hoffnungen in ihr geweckt, die ihr nun abwegig erschienen. Die Frau brauchte keine Mitarbeiter. Oder sie wollte nur Leute, die etwas ausgefressen hatten und sich vor Entdeckung fürchteten. Die hatte sie in der Hand, das war leichtes Spiel. Warum sollte sie Fremde nehmen, von denen sie nichts wusste?

Es war alles verpatzt. Ihr Körper kam Mirjam schwer vor, viel schwerer als sonst. Sie schleppte ihn in die Küche, setzte Teewasser auf und nahm ein Tütchen *Tempelzauber* aus dem Oberschrank. *Harmonisierend und entspannend.* Das brauchte sie jetzt. Vor allem brauchte sie einen Zauber, der allem ein Ende bereitete. Diese weltfremden Ex-Richter waren keine Lösung.

Ihre Hand zitterte so stark, dass sie das kochende Wasser an der Tasse vorbei auf ihre Finger goss. Sie lief zur Spüle, drehte den Hahn weit auf und hielt die Finger in den kalten Strahl, bis sie sich taub anfühlten. War da was zu hören? Sie stellte das Wasser ab. Das Telefon? Das Telefon klingelte!

Sie rannte ins Wohnzimmer. Halt – nicht zu schnell. Sich auf keinen Fall mit keuchendem Atem melden.

Nach dem fünften Klingeln hob sie ab. »Hallo?«

»So wie die Dinge liegen«, sagte die Anruferin, »habe ich Grund zu der Annahme, dass Sie sich nicht trauen würden, mich zu belügen. Sie wollen ja weiterleben.«

Mirjam unterdrückte ein Schlucken. Vor allem musste sie jetzt weiterreden. Aber es ging nicht.

»Wo waren wir stehengeblieben?«, fragte die Frau.

»Bei den Andeutungen«, sagte Mirjam.

»Woher kennen Sie solche Leute, Frau Nebel?«

»Mein Mann. Als Strafrichter kannte er so viele … Sie wissen schon.«

»Oh, ja, ich weiß. Namen?

»Verschiedene Decknamen. Sie würden Ihnen nichts nützen.«

»Sagen Sie einen.«

»Das darf ich nicht.«

»Welche Branche?«

»Darf ich nicht sagen.«

»Frau Nebel, ich muss wissen, mit wem ich es tun habe. Dealer und Zuhälter scheiden aus.«

»Nicht so was Mieses. Wo denken Sie hin?«

»Haben die von sich aus bei Ihnen angerufen?«

»Sie kamen vorbei. Einer von denen hatte mich vor Gericht gesehen und festgestellt, dass ich – nun ja – gelogen habe.«

»Das hätten Sie abstreiten müssen.«

»Die wussten Bescheid. Sie wollten mich erpressen!« Es klang verzweifelt, das war gut so. »Was sollte ich tun? Ich habe kurzerhand gesagt: *Mitmachen würde Ihnen mehr bringen.* War das falsch?«

Wieder trat eine Pause ein. Mirjam atmete gleichmäßig, zeigte keine Nervosität, nichts Verräterisches. Eine geübte Lügnerin, auch in eigenen Angelegenheiten. Das musste die Frau wissen. Vielleicht war sie gerade dabei, eine raffinierte Falle zu bauen, in der Mirjam zappelnd hängenbliebe und bekennen müsste, dass sie die andere reinlegen wollte. Mirjam setzte sich auf einen Stuhl, damit sie wenigstens säße, wenn die Falle zuschnappte.

»Sicheres Auftreten?«, fragte die Frau.

»Das kann man sagen.«

»Überzeugungskraft?«

»Ohne Zweifel. Leider wollen sie nicht gerichtlich aussagen, man könnte sie erkennen.«

»Gerichtsbekannt?«

»Wie das bei Profis so ist.«

Die Frau stieß einen Pfiff aus.

»Sie taugen für sonstige Mitarbeit«, fuhr Mirjam fort.

»Fähig, Leute zu motivieren?«

»Sicherlich.«

»Durchsetzungsvermögen?«

»Ausgesprochen.«

»Gewisse Härte?«

»Eindeutig.«

»Ich muss das Angebot prüfen. Wir könnten expandieren«, überlegte die Frau. »Längerfristig kommen wir nicht drum herum. Der Bedarf ist enorm.«

Mirjam diktierte der Anruferin die Handynummer, die sie auswendig wusste und nannte das verabredete Codewort. *Äpfel im Angebot.* Dass sie bis hierhin gelangt war! Das Training in Alwins

Wohnzimmer hatte sich gelohnt. Nun würde sie sich eine Tasse *Tempelzauber* aufgießen und an den Zauber glauben.

Während der Tee aus Ingwer und anderen Gewürzen im heißen Wasser zog, dachte sie an die Diskussion, die dem Üben vorausgegangen war. Was hatte sie von Alwin, Peter und Oskar erwartet? Eine Idee. Und die hatten die Freunde. Falls sie den Lauf der Dinge nicht in Kürze stoppen konnten, bedeutete sie Mitwirkung an Straftaten, an Falschaussagen und Strafvereitelungen. Ihnen konnte nicht wohl dabei sein.

»Jeder, der halbwegs bei Verstand ist, müsste das ablehnen«, hatte Alwin gemeint.

»Aber das sind wir nicht«, sagte Peter darauf. »Wir leiden unter Altersdemenz, stimmt's?«

»Es gibt keine andere Möglichkeit, um näher an die Frau heranzukommen und herauszufinden, wer dahintersteckt«, war Oskars Ansicht. »Alles hängt davon ab, wie gut wir unsere Rolle spielen.«

»Und haben wir uns nicht eine glaubhafte Vergangenheit zugelegt?«, ulkte Peter, der es nicht ganz so schwer zu nehmen schien. »Immerhin kennen wir die Justizvollzugsanstalt von innen.«

»Lasst es lieber sein!«, hatte Mirjam ausgerufen.

War der Plan nicht heller Wahnsinn? Sie hatte den Freunden die volle Wahrheit gesagt hatte, ohne etwas hinzuzufügen oder wegzulassen. Die drei mussten einen gewaltigen Sprung über ihren Schatten machen, von einer Seite der Justiz auf die andere. Sie taten es für sie, Mirjam. Das erweckte sonderbare Gefühle in ihr. Aber ihre Angst, dass die Anruferin dahinterkäme, was für Helfer ihr da angeboten wurden, war gewaltig. Wie würde die Frau reagieren, wenn sie von anderen Informanten erführe, dass die angeblichen Justizgeschädigten nicht im Rheinbacher Gefängnis gesessen, sondern dort als Richter der Strafvollstreckungskammer ein- und ausgegangen waren?

Nun, da die erste Hürde genommen war, wurde Mirjams Angst mächtig wie eine schwarze Rauchwolke, an der sie zu ersticken drohte. Mit Sicherheit musste alles herauskommen, wenn es sich um eine professionell arbeitende Gruppe handelte. Bei einer in Bedrängnis geratenen Richterwitwe lag es nicht allzu fern, dass sie sich Kollegen ihres Mannes zu Hilfe holte. Gegenüber einer kriminellen Organisation würde die Idee ihrer Freunde sich als hoffnungslos dilettantisch erweisen.

Zum ersten Mal seit dem Entschluss, Alwin einzuweihen, spürte Mirjam, was auf sie und die anderen zukommen konnte. Eine tödliche Gefahr.

19. Das Windrad

In den nächsten Tagen traute Mirjam sich kaum aus dem Haus. Sie fürchtete, dass sie beschattet wurde, falls nicht nur ihr Angebot, sondern auch sie selbst überprüft werden sollte. Auch im Garten hielt sie sich nicht lange auf und goss die Blumen auf der Terrasse nur zur Mittagszeit, die oft so still war, dass sie meinte, etwaige Beobachter hören zu müssen, falls sie sich im Buschwerk verborgen hielten. Mit den drei Freunden war ausgemacht, sich zunächst nicht zu treffen.

Eines Tages rief Alwin an. »Die Äpfel sind im Korb.«

Das war die verabredete Losung. Die Frau hatte angebissen!

»Sind sie sortiert?«, fragte Mirjam.

»Ja«, sagte Alwin. »Verpackt für den Markt.«

Die Frau hatte ihnen ihre Aufgaben zugewiesen. Es konnte losgehen.

Aber warum, fragte sich Mirjam nach ein paar Wochen, dauert es so lange? Was war aus dem Vorhaben, die Frau ausfindig zu machen und mit ihr zu verhandeln, geworden? Offenbar ging es keinen Schritt voran! Boris, das sah Mirjam, war in fürchterlicher Bedrängnis.

»Für ihn macht eure Mitwirkung alles noch schrecklicher!«, beschwerte sie sich schließlich telefonisch bei Alwin. »Ihr treibt ihn immer weiter hinein! Und ich muss mich blöd stellen und kann ihm nicht helfen.«

»Wenn wir die Aufträge nicht richtig erfüllen, kommen wir der Person nicht näher. Vor allem müssen wir echt wirken. Unsere Hoffnung, es ginge schnell und schadlos, war eine Illusion, das gebe ich zu. Aber das Ziel zu erzwingen, hat keinen Zweck. Vertrauen aufbauen braucht Zeit. Ich bin sicher, dass wir beobachtet werden.«

»Müsst ihr Boris solche Angst einjagen?«

»Für Angst würde sie sonst allein sorgen. Sie selbst oder ihre Helfer.«

»Es sind also mehrere?«

»Wir erhielten die Anweisungen von einer Männerstimme. Eine unterdrückte Nummer.«

»Kann man die nicht herausbekommen? Über die Telefongesellschaft?«

»Es gibt einen Service, der den Inhaber des Anschlusses ermittelt. Aber die Leute werden kaum ihr eigenes Telefon benutzen.«

»Wäre es nicht einen Versuch wert?«

»Die letzte Nachricht bestand darin, dass wir unsere Anweisung mittags um zwölf in einem der Krimis des Bücherkarrens auf dem Kaiserplatz finden.« Es knisterte im Hörer. Alwin schien ein Papier zu entfalten. »Soll ich sie dir vorlesen?«

»Ich will es nicht wissen.«

»Wir haben den Zettel in *Diskrete Zeugen* von Dorothy Sayers gefunden und das Buch gekauft.«

Mirjam seufzte. »Wie soll es weitergehen?«

»Sei nicht ungeduldig. Wir sind nah dran.«

»Womöglich begeht Boris noch heute einen verhängnisvollen Fehler! Was dann?«

»Hör doch zu, Mirjam: Wir sind nah dran!«

»Das ist reine Spekulation.«

»Pass auf: Morgen lernen wir einen der Kunden kennen. Wenn wir herauskriegen, wo er das Bargeld für die Bezahlung übergibt, können wir sehen, wer es in Empfang nimmt. Das ist dann nicht länger nur eine Stimme am Telefon, sondern ein Wesen aus Fleisch und Blut.«

Alwin rief am nächsten Tag nicht an und auch nicht am Tag darauf.

Mirjam wusste, dass es ihr nicht zustand, ihn zu drängen. Doch die Ungeduld brannte jeden Tag stärker in ihr. Um das Warten zu überstehen, spielte sie nur noch schwere Patiencen wie das *Windrad*, das ihr bisher zu mühselig gewesen war, weil es viel Strategie verlangte. Der Talon durfte nur einmal durchgespielt werden und nicht wie bei den meisten Patiencen ein zweites Mal. Diese Strenge war ihr jetzt recht. Handelte man unklug, war die Chance vorbei. So war das nun mal.

Weitere Tage vergingen. Schließlich meldete sich Alwin.

»Wir haben sie gesehen.«

»Oh, Alwin …« Mirjam traten Tränen in die Augen, so erleichtert war sie. Endlich ging es vorwärts!

»Es war im Hofgarten vor dem Uni-Hauptgebäude. Zunächst haben wir beobachtet, wie ihr Kunde eine gebrauchte Zigarettenschachtel unter die Hecke schob. In der Schachtel befanden sich ein paar große Scheine.«

»Wie – habt ihr das – rausbekommen?« Vor Aufregung konnte Mirjam kaum sprechen.

»Er hatte es uns vorher gesagt. Wir kannten ihn, weil wir zusammen im Hause deines Neffen waren, die Aktion, über die du nichts wissen wolltest.«

»Und so was sagt er euch einfach?«

»Gegen Honorar.«

»Ihr seid wunderbar, Alwin!«

»Als er die Schachtel dort deponierte, hab ich mich mit Oskar unter den Bäumen aufgehalten, also ziemlich nah. Sie musste bald kommen. Wer lässt schon eine große Summe lange am Boden liegen? Wir sahen jede Menge Leute dort vorbeigehen. Frauen, Männer, Kinder, Jugendliche, Studenten, Touristen …«

»Die Frau war unter all diesen Leuten?«, unterbrach Mirjam.

»Eine Gruppe Lokalpolitiker mit Reportern und Fotografen, zwei oder drei Polizisten, eine Schulklasse mit Lehrerinnen, Eltern mit Kinderwagen, Radfahrer, Hundebesitzer …«

»Schon gut. Wie sieht sie aus?«

»Es war viel Betrieb. Auf der Wiese jonglierten zwei junge Männer mit Bällen, und viele Leute blieben stehen.«

»Spann mich nicht auf die Folter!«

»Als es leerer wurde, ist Oskar zum Busch gegangen. Er kam zurück und sagte: *Die Schachtel ist weg*.«

»Aber eben hast du gesagt …«

»Wir müssen sie gesehen haben, ohne zu wissen, dass sie es war. Wir haben keinen Moment weggeschaut, Mirjam. Sie muss sich nach der Schachtel gebückt haben, als sie von jemandem verdeckt war.«

»Meinst du, sie war eine Touristin?«

»Jede Frau könnte es gewesen sein.«

»Eine Lehrerin? Eine Studentin?«

»Möglich wäre auch ein Mann.«

»Vielleicht ein Fotograf?«

»Oder ein Polizist.«

»Eine Mutter mit Kinderwagen?«

»Oder ein Hund.«

Mirjam konnte nicht darüber lachen. »Die Chance ist vorbei.«

»Es wird eine zweite Chance geben, Mirjam.«

»Das klingt, als wäre es ein Spiel. Vergiss nicht, wie schlecht es Boris geht! Ich will ihm – ich muss ihm …«

»Nein, warte! Nichts überstürzen! Keinen Fehler machen. Wir geben nicht auf. Leb wohl, ich melde mich.«

»Alwin, ich kann nicht mehr.«

20. Die Surprise

Mirjam wartete auf irgendeine Form von Erlösung. Sie saß wieder öfter im Garten hinterm Haus, obwohl er ihr kaum noch etwas bedeutete. Aus reinem Pflichtgefühl versorgte sie täglich die Blumen mit Wasser. Bei allem, was sie tat, fühlte sie eine öde Gleichgültigkeit in sich. Tod und Teufel und Zerstörung durften ruhig kommen, es wäre ihr sogar recht.

Sie hatte Alwin Paulus seit Tagen nicht gesprochen. Seine Frau hatte ausgerichtet, er melde sich, sobald es Neuigkeiten gebe. Mirjam war nicht mehr scharf darauf. Es war so lästig. Sie nahm ihre Karten zur Hand und begann ohne jede Lust, die *Surprise* zu legen, die bisher immer an einer einzigen Karte gescheitert war. Ob die Patience diesmal aufging oder nicht, spielte keine Rolle. Mirjam hatte sie gewählt, um ihren Verstand zu zwingen, seine Trägheit zu überwinden. Ihre Bewegungen waren ungeschickt, mehrmals fiel eine Karte vom Tisch. Sie aufzuheben, fand Mirjam jedes Mal mühsam. Schließlich merkte sie, dass sie sich verzählt hatte. Die erste Reihe enthielt zwölf Karten statt elf und die zweite Reihe zehn statt neun. Sie schob die Karten zusammen. Als sie die Reihen zum zweiten Mal legte, quietschte das Gartentor. Die Karten entglitten ihren Fingern. Stocksteif saß sie da und hörte die Schritte von mehreren Paar Schuhen, die sehr schnell näher kamen.

Um die Hausecke stürmten mit Riesenschritten und zerknirschten Gesichtern Alwin, Peter und Oskar. Sie wirkten wie Agenten in einem amerikanischen Film oder eher wie deren Persiflage. Mirjam musste laut lachen.

»Es gibt nichts zu lachen«, sagte Alwin und knallte eine Zeitung auf den Tisch. »Wir haben etwas übersehen.«

Er breitete die Zeitung auf dem Tisch aus. Sie bestand aus zwei zerdrückten und eingerissenen Doppelbögen, die an manchen Stellen feucht waren.

»Was soll ich damit?«, wunderte sich Mirjam. »Habt ihr euren Salat darin eingewickelt?«

»Meine Frau hat es vor einer Viertelstunde entdeckt, als sie die Möhren auspackte.«

Mirjam las das Datum. »Anfang August? Die Ausgabe ist ein bisschen zu alt, um aktuell zu sein.«

»An dem Tag waren wir drei mit der Renovierung der Gemeinderäume beschäftigt«, meinte Oskar. »Keiner von uns hat den Lokalteil gelesen.«

»Ich lese schon seit Wochen nur noch die Wettervorhersage«, erklärte Mirjam und schob das Blatt von sich.

»Lies wenigstens die Überschrift.«

Mirjam beugte sich vor. »*Tasche mit Leichenteilen in Chinarestaurant* ... Igitt. Ich habe dem chinesischen Essen noch nie getraut.«

»Begreift du nicht?«, sagte Alwin mit gesenkter Stimme. »Es ist *die* Tasche! Ich hab das vor zwei oder drei Wochen kurz erwähnt: die Tasche, die ich deinem Neffen in der Fußgängerzone andrehen musste. Wir wussten nicht, was drin war.«

»Die enthielt Akten, hattest du gesagt.« Mirjam sah Alwin prüfend ins Gesicht; es war aschfahl. »Und dass sie durch ein Schloss gesichert war ... Ging es nicht um eine Erbschaft?«

»In gewisser Weise ja«, stöhnte Alwin. »Der Erblasser lag selbst in der Tasche. Teilweise. In Stücken.«

»Nein!«, schrie Mirjam gellend.

Sie schrie auf der Terrasse, mitten am Nachmittag, bei schönem Wetter, nicht weit von der Hecke, die möglicherweise Ohren hatte. Welcher Wahnsinn! Aber sie konnte es ebenso wenig verhindern wie das Trommeln ihrer Fäuste auf der Tischplatte. Die Patiencekarten stoben wie erschreckte Vögel auseinander, ein paar segelten zwischen die Dahlien, der Kreuzkönig glitt an einem Huhn aus Ton entlang und blieb mit eingedelltem Zepter liegen.

Mirjam fühlte Oskars Hand auf ihrem Arm. »Es war eine Panne.«

»Aber warum ließ man euch das ... das Ding durch die Stadt tragen?«

»Unser Anrufer hat nicht erklärt, was damit passiert ist und passieren sollte«, sagte Alwin. »Für ihn war es ein Geschäft, für uns ein Auftrag: Tasche von A nach B bringen, an Boris übergeben, der es nach C brachte, wo der Empfänger bereits sitzen sollte. Offenbar ist er nicht gekommen.«

»Wir fragen uns, woher diese Leute wussten, dass Boris dort entlangkommen würde«, erklärte Oskar. »Sie müssen seinen Termin gekannt haben.«

Peter nickte. »Oder sie haben ihre Informanten an den richtigen Stellen.«

»Woher kam die Tasche, Alwin?«, fragte Mirjam.

»Ich habe sie am Busbahnhof übernommen. Der Überbringer ist in der Menge untergetaucht, die aus den Bussen stieg.«

»Ich fürchte, da hängen mehr Leute dran, als wir dachten«, meinte Peter.

»Bisher rief nur ein Mann an«, wandte Oskar ein.

»Bei mir war es immer dieselbe Frau«, sagte Mirjam.

Peter schüttelte den Kopf. »Das heißt nichts. Hinter den beiden können zwanzig Leute stehen.«

Die drei Freunde rückten näher zusammen und erwogen mit gedämpften Stimmen dieses und jenes, wovon Mirjam nur ein paar Satzfetzen verstand. Dass es den Rahmen sprenge … Alles verändere … Wozu sie sich hätten hinreißen lassen … Ob sie Fehler gemacht hätten … Was zu tun wäre … Was noch weiterhelfe …

»Schluss!«, rief Mirjam dazwischen.

Das Gebrumme erstarb, die drei Köpfe hoben sich. Drei Augenpaare schauten zu ihr herüber. Es ist immer noch meine Angelegenheit, dachte sie. Sie heftete ihren Blick auf den Kreuzkönig am Boden und sagte: »Ich zeige mich selbst an.«

Ein paar Sekunden Schweigen. Dann sprachen alle drei auf einmal.

»Tu das nicht!«

»Soll denn alles umsonst sein?«

»Du reißt viele mit hinein.«

»Die Folgen sind unübersehbar.«

»Hab doch Geduld!«

»Danke für eure Hilfe. Der Plan ist gescheitert«, sagte Mirjam mit fester Stimme.

Die drei widersprachen ihr nicht.

»Ich habe nichts zu verlieren«, fuhr Mirjam fort. »Früher war das anders. Leben wollte ich. Freiheit spüren. Aber jetzt … Ich habe meine Freiheit verspielt. Es geht nicht mehr.«

»Und was verliert dein Neffe Boris?«, fragte Alwin.

21. Die letzte Patience

Jede Entscheidung schien falsch. Doch den eingeschlagenen Weg noch weitergehen, wollten weder Mirjam noch ihre Freunde. Über das richtige Vorgehen stritten sie eine Weile. Schließlich einigten sie sich auf eine Anzeige an den Polizeipräsidenten.

Oskar setzte den Text auf:

Sehr geehrte Damen und Herren,

hiermit möchten wir Ihre Aufmerksamkeit auf eine Art Agentur lenken, die vermutlich ihren Sitz in dieser Stadt hat. Gegen Entgelt vermittelt sie Zeugen, die vor Gericht falsch aussagen, u.a. auch am Landgericht Bonn.

Mit freundlichen Grüßen

Die Gerichtsfreunde

Oskar versprach, das Schreiben noch am selben Abend in den Postkasten zu werfen. Über die Ungewissheit der Folgen waren sie einer Meinung: Die Anzeige konnte ohne jede Wirkung bleiben oder eine Lawine in Gang setzen.

Ein paar Tage später trafen sie sich wieder bei Mirjam. Sie hatte erwartet, dass eine Meldung in der Zeitung stehen oder durch die Nachrichten kommen würde, und war irritiert.

»Du hast den Brief doch eingeworfen, Oskar?«

»Solche Ermittlungen dauern«, erwiderte er.

»Reagiert die Polizei immer sofort auf so was?«, fragte Peter. »Oder wird abgewartet, bis weitere Hinweise eingehen?«

Oskar zuckte mit den Schultern.

Sie scheinen nicht mehr Ahnung davon zu haben als ich, dachte Mirjam.

»Wir könnten Folgendes tun«, schaltete sich Alwin Paulus ein. »Wir leiten unsere Anzeige den Tageszeitungen zu. Wenn die Zeugenvermittler davon erfahren, geben sie auf. Mehr wollen wir ja nicht.«

»Das bringt nichts«, meinte Peter. »Wenn sie auf diese Weise gewarnt sind, ändern sie einfach die Methoden und sichern sich besser ab.«

Mirjam fröstelte in der 33-Grad-im Schatten-Hitze. »Da ist noch etwas«, sagte sie. »Gestern Abend gegen zehn klingelte mein Telefon. Als ich mich meldete, wurde aufgelegt. Ohne ein Wort.«

Die drei Freunde zogen die Augenbrauen hoch und blickten einander an, als müssten sie beratschlagen, ehe sie etwas erwiderten.

»Es ist unheimlich«, fügte Mirjam hinzu.

Jetzt gerieten die Freunde in Bewegung. Peter winkte ab, Alwin und Oskar schüttelten den Kopf.

»Das passiert bei uns alle Nase lang«, sagte Peter.

»Jemand hat sich verwählt und keine Lust gehabt, sich zu entschuldigen«, sagte Alwin.

»Es war nicht das erste Mal. Vorgestern war es auch«, erklärte Mirjam. »Um dieselbe Zeit.«

»Das muss nichts bedeuten«, sagte Peter.

»Irgendein junger Spund ohne Benehmen«, meinte Alwin.

»So was kommt oft vor«, sagte Oskar.

»Es ist unheimlich«, wiederholte Mirjam. »Wenn es heute wieder so ist … Ein drittes Mal könnte ich nicht ertragen.«

»Wer sagt denn, dass es noch mal vorkommt?«, fragte Peter.

»Normalerweise wäre dir kaum aufgefallen, dass es zweimal hintereinander war«, sagte Alwin. »Deine Nerven sind angespannt.«

»Mach dir keine Sorgen«, meinte Oskar.

Mirjam ärgerte es, dass die Freunde ihre Furcht nicht ernst nahmen und sich darin so einig waren. Als ob sie sich abgesprochen hätten, sie um jeden Preis zu beruhigen. Nun wechselten sie schon wieder Blicke! Nein, sie wollte nicht hysterisch erscheinen. Lieber schweigen und hoffen, dass die Freunde Recht hatten.

Sie beruhigte sich tatsächlich. Nicht ganz, aber so weit, dass sie in der Lage war, eine Flasche Wein aus dem Keller zu holen.

Ein paar Stunden später war Mirjam wieder allein. Als es dunkel wurde, schloss sie wie jeden Abend die Haustür ab, ließ die Rollläden herunter, zog die Standuhr auf und löschte die Lichter im Parterre. Sie ging hinauf ins Badezimmer, um sich die Zähne zu putzen. Das tat sie immer als erstes, wenn sie zu Bett gehen wollte. *Mit sauberen Zähnen ins Nachthemd steigen*, hatte Großmama gesagt, und daran hatte sich die Enkelin ihr ganzes Leben gehalten.

Als Mirjam die Zahnpastatube öffnete, läutete im Parterre das Telefon. Sie erstarrte mitten in der Bewegung, die Arme angewinkelt, den Blick auf die weit aufgerissenen Brillenaugen im Spiegel gerichtet.

Wie spät? Sie blickte zum Handgelenk. Viertel vor zehn. Ungefähr die gleiche Zeit wie gestern und vorgestern. *Das passiert bei uns dauernd … Das muss nichts bedeuten … Mach dir keine Sorgen.* Die drei hatten gut reden!

Mirjam lief die Treppe hinunter und nahm den Hörer auf. So gefasst wie möglich sagte sie: »Hallo?«

Sie hörte nur ein Ausatmen.

»Wer ist da, bitte?«, fragte sie.

Das Klicken des Auflegens.

Nun war die Angst da. Eine neue, heiße, bisher nicht gekannte Angst.

Todesangst.

Mirjam hatte gemeint, sie habe nichts zu verlieren, und nun loderte die Angst in allen Teilen ihres Körpers von der Kopfhaut bis zu den Fußsohlen. Bisher hatte sie nur an die Schmach gedacht, als Angeklagte vor Gericht zu stehen. Nun gab es Schlimmeres: die Gewissheit, dass jemand auftauchen und sie stumm machen würde. So ein Mensch käme mit einer Waffe. Durch die Kellertür, die am leichtesten zu überwinden war. Mit einem Messer, das hatte sie verdient.

Diese Person und ihre Helfer hatten gemerkt, dass Mirjam Nebel eine undichte Stelle war, und dies war die Antwort.

Das Läuten der Haustürglocke brachte sie ins Straucheln. Daran, dass die Gegner klingeln könnten, hatte Mirjam nicht gedacht. Obwohl es konsequent war. Von solchen Hinrichtungen hatte sie gehört. Man öffnete die Haustür und starb im Kugelregen.

Auf das zweite Läuten folgte Klopfen. Eine Männerfaust. Fast gleichzeitig waren auf der Terrasse Schritte zu hören. Männerschritte.

Mirjam hielt sich am Türrahmen zwischen Flur und Wohnzimmer fest. Sie horchte. Gedämpfte Worte. Tiefe Stimmen. Männerstimmen. Gottlob waren die Rollläden heruntergelassen. Ein Gesicht an der Fensterscheibe wäre das Schlimmste gewesen.

An der Haustür läutete es erneut. Offenbar stand einer vorn und einer hinten. Der eine würde die Tür aufbrechen, der andere ihr den Fluchtweg abschneiden. Wieso hatte sie gedacht, im Haus sei sie sicher? Ein Haus konnte eine furchtbare Falle sein.

Ich sehe nicht zu, wie es geschieht, beschloss Mirjam.

Das Telefon klingelte wieder. Um Gottes Willen, man wollte sie fertigmachen!

Leise betrat sie die Küche. Sie machte kein Licht. In der Schublade tastete sie nach den Patiencekarten. Nach dem kühlen Metall der Küchenschere. Sie war scharf und spitz. Keine letzte Patience, sondern ein schneller Abschied. Der notwendige Schlussstrich.

An der Haustür war ein Knirschen und Knistern.

Mirjam lief zu ihrem Schreibtisch, schrieb hastig ein paar Zeilen, schneller und schneller und …

Dritter Teil

Das Schweigen

1. Dringende Familienangelegenheit

Helles Licht strömte durchs Fenster. Björn blickte von den verwischten letzten Buchstaben auf. Was? Schon Morgen?

Er sprang auf. Solange er sich über die eng beschriebenen Blätter gebeugt hatte, war ihm nicht bewusst gewesen, dass die Aufzeichnungen seiner Tante ihn die ganze Nacht auf der Couch im Arbeitszimmer festgehalten hatten, diese Enthüllungen einer Wahrheit, die unfassbarer war als alles, was Marie sich hätte ausdenken können. Kein Zweifel: Es war die Geschichte ihres eigenen Lebens, auch wenn sie sich wie ein Roman las und die Namen andere waren. Mirjam … War das nicht die hebräische Form von Maria und Marie? Hinter Napoleon verbarg sich Onkel Randulf, und mit Leon und Boris waren Lars und Björn gemeint. Warum hatte seine Tante die Ereignisse auf diese Weise geschildert? Um Abstand zu gewinnen?

Björn öffnete das Fenster, um die frische Morgenluft hereinzulassen.

Ach, natürlich, sie hatte das Risiko bedacht. Marie hätte keinen Bericht verfasst, bei dem jedem, der ihn in die Hand bekam, sofort klar gewesen wäre, dass er es mit einem fetten Bündel realer Kriminalfälle zu tun hatte. Mit einem solchen Geständnis hätte sie allen Beteiligten geschadet – auch Björn. Deshalb musste die Sache wie eine Fiktion klingen. Die erste Leserin war Frau Schmitz, und ebenso gut hätte das Manuskript in die Hände der Polizei fallen können

Jetzt wusste er, wie er in die Sache hineingeraten war. Aber er fand keine Anhaltspunkte, wer diese Tyrannei zuwege gebracht hatte. Und das Ende der Geschichte fehlte wie der Verschluss auf der Zahnpastatube. Nur hatte der Verschluss daneben gelegen, und das Ende dieser haarsträubenden Angelegenheit lag verborgen in gefährlichem Dunkel.

Noch 14 Stunden.

Kaffeeduft drang aus dem Parterre herauf. In der Küche klapperte Geschirr. Elena!

Ich muss zu ihr, dachte Björn, jedenfalls in ein paar Minuten, wenn ich das Knäuel meiner Gedanken entwirrt habe.

Er ging die drei oder vier Meter zwischen Couch und Schreibtisch hin und her und wiederholte die enge Wende. Schreibtisch, Kehre, geradeaus, Couch, Kehre, geradeaus, Schreibtisch, Kehre … Ein Rhythmus, ein Muster der Schritte, wohltuende Gleichförmigkeit, das Beste, um sich zu konzentrieren. War Marie in Selbstmordstimmung gewesen? Sah sie keinen anderen Ausweg? Couch, Kehre. Nein, sie war abgeholt worden, hatte Schmitz gesagt. Man hatte sie entführt. Schreibtisch, Kehre. Es musste anderswo geschehen sein. Falls man sie nicht zurückgebracht hatte. Couch, Kehre. Den Keller und den Dachboden hatten Schmitz und Björn nicht kontrolliert. Marie konnte sich in der Waschküche das Fleischmesser in die Brust gerammt oder unterm Dach an einem Balken erhängt haben. Schreibtisch, Kehre. Oder sie hatte eine Flasche Pflanzenschutzmittel getrunken und war den Gifttod in Onkel Randulfs Werkzeugkeller gestorben. Couch, Kehre.

Björn blieb stehen. Es gab so entsetzliche Möglichkeiten. Passend für eine Gattenmörderin, eine in die Enge getriebene Verbrecherin. Gefühle von Schuld und Versagen schlugen wie eiskalte Wellen über seinem heißen Kopf zusammen. Hätte er doch offen mit ihr geredet! Hätte er sich mehr Mühe gegeben, hätte er es nur ein weiteres Mal versucht, er hätte es bestimmt geschafft! Es hätte alles verändert. Sie hätten gemeinsam Nein gesagt. Dieser verfluchten Organisation die Stirn geboten – zwei Stirnen!

Nun blieb ihm nur noch, für eine würdige Beerdigung zu sorgen. Für einen Sarg, für hinreißende Blumen, einen edlen Stein mit schöner Gravur. *Hier ruht Marie, die wir kaum kannten.* Gleichgültig, was sie getan hatte, er hatte das Bedürfnis, etwas gutzumachen. Seine verdammte Lahmheit, seine Unschlüssigkeit, ja, auch seine Unfähigkeit. Sie hätten doch gemeinsam überlegen können, was zu tun war.

»Du bist nicht ins Bett gekommen. Hast du überhaupt geschlafen?« Elena saß mit feuchten Haaren vor einer Schüssel Müsli und blickte ihm entgegen, als er in die Küche trat. Die erste Nacht zu Hause hatte sie sich vermutlich anders vorgestellt. »Hast du gemerkt, dass ich zwischendurch im Zimmer war? Du hast nicht aufgeschaut.«

Da war kein Vorwurf herauszuhören, kein bitterer Unterton. Sie lächelte sogar, als er sich zu ihr hinunterbeugte. Was für ein Glück, sie war nicht sauer. Wahrscheinlich war sie müde gewesen und schnell eingeschlafen. Oder sie hatte ganz einfach Verständnis. Er war jetzt ruhiger und schon auf dem Weg ins Bad. Erst mal Duschen.

Als er einige Minuten später in seinen hellen Sommerjeans, einem frischem Hemd und Sandalen an den nackten Füßen am Tisch stand und sich Kaffee eingoss, fragte Elena:

»Wie sind ihre Memoiren?«

Er konnte es jetzt nicht erklären. Sein Körper fühlte sich an wie nasse Watte, wie immer, wenn er kaum geschlafen hatte. Seine Augen brannten, sein Kopf schmerzte.

»Ich lese sie dir heute Abend vor.«

Was sagte er da? Es war unmöglich. Heute Abend lief das Ultimatum ab. »Besser morgen«, fügte er schnell hinzu.

Wenn er dann noch lebte …

»Es steht was Ungeheuerliches drin, gib's zu, Björn.«

»Ich bin noch ganz benommen. Ich muss Marie suchen.«

»Tu nichts Gefährliches.«

»Nein.«

Gefährlicher war es wohl, nichts zu tun.

»Bitte.«

»Kann sein, dass sie … Es sieht nicht gut aus.«

»Denkst du an Mord?«

»Oder Selbstmord.«

Elena nahm ihre Handtasche vom Tisch und gab ihm einen Kuss. »Nein.« Bevor sie nach draußen trat, wandte sie sich noch einmal um. »Das passt nicht zu ihr.«

Die Tür fiel hinter ihr zu. Im selben Moment klingelte es. Björn öffnete.

Elena stand vor ihm, die Augenbrauen zusammengezogen, dazwischen eine steile Falte.

»Fährst du jetzt zu ihrem Haus?«

»Ja.«

»Tu's nicht.«

»Elena …«

»Es könnte eine Falle sein. Hast du daran gedacht? Du weißt nicht, mit wem du es zu tun hast, du kennst die Gegner nicht. Und die kennen dich vermutlich sehr genau.«

Björn drückte sie an sich. »Das liegt an deinem Zustand.«

»Was?«

»Dass du dich so ängstigst.«

»Zustand!«, sagte sie gereizt. »Das klingt, als wäre ich nicht bei Trost.«

»Entschuldige.«

»Dass diese Leute zu allem fähig sind, liegt doch auf der Hand.« Sie blickte auf ihre Armbanduhr. »Pass auf dich auf. Bitte.«

Er sah ihr nach, wie sie zu ihrem kleinen roten Auto lief, und erwiderte ihr kurzes Winken, als sie sich zu ihm umdrehte, bevor sie einstieg und losfuhr. Dann schloss er die Tür. Natürlich musste er zu Maries Haus fahren. Wenn diese Leute ihm auflauern wollten, hätten sie es hier, in seinem ruhigen Wohnviertel, viel leichter. Die Nachbarn kannten ihn kaum, und nach acht Uhr morgens war weder links noch rechts jemand anzutreffen, während an der Häuserzeile am Weiher immer wieder Passanten vorbeikamen und Dieter und Ilse Schmitz Augen und Ohren offen hielten – solange sie nicht mit Ohrstöpseln schlafen gingen.

Björn griff nach dem Telefon und wählte die Nummer seines Chefs. Sich schon wieder krank zu melden, war nicht ratsam. Aber für einen Ernstfall in der Familie hätte man sicher noch mal Verständnis. Er hatte am Morgen keinen dringenden Pressetermin und wäre spätestens gegen Mittag in der Redaktion.

Der Chef hob nicht ab. Vielleicht war er noch nicht im Haus, weil der Beagle auf der Morgenrunde trödelte. Björn wählte die Nummer der Redaktionssekretärin. Auch dort ging niemand dran. Womöglich stand Hella vor dem Spiegel in der Toilette und stylte sich ihr Haar. Die anderen Kollegen kamen meistens später, ein paar waren noch in Urlaub. Björn wartete zwei Minuten und versuchte es noch mal auf Hellas Apparat.

»Ja, bitte?«, meldete sich eine kühle Frauenstimme, die er nicht einordnen konnte.

»Hallo? Hella?«

»Ist da Herr Kröger oder wer?«

»Ach, Sie sind es, Frau Brause!«

»Ich bin am falschen Apparat, Herr Kröger. Hella ist zur Kantine und holt Croissants.«

»Könnten Sie mich bitte beim Chef entschuldigen, Frau Brause? Ich kann erst gegen Mittag kommen, ich erkläre es ihm später.«

»Hoffentlich nichts Ernstes?«

»Eine dringende Familienangelegenheit.«

»Doch kein neuer Trauerfall?«

Mist, dachte Björn, ich hätte gründlicher nachdenken sollen. Nun hab ich wieder den Ärger mit der Anteilnahme. Gleich kommen die anderen dazu, Hella mit den Croissants, Gisa mit Plätzchen und Müller mit der Buttermilch, und es gibt eine Riesendiskussion. Warum hab ich nicht Zahnschmerzen vorgeschoben?

»Ich muss etwas für meine Tante regeln.«

»Ist sie krank?«

»Nicht richtig.« Er merkte, dass seine Kollegin eine Erklärung erwartete. »Magenverstimmung.«

»Kamillentee in kleinen Schlucken«, sagte sie. »Dazu trockenen Zwieback, und wenn es besser wird, geben Sie ihr Magerquark mit zerdrückter Banane.«

»Aber ich besuche sie nicht.«

»Wer kümmert sich denn um sie? Ist sie im Krankenhaus?«

»Nein, sie ist zu Hause.«

»Allein? Ohne Hilfe?«

»So schlecht geht es ihr nicht. Ich muss nur was für sie erledigen, danach komme ich in die Redaktion. Könnten Sie das Herrn Kohl sagen?«

»Handelt es sich um einen Behördengang? Müssen Sie für Ihre Tante ins Stadthaus?«

»Ja, genau. Es kann ziemlich lange dauern, das geht in ihrem Zustand nicht. Sie muss sich ausruhen.«

»Bei dem schönen Wetter liegt sie im Bett? Die Arme!«

»Sie liegt im Liegestuhl auf der Terrasse«, sagte Björn.

»Ah! In der Morgensonne?«

»Ja, möglich.« Man kann es auch übertreiben mit der Anteilnahme, dachte er, ich hätte was von ungeheurer Eile behaupten und sofort auflegen sollen. Verdammte Höflichkeit! »Bis nachher, Frau Brause.«

Im Hintergrund hörte er bereits den Chef brummen und Müller »Guten Morgen!« schmettern. Björn befiel eine beißende Sehnsucht nach Normalität, nach gutem Gewissen und reiner Weste, wie es für alle anderen selbstverständlich war.

Als Björn den Venusbergweg entlang fuhr, sah er, dass dort eine Parklücke frei war. Er fuhr daran vorbei. Ein paar Schritte zu Fuß gehen, das brauchte er jetzt. Es sprach auch einiges dafür, nicht so nah am Haus seiner Tante zu parken. Was auch immer ihn dort erwartete, er hatte ein besseres Gefühl, wenn sein auffälliges Auto nicht hier stand. Womöglich behauptete jemand, es habe die ganze Nacht dort gestanden, und wer wusste, was dabei herauskommen konnte.

Björn bog in die Reuterstraße ein, fuhr in die nächste Seitenstraße und fand eine Lücke auf der Rückseite des Botanischen Gartens. Zu Fuß ging er am Zaun des Schlosses entlang, durchquerte den Park an der Vorderseite des barocken Gebäudes und schritt über die Brücke mit dem schmiedeeisernen Geländer, die den Weiher überspannte. Als Maries Haus in Sicht kam, wurde er langsamer, bis er schließlich stehenblieb. Schaudernd ließ er seinen Blick vom Sockel bis zum Giebel wandern. Das Haus, in dem Napoleon, nein, Randulf, seine Angeklagte gefangen hielt … Was war dort in der Nacht zum Sonntag vor sich gegangen? Was würde Björn vorfinden, wenn er gleich in den Keller hinabstieg oder zum Dachboden hinaufkletterte?

Die Nachbarn um den Schlüssel bitten zu müssen, war zunächst das Unangenehmste. Die grauen Strähnen von Dieter Schmitz tauchten bereits an seinem Küchenfenster auf, wo er mit irgendwas beschäftigt war. Schon glaubte Björn zu hören, wie der Mann die Haustür aufriss. Bloß nicht!

Rasch öffnete Björn das Tor zu Maries Vorgarten und schlüpfte hindurch. Im Schatten der dichten Lorbeerbüsche blieb er stehen und horchte. Kein Hüsteln, keine Schritte. Offenbar hatte Schmitz ihn nicht bemerkt. Björn duckte sich, um nicht vom Nachbargrundstück aus gesehen zu werden. Hören sollte man ihn möglichst auch nicht.

Leise auftretend ging er den Plattenweg am Haus entlang zum hinteren Garten. Das kleine Rasenstück glänzte im Morgenlicht wie mit Weißgold übergossen. An seinem Rand leuchteten Blüten als rote und gelbe Tupfen auf, und vor der Ziegelmauer schimmerte dunkel das Wasser des Gartenteichs. *Elektrozaun. Selbstschussanlage.* Randulfs einstige Herrschaft war so schwer vorstellbar, als handelte sich um eine Begebenheit aus dem Mittelalter.

Irgendwie musste Björn ins Haus gelangen. Vielleicht lag auf der Terrasse Werkzeug, mit dem er die Kellertür aufstemmen konnte, die er als uralt und klapprig in Erinnerung hatte. Er griff nach einer Weinranke, die im Weg hing, und bog um die Ecke. Sein Fuß blieb an einem Vorsprung hängen, er stolperte und stieß gegen einen Rechen, der an der Hauswand lehnte. Der kippte und fiel ihm entgegen. Björn fing ihn auf. Er strich mit der Hand über die Eisenzähne. Nicht schlecht. Damit ließe sich notfalls das Fenster der Kellertür zertrümmern. So viel er wusste, bestand es aus einfachem Glas. Er durfte nur keinen Lärm verursachen, sonst wäre Herr Schmitz in weniger als zwei Minuten da.

Björn stellte den Rechen zurück an die Wand. Erst mal schauen, ob Marie den Haustürschlüssel in einem der Blumentöpfe deponiert hatte. So machte es seine Großmutter. *Unter der Fußmatte ist es leichtsinnig, Kind, aber zwischen den Blumen schaut ein Bösewicht nicht nach.*

Er blickte die Terrasse entlang. Die Sitzgruppe befand sich im Schatten. Nur an den Topfpflanzen glänzten einzelne Blätter im Licht eines Sonnenstrahls. Wie immer bei gutem Wetter lag auf dem runden Tisch die rotblau karierte Decke, die Stühle standen drum herum. Björn zuckte zurück. Auf dem hintersten Stuhl saß unbeweglich eine Frau.

»Marie?« Er flüsterte es nur. Sie würde ohnehin nicht antworten.

Langsam ging er auf sie zu. Ihr Körper war zusammengesunken, ihr Gesicht bleich, die Brille unter den Tisch gefallen. Ihre Augen waren geschlossen. Die Arme hingen schlaff herab. Björn berührte ihre Haut. Sie fühlte sich kühl an.

Es konnte vor wenigen Minuten geschehen sein. Als er unter der Dusche stand oder später, als er telefonierte. Er hatte kostbare Zeit vergeudet. Jeder konnte den Garten ungehindert betreten haben. Er kam schon wieder zu spät.

Björn ging in die Hocke, schob den Kopf unter die Tischplatte und streckte die Hand nach dem Brillengestell aus, nur um etwas zu tun. Er hatte noch nie eine Tote gesehen und wagte kaum, in ihr Gesicht zu schauen, das ihm seltsam verändert schien. Er musste einen Arzt anrufen.

»Wer ist da?«, drang es dünn an seine Ohren. »Bist du das, Björn?«

»Marie!«

Er stieß gegen die Tischkante und blickte geradewegs in ihre nackten grauen Augen.

2. Schritte auf dem Plattenweg

Björn setzte sich zu seiner Tante an den Tisch. Obwohl er erleichtert war und sich freute, beschlich ihn ein beklemmendes Gefühl. Mit dem Wissen um ihr schreckliches Geheimnis war mit einem Mal alles anders als zuvor. Einer Mörderin hatte er noch nie gegenübergesessen – nein, es stimmte nicht. Der Anblick von Mördern war ihm inzwischen vertraut.

»Es war ein Martyrium, Björn. Ich bin völlig erledigt.« Marie seufzte, wie jede ältere Frau geseufzt hätte, und säuberte die Brille mit einem Zipfel ihres Faltenrocks.

»Bist du okay, Marie? Was haben sie mit dir gemacht?«

»Sie haben mich in einen Campingwagen gepfercht! Es war direkt am Rhein. Wenigstens war die Aussicht schön. Aber diese Betten!«

»Wer war das?«

Sie setzte die Brille auf und stöhnte. »Die Dinger konnte man eigentlich nicht Betten nennen.«

»Marie – wer?«

»Arnold, Paul und Ole. Meine Freunde.«

»Die haben dich am Samstagabend abgeholt?«

»Was sollte ich machen? Sie waren kurz davor, ins Haus einzubrechen! Gottlob haben sie es vorgezogen, ein Blatt Papier mit einer Botschaft unter der Tür herzuschieben. Sie hatten es schrecklich eilig, mich in Sicherheit zu bringen.«

»Und ließen dich nicht mal die Zahnpasta zuschrauben.«

Marie blickte ihn verwundert an. Dann schüttelte sie den Kopf. »Sicherheit! Die gibt es nur im Grab. Heute früh habe ich verkündet: Ich will nach Hause.«

»Deine Freunde«, stieß Björn hervor, »sind doch die drei Männer in deiner Geschichte? Alwin, Peter und Oskar?«

»Ach.« Sie errötete vom Hals bis zur Stirn. »Du hast die Blätter also gefunden. Ich musste sie tarnen, war mir aber sicher, dass du den Umschlag auf Anhieb findest und die richtigen Schlüsse ziehst. Journalisten haben für Geschriebenes einen Blick.«

Er brachte ein halbes Nicken zustande. Dass es noch eine Leserin gab, konnte er ihr später eröffnen. Im Moment stand Wichtigeres an.

Marie strich mehrmals über die Falten ihres Rockes. »Du warst sicher erstaunt, eine Art Roman vorzufinden. Aber nur so konnte ich dir alles gestehen, ohne verrückt zu werden.«

»Deine Freunde …« Björn bemühte sich, seine Stimme schneidend klingen zu lassen, aber es gelang nicht ganz. »Sind die Männer, die mich fertig gemacht haben.«

»Sie mussten sich verstellen, Björn. Auch dir gegenüber.«

»Hätten sie das nicht etwas zartfühlender machen können? Mit einem Augenzwinkern, einer versteckten Nachricht?«

»Sie mussten hundertprozentig echt wirken. Falls sie beobachtet wurden, durfte nicht der kleinste Verdacht aufkommen, dass sie meine Spione waren. Nur wenn die Bande ihnen restlos vertraute, konnten meine Freunde mit der Möglichkeit rechnen, die Identität der Täter zu ermitteln und ihnen das Handwerk zu legen.«

»Das hat ja wunderbar geklappt«, knurrte Björn und schoss mit dem Fuß einen Apfel weg, der vorzeitig vom Baum gefallen war.

»Es tut mir sehr leid, Björn. Vielleicht sind wir schon senil. Notfalls könnten wir das behaupten.«

»So senil, dass du deinem Neffen eine perfekte Komödie vorspielst?«

»Du weißt jetzt, warum ich es getan habe. Dich hineinziehen zu müssen, war für mich schlimmer als alles andere. Es war ein Befehl.«

»Der letzte Befehl, den ich bekam, hätte dich …«

Sie hob die Hand. »Alles weitere später. Erst einmal brauche ich eine schöne Tasse Tee.«

»Ich will dir keine Angst einjagen, aber …«

»Im Augenblick habe ich keine Angst, sondern Durst.«

Sie versuchte, sich zu erheben. Er sah mit Bestürzung, wie schwerfällig sie war. Ihre Hand fuhr ins Kreuz.

»Drei Nächte auf einer Campingliege reichen, um einen Rücken wie meinen zu ruinieren.«

»Du hast Schmerzen, Marie! Bleib bitte sitzen. Ich mache dir den Tee. Halt dich ruhig. Nachher rufen wir deinen Arzt an.«

»Hilf mir auf den anderen Stuhl, Björn. Die Sonne ist drüben übers Dach gekommen und blendet mich hier.«

Björn stützte sie, zog sie, schob sie.

»Ich hab's auch in der Hüfte, am Rhein war die Luft so feucht.« Sie hielt inne und blickte zur Ecke des Hauses. »Oh je, da steht noch der Rechen! Habe ich den vergessen? Am Samstag hatte ich ein bisschen geharkt. Normalerweise verstaue ich den Rechen danach sofort im Keller.«

»Ich räume ihn gleich weg, Marie.«

Es gelang Björn, sie zu dem gewünschten Stuhl zu bugsieren und zu drehen, so dass sie nur noch auf die Sitzfläche zu sinken brauchte.

»Jetzt steht er in meinem Rücken. Was ich nicht sehe, stört mich nicht, Björn.«

»Ich bring ihn schnell weg.«

»Geh erst in die Küche und mach den Tee.«

»Kann ich dich so lange allein lassen?«

»Hör mal, was denkst du? Ich bin ein wenig fertig, das ist alles.«

»Wir müssen reden, Marie.«

»Auf ein paar Minuten kommt es nicht an, oder?«

In der Küche fand Björn die silberne Kanne sofort, aber nach der Dose Darjeeling und dem Teesieb suchte er eine Weile. Merkwürdig, wunderte er sich unterdessen, sie ist ganz meine Tante, wie immer.

Unvorstellbar, dass sie in dunkler Nacht das Messer präzise ins fremde Herz … Wie brachte eine Frau wie sie so was fertig? Vielleicht stimmte nicht alles, und der Mord war frei erfunden. An der Seite eines solchen Mannes konnte eine Frau Fantasien haben, die sie irgendwann niederschreiben musste.

Björn versuchte, sich den Vorgang vorzustellen: Eine jüngere, schlankere Marie mit scharfen Augen, wie sie die Handschuhe aus der Tasche zieht und sorgfältig überstreift, wie sie dem Opel entsteigt, wie sie das Messer vom Tisch nimmt, wie sie sich in der Finsternis an den Mann heranschleicht, wie sie den richtigen Moment abwartet und eiskalt zustößt. Es gelang ihm nicht. Schon die Vorstellung, dass ein solcher Plan in ihr reifte, als das Auto sich dem Feld näherte, oder schon früher, auf dem Hinweg oder auf der Terrasse der Gastgeber, war nahezu unmöglich.

Während seiner Grübeleien verteilte Björn Untertassen, Tassen, Zuckerdose und Stövchen auf dem Tablett und füllte das Milchkännchen. Noch gut elf Stunden bis zum Ende des Ultimatums. Er würde mit Marie gemeinsam überlegen, was zu tun sei. Und was die anonyme Anzeige betraf, so hatte er als Lokalredakteur einer angesehenen Zeitung vielleicht die Möglichkeit, den Stand der Dinge in Erfahrung zu bringen.

Sobald der Tee drei Minuten gezogen hatte, nahm Björn das Sieb heraus und stellte die bauchige Kanne neben das Porzellan. Sie war so voll, dass der Tee vorn aus der Tülle schwappte, als er das Tablett anhob. Langsam setzte er die Füße vorwärts und ließ die Kanne nicht aus den Augen. Er trug das Tablett aus der Küche, durch den Flur und über die Schwelle zum Wohnzimmer. Nun kam die hell gemusterte Orientbrücke. Nicht dass sie Teeflecken bekam! Er blickte auf den Boden, um nicht über die Teppichkante zu stolpern. Dabei geriet das Tablett in Schieflage, die Kanne rutschte den Tassen entgegen. Gerade noch rechtzeitig warf er zwei Finger um den Henkel.

»Bjööörn!«, gellte es von der Terrasse.

Es war ein hoher, langgezogener Ton, der so fremd klang, dass Björn zuerst an ein Tier dachte. Durch die offene Tür sah er Marie verdreht auf dem Stuhl hängen, den Kopf zwischen den Armen. Hinter ihr stand eine Gestalt mit breitrandigem Strohhut. Sie hob den Rechen und holte aus. Die Eisenzähne schossen nach unten.

Björn ließ das Tablett zu Boden fallen, die Teekanne noch am Henkel in der Hand. Mit einem Satz war er an der Tür. Hinter ihm klirrte das Porzellan. Er schleuderte die Kanne auf den Kopf des Angreifers zu.

Das Geschoss traf. Der Deckel flog auf. Ein Schwall dampfenden Tees ergoss sich über Hals und Schulter. Der Strohhut verrutschte. Es war eine Frau!

Die Chefin.

Sie brüllte, griff sich an den Hals und wankte. Der Rechen knallte auf die Steinplatten, die Kanne verschwand im Dahlienbeet. Die Frau fiel auf die Knie. Sie langte nach der Brille, die am Bügel vom Ohr herabhing. Himbeerfarbenes Leuchten in der Sonne. Weißblonde Haarsträhnen. Nicht möglich …

»Frau Brause!«

»Lügner!«

Im ersten Moment hielt er den Angriff für erledigt. Als sie sich aufrichtete, wusste er es besser. Sie stürzte sich auf ihn, das Gesicht rot und verzerrt.

Die Wut schien ihr Bärenkräfte zu verleihen. Er versuchte, die Frau zu Boden zu drücken. Das Keuchen, das zu hören war, kam von ihm selbst. Unfassbar, dass er hier mit seiner Kollegin kämpfte! Dass sie womöglich stärker war als er!

Sie bäumte sich auf, streckte den Arm aus und bekam den Stiel des Rechens zu fassen. Unter seinen Händen hob sich ihr Oberkörper höher. Mit einem Ruck kam sie auf die Knie, auf die Füße. Ihr Ellenbogen schlug Björn in die Seite. Er taumelte. Nicht hinfallen!

Der Rechen flog hoch. Die Eisenzacken drehten sich und hackten von oben auf Marie herunter. Die schrie auf, krümmte sich, den Kopf eingezogen, die Hände im Nacken. Björns Hand schnellte vor. Die Kante traf Frau Brauses Unterarm. Der Rechen knallte an Marie vorbei auf den Boden. Björn stellte beide Füße auf den Stiel. Mit den Armen gelang es ihm, Frau Brauses Oberkörper wieder tiefer zu drücken.

Ihre Hände – er bekam die Hände nicht zu packen! In der einen befand sich etwas. Es blitzte in der Sonne auf. Eine schmale Klinge. Ein Skalpell. Nah an seinem nackten Fußknöchel.

Björn trat danach, wild vor Panik, sie könnte ihm die Sehnen durchschneiden. Schon spürte er einen Ratsch am Fuß, und noch einen, bis seine Schuhsohle ihre Finger erwischte.

Das Messer rutschte zu Boden. Björn stellte den linken Fuß darauf, mit dem rechten trampelte er um sich. Seine Hände pressten ihre Schultern nach unten. Schlechter Einfall, denn ihre Finger schlossen sich um sein Bein. Wie eine eiserne Klammer, die sich fester und fester zuzog. Die spitzen Nägel bohrten sich in Wade und Schienbein. Weiter oben bissen die Zähne zu.

Vom Schmerz war Björn wie gelähmt. Seine Fäuste sollten den Nacken der Frau treffen – es ging nicht. Da schoss ein dickes Bein im Nylonstrumpf nach vorn. Der Schnürschuh stieß die Brause mit Wucht in die Brust. Zähne und Finger lösten sich von Björn. Noch einmal schlug das braune Leder zu. Und noch einmal.

Die Brause lag gekrümmt auf den Terrassenplatten, die Hände an den Brustkorb gepresst. Solche Kraft hatte Björn der Tante nicht zugetraut. Marie war zerzaust, aber fast unversehrt. Sie strich sich über ihre Arme, die ein paar rote Stellen aufwiesen, glättete ihren Faltenrock und sagte zu der Frau am Boden:

»So sehen Sie also aus. Ich hatte Sie mir anders vorgestellt. Nicht so normal.«

Seine Tante sprach mit einem Gleichmut, der Björn erstaunte, während er selbst völlig durcheinander war. Die Brause, die Brause, wogte es durch seinen Kopf. Die liebevolle Kollegin vom Schreibtisch gegenüber, die Kamillentee empfahl, mit ihm seit Jahren das Büro teilte und die gleiche Arbeit machte wie er – sie also war *die Chefin*, die Mutter aller falschen Alibis, die Ursache seines Elends! Aber warum? Wie kam sie dazu?

Es war ungeheuerlich und brachte seine Welt ins Wanken. Man verdächtigte Kollegen doch ebenso wenig wie Freunde oder Verwandte – seine Gedanken machten erschrocken kehrt. Als langjährige Kollegin hatte die Brause ihn jedenfalls gut genug gekannt, um ihn geschickt in die Sache hineinzumanövrieren Welche Ironie des Schicksals, dass sie ihm am Telefon geglaubt hatte, er wäre im weit entfernten Stadthaus und Marie hier ganz allein! Die Meineid-Chefin hatte sich auf die Aussage ihres eigenen Lügners verlassen!

Vom Fußweg her waren sich nähernde Motorräder zu hören, gleichzeitig das Aufbrummen eines PKW-Motors nicht weit vom Haus. Offenbar fuhr ein Wagen mit Tempo davon.

Frau Brause wandte ihr verzerrtes Gesicht in die Richtung, aus der die Geräusche kamen. »Scheißkerl!«, presste sie hervor.

Marie beugte sich zu Björn herüber. »Woher kennst du ihren Namen?«

»In der Redaktion sitzt sie mir jeden Tag gegenüber«, stöhnte er.

Was für ein Theater hatte sie ihm vorgespielt! Besorgte Blicke! Mütterliches Lächeln! Rührende Anteilnahme! *Mir können Sie es ruhig sagen.* Was für ein Hohn. Dann seine eigene Schwindelei über den verstorbenen Vetter und das Familienfest. Wie lächerlich und beschämend. Die Brause musste sich prachtvoll amüsiert haben.

Aber jetzt konnten sie nicht erstarren wie ein lebendes Bild – Marie auf dem Stuhl, die Brause wie ein Wurm am Boden, Björn auf die Tischplatte gestützt, ein Taschentuch an den blutenden Fuß gepresst. Sie mussten eine Entscheidung treffen. Anscheinend war Marie der gleichen Ansicht, offenbar wollte sie sich erheben. Nein, erkannte er im nächsten Moment, sie hatte nur ihren Stuhl verrückt und schien einem Geräusch nachzuspüren. Sie blickte zur Hausecke.

Nun hörte Björn es auch: Auf dem Plattenweg näherten sich Schritte. Männer in schweren Schuhen. Stiefeln. Zwei Polizisten in Motorradkluft kamen um die Ecke. Hinter ihnen tänzelte Herr Schmitz wie ein eifriger Lakai.

Björn half Frau Brause auf die Beine. Er schob das blutige Tuch in die Hosentasche und versuchte, einen Blick mit Marie zu wechseln. Warum sah sie so gelassen aus? Jetzt mussten Erklärungen her, verdammt noch mal! Plausible Erklärungen, die weder ihr noch ihm schadeten! Er jedenfalls fand keine.

Marie schaute ihn nicht an. Frau Brause zupfte mit der einen Hand ein paar Blättchen von ihrer Hose, die andere befühlte ihre Rippen. Am Boden lag das Skalpell. Björn bückte sich danach. Doch Frau Brauses Turnschuh war schneller. Das Skalpell verschwand hinter einem Topf mit roten Geranien. Die Blutspur, die zurückblieb, war nur ein feiner Strich.

Die Polizisten stellten sich vor. Marie runzelte die Stirn. Björn hatte die Namen nicht verstanden, seine Gedanken flatterten wie aufgeregtes Geflügel. Sein Knie begann verräterisch zu zittern. Der Moment, vor dem er sich so lange gefürchtet hatte – nun war er da. Alles war aus. Seine Zukunft dahin. Sie nähmen die Brause fest, und aus Rache, Reue oder weil es nicht mehr darauf ankam, würde sie auf der Stelle alle Geheimnisse auspacken.

Die Beamten postierten sich mit etwas Abstand links und rechts von Frau Brause. Schmitz nickte ihnen zu.

»Es geht nichts über eine schnelle Reaktion«, sagte er mit deutlichem Stolz.

»Arschgeige«, fuhr die Brause ihn an.

Schmitz zuckte und neigte sich zu Marie hinunter. »Sie sind gerettet, meine Liebe. Wir trinken nachher einen Sekt zusammen. Dann können Sie uns alles erzählen. Ein Hoch auf unsere schnelle Polizei!«

»Ich verstehe überhaupt nichts«, sagte Marie.

»Dem Himmel sei Dank, dass ich die Täterin hier eindringen sah.«

»Wen?«, rief Marie. »Meinen Sie etwa Frau Brause?«

»Wie so eine heißt, interessiert mich nicht.«

»Aber Herr Schmitz! Ich hatte die Dame zum Tee eingeladen!«

Björn starrte Marie an. Was sagte sie da?

»Frau Brause ist eine Kollegin meines Neffen, Herr Schmitz. Die beiden sitzen sich Tag für Tag gegenüber. Sie ahnen nicht, wie das verbindet.«

Das Gesicht des Nachbarn färbte sich rötlich.

»Ich habe genau gehört, was hier los war!«, brüllte er.

»Na, na«, mahnte einer der Polizisten. »Nun mal nicht so heftig.«

»Ich habe Ihre Schreie gehört, und durch die Hecke war auch was zu sehen! Es war ein Angriff auf Ihr Leben!«

Marie lächelte schief. »Sie können nichts für Ihren Irrtum, Herr Schmitz.«

»Irrtum? Da war kein Irrtum möglich!«

»Ich habe es selbst verbockt«, fuhr Marie in aller Ruhe fort. »Wieso musste ich Frau Brause als neugieriges Huhn bezeichnen, nur weil sie eine tüchtige Journalistin ist? Darauf hat sie mir scherzhaft mit dem Rechen gedroht, sie ist ja begeisterte Laienschauspielerin, und ich hab ein bisschen mitgespielt.« Marie lächelte Frau Brause zu, die ein nachdenkliches Gesicht zog. »Möglich, dass sie diesmal übertrieben hat. Jedenfalls ist sie unglücklich gestürzt. Ich musste meinen Neffen aus der Küche rufen. Der gute Junge hat sich so beeilt, dass ihm die Teekanne aus der Hand geflogen ist und die arme Kollegin am Kopf getroffen hat. Als er ihr aufhelfen wollte, sind die beiden zu allem Überfluss gemeinsam gestrauchelt. Eine Kette unglückseliger Zufälle. Manchmal geht es mit dem Teufel zu, nicht wahr?«

Herr Schmitz schien mit offenem Mund zu versteinern. Björn ließ sich auf einen Stuhl fallen. Frau Brause saß bereits am Tisch und wirkte wie eine Sportlerin nach verlorenem Wettkampf. Sie legte die Finger an ihren Hals. Die Haut war feuerrot.

Marie beugte sich zu Frau Brause hinüber. »Sie brauchen kühlende Kompressen, meine Liebe.«

»Na, dann kühlen Sie mal«, sagte der größere der beiden Polizisten, der auch der ältere zu sein schien. »Wir wollen uns nicht länger einmischen. Sollen wir einen Arzt bestellen?«

»Nicht nötig«, murmelte Frau Brause.

Der Polizist wandte sich dem Nachbarn zu. »Seien Sie demnächst vorsichtiger, Herr Schmitz. Falsche Verdächtigung steht unter Strafe.«

»Wenn eine Absicht dahinter steht«, sagte der kleinere Kollege. »Freiheitsstrafe bis zu fünf Jahren.«

»Oder Geldstrafe«, milderte der größere ab.

Herr Schmitz schloss den Mund und riss ihn wieder auf, als ob er etwas Lautes erwidern wollte. Aber es kam kein Ton heraus.

»Schönen Tag noch«, wünschten beide Polizisten und kehrten den Anwesenden die weißen Buchstaben auf ihren Lederrücken zu.

»Was meine Nachbarin gesagt hat, ist erstunken und erlogen!«, rief Schmitz ihnen hinterher.

Die Polizisten blieben stehen und drehten sich um. »Bitte, Herr Schmitz«, sagte der größere. »Warum sollte die Dame sich das ausdenken?«

»Weil … Sie sollten mal ihre Memoiren lesen!«

Die beiden Beamten sahen einander an. Björn wurde flau. Ich hab es gewusst, dachte er, natürlich hat Frau Schmitz ihrem Mann längst haarklein berichtet, was sie gelesen hatte. Das Manuskript, das in Björns Arbeitszimmer lag, die anonyme Anzeige auf dem Schreibtisch des zuständigen Kommissars und zahlreiche andere Indizien würden zusammen ein rundes Bild ergeben.

»Was für Memoiren?«, fragte der ältere Polizist.

Marie schüttelte den Kopf. »Sehe ich aus, als ob ich Memoiren schreibe? Ich schreibe Romane.«

Die Polizisten lachten. »Schön, wenn man so viel Fantasie hat.«

Sie hoben die Hände zum Gruß und verschwanden um die Hausecke. Herr Schmitz folgte ihnen. Vor der Ecke drehte er sich um und blickte zurück – zornig und ungläubig. Marie winkte und lächelte ihm zu.

»Ich nehme es Ihnen nicht übel, Herr Schmitz. Im Gegenteil. Vielen Dank für Ihre Aufmerksamkeit. Bitte sagen Sie mir nur, wie Sie an mein Manuskript gekommen sind! Der Text ist zu verrückt, er bedarf gründlicher Bearbeitung.«

Der Nachbar stieß ein Schnauben aus, drehte sich um und verschwand ebenfalls. Von der Straße her war der Start der Motorräder zu hören.

Frau Brause hob mit dem Fuß den Strohhut vom Boden auf, nahm ihn in die Hand und klopfte den Staub ab. Sie sah weder Björn noch Marie dabei an, wohl aber den Geranientopf, vor dem sie mit geradem Oberkörper in die Hocke ging. Björns Hand kam zu spät. Frau Brause hielt das Skalpell bereits in der Hand. Sie schob es in ihre Hosentasche, wandte sich um und verließ ohne ein Wort die Terrasse. Björn folgte ihr über den Plattenweg. Sie durchquerte den Vorgarten und schritt zügig am Weiher entlang. Er blieb stehen und sah ihr nach. Als sie in die Poppelsdorfer Allee einbog, kehrte er in den Garten zurück.

»Die kommt nicht wieder«, sagte Marie. »Danke, mein Junge.« Sie deutete auf das Silber zwischen den Blättern der Dahlien. »Schau bitte nach, ob noch was in der Kanne ist.«

Das gute Stück war verbeult, aber nicht leer. Björn wischte die Erdkrümel ab und stellte die Kanne auf den Tisch. Was war mit den Tassen? Er betrat das Wohnzimmer. Das Tablett lag unter Maries Schreibtisch. Das Porzellan war in Scherben über das Parkett und die Teppiche versprengt, mittendrin ein Milchsee und ein Hügelchen Zucker.

Björn nahm das Tablett und die größeren Scherben vom Boden auf und ging in die Küche. Die Scherben warf er in den Abfalleimer, das Tablett legte er auf den Tisch. Er holte die Kehrschaufel und den Handfeger aus dem Besenschrank. Damit begab er sich ins Wohnzimmer, fegte die kleineren Scherben und Splitter auf und kehrte in die Küche zurück. Dort beförderte er alles in den Eimer, nahm frische Tassen aus dem Schrank und vergaß auch die Untertassen nicht. Das alles tat er, als ob er im Rücken einen Motor hätte. Es war leichter, als mit Marie über das Vorgefallene zu sprechen.

Er war sich nicht so sicher, dass Frau Brause nicht wiederkäme. Wer war da vorhin mit dem Auto weggefahren? Ihr Kumpel? Womöglich mehrere? Sie konnten zurückkommen, um ihren Plan zu vollenden, bevor sie in einen Flieger stiegen und am anderen Ende der Welt untertauchten. Marie war naiv, wenn sie glaubte, dass nun alles erledigt und die Gefahr gebannt sei.

Mit dem Geschirr in den Händen trat Björn auf die Terrasse.

»Schenk uns ein, mein Lieber.«

Der Bauch der silbernen Kanne fühlte sich noch warm an.

»Das wird uns jetzt gut tun«, sagte Marie.

»Es ist nicht mehr viel.«

Der Tee plätscherte in die erste der beiden zierlichen Tassen. Wieder waren Schritte auf dem Plattenweg zu hören. Weichere Schuhe, langsamere Gangart. Die Schritte erreichten die Ecke und wurden zu Personen. Drei Personen. Björn goss den restlichen Tee auf die Tischdecke.

»Björn, du kennst ja meine Freunde Paul, Ole und Arnold.«

Vergessen war Frau Brause und die Gefahr. Björn fühlte nur noch Wut und Scham. Der Anblick der pensionierten Richter, die er als Peter, Oskar und Alwin aus Maries Aufzeichnungen kannte, war für ihn schrecklich und peinlich zugleich. Für wie dumm mussten sie ihn halten, weil er auf sie hereingefallen war? Er hörte kaum hin, als Marie ihm die Männer vorstellte, die im Garagenhof und an Alfonsos Seite mit ihm ihr Spiel getrieben hatten, sowie den Weißhaarigen mit den vielen Falten, der ihm die Tasche angedreht hatte. Wenigstens grinsten sie nicht, sondern blieben ernst.

Paul, der wohl der Mann mit dem Hut gewesen war, setzte dazu an, etwas zu sagen, als die Melodie eines Handys ertönte. Er hielt inne.

Björn griff in die Hosentasche, die Töne kamen von seinem Handy. Es war das alte Lied, dessen Titel ihm jetzt wieder einfiel: *Amazing Grace*. Der Anruf kam von Müller.

»Björn, die Sache ist mir unangenehm, aber …«

»Um was geht es?«

»Ich meine, weil … Ich weiß, was die Kollegen so reden.«

Björn erstarrte. Was für ein Schock. Obwohl er seit langem damit gerechnet hatte, dass alle Bescheid wussten. Dass sie über Lügen-Kröger redeten und ihm nichts anderes übrig blieb, als seine Sachen zu packen. Nun wollte Müller es ihm schonend beibringen.

»Ist halt Pech, Björn. Ich kann nichts dafür.«

»Natürlich nicht«, murmelte Björn und stellte sich vor, wie er in die Redaktion käme, um seinen Schreibtisch auszuräumen. Wie sie ihn anschauen würden. Grauenhaft. Immerhin nett von Müller, dass er ihn vorwarnte. So viel Feingefühl hatte er ihm nicht zugetraut.

»Es ist verdammt schmerzhaft.«

»Ja, natürlich.«

»Sag nicht dauernd *natürlich*, Björn! Du weißt nicht, wie das ist. Ich hab mir die Schulter verzerrt und muss zum Orthopäden. Kannst du mich im Stadthaus vertreten?«

Müllers Schulter! Björn lachte laut auf, so erleichtert war er.

»Lach nicht, das ist gemein.«

»Entschuldige, war nicht persönlich gemeint.«

»Der Termin ist hochinteressant. Aber die Sache hat einen Haken: Du musst sofort los.«

»Macht nichts.«

»Ich könnte dich umarmen, Björn.«

»Ich dich auch, Gregor.«

»Was?«

»Gute Besserung.«

Björn zögerte keine Sekunde. Er zog ein Gesicht, wie es einem viel beschäftigten Journalisten zustand, und behauptete zu bedauern, dass er sofort weg müsse. Er grüßte kurz und kühl in die Runde und verließ die Terrasse.

3. Asche zu Asche

Er hatte Maries Leben gerettet. Aber was kam jetzt? Marie hatte die Frau, die sie jahrelang tyrannisierte und ihr sogar ans Leben wollte, geschont. Und wozu? Was nützte es?

Mit Brauses Entlarvung hatte sich das Ultimatum in Luft aufgelöst, und Björn hätte sich befreit fühlen können – wenn nicht Marie und ihre Freunde die anonyme Anzeige in die Welt gesetzt hätten! Findige Staatsanwälte und Staatsanwältinnen waren sicher längst dabei, die Prozessakten durchzukämmen. Sie würden nicht lange brauchen, um die Schwachstellen zu entdecken und auf die falschen Zeugen zu stoßen. Und bald schon stünden zwei Beamte vor seiner Tür mit den Worten: *Kriminalpolizei, Herr Kröger, dürfen wir hereinkommen?*

Derartige Gedanken zermürbten Björn auf dem Weg zur Pressekonferenz im Stadthaus. In immer krasseren Farben malte er sich aus, wie das Unvermeidbare geschehen würde, welche Demütigungen er sich gefallen lassen, welchen Hohn er ertragen müsste. Leicht benommen ließ er sich auf einem Stuhl im Sitzungssaal nieder.

Etliche Varianten von Erklärungen, mit denen er sich verteidigen wollte, füllten seinen Kopf und machten es ihm schwer, darin noch Platz zu finden für die Veranstaltung, die um ihn herum im Gange war. Er konnte sich kaum auf die Worte des Oberbürgermeisters und des Amtsleiters zum aktuellen Stand der Stadt- und Verkehrsplanung konzentrieren. Die zum Teil provozierenden Fragen der Kollegen gingen ganz an ihm vorbei. Einmal sah er Wilhelm vom *Rheinblick* herübergrinsen und fragte sich beunruhigt, ob er etwas wissen könnte.

Zwei Stunden später betrat Björn mit Unbehagen die Redaktion und näherte sich langsam seinem Zimmer. Die Tür stand wie immer weit offen. Vom Flur konnte er direkt auf Frau Brauses Platz sehen; er war unbesetzt.

Björn warf seinen Notizblock auf den Schreibtisch und machte sich an die Arbeit. Er beschloss, viel Raum für die dazugehörigen Fotos zu lassen und nur das Notwendigste zu schreiben.

Am Nachmittag schlenderte Müller herein und blieb vor ihm stehen.

»Drei Stunden Wartezeit. Aber es hat sich gelohnt. Der Doktor hat mir eine Wunderspritze verpasst.«

Björn riss sich zusammen und fragte Müller in gleichmütigem Ton, ob er wisse, warum Frau Brause nicht zu sehen sei.

»Echt tragisch. War heute Morgen das Kaffeeecken-Thema.«

»Was Ernstes also.«

»Rippenbruch und Verbrühung der Haut.«

»Wie ist das passiert?«

»Sie ist mit einer vollen Teekanne die Treppe runtergefallen, das muss man sich mal vorstellen.«

»So ein Pech.«

»Wir sollten ihr einen Blumenstrauß vorbeibringen.«

»Gute Idee.«

»Hast du eine Ahnung, welche Blumen sie gern mag?«

»Sonnenblumen«, sagte Björn lässig »Direkt vom Feld. Zum Selberschneiden.«

Müller runzelte die Stirn. »Kannst du das übernehmen, Björn? Ich meine, wegen meiner Schulter.«

»Nein.«

»Komm schon, Björn, ich darf keinen Rückfall bekommen.«

»Ich hab eine Sonnenblumen-Allergie.«

»Davon hab ich noch nie was gehört.«

»Ganz schlimm. Nervenflattern, Schlaflosigkeit … «

»Ach, deshalb warst du neulich so …«

»Ja, genau.«

»Schon gut. Ich mach's.«

Je länger Björn grübelte, desto klarer wurde ihm, dass es nichts zu rechtfertigen und nichts zu entschuldigen gab, vor allem gab es nichts zu retten. Er hatte sich mehrfach strafbar gemacht und das Recht auf seine Zukunft verwirkt. Und ausgerechnet jetzt wurde er Vater.

Am Abend war er so zermürbt, dass er sich am liebsten im Bett verkrochen hätte – für den gesamten Rest seines Lebens. Elena aber drückte ihm ein Küchenmesser in die Hand, stellte einen Topf und eine hochgefüllte Papiertüte vor ihn hin und bat ihn, die Kartoffeln fürs Abendessen zu schälen. Es fände sich eine Lösung, man müsse nur gründlich genug überlegen.

Am nächsten Tag meldete Björn sich beim Chef für die restliche Woche krank – vorsichtshalber. Die Polizei sollte keine Gelegenheit haben, ihn in der Redaktion vor aller Augen festzunehmen. Für die Krankschreibung suchte er den Arzt auf, der zwei Straßen weiter praktizierte. In mattem Ton schwindelte er ihm vor, er sei die ganze Nacht kaum vom Klo gekommen. Dass er blass und müde aussah, hatte ihm sein Spiegelbild bestätigt, unter den Augen lagen dunkle Schatten.

Der Mediziner nickte. »Akute Gastroenteritis. Es geht ein Sommervirus um.«

Wie praktisch. Obwohl der Sommer anscheinend vorbei war. Es war abgekühlt, und gegen Mittag setzte Regen ein.

Immerhin raffte Björn sich auf, Elena zu ihrer Ultraschalluntersuchung zu begleiten. Er hoffte, es würde ihn ablenken, er freute sich doch so. Aber in dem Moment, wo er den zarten Sprössling inmitten geheimnisvollen Waberns auf dem Bildschirm erblickte, wurde ihm mehr denn je bewusst, was für einen Vater er dem Kerlchen aufzwang – einen willensschwachen Jasager, einen skrupellosen Lügner, einen elenden Verbrecher, den ein paar Jahre Knast erwarteten. Einen Sträfling. Mit unabsehbaren Folgen für die Entwicklung des Kindes.

Nun ging es ihm noch schlechter. Er hasste sich, es war kaum zu ertragen. Mit Elena sprach er kaum noch darüber. Wozu auch? Ihr offensichtlicher Optimismus, das gelegentliche Summen auf ihren Lippen, und ihr zunehmendes Interesse für winzige Hemdchen und Höschen machten ihn fertig. Schließlich verschwand er für einen ganzen Tag im Bett und hoffte, der nächste Morgen würde nie kommen.

Aber der Morgen kam, wenn auch auf ungewöhnliche Weise. Eine Amsel flötete ein paar Töne, brach ab und wiederholte die Sequenz. Genau wie die, die im Frühling auf dem Dachfirst gesessen und Björn manches Mal vorzeitig geweckt hatte. Nur viel näher. Ganz nah. Oh, verdammt. Nun musste er sich darum kümmern, dass der Vogel aus dem Zimmer kam. Björn öffnete die Augen. Wo saß das Tier?

Elena hielt ein Telefon über die Bettdecke und reichte es ihm. Ein neuer Apparat? Björn setzte sich auf.

Elena lachte. »Hab ich besorgt. Damit unser Baby nicht bei jedem Anruf in Panik gerät.«

Er drückte den grünen Knopf.

»Guten Morgen, mein Lieber, habe ich dich geweckt?«

Marie. Er hätte das Telefon an die Wand knallen können.

»Björn, könntest du am Nachmittag vorbeikommen? Du findest mich auf der Terrasse. Das Wetter hat sich ja beruhigt. Es dürfte der letzte Tag sein, an dem man draußen sitzen kann.«

Seine Tante, die Oberlügnerin, lockte ihn in süßen Tönen!

»Nein«, sagte Björn.

»Björn, ich verstehe dich, aber …«

»Warum soll ich kommen?«

»Das Manuskript. Ich hätte es gerne zurück.«

»Ich schicke es per Post.«

»Wir müssen miteinander reden.«

»Ich wüsste nicht, weshalb.«

»Doch, Björn. Es gibt noch was.«

Elena war der Meinung, er müsse hinfahren. Wenn sie ihn nicht gedrängt hätte, wäre Björn im Bett geblieben. Er war dankbar dafür, dass sie sich so viel Mühe gab, Verständnis für ihn aufzubringen.

Über seinen Zweikampf mit der Brause hatte sie sich so bewundernd geäußert, dass er fast wieder Sympathie für sich empfand.

Aber was soll ich hier?, dachte er, während er sich mutlos über den Weg am Weiher und durch Maries Vorgarten schleppte. Im Schatten der Lorbeerbüsche war es kalt. Der Regen hatte alles aufgeweicht, und es roch nach Moder.

Björn stieß das Tor zum hinteren Garten auf. Die bräunlichen Pilze, die zwischen den Platten wuchsen, zertrat er mit dem Schuh. Dämliches Ekelgewächs! Er schlurfte um die Ecke. Abrupt blieb er stehen.

Seine Tante war nicht allein. Die drei waren wieder da. Björn wollte umkehren, aber sie hatten ihn bereits erblickt und warfen ihm ein mehrstimmiges Hallo entgegen. Alle vier saßen am Tisch: Marie, in etwas Handgestricktes gehüllt, der weißhaarige Arnold mit den tiefen Falten, der kahle Paul, dessen Hut im Apfelbaum hing, und Ole mit der Brille und dem kleinen Spitzbart. Auf der rot-blau karierten Decke standen Tassen, das silberne Stövchen mit der verbeulten Teekanne und eine Schale mit Lakritzkonfekt.

»Grüß dich, mein Junge!«

»Treten Sie näher, Herr Kröger.«

Björn lehnte die Tüte mit dem Manuskript gegen ein Tischbein, holte einen Stuhl aus dem Wohnzimmer und schleifte ihn über die Schwelle und die Steinplatten. Das scharfe Geräusch war ihm willkommen. Seine Tante beachtete es nicht, sie schenkte Tee ein.

Er setzte sich und vergegenwärtigte sich, was er in ihren Aufzeichnungen darüber erfahren hatte, wie es zu der Einmischung der drei pensionierten Richter gekommen war. Ob ihnen klar war, was für Ungeheuerlichkeiten sie sich ihm gegenüber geleistet hatten? Auf seine Kosten hatten sie hoch gepokert. Sie hatten allen Grund, sich schnellstens zu überlegen, wie sie ihn retten konnten. Und Marie? Warum stellte sie diese heitere Gelassenheit zur Schau? Galgenhumor? Er selbst war dazu nicht in der Lage. Nein, ihm ging es hundsmiserabel.

»Hast du das Manuskript dabei?«

Selbstverständlich. Auf ihn war ja Verlass. Björn zog den Packen zerknickter Blätter aus der Tüte und warf ihn auf den Tisch.

Marie setzte die Teekanne nicht zurück aufs Stövchen, sondern stellte sie auf die Tischdecke. Sie nahm den Papierstapel in die Hände und hielt eine Ecke über das Teelicht.

Björn sprang auf. »Nein, nicht!«

Arnold hielt ihn sanft zurück. »Lassen Sie Ihre Tante den Schlussstrich ziehen. Das Manuskript nützt niemandem was, auch Ihnen nicht. Vor keinem Gericht könnten Sie sich damit verteidigen. Es ist ein Roman und beweist nichts. Weder Schuld noch Unschuld.«

Die Flamme ergriff die obersten Bögen, teilte sich, eilte an den Längsseiten entlang und fraß sich mit vielen Zungen ins Innere hinein. Marie ließ den lodernden Packen auf die Betonplatten fallen. Die Blätter zogen sich braun, schwarz und grau zusammen. Sie formten sich zu einem abstrusen Gebilde, in dessen Tiefen es mit vielen Stimmen wisperte.

»Bis die letzte Zeile zu Asche zerfällt«, sagte Marie.

Björn ließ sich langsam wieder auf den Stuhl hinab.

»Wir waren erstklassige Bösewichte«, murmelte der Mann namens Paul.

Björn wollte seinen Blick zu Eis gefrieren lassen. Ein plötzlicher Hustenreiz verhinderte es, und seine Augen tränten. »Ihr Beruf war doch, die Wahrheit zu finden«, krächzte er durch den Qualm, der den anderen nichts auszumachen schien. »Stattdessen haben Sie mich in weitere Meineide getrieben.«

Paul fuhr sich mit der Hand über die Glatze und verzog das Gesicht, als sei ihm dieser Aspekt äußerst peinlich. »Es tut uns leid. Wir mussten echt wirken, wenn wir akzeptiert werden wollten, und waren uns sicher, dass die Frau uns beobachten ließ.«

»Wenn wir Sie nicht getriezt hätten, Herr Kröger, hätten es andere getan«, meinte Ole.

»Zugegeben, unser Einsatz war fragwürdig und riskant.« Arnolds Falten verzogen sich zu der Grimasse eines traurigen Clowns. »Vielleicht hätte es einen besseren Weg gegeben, der Wahrheit einen Dienst für die Zukunft zu erweisen. Aber wir wussten keinen.«

»Wir hatten kaum Spielraum«, sagte Ole. »Und die Brause hat uns nur wenige Aufgaben zugeteilt. Vielleicht hat sie uns doch misstraut.«

»Die arme Rentnerin geht mir nicht aus dem Kopf.«

»Wir wissen, was sich gehört, Herr Kröger. Sie hat ihr Geld bekommen.«

»Und warum haben Sie meine Frau behelligt?«

»Das …« Ole seufzte und kratzte sich am Spitzbart. »War der Versuch, Ihre Frau über das Nötigste zu informieren. Leider hat sie uns missverstanden.«

»*Ex-Richter wegen Nötigung und Anstiftung zum Meineid angeklagt*«, knurrte Björn. »Das wird jedenfalls eine tolle Schlagzeile.«

»Angeklagt?« Marie schüttelte den Kopf. »Hat Frau Brause es dir nicht von Schreibtisch zu Schreibtisch gesagt?«

»Ist sie in der Redaktion?«, fuhr er auf. Dieser Frau wollte er nie wieder begegnen! Nie! Nie! Nie!

»Wo soll sie sonst sein?«, fragte Marie.

»In Untersuchungshaft.«

Marie blickte zu der halbhohen Mauer und der Ligusterhecke, die ihren Garten vom Nachbargrundstück trennten. »Björn«, sagte sie mit gesenkter Stimme. »Wir haben mit Frau Brause einen Pakt geschlossen: Stillschweigen auf beiden Seiten.«

Björn starrte erst sie an, dann die drei Männer. War das ein Witz? Wie konnten sie glauben, dass so eine Person sich an einen Pakt hielt? Die wollte nur Zeit gewinnen, um ein Heer falscher Zeugen anzuheuern, damit sie so unschuldig dastand wie ein neugeborenes Kind, während alle, die hier saßen, für Jahre ins Gefängnis mussten!

Ole strich sich über sein Bärtchen. »Herr Kröger, wissen Sie, wie alles begann?«

Was meinte er? Björn dachte an seinen ersten Eid, an Alfred in Maries Wohnzimmer, Onkel Randulf und den Diebstahl im Sanitätshaus.

»Den allerersten Anfang«, sagte Ole.

»Als junge Frau hat deine Kollegin im Gefängnis gesessen, Björn.«

»Ein Erpressungskomplott, in dessen Verlauf das Opfer brutal zum Selbstmord gezwungen wurde«, erläuterte Ole. »Vor Gericht hat die Brause beteuert, sie habe nichts mit der Sache zu tun, nur als Botin fungiert und nicht geahnt, was die überbrachte Nachricht in Gang setzte.«

»Das hat man ihr nicht geglaubt«, sagte Marie. »Sie wurde verurteilt.«

»So, wie es aussieht, auf Grund falscher Zeugen«, meinte Ole.

»Und falscher Indizien«, ergänzte Paul.

»Dahinter steckte nach Brauses Meinung ihr damaliger Freund«, fuhr Ole fort. »Er selbst wurde freigesprochen und verschwand in der weiten Welt, während sie die Strafe im Gefängnis absaß. Jahrelang.«

»Als sie das hinter sich hatte, wollte sie neu anfangen. Dazu brauchte sie Geld«, sagte Marie.

»Warum erzählt ihr mir diesen Mist?« Björn erhob sich. »Ich interessiere mich nicht für die Lebensgeschichte dieser abscheulichen Frau!« Er hatte keinen Nerv mehr, ihnen noch eine Sekunde länger zuzuhören.

»Halt«, sagte Marie. »Genau hier beginnt unsere Geschichte. Beim Geld. Randulf, der sie aus dem Strafverfahren kannte, hat ihr ein Angebot gemacht. Den Inhalt kennst du. Mit ihrem Hass auf die Justiz war sie sofort dazu bereit, hat den Zeugen der Anklage bestochen und auch in der Folgezeit noch Geld dafür bekommen. Das hat sie darauf gebracht, aus der Vermittlung falscher Zeugen ein Geschäft zu machen. Die Nachfrage wuchs, und geeignete Lügner fand sie immer – notfalls durch Täuschung und Drohung. Wie dich und mich.«

»Wie locker du das erzählst! Sie hat dich jahrelang drangsaliert und am Ende beinah umgebracht!« Björn stapfte zwischen Tisch und Blumentöpfen hin und her, es hielt ihn nicht an einer Stelle. »Pakt! Stillschweigen! Das ist lächerlich.« Er stieß ein bitteres Lachen aus.

»Hast du eine bessere Idee?«

Björn blickte auf das Aschehäufchen am Boden, in dem noch hier und da eine schwache Glut flüsterte. Neben dem Geranientopf zitterte ein brauner Fetzen mit handgeschriebenen Buchstaben. *Selberschneid …* Natürlich hatte er keine bessere Idee. Nicht den blassesten Schimmer einer Idee.

»Der Pakt ist sinnlos«, sagte er. »Mit eurer anonymen Anzeige kriegen sie uns sowieso.«

Die vier anderen lächelten.

»Ach, die Anzeige …«, murmelte Marie.

»Liegt zerschnippelt im Müllcontainer der Polizei«, sagte Ole gemütlich, als wäre dies der übliche Weg solcher Dinge.

Björn starrte von einem zum anderen. »Woher wisst ihr das?«

»Frau Brauses Nichte«, erklärte Marie.

»Hat einen Lover im Präsidium«, ergänzte Paul. »Ein sehr aufmerksamer Mensch, was den polizeilichen Posteingang angeht, und einer, der selbst vom Alibi-Service profitiert hat. Keine Frage, dass er der Tante seiner Liebsten gern einen Dienst erweist und auch gelegentlich Anrufe übernimmt, für die es eine Männerstimme braucht. Von ihm erfuhr Frau Brause von der Anzeige, bevor sie im Reißwolf landete.« Paul grinste. »Man muss dem jungen Mann dankbar sein.«

»Wenn man davon absieht, dass Frau Brause anschließend die Nerven verloren hat.« Marie seufzte.

Björn sank auf seinen Stuhl. Das alles war starker Tobak. Und ihn beunruhigte noch etwas.

»Der Tonträger mit dem Gespräch in Maries Wohnzimmer – hat sie was davon gesagt?«

»Ja«, erwiderte Paul. »Den hat sie erfunden.«

»Es gab ihn nicht?«

»Auch sie versteht sich aufs Lügen.«

Wie hab ich mich deshalb verrückt gemacht!, dachte Björn. Aber Schluss damit. Er hatte nur noch eine Frage:

»Was hat sie mit dem Geld gemacht, das ihr die Kunden gezahlt haben?«

»Neues Auto, Haus mit Garten, Zahnimplantate«, zählte Paul auf. »Haben Sie die Dame nicht selbst dabei beraten, Herr Kröger?«

Als Antwort brachte Björn nur ein Schnaufen zustande. Unnötig zu sagen, dass er geglaubt hatte, Frau Brauses Vermögen ginge auf Ersparnisse oder Erbschaft zurück.

»Natürlich hatte sie auch Unkosten, soweit bezahlte Zeugen eingesetzt wurden«, meinte Arnold.

»Aber jetzt hört Frau Brause mit der Vermittlung auf«, sagte Marie. »Noch nie ist sie der Polizei so knapp entkommen. Nun will sie heiraten, Björn.«

»Die Brause mit Brautstrauß?« Das kam ihm vor, als würde eine verzauberte Prinzessin zum Vorschein kommen. »Wer ist der Prinz?«

»Ihr Kollege vom *Rheinblick*«, sagte Ole.

»Klaus Wilhelm?«

Ole nickte. »Wahrscheinlich war er die ganze Zeit Brauses Komplize.«

»Aber wer weiß das so genau?«, sagte Marie.

Björn sah Wilhelms Grinsen vor sich, das ihm im »Königshof« und an anderen Orten aufgefallen war. Er schloss die Augen. Die Hitze des vergangenen Samstags war wieder Gegenwart. Die kühlen Spritzer auf den Händen, das Weiß des Briefumschlags, das Kind, das ein großer Mann geschickt hatte – groß wie Wilhelm. Vermutlich war er auch der Radfahrer, der im dunklen Hohlweg an der Mordkaule aufgetaucht war. Sollte er Marie zu dem Auto bringen, das dort so schnell verschwand? Saß die Brause startbereit am Steuer, um das Opfer an einen geheimen Ort zu verfrachten? Hatten sie es so geplant?

Wer konnte das wissen? Es gab keinen Zeugen. Und falls doch – was wäre er wert?

»Für Sie und Marie ist es vorbei, Herr Kröger«, vernahm Björn nun Arnolds Stimme. »Die Alibi-Chefin ist entlarvt und gibt auf. Das war unsere Mission. Und ist Ihre Zukunft.«

Er öffnete die Augen. War der Alptraum wirklich vorbei? Konnte er damit abschließen – ohne Verhör, ohne Urteil, ohne Strafe? Ohne Polizei, ohne Justiz, ohne Schande? Hatte er eine ganz normale Zukunft?

Ja, es war möglich und sogar wahrscheinlich, dass die Sache niemals aufgedeckt wurde und nie jemand davon erfuhr. Keiner von ihnen konnte die anderen an Polizei und Justiz verraten, ohne sich zugleich selbst auszuliefern. Jeder von ihnen hatte ein existenzielles Interesse daran, den Mund zu halten. Zwischen ihnen bestand ein Gleichgewicht, solide genug fürs ganze Leben. Björn und Frau Brause würden wieder einander gegenübersitzen und Artikel schreiben, Marie würde mit den Freunden Karten spielen und im Chor singen, fast so, als wäre nichts geschehen. Björn war zwar ein anderer geworden, aber auch das behielt er lieber für sich.

Ein jäher Windstoß fuhr in das Aschehäufchen am Boden, jagte die grauen Fetzen auseinander und fegte sie in die Blumentöpfe und unter die Büsche. Hoch oben am Himmel ertönten ferne trompetenartige Rufe. Kraniche! Jetzt schon? Eine Vorhut, die nachsehen sollte, ob jemand diesen blöden Kröger aus dem Sumpf gezogen hatte?

»Schauen die Vögel beim Fliegen immer nach vorn?«, fragte Björn. »Blicken sie niemals zurück?«

Keiner von ihnen wusste es. Und deshalb schweigen sie.

Nachwort

Allen, die mich mit Auskünften zu ein paar Details unterstützt haben, möchte ich an dieser Stelle noch einmal herzlich danken! Da der Roman in der Stadt Bonn spielt, entsprechen die meisten Handlungsorte der Realität, allerdings nicht alle: Das erwähnte China-Restaurant zum Beispiel existiert nicht, ebensowenig Maries Haus.

Bei den Namen der genannten Patiencen bitte ich zu beachten, dass sie je nach Quelle differieren und häufig auf persönlicher mündlicher Überlieferung beruhen. Es wurde hier kein bestimmtes Buch verwendet, doch öfter ein Blick geworfen in »Patiencen« von Irmgard-Wolter-Rosendorf (FALKEN-Verlag) und »Die schönsten Patiencen« von Rudolf Heinrich (Perlenreihe, Franz Deuticke Verlagsg.m.b.H.).

Was ein paar lokale Besonderheiten angeht, so waren mir zwei Bücher eine erfreuliche Hilfe: »111 Orte in Bonn, die man gesehen haben muss« von Eckhard Heck (Köln 2013) sowie »Endenich« von Herbert Weffer (Bonn 1987).

Über Rückmeldungen zu dieser zweiten, vollständig überarbeiteten Auflage von »Sonnenblumen zum Selberpflücken« würden Autorin und Verlag sich sehr freuen: info@cmz.de. Ohne Sie, die Leserinnen und Leser, wären wir nichts!

Bonn, im Sommer 2016

Das sündige Rheinland

Gitta Edelmann
Zwischen Godorf und Gomorrha
23 mörderische Geschichten aus Kirche und Unterwelt

256 Seiten, 13,5 × 21 cm, Paperback, ISBN 978-3-87062-176-6

Voller Ernst, aber auch mit schwarzem Humor haben sich die Autoren der wichtigsten kirchlichen Themen angenommen. So entstanden ganz besondere Auslegungen der zehn Gebote und – schließlich sind wir im Rheinland – zusätzlich des elften Gebots »Du sollst dich nicht erwischen lassen«. Weitere Anregungen gaben die sieben Todsünden wie auch die vier christlichen Hochfeste: Weihnachten, Ostern, Pfingsten und – Halloween.

Eine Leiche im römischen Köln

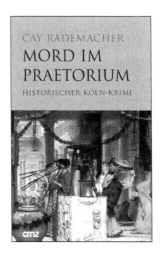

Cay Rademacher
Mord im Praetorium
Historischer Köln-Krimi

192 Seiten, 13,5 × 21 cm, Paperback, ISBN 978-3-87062-168-1

Leider muß der Bibliothekar Aelius Cessator auf die Freuden des Saturnalienfestes im römischen Köln verzichten – im Keller des Praetoriums im römischen Köln wird eine Leiche gefunden, und ausgerechnet er soll den Mörder finden. Ironisch und mit leichter Hand schildert der Bestsellerautor Rademacher die historische Umgebung, in der schließlich den Täter sein verdientes Schicksal ereilt.

Ein Fememord in Berlin

Gabriele Greenwald
Die schwarze Kasse der Terroristen
Kriminalroman

256 Seiten, 13,5 × 21 cm, Paperback, ISBN 978-3-87062-177-3

Im Berlin der 90er Jahre findet Barbara Henderson das Geld von RAF- und anderen Szene-Terroristen. Damit verschwindet sie nach Washington. Zwei Jahrzehnte geht alles gut. Nach dem mysteriösen Tod ihres Mannes und der Rückkehr in die alte Heimat machen sich die einstigen Genossen wie auch Geheimdienstler auf die Jagd nach dem Geld. Schließlich gelingt es ihnen, Barbara in ihre Gewalt zu bringen …

Tote Professoren in Bonn und Oxford

Paul Schaffrath
Bonner Fenstersturz
Rheinland-Krimi

400 Seiten, 13,5 × 21 cm, Paperback, ISBN 978-3-87062-161-2

Zwei Professoren sind tot – der eine in der Universität Bonn, der andere am St John's College in Oxford. Handelt es sich in beiden Fällen um den gleichen Täter? KHK Krüger in Bonn und DCI John Blackmore in Oxford sind ratlos. Ist die Lösung in einem Jahrzehnte zurückliegenden, bislang unaufgeklärten Mordfall am Rhein zu finden? • Der Bonner *General-Anzeiger* schreibt: »Ein neuer, vielversprechender Krimiautor betritt die Bühne.«